KB124410

EtRanGer 에뜨랑제

임허규 장편소설

ETRANGER

에뜨랑제

선택

그래픽노블

ETRANGER

Episode II 선택(選擇)

2장 기획(企劃) ··· **009**

3장 침투(浸透) ··· **086**

4장 선택(選擇) ··· **231**

5장 투자(投資) ··· **325**

Episode II

선택
(選擇)

2장
기획
企劃

디테는 눈을 들어 두 남녀를 번갈아 쳐다보았다. 산도 그녀를 바라보았다. 인정하기 싫었지만 그 눈이 정말 아름답다고 느꼈다. 마치 밤하늘에서 반짝이는 별무리를 그대로 옮겨놓은 것 같다. 영롱하다는 표현이 이토록 어울릴 수 있을까?

"우리는 앞으로 많은 이야기를 나누게 될 거예요."

디테는 이야기를 하다 말고 하늘을 잠깐 쳐다보았다. 맑은 눈을 두어 번 깜빡거리며.

"그래요…… 디아나 여신께서 그대들을 보고 많이 기뻐하시네요."

디테는 의념 대신 직접적인 목소리로 대답하며 빙긋 웃어주고는 우아한 동작으로 자신의 자리에 다시 앉았다.

—들었나?

—아뇨…… 신과 사도끼리는 우리처럼 특별한 통신 채널을 쓰는 모양인데요? 그래도 거짓말 같지는 않아요. 뭔가 신호가 왔다 갔다 하긴 했습니다.

—확실히 간단한 놈은 아니네.

산과 비연은 동예의 소개를 받으며 참석한 네 명의 무가 귀족들과 인사를 나눴다. 무가의 고위 귀족들은 떨떠름한 표정이었지만, 동예의 위신을 봐서 '대등한' 위치에서 인사를 나눴다. 사도 디테가 강한 사람이라고 했으니 나름대로 흥미는 생겼을 것이다. 또한 이런 척박한 자리에서 디테와는 달리 '접근 가능'할 것 같은 여인의 등장을 굳이 마다할 이유도 없었다.

광장 여기저기에서는 술 취한 사냥꾼들의 노랫소리가 들리고, 다툼이 있는지 여기저기 사소한 완력과 기세 싸움도 벌어지고 있었다. 그래도 정도를 넘을 수준은 아니다. 여신의 사도가 와 있으니 괴수의 습격을 걱정할 필요는 없을 것이다.

디테가 고개를 갸웃하며 청초하고도 고운 얼굴을 살짝 찡그렸다. 마치 시큼한 시럽을 마신 것처럼. 두 사람의 행동은 자신의 예측을 벗어나 있었다. 그것도 많이 벗어난다. 산과 비연은 간간히 고개를 끄덕이며 귀족들의 이야기를 듣고 있을 뿐 묵묵하게 술만 마셨다. 그렇게 여유가 있는 표정이라 할 수는 없었지만 그렇다고 초조한 모습도 아니다. 어느 쪽이냐 하면, 그저 자연스럽다.

디테는 열린 공간에서 모두가 쳐다보는 가운데 둘만 완전히 다른 대화와 행동을 할 수 있는 존재가 있다는 것을 아직 모르고 있었다.

'전혀 초조해하고 있지 않아. 그만큼 자신이 있다는 이야기인가?'

이것이 디테의 생각이었다.

—저 계집, 생긴 건 예쁘장한데 술은 정말 잘 먹네. 근데 언제 시작할 거냐?

이것은 산의 의념이다.

―기다리세요. 급할 거 없잖아요? 협상의 기본은 인내입니다. 아쉬운 쪽이 먼저 말을 트게 되어 있어요.

이것이 비연의 대답이다.

술이 한두 바퀴 돌자 분위기가 조금씩 고조됐다. 거북한 것을 싫어하는 사람은 어디에나 있는 법이다. 술이 얼근해진 나머지라는 '제인가'의 무관이 드디어 비연에게 말을 걸었다. 그는 40대 초반의 특급 무사다. 제인가는 3대 절대무가의 바로 다음 서열이라 주장할 만한 거대 무가다. 아마 디테와 비견될 만한 미모를 갖춘 여인이 나타났으니 적당한 수작을 걸어볼 마음이 들었는지도 모른다.

"여자 무사는 드문데…… 그대는 어느 무가 출신인가? 규모가 작기는 하지만, 백작가 지원부대의 장을 맡을 정도라면 꽤 실력이 있는 모양인데?"

비연이 힐끗 옆을 쳐다보더니 다시 그를 바라보았다. 옆에 있던 동예 대장의 얼굴이 굳어지는 모습이 언뜻 잡혔다.

"내 한 몸을 지킬 정도는 됩니다. 딱히 어떤 무가를 나오지는 않았습니다."

비연이 담담한 어조로 대답했다. 입꼬리는 약간 올라가 있다. 다시 옆을 쳐다보니 동예가 개입할 타이밍을 노리고 있었다. 그렇다면 산은? 그 옆에서…… 디테가 아니라 '호크'와 치열한 눈싸움을 하는 중이다. 입맛을 다시며. 지금 그는 사소한 일에 목숨을 걸었기 때문에 비연의 상황에는 관심이 없을 것이다.

"무가를 안 나왔다? 그러면 어떤 재주를 익혔는가?"

이번에는 경무가라는 무가에서 온 무사가 물었다. 경무가 역시 제인가와 동급의 거대 무가다.

"주로 사냥하는 재주를 익혔습니다. 워낙 위험한 짐승들이 많은 곳이라서 살기 위해 익혀야만 했지요. 크게 관심을 가질 만한 것은 없을 겁니다."

"그럼, 본격적으로 무예를 배워볼 생각이 없나? 관심이 있다면 우리 제인가에서 고급 학문을 수학할 수 있도록 주선해줄 수도 있는데……."

나림이 슬쩍 운을 뗐다. 비연은 대답을 보류한 채 동예를 쳐다봤다. 눈치 빠른 동예는 비연의 뜻을 알아차렸다.

"나림 단장, 그건 곤란하다네. 이미 우리 동명가와 먼저 이야기가 됐거든."

나림을 비롯한 무관들의 표정이 미묘하게 변했다. 동명가라면 그들이 어찌해볼 수 없는 강자다. 그들은 깨끗하게 포기했다. 그렇지만 언제나 의외의 일은 있어나는 법이다.

"글쎄요. 과욕 아닐까요? 그분에게 가르칠 게 없을 텐데요? 배울게 있다면 모를까……."

디테가 말갛게 웃으며 동예를 빤히 쳐다보았다.

"그건 무슨 뜻이요?"

동예의 눈매가 약간 올라갔다. 동명가에 대한 모욕이라 볼 수도 있는 발언이다.

"내가 알기로는 각성자, 즉 대가에 이미 오른 사람을 가르칠 수 있는 무가는 없는 것으로 들었습니다만. 절대무가도 마찬가지고요. 틀린 이야기였던가요?"

디테가 의미심장한 눈으로 두 남녀를 쓸어보며 담담하게 말했다. 디테는 인간의 경지를 읽을 수 있는 존재, 더욱이 거짓을 말하지 않는 존재이기도 하다. 그녀의 말은 가볍지 않다.

"그건……."

동예는 일순 말이 막힌 채 뒷말을 흐렸다. 디테의 말이 맞다. 대가는 스승이지 학생이 될 수 없다. 대가가 대가를 가르친다는 것도 웃기는 이야기다. 대가의 능력은 대가의 머릿수만큼이나 많다. 어떤 능력으로 각성했느냐에 따라 그의 특기가 결정된다. 각성의 방법은 거의 무한대라고 할 정도로 많다. 그래서 대가는 대가를 평가하지 않는다. 평가할 수도 없고, 가르칠 수도 없다. 대가의 유일한 문제라면, 각성 단계에 이르렀을 때, 거의 95퍼센트 이상이 죽거나 불구가 된다는 것이다. 신체와 감각이 완전히 재편되는 과정에서 소위 '각성의 길'을 모르면 그대로 죽는다. 심장이 멈추거나, 뇌 기능이 정지되는 것은 가장 흔한 경우다. 이 시대의 절대무가란 바로 이런 대가의 각성 시 생존율을 10퍼센트 이상으로 높일 수 있는 가문의 비법을 축적한 곳을 말한다.

동예는 문득 비연과 산의 능력이 가지는 의미를 짚어보고 있었다. 자신이 아는 한, 3대 절대무가에 널려 있는 대가 중에 두 가지 이상의 능력을 동시에 쓸 수 있는 대가는 모두 합해 열이 되지 않는다. 그들은 특별히 선무대가(旋武大家)라고 부른다. 선무대가들은 지금의 지위와 직책에 관계없이 가문에서 가장 중요한 사람으로 대접받는다. 몸의 길을 '아는 자'들이기 때문이다. 또한 상승의 한계가 없으며 '전설'의 경지라는 5품 대가도 바라볼 수 있기 때문이기도 하다.

'저 두 사람은 확실한 선무대가였다. 그것도 최소 세 가지 능력을 동시에 구사할 수 있었어.'

상념에 잠겼던 동예는 갑자기 들린 소리로 인해 현실로 돌아왔다.

"저기…… 그러면 사도께서는 저 지원대장이 대가라는 말씀이신지?"

나림이 머뭇거리며 물었다. 그의 상식으로는 그것은 확실히 농담으로 들렸기 때문이다. 신의 사도는 믿음을 구하는 존재다. 따라서 거짓을 말하지 않는다. 다만 농담은 할 수 있다. 상대에 의해 진실이 밝혀짐을 전제로 포장한 거짓은 이미 거짓이 아니기 때문이다. '대우' 명제가 거짓이 아니듯.

"호호…… 그것은 저 두 분이 직접 대답해주실 수 있을 것 같은데요? 저는 그렇다고 보고 있습니다. 숲은 여신의 공간입니다. 그곳에서 일어난 일을 사냥의 여신께서 어찌 모르시겠습니까? 나는 동예 대장께서도 내 의견에 동의하실 것이라고 생각하는데요?"

디테가 재미있다는 표정으로 산과 비연을 쭉 바라보더니 자연스럽게 동예에게 눈길을 돌렸다. 그 표정에는 엷은 웃음기가 새겨져 있었다.

―이 새끼! 이게 무슨 짓거리냐?

산이 의념을 냅다 지르며 이를 갈았다.

―교활한 년!

비연이 속으로 비명을 질렀다. 이렇게 억지로 드러내는 것은 그들이 원하는 바가 아니다.

"역시 사도님의 말씀이 맞습니다. 저 두 분은 모두 대가의 경지에 오른 분들입니다. 그것은 나 동예가 보증할 수 있습니다."

동예가 고개를 끄떡이며 말했다. 무관들의 얼굴이 일그러졌다. 여전히 불신에 가득한 눈이다. 아마 자신들을 놀리고 있다고 판단했을 것이다.

"동예 대장님의 판단을 무시하는 것은 아니오만 나는 정말 믿기 어렵소. 저 남자는 아무리 잘 봐줘도 30대 초반밖에 안 되어 보입니다. 게다가 여자는 20대가 확실합니다. 그 나이에 대가로 각성한 사람은 절대무가에도 없는 것으로 알고 있습니다."

나림이 더듬거리며 말했다. 다른 사람들도 고개를 끄덕였다. 무가에 몸담고 있으면서 대가의 경지에 이르는 것은 모든 이의 꿈이다.

"솔직히 저는 어떤 근거로 그런 이야기를 하는지 믿을 수 없습니다. 게다가 대가라는 사람들이 백작 영지에서 그것도 일개 조직의 장을 맡고 있다는 것을 현실적으로 납득하기 어렵습니다. 대가를 이루었다는 증거가 있습니까?"

경무가의 인물이 거들고 나섰다. 무인들답게 화법이 직설적이다. 모든 사람의 눈길은 비연에게 향했다. 저 여리고 예쁜 여자가 대가라고? 쥐새끼도 웃고 갈 이야기다.

비연이 시큰한 표정으로 산을 쳐다보았다. 이런 문제는 판단이 잘 안 선다. 다시 한 번 그의 초인적인 감각을 믿어볼 수밖에.

산이 호크에서 눈을 뗐다. 호크는 꼬리를 말면서 디테의 뒤로 숨었다. 이어 산과 비연의 눈이 마주쳤다. 산은 고개를 갸웃하더니 좌중을 쓱 둘러본다. 그리고 디테를 향해 흰 이를 드러내며 씨익 웃어주었다.

"맨입으로 되나?"

좌중은 갑자기 얼어붙은 듯 조용해졌다. 모두들 어안이 벙벙한 얼굴로 서로를 쳐다보고 있다. 신의 사도에게 저렇게 막 대하다니, 왕이나 절대무가의 수장도 하지 못할 일이다. 바로 신과 대적하겠다는 의미였으니. 이번에는 디테가 눈에 띄게 당황했다.

"무슨 의미인가요?"

디테는 정색을 하고 물었다. 그 말투가 아주 차갑다. 신의 권위에 대한 것이라면 이야기가 달라진다.

"너도 20대 청춘이잖아? 게다가 아주 강하지? 자고로 경기는 공평해야 하는 법이야. 우리에게서 뭔가를 보고 싶다면, 너는 뭘 보여줄 건데?"

"감히! 여신을 시험하고 싶은가요?"

"거참, 더럽게 말귀를 못 알아듣네? 네 이야기를 하는데 왜 여신이 튀어나와? 그러면 하나 묻자? 네가 온전한 여신이냐?"

"그건…… 아니……지요."

디테가 숨을 삼키며 가까스로 대답했다.

"그럼 그 여신 부분은 발라내자고. 그리고 네 몸에서 여신이 아닌 것만으로 대화를 한정하자. 인간적으로 이야기하자고. 그럼 됐지? 나는 깜냥도 안 되는 것들이 배경 믿고 설치는 걸 아주 싫어하거든."

이번에는 동예와 무관들의 표정이 딱딱하게 굳었다. 그것은 자신들에게도 해당되는 이야기였다. 그렇지만 그들은 감히 항의할 수 없었다. 지금 3단계를 넘어 이미 가속되어 있는 산과 비연의 신체에서는 옅은 후광(後光)이 형광처럼 배어 나오고 있다. 그것은 대가의 표식과도 같은 것이다. 동시에 무관들의 귓가에는 세 줄기의 낮은 음성이 동시에 울리고 있었다. 의념이 통하지 않는 사람들이기 때문에 메시지는 명확한 음성으로 귓가에 울리고 있었다. 그 음성은 매우 낮고도 은밀했다. 그리고 소름 끼쳤다.

"자연스럽고 편안하게 행동하도록 하세요! 또한, 여기에서 일어난 일이 밖에서 함부로 회자되지 않기를 바랍니다. 여신의 분노는 무섭답니다."

"부탁하건대! 자연스럽게 행동하세요! 그리고 여기서 듣고 본 것들을 모두 잊으시길! 반드시 보답을 해드립니다. 물론 잊은 쪽의 보답이 보다 이롭습니다."

"남은 술이나 드십시다. 설마 술자리에서 나온 이야기를 진담처럼 옮기지는 않겠지요?"

네 사람은 멍하게 앉아 있었다. 확실한 것은 이들이 뭔가 다른 존재들이라는 것이다. 그들의 주변에는 아지랑이 같은 기운이 이리저리 흐르고 있다. 그리고 그 기운이 정말 위험한 것이라는 데는 이견이 없었다. 이미 살갗을 넘어 온몸을 울리는 저릿저릿한 느낌이 술기운과 어울려 구토하고 싶을 정도로 압도적인데…….

디테의 얼굴은 하얗게 질려가고 있었다.

* * *

디테는 가빠진 호흡을 다스렸다. 살짝 찌푸린 눈에 점점 의혹이 쌓여갔다. 아울러 당혹과 미혹도 더불어 뇌리 속으로 겹쳐진다.

'어찌 인간이 이런!'

디테는 현재 자신이 처한 상황을 믿을 수 없었다. 여신과 연결된 채널은 가닥가닥 끊어지고 모든 채널이 백색잡음으로 강제로 '대체'되고 있었다. 여신이 전해주던 권능 역시 약해져 사람으로서의 '육신'은 실이 끊어진 인형처럼 나약하게 흐느적거리고 있었다. 입까지 통제됐는지 마음먹은 대로 언어가 구성되지 않는다. 혀는 취한 듯 꼬이며 어떤 의미 있는 단어도 음성으로 변환하지 못하고 있었다.

─까불면 여기서 죽는다. 화려한 네 삶도 여기서 마감하는 거야.

여신의 채널을 타고 들어온 남자의 의념이 묵직하게 울렸다.

─이제 진지한 대화를 나눌 준비는 됐나?

여신의 것 같은 여성의 의념이 찌르르하게 뇌리를 타고 들어왔다.

─어떻게 그대들이 '신'의 통신을 다룰 수 있지?

디테의 의념이 비명처럼 흘러나왔다. 뇌리의 저편에서 디아나 여신의 의지가 뒤늦게 버둥거렸지만 장막 너머로 밀려가며 아스라이 멀어졌다. 디테는 온몸에 소름이 돋는 것을 느꼈다. 허리 아래에서는 시큰한 요의(尿意)까지 느끼고 있었다. 순도 높은 두려움이었다. 새로운 삶을 선택한 이후 처음으로 느끼는 것이다.

디테는 눈빛을 심연처럼 가라앉히며 상대를 쳐다보았다. 두 사람은 묵묵하게 자신을 응시하고 있었다. 상대는 진짜 '인간적'인 대화를 원하고 있다. 또한 지금 강제로 그 의지를 관철시킬 만한 능력도 있다는 것을 직접적으로 시위하고 있는 중이다.

디테는 자신의 내면을 꼼꼼하게 들여다보았다. 한 사람은 오감을 장악하고 다른 사람은 자신의 신경을 다스리고 있었다. 또한 한 사람은 힘을 일으키고 다른 한 사람은 그 힘에 의지를 실어 나르고 있었다. 요컨대 디테 자신의 몸은 그들의 의지로 움직여지는 중이다. 그 동기화(synchronization) 정도는 마치 한 사람의 의지처럼 너무도 정교하게 맞물려 들어갔다. 아직은 서툴고 미약하지만 그것은 바로…… '신'이 쓰는 방법이었다.

─우리는 알고 싶은 것이 아주 많아. 게다가 이 세계에서 우리의 삶은 언제나 막다른 골목이지. 더 이상 잃을 것이 없다는 뜻이야. 그렇지만 우리 스스로의 운명을 선택할 각오는 되어 있지. 따라서 만약

에 네가 우리에게 뭔가를 바란다고 해도 결정권은 우리에게 있다. 어때 동의하나?

다시 비연의 의념이 울렸다.

디테는 머리를 끄덕였다. 거의 동시에 두 가지 기운이 거두어졌다. 디테는 머리가 맑게 개는 느낌을 받았다. 디아나의 의지가 다시 몸을 신속하게 장악하고 있다.

―정말 대단하군요. 피안에서 사상 초유의 괴사(怪事)를 일으킨 사람들이라고 들었지만, 설마 이 정도일 줄은 몰랐습니다. 내가 들은 정보는 많이 부족했었군요. 그것도 아주 많이.

디테는 바로 평소의 표정을 회복하며 힘없이 웃었다. 그녀 앞의 두 사람은 마치 원래 그랬던 것처럼 눈을 초롱초롱하게 뜨고 자연스럽게 대화를 기다리고 있었다. 디테의 눈에 다시 이채가 감돌았다. 이 사람들은 최소한의 경계조차 풀어버린 상태다. 대체 무엇을 믿고 있는 것인가?

그녀는 아니 여신은 이 '인간'들에게 감탄했다. 단순한 긍정의 고갯짓 하나로 그대로 믿어버리는 그 순수함, 골수까지 스스로를 신뢰하는 고결한 자아(自我), 그리고 마치 신(神)과 화신(化神)의 관계처럼 완벽한 조화와 신뢰!

"정말이지…… 당신들은 무섭군요."

"객쩍은 소리는 그만하고 당신이 주변 정리부터 해주는 게 어떨까?"

비연이 피식 웃으며 사람들을 눈짓으로 가리킨다. 영문을 모르고 그들을 쳐다보는 여덟 개의 눈이 보였다. 디테, 아니 디아나가 고개를 끄덕인다. 무가 세 사람의 눈은 스르르 풀렸다. 그들은 이제 아무것도 보고 듣지 못할 것이다. 이전의 일도 기억하지 못할 것이다. 동예는 턱을 쓰다듬으며 여전히 그들을 바라보고 있었다.

"동예 대장께서는 이미 각성하신 분. 저로서는 어쩔 수가 없군요. 원하신다면 우리 대화의 참관인이 되실 수 있습니다."

디테가 동예를 바라보며 말을 건넸다. 여신의 권능을 실은 표정이 사뭇 엄숙하다. 그 모습을 바라보는 비연의 눈빛이 이채롭게 빛났다.

"기꺼이 참관인이 되겠소."

동예가 고개를 끄덕였다. 원하던 바다. 알고 싶던 것이 많으니 거절할 이유는 없다.

"여기서 나오는 이야기는 직접적으로나 간접적으로 그리고 어느 누구에게도 이야기를 해서는 안 됩니다. 서약을 해주실 수 있습니까?"

"그렇게 하겠습니다. 내 이름과 명예, 그리고 목숨을 걸겠소."

"디아나 여신의 이름으로 서약은 이루어졌습니다. 자, 이제 진지한 대화를 나누실까요? 하나씩 묻고 하나씩 대답하는 방식으로 하지요. 그게 공평하겠죠?"

"지금 우리를 쫓고 있는 것은 너희 신이라는 존재들인가?"

산이 단도직입적으로 물었다. 가장 궁금한 것은 일단 적의 실체를 아는 것이다.

"그렇지 않습니다. 그대들은 이미 각성한 자. 각성한 자는 스스로를 믿기 때문에 믿음을 양식으로 취하는 신에게는 별 용무도 쓸모도 없지요."

디테 역시 짤막하게 답했다.

"그대들을 각성시킨 것은 넥타입니까? 아니면 그대들 스스로의 방법이 있었나요?"

이번에는 디테가 물었다.

"둘 다라고 할 수 있겠지. 넥타의 재생력 덕택에 목숨이 끊어질 만한 상황에서도 모든 시도를 해볼 수 있었으니까."

비연이 대답하고 다시 물었다.

"우리는 지금 쫓기고 있는 것인가? 만약 그렇다면, 누가 우리를 쫓고 있는 거지?"

"그것은 나도 모릅니다. 다만 당신들이 이 세계의 모든 초월적 존재가 주목하는 매우 유명한 사람들이라는 것은 확실합니다. 그리고 신을 포함해 대단히 강대한 존재들이 그대들의 상황에 관심을 가지고 있다는 것은 확인해 줄 수 있습니다. 넥타가 보급된 이래 수천 년 세월 동안 그대들만큼 충격적인 사건을 일으켰던 인간은 없었거든요."

디테가 배시시 웃었다. 이제 그녀의 차례다.

"각성은 언제쯤 이루었습니까? 그리고 2단계 각성은 언제쯤 넘어갔나요?"

"그 각성이라는 게 어떤 상태를 의미하지? 워낙 여러 단계를 거쳤거든."

"탈각, 즉 '암검'이라는 단계를 아시나요? 그 단계를 넘어 고통이 사라지는 단계가 왔겠지요? 그다음 단계를 의미합니다. 완전히 새로운 감각이 열렸을 텐데요?"

"음…… 이 세계로 온 지 9개월 정도 지나서였지. 그다음 단계는 그곳을 탈출한 후 넘어갔어. 한 달 전쯤 되려나? 그게 꽤 까다로워서 아직 적응하느라 애쓰고 있지만……."

이번에는 산이 대답했다. 그 표정은 덤덤하다.

하지만 디테는 얼굴을 굳혔다. 동예 역시 입을 떡 벌린 채 그들을 바라보았다. 그렇지만 둘이 놀란 이유는 조금씩 달랐다.

'겨우 4차 가속, 그러면 2품 수준인데…… 어떻게 '세계와 대화'를 할 수 있다는 것인가?'

디테, 아니 디아나 여신의 생각이었다.

'이 세계로 왔다? 겨우 9개월 만에 대가로 각성을 이루었고, 지금 2품 대가까지 넘었다? 농담하나? 10년도 이르다고 했거늘. 그리고 정말 이상하지 않은가? 이들은 사도에게 하대를 하고 사도는 존대를 하고 있다. 그런데도 서로 너무도 자연스럽다. 이들은 대체 누구인 가……?'

여기까지는 동예의 생각이었다.

디테와 동예 두 사람은 모두 인상을 찌푸렸다. 그들의 공통점은 파괴된 상식의 파편으로 두들겨 맞고 나서 모든 판단 기준이 휘청거리고 있는 상황이라는 점이다. 현실감이 결여되어 있으니 놀라기보다는 심하게 당혹스럽다. 그렇지만 실제로 온몸으로 경험했으니 부정하기도 어려웠다.

영리한 디테는 이제야 왜 마스터와 용이라는 무시무시한 존재들이 이들을 주목했는지 그 이유를 알 것 같았다. 이 사람들에게는 '각성'의 기제(mechanism)를 규명할 수 있는 '열쇠'가 있을지도 모른다. 그 위대한 '제작자'가 참고했다는…… 또한 현자들의 견제와 인간 각성자들의 무력에 짓눌려 신도도 확보 못 하고 거의 봉인되다시피한 동족 신들의 권능을 찾을 수 있는 단서가 있을지도 모른다.

"본론으로 들어가자. 그대는 우리에게 무엇을 원하고 있지?"

비연이 옅은 웃음을 던지며 물었다.

"왜 그렇게 생각하시는지? 그저 호기심이라고 하면 믿기 어려울까요?"

디테 역시 입술을 찌그러트리며 반문한다. 이 여자는 상대하기가 꽤 까다롭다.

"그대와 대화를 하다 보니 이제야 여러 정황들이 해석이 되는데, 우리가 처음 숲에 떨어졌을 때부터 지나치게 평온했거든. 사냥의 여신은 숲을 관장하는 존재라 했으니, 우리가 숲 속을 이동할 때 이미 알고 있었다고 생각해야 되겠지? 초봄에 먹을 거라곤 사냥을 통해 얻을 수밖에 없었으니, 적절한 사냥감을 통해 우리의 진로를 유도할 수 있었을 것이고. 여기까지 맞나?"

"계속하시죠."

디테가 흥미롭다는 표정으로 고개를 끄덕이며 비연을 쳐다보았다.

"그리고 에센 백작가로 유도했을 거야. 그곳에서는 사냥 축제가 열리니까. 그리고 자연스럽게 섞일 수 있는 환경을 마련해주었겠지. 그리고 그곳에서 우리에게 신탁을 들려주었어. 신들이 파견한 영웅이라는 사기성 발언으로 말이지? 그렇지만 신은 믿음을 먹고 사는 존재라 하니 거짓을 이야기하지 않는다고 보고…… 그렇다면 아마도 그 발언은 정말 신들의 합의가 있었다고 봐야 할 거야. 여기까지 맞을까?"

"놀랍군요! 계속하시죠?"

디테는 이제 긴장하고 있었다. 이 정도로 지혜로웠다니! 비연의 이야기는 계속 이어졌다.

"내 생각에는 숲의 균형이 깨지고 있을 거야. 시간이 조금 더 지나면 인간이 사는 대지의 균형도 깨지겠지. 어떻게 생각해?"

"왜 그렇게 생각하셨나요?"

디테는 눈을 가늘게 뜨고 다시 묻는다.

"우리가 오늘 사냥한 모든 괴수들, 특히 치명적인 것들은 모두 암놈이었어. 그것도 모두가 알을 품은 채 굶주린 상태로 떼로 몰려다녔지. 그건 확실히 자연스럽지 않아. 그렇다면 누군가의 의지로 그렇게 됐다는 이야기인데 아무리 생각해봐도 사냥의 여신에게 이로운 흐름은 아니거든? 숲에 사냥꾼이 설 땅이 없어지고 그러면 사냥꾼의 숭배를 받지 못하게 되는데 그런 아무래도 디아나 여신이 자살 행위를 선택하지는 않았겠지? 그대는 어떻게 생각해?"

"……"

디테는 입술을 오물거릴 뿐 말을 잇지 못했다.

"대체 누구지? 저 북쪽에서 우글거려야 할 괴수들을 조직적으로 보낸 놈들은? 그리고 이유가 뭐지?"

비연이 재차 물었지만 디테는 비연의 눈을 응시할 뿐 대답을 피하고 있었다.

"흠…… 그러면 아까 잡은 까만색 호크는 북쪽의 다른 놈이 보낸 전령이라는 이야기겠구먼. 그래서 아까 너는 숨죽인 채 숨어서 상황을 살폈을 테고. 덤으로 우리가 처리해주기를 바라고 먼저 기적을 날리셨구먼. 어쩐지 이상하더라."

산이 한마디 거들었다.

"휴…… 두 분은 계속 저를 놀라게 하는군요. 그 혼란스러운 순간에도 본질을 살피는 통찰력이라니! 맞습니다. 두 분의 판단은 거의 정확합니다. 나는 곤경에 빠져 있고 다른 신들도 많은 우려를 하고 있습니다."

"그래서 우리에게 원하는 게 뭐야?"

산이 물었다.

"우리 신들의 권능은 강대합니다. 그렇지만 그 권능을 담을 만한 그릇을 아직 만들지 못하고 있답니다. 육신의 권능이 부족하니 신앙도 확장하기 어려운 상황입니다. 이 때문에 북쪽에 있는 '마스터'로부터 강한 육신을 조달받기로 계약을 했지요. 아울러 강한 권능을 유지하기 위한 넥타도 함께 공급받고 있습니다."

"그 관계에 문제가 생겼나?"

비연이 다시 물었다.

"아직은 괜찮습니다. 그렇지만 북쪽과는 사업적인 관계라고 할 수 있습니다. 언제라도 거래는 끊길 수 있을 것이고 그들은 여전히 우리를 통제할 수단을 가지고 있답니다. 우리도 살길을 찾을 수밖에요."

"허…… 참…… 우리가 알고 있는 신과는 너무 이미지가 다르네. 그렇다면, 북쪽에 있는 마스터라는 놈이 남쪽으로 밀고 내려온다는 건가?"

산이 입맛을 다셨다.

"마스터인지 확실하지는 않아요. 우리 신들은 마룡, 그리고 마룡들과 동맹을 맺은 초인들이라고 보고 있습니다. 용들은 인간세계에 간섭하지 않지만, 마룡은 인간을 원하기 때문이죠."

"마룡? 초인?"

비연이 고개를 갸웃했다.

"그 이상은 확인해줄 수 없습니다. 어쨌든, 그들은 오랜 세월 준비를 해왔습니다. 아직까지 군대를 마련하고 있고 인간 세상에는 강력한 인간체(人間體) 분신을 일부 내보낸 상태지요. 그들의 평균 권능은 인간 기준으로 최소 2단계 이상의 각성을 이룬 자와 동급이라고 보시면 됩니다."

"놈들은 인간에게서 뭘 원하지?"

비연이 굳은 얼굴로 물었다.

"몸과 마음 모두, 그리고 새로운 질서……."

디테가 낮게 중얼거렸다.

* * *

잠시 동안 의도된 침묵이 흘렀다. 각자 생각할 것도 많고 정리해야 할 것들도 많을 것이다. 이제 대화는 결론을 향해 달려가고 있었다.

"그러면……."

디테가 먼저 말을 꺼냈다. 그녀의 얼굴은 발갛게 상기되어 있었다.

어차피 원래 의도했던 대로 협박 공갈이 호락하게 먹힐 상대가 아니라는 것은 명확해졌다. 당초에 이들의 고단한 처지로 볼 때 9할 이상의 확신으로 자신이 우위에 설 것이라고 생각했지만, 막상 대해보니 지나칠 정도로 교활하며 굳건한 자존심을 가진 인간들이다. 이로써 디테에게는 좋은 소식과 나쁜 소식이 생겼다. 좋은 소식은 이들이 생각보다 훨씬 신뢰할 만하다는 점이었고, 나쁜 소식은 자신이 가진 대부분의 패가 변변치 않다는 것이 밝혀졌다는 점이었다.

디테는 입맛이 썼다. 신의 권능도 안 통하고 정보 왜곡에 의한 협박은 더욱 먹히지 않는 인간이라니. 결국 협상을 해야 하는 상태로 몰렸다. 세상에! 인간과의 협상이라니!

"이 광대한 지역에 있는 괴수들을 우리가 막으라는 것인가? 아니면 다른 의뢰도 있는 거야?"

비연이 싱긋 웃으며 먼저 말을 꺼냈다. 디테는 고개를 들어 비연을 쳐다보았다. 그녀의 표정은 덤덤하다. 디테는 하얀 손가락을 꼼지락거리며 입술을 꼭 깨물었다. 어찌 저렇게 사람이 얄미울 수 있을까 깊이 연구해볼 필요가 있다는 생각과 함께.

"일단은…… 그렇습니다."

"일단은…… 거절한다."

디테의 대답과 함께 산의 응답이 거의 동시에 나왔다.

"예?"

"너무 위험해! 우리는 아직 현자를 상대할 능력이 안 돼. 그리고 현자에 대해 아는 것도 없고."

"어차피 그들을 피할 수는 없을 텐데요?"

디테가 얼굴을 살짝 굳히며 산을 쳐다본다.

"그러니까. '일단은' 안 된다고 했잖아?"

"무슨 뜻인지?"

"우린 바보가 아니야. 현자라는 놈이 용의 분신이라고 했나? 우리는 그 현자 두 놈을 만나본 적이 있어. 영락없는 사람의 모습이더군. 네 말이 사실이라면 용들이 이곳에 거점을 마련한다는 이야기 아냐? 그건 우리가 용들과 생존을 건 싸움을 해야 한다는 의미겠지? 한마디로 요약해줄까? 그건 개죽음이라고."

산은 눈을 똑바로 뜨고 디테를 쳐다보았다.

"맞습니다. 그것이 이 문제의 핵심입니다. 그들은 여태껏 세력을 만들지 않았는데 최근에 개체 수를 급격하게 늘리고 있습니다. 현자도 폭발적으로 늘어나겠지요. 그 상황은 신이나 인간에게 바람직한 현상은 아닙니다. 그리고 그대들 역시 앞으로 더욱 숨기 어려워질 것이고 훨씬 위험해질 것입니다."

디테 역시 만만한 존재는 아니다. 둘의 시선이 싸움이라도 하듯 허공에서 부딪친 채 고정되어 있었다.

"왜 놈들은 그렇게 일을 번거롭게 하지? 그토록 강력한 능력을 지닌 용이라면 직접 치고 내려올 수 있지 않나? 그들에게 어떤 약점이 있나? 아니면 인간 세상과 가까운 곳에 있어야 할 이유라도 생긴 건가?"

이번에는 비연이 물었다. 그녀로서는 상당히 중요한 질문이다.

"그것은…… 아직 말씀드릴 수가 없습니다."

디테는 눈에 띌 정도로 당황하며 대답을 거부했다.

"곤란하다면 이야기 안 해도 돼. 동업자의 약점을 말하기는 어렵겠지. 자 이제 그러면 너희 신들이 우리에게 해줄 수 있는 것은 뭐지? 우리야 이 짧은 인생 어디론가 튀어서 죽을 때까지 숨어버리면 그뿐인데, 굳이 그런 위험한 모험을 해야 할 이유가 있을까?"

산이 심드렁하게 말했다.

"신을 우습게 보지 마세요. 신은 말씀, 곧 정보를 지배하는 존재랍니다. 정보로 할 수 있는 것은 그대가 생각하는 것보다 훨씬 많아요. 또한 우리에게는 정보를 생성하고 유통하고 전파시킬 수 있는 권능이 있습니다. 모든 숲에서, 모든 대지에서, 모든 물에서 그리고 인간의 땅에서 신만큼 빠르게 정보를 다룰 수 있는 존재는 없습니다. 신의 권위가 실린 정보는 실로 인간을 움직이고, 세상을 움직이게 하지요. 그리고…… 그렇기 때문에!"

디테는 잠깐 말을 끊었다. 그리고 내뱉듯이 한마디를 덧붙였다.

"그 정보는 흐르는 방향에 따라 그대들에게 유리할 수도 있지만, 매우 불리할 수도 있겠지요?"

산과 비연의 얼굴이 동시에 일그러졌다. 산은 디테를 죽일 듯 노려보다 다시 하늘로 눈길을 돌렸다.

"진짜 개새끼들이다. 여기나 저기나 어쩌면 그렇게 하는 짓이 똑같을까? 추악하다! 온갖 교언영색(巧言令色)으로 사기 치는 위정자 놈들이나, 사실마저 왜곡해가며 제 뱃속만을 챙기는 신문 정보 장사꾼 놈들이나…… 결국 이곳의 신이라는 존재도 똑같은 종류의 양아치 집단이라는 거냐? 그러고도 구차하게 사람의 믿음을 얻기 원하나? 씨바 욕 나오네. 정말!"

산과 비연은 서로의 눈을 한참 동안 응시했다. 무수하게 많은 대안과 가능성을 저울질하고 있을 것이다. 비연이 먼저 협상에 나섰다.

"그래, 우리에게 선택의 여지가 별로 없다는 걸 인정하지. '일단은' 그리고 '당분간'은 말이야. 그러면 너희 신들 뜻대로 움직인다고 치고 이제 본격적으로 협상을 해보자고. 먼저 우리 조건을 제시하지. 미리 못 박아두는데, 이 조건은 전제 조건이다. 이게 깨지면 모든 계약은 즉시 해제되는 것으로 한다. 어때?"

"어떤 조건이냐에 따라 수용할지 안 할지 말씀드리지요. 그 조건에 따라 우리 요구 사항도 달라질 겁니다. 신은 전지전능하지 않거든요. 사실 돈도 별로 없고……."

디테가 슬며시 웃으며 대꾸했다. 이제 약간 여유가 생겼는지 느긋해진 얼굴이었다.

"너희들 하는 꼴을 보아하니 크게 바랄 수도 없겠어. 우리 조건은 세 가지다. 첫째, 적들로부터 우리의 위치와 움직임에 관한 모든 정보를 차단해줄 것. 차단이 어렵다면 교란이라도 해줄 것. 둘째, 적에 대한 정보를 적시에 제공해줄 것. 또한 우리 허락 없이 우리의 신상에 관한 정보를 세상 사람에게 유포하지 말 것. 여기서 영웅 놀이 하기는 싫거든. 셋째, 첫 번째 요청은 최소 6개월 뒤에 시작되도록 할 것. 어때? 이 정도면 가능할까?"

디테는 잠깐 놀란 표정을 짓더니 조심스럽게 대꾸했다.

"그것이 요구 사항 전부……인가요?"

"왜 그것도 어려워? 이것 참 생각보다 무능한 동업자네? 그럼 우린 낚인 거냐?"

산이 비연을 쳐다보며 중얼거렸다.

디테는 이제 두 사람을 또렷한 눈빛으로 쳐다보았다. 담담했던 눈빛이 미묘하게 흔들렸다. 신으로부터 권능을 허여(許與)받은 이래 처음으로 느끼는 '감정'이다. 디테는 디아나 여신의 기억이 허락하는 기간까지 포함해서, 그동안 셀 수도 없이 만났던 많은 인간 군상들을 떠올렸다. 그중에는 제법 착한 자도 있었고, 정말 사악한 놈도 있었다. 그렇지만 세상의 정보로 충만한 그녀가 보기에 대부분의 인간은 언제나 비루하고도 하찮았다. 빤히 보이는 욕심, 속 보이는 의도, 구토가 날 정도로 뻔뻔한 거짓, 그리고 동족에 대한 비열한 질시 등으로 질퍽하게 뭉개진 더러운 단백질 덩어리와 다를 바가 없었다. 그리고 인간은 예외 없이 부조리하고도 불합리한 존재였다. 내놓는 것은 개뿔도 없으면서 바라는 건 많았다. 물론 그 덕분에 신앙의 틈이 생겼고 신들의 사업 기반도 마련된 셈이다. 그런데…….

두근.

디테는 문득 가슴이 뛰는 소리가 커졌다고 느꼈다. 이 '감정'은 특별한 종류의 것이다. 디테는 그 이름도 안다. 그저 표면에서 찰랑거리는 것이 아니라, 깊숙한 곳에서 힘차게 울렁거리는 파동. 아주 오래된 기억. 이 기분 좋은 파동을 '감동'이라고 했던가?

'정말 묘하군. 어느 인간이 있어 '하찮은' 신들의 비겁한 '꼬라지'라 감히 일갈할 수 있을까? 그나저나…… 이 기묘한 느낌은 대체 무엇일까?'

"그러면 어디 네 조건을 이야기해봐라. 이거 완전히 날강도 새끼들이네……."

산의 씩씩거리는 목소리가 다시 들렸다. 디테는 상념에서 깨어나며 어색하게 웃었다.

"그대들의 조건은 모두 들어드릴 수 있습니다. 또한 우리가 의당 해야 할 일이기도 하고요. 정말…… 다른 요구 사항은 없는 건가요? 사실 두 분의 요구가 너무 소박해서 잠시 당황했습니다. 내가 아는 인간들은 아주 다른 요구들을 하거든요."

"하기야 여기 와서 입맛이 많이 저렴해지긴 했지."

산이 퉁명스럽게 맞받아쳤다.

"어쨌든 그대들의 요구 조건과는 별도로 넥타를 충분하게 보급해드리도록 하겠습니다. 대신 기간은 3년으로 한정하도록 하지요. 신의 이름으로 서약을 하겠습니다. 이 서약을 위반하면 '모순율(矛盾律)' 때문에 우리 존재가 스스로 소멸하게 됩니다."

"넥타도 줄 수 있나? 그건 매우 고마운데? 그거라면 정말 많은 도움이 될 거야."

비연의 얼굴이 밝아졌다. 산 역시 밝게 웃었다. 디테도 숨을 가볍게 골랐다. 이로써 의외의 장소에서 두 사람은 이 세계에서 가장 절실하게 원했던 두 가지를 얻었다.

그 하나는 불확실성의 제거, 다른 하나는 확실한 미래를 위한 준비 체제의 구축이다. 이 두 가지에 비한다면 다른 것은 정말 하찮은 것이다. 설령 그것이 목숨을 담보로 이루어지는 일이라고 해도 그들은 기꺼이 선택했을 것이었다. 목숨을 걸지 않은 '작전'이란 있을 수 없다. 상대는 어차피 반드시 부수고 넘어가야 할 강적이기도 했고…….

반면, 디테가 그들에게 요구한 것은 일종의 조건부 협력이었다. 왠지는 모르지만 신들 역시 두 사람의 몸 상태에 깊은 관심을 가지고 있었다. 그 요구들은 6개월 뒤에 주어질 신들의 요구를 수행하면서 자연스럽게 드러나게 될 것이다. 몸 상태에 대한 정보를 얻는 것은 산과 비연의 이해에도 부합하는 일이었다. 적어도 인간 세상에 나와 마음 편하게 살아가게 될 것이라고 생각하지는 않았다. 어차피 전쟁이 불가피하다면, 신과의 협력을 통해 전투력을 키우고 그들을 소환한 존재들에 대항할 수 있는 수단을 강구하는 것은 두 사람도 원하던 바였다.

잠시 침묵이 흐른 뒤, 셋은 이런저런 소소한 이야기를 나눴다.

한편, 동예는 대화에 감히 끼어들지 못하고 깊은 생각에 잠겨 있었다. 비록 묵묵하게 듣기는 했지만 그 의미를 파악하기는 어려웠다. 더구나 인간이 신과 대등하게 대화한다는 이런 비현실적인 상황을 믿기가 어려웠다. 그러나 동예는 앞으로 이들로 인해 북부에서 벌어질 상황이 심상치 않다는 것을 예감했다. 자신이 가문으로 돌아가서 해야 할 일과 이 두 사람과의 관계를 어떻게 설정해야 할지에 대한 복잡한 고민도 정리하고 있었다.

산이 마지막 술잔을 기울이며 질문을 툭 던졌다.

"신이라 하니 마지막으로 하나만 더 묻자. 우리가 살던 세계로 돌아갈 수는 있는 건가?"

"글쎄요. 데려올 수 있었으면 다시 보낼 수도 있겠지요?"

디테가 짤막하게 답했다.

"누가 그럴 수 있다고 생각하지?"

비연이 다시 물었다.

"확실치는 않지만, 초인(超人)이 그런 권능을 가지고 있을 거라고 추측하고 있습니다."

"초인? 그들은 누구지?"

산이 물었다.

"제작자의 화신들이라고 하더군요."

"그 제작자란 이 세계의 창조주를 의미하나?"

"그렇습니다. 우리는 그 존재를 '일원'이라고 부르지요."

비연은 모닥불을 응시했다. 옹이가 터지며 작은 불티들이 여기저기 튀고 있었다. 흔들리는 불빛 뒤로 멀리 세워둔 목책이 보였다. 가로 세로로 교차된 격자 모양이 눈에 밟혔다. 말로는 표현하기 어려운 기묘한 유사성, 어떤 연결…… 비연은 가슴이 답답해졌다.

"그들은 아주 강하겠지?"

산이 중얼거렸다.

"아마도……."

디테의 얼굴에는 언뜻 공포가 스쳐가는 모습이 보였지만 산의 표정은 담담했다. 산은 독한 술을 한 잔 들이켜고 자리를 털고 일어났다. 비연 역시 표정의 변화 없이 일어나 인사를 마친 후 먼저 돌아섰다. 하지만 돌아서며 한마디를 기어이 던졌다.

"그런데 그 초인들은 몇이나 되지? 그리고 신들은 그들을 뭐라고 부르고 있지?"

"그들은 감추어져 있었습니다. 지금까지 알려진 존재는 넷. 그들은 자신들을 파순, 세트, 로키 그리고…… 사탄이라는 이름으로 부른다 하더군요."

묵묵하게 뒤돌아서서 걸음을 떼던 비연의 동작이 우뚝 멈췄다.

'사탄……?'

* * *

사냥은 사흘 만에 파장 분위기로 흘러갔다.

원래 열흘 일정이었지만, 무사와 사냥꾼 들은 더 이상 사냥을 할 수 없다고 결론지었다.

그 이유는 두 가지였다. 하나는 첫날 밤에 잡았던 사냥감이 너무 많았기 때문이다. 첫날 하루 동안에 잡아들인 수량이 예년의 열흘 동안 모든 사냥꾼이 잡은 모든 짐승들을 합친 것보다 다섯 배가 넘었다. 빨리 처리하지 않는다면 부패가 시작될 것이다. 또 다른 이유는 주변의 숲에는 이미 잡을 만한 사냥감의 씨가 말라버린 탓이었다.

아침에 떠난 사냥꾼들은 저녁쯤 다시 광장에 모여들었다. 거의가 빈손이었고, 일부는 아마 어디 안전한 곳에 처박혀 시간을 보내며 놀다 왔을 것이다. 그래도 돌아오는 사냥꾼들의 표정은 밝았다. 수확이 워낙 크고 그들 모두가 전투에 참여했으니 가져갈 몫도 커질 것이라는 기대 때문이다. 아마 내일까지 분류 작업을 마치면, 모레 정도에는 모든 사람이 철수하게 될 것이다. 비록 신분과 계급에 따라 차별적으로 분배되겠지만…….

반면, 특임대원들은 역시나 눈코 뜰 새 없이 바빴다. 한편에서는 잡은 짐승을 분류하고, 부위별로 해체하고 있었고, 다른 조는 계량과 집게 그리고 분배를 위한 골치 아픈 작업을 하고 있는 중이다. 대원 중 일부는 백작가로 먼저 떠났다. 턱없이 많아진 짐의 운송을 위한 충원을 요청하기 위해서다. 만약의 위험을 대비하여 동명가 무사들을 몇 명 동행시켰다. 산과 비연은 그들답게 여기저기 돌아다니며 필요한 '조사'를 하고 있었다. 덕분에 대원들의 입술은 반쯤 튀어나와 있다. 그들이 당연한 사실을 당연하지 않은 듯이 묻고 다녔기 때문이다.

"이건 왜 이렇게 분류했지?"

"이 부위는 적고 귀해서 귀족 무사께 드려야 할 몫입니다."

"이 알칸의 가죽과 뼈는 왜 이렇게 따로 놓았나?"

"제인가의 나림 단장께서 이렇게 하나 챙겨달라고 해서……."

"저 따로 쌓아놓은 자투리들은 뭐지? 버릴 건가?"

"소속이 없는 사냥꾼들 몫입니다."

"이렇게 나누는 비율과 방법은 누가 정했나?"

"전부터 해오던 방식입니다."

"이건 또 뭐야?"

"신전에 바칠 몫입니다."

"왜 이리 많아?"

"신전 네 곳에 바치려면 이것도 적습니다."

"이 사냥이 영지의 백성들에게는 어떤 도움이 되나?"

"외지인들이 와서 물건을 바꾸거나 돈을 쓰고 가니 상인들에게 도움이 됩니다. 무사들은 밀린 급료를 받을 수 있지요."

"에센 백작가는 얼마나 가져가지?"

"전체 수확물의 1할입니다."

"다른 영지들은 보통 얼마나 취하지?"

"지위와 세력에 따라 다릅니다. 대공이나 공작가는 보통 3할, 후작가는 2할 정도를 취한다고 합니다. 우리 백작님은 아직 영지를 개척 중이라서……."

산이 비연을 바라보며 허탈하게 웃었다. 착잡한 표정이다.

"결국 이리저리 뜯기고 나면 남는 게 없다는 이야기군. 이 세계도 깡패와 양아치, 완장 찬 사기꾼 등등 나쁜 놈들은 역시 똑같이 등장하는 거였어. 이것 참 드러운 상황이군."

"너무 불공평하네요. 이것저것 대충 계산해보니 백작가는 들인 비용에 비해 남는 게 없겠습니다. 오히려 적자나 안 나면 다행이에요. 이건 결국 괴수들로부터 영지를 지킨다는 명목으로 주변 강자들이 세력이 약한 영지의 수렵 자원을 합법적으로 갈취하는 행사입니다. 그 부담은 고스란히 하급 무사와 영지민들이 부담해야 하는 구조이기도 하고요. 한마디로 영지의 안전을 위한 지출이 지나치게 크군요."

비연 역시 눈을 가라앉힌 채 차갑게 말했다.

"백작의 요청이 뭐였지? 우리 권한이 어디까지라고 봐야 하나?"

산이 물었다.

"어디까지나 '공정'하게 해달라고 했습니다."

"어떤 의도라고 보나?"

"산…… 님이 생각하시는 바와 같습니다."

비연의 목소리가 약간 거북하게 새어 나왔다. 조금씩 잦아들며 쥐

어쩌는 듯한. 그리고 비연은 자신이 엉겁결에 낸 소리에 화들짝 놀랐다. 스스로가 생각해도 끔찍할 만큼 어색했다. 사내는 이미 고개를 갸웃하고 있었다.

"너? 많이 컸다?"

"예?"

산이 미리 움찔하는 비연의 등을 장난스럽게 툭툭 치고는 앞으로 썩 걸어 나선다.

"그래도 나쁘지 않군."

사내는 경쾌하게 앞서 걸어가며 노래하듯 작게 흥얼거린다.

"암…… 나쁘지 않아. 괜찮았었다고. 좋은 거야. 좋은 거라고. '비연…… 님', 우리 비연 님"

비연은 산의 뒤를 따라가며 떠날 때 누군가가 건네주었던 손수건을 꺼내 이마의 땀을 닦았다. 이놈의 봄날은 참 빨리도 지나간다고 느끼며.

* * *

"대충 다 됐나?"

비연이 물었다. 그 목소리에는 짜증이 잔뜩 묻어 있다.

"아직 멀었습니다. 이 작업은 쉽지가 않습니다. 집중을 요하고 시간도 많이 걸립니다. 몸으로 하는 작업과는 아주 다르답니다."

예리아는 얼굴을 들지도 않은 채 퉁명스럽게 대꾸한다. 그녀는 한 손으로 작은 막대 조각을 계속 옮기며 다른 손으로는 무언가를 쓰고 있었다. 이리저리 분류한 노획물들을 정해진 기준에 따라 나누고 분배하는 작업을 하는 중이다. 일일이 더해 총계를 내고, 각 비율을 정해 분배하려니 계산이 많이 필요하다. 참가한 모든 집단의 이권이 달린 일들이라 정확히 계산했다는 검증까지 해주어야 한다.

지금 당면한 문제는 그 많은 사람 중에 계산 능력을 가진 사람이 하필 예리아 혼자라는 사실이었다. 그것은 백작이 둘째 딸을 이 사람들에게 보낸 이유 중의 하나이기도 하다. 그녀가 이 조직에서 반드시 필요한 인물이어야 했기 때문이다. 실제로도 그러했다. 사실 그녀만한 미모를 갖춘 재녀는 대도시에서도 드물다. 예리아는 대학급 무가에서 자산 관리와 그에 필요한 계산법을 제대로 배운 고급 재원이다. 무사들은 일반적으로 계산 능력이 떨어진다. 문사(文士)들은 변설과 논리에는 강할지 모르겠지만 숫자를 다루는 일은 싫어한다. 계산기가 없는 이 시대에 숫자를 다룬다는 것은 매우 번거로운 준비와 단순 반복 작업을 의미한다. 귀족들은 워낙 시간과 정력을 소모하는 '머리 쓰기' 유의 일을 싫어하지만, 이런 계수(計數) 작업은 그중에서도 가장 기피하는 일이다. 그래서 통상 이런 숫자 작업은 상단 출신의 평민들을 고용하여 맡긴다.

지금 예리아는 무척 화가 나 있었다. 그러지 않아도 백작의 딸이라는 고위 신분인데도 이런 작업을 해야 하는 처지가 답답했던 차였다. 반나절 내내 머리 싸매고 작업하여 겨우 분류하고 반쯤 계산을 진행했는데 그녀의 상관은 새로운 기준을 정해서 다시 계산하라고 지시했다. 그 태도는 마치 계산을 무슨 후다닥 해치우는 장난처럼 여기는 모습이었다.

"그게 뭐 복잡한 계산이라고 그리 시간을 많이 쓰나?"

비연이 작업표를 슬쩍 훑어보더니 예리아를 향해 정색을 하며 말했다. 비연의 생각에는 아무리 좋게 봐줘도 이건 의도적 태업(怠業)에 가깝다. 게다가 미묘한 경쟁의식까지 겹쳐 있는 상태다. 반항하나? 지금?

"그렇게 쉽다면 대장님이 한번 해보시죠!"

예리아가 참다못해 소리를 질렀다. 그녀 역시 조직을 떠나면 무시할 수 없는 고위 귀족이다. 아버지 말을 거역하는 한이 있어도 이 우스꽝스럽고 거의 종잡을 수 없는 사고방식을 가진 사람들의 부하 노릇은 정말 하고 싶지 않았다. 비록 매력적이고 신비롭기는 하지만 이럴 때는 정말이지…….

"필기구 이리 줘봐. 그리고 빈 종이 가져와."

비연이 드디어 직접 나섰다. 예리아는 자료와 도구를 넘긴 채 차가운 눈으로 비연이 하는 모양을 지켜보았다. 그러나 시간이 지날수록 그녀의 표정은 자신도 모르게 변하고 있었다. 처음에는 비웃음이었다가 호기심으로, 그다음에는 놀람으로, 마지막에는 의혹으로…….

이 까다로운 신임 대장은 예리아가 작성한 목록과 표를 아래위로 쳐다보더니, 고개를 좌우로 갸웃거렸다. 그리고 얼굴을 약간 찡그렸다. 그때 예리아의 입가에는 왠지 미소가 감돌았을지도 모른다. 이윽고 대장은 다른 빈 종이를 가져오더니 표를 새로 그리기 시작했다. 한 번도 본적이 없는 기괴한 모양이었다. 가로와 세로에 줄을 긋고 가로와 세로에 각각 큰 항목과 세부적으로 분류한 항목을 적었다. 그렇게 빈 표를 먼저 만들더니 비연은 자신이 넘긴 목록을 보면서 그 자리에서 각 빈칸을 채우기 시작했다. 예리아는 잠시 숨을 멈췄다. 그녀가 보기에 그 한 칸 한 칸을 채워 넣는 것은 모두가 상당한 계산을 요구하는 것이다. 특히 가중치가 다른 항목들을 비율대로 나누는 것은 나눗셈과 가중평균이 들어간 비교적 복잡한 계산을 요할 것이다. 그런데 저 사람은 필기구로 뭔가를 슥슥 써보거나, 아니면 아예 계산 과정 없이 그대로 직접 빈칸을 채우고 있었다.

비연은 불과 30분도 채 되지 않은 시간에 벌써 표 작성을 끝냈다. 비연은 끝난 후 표 위에서 그 무력(武力)과는 전혀 어울리지 않는 길고 하얗고 예쁜 손가락을 이리저리 움직이며 몇 개 숫자를 잠깐 짚어보더니 곧바로 종이를 예리아에게 넘겼다.

"다 끝났다. 그리고 네 분류법이 직관적으로 이해하기가 어려워서 내가 약간 고쳤다. 이제 세부 항목별로 확인해보도록. 별로 복잡한 계산도 아닌데 뭘 그렇게 요란을 떠는지. 내 참…… 노파심에서 묻는데, 혹시 고의로 그러는 거냐? 나한테 개인적으로 불만 있나?"

"아……아닙니다."

"딱 30분 더 준다. 그전에 모든 걸 끝내고 보고하도록! 사람들이 기다리고 있는 거 안 보이나?"

"알겠습니다."

예리아는 비연으로부터 종이를 넘겨받아 곧바로 검산에 들어갔다. 검산은 계산보다 쉽다. 몇 개의 표본만 뽑아 전체의 아귀가 맞아 들어가는지 확인해보는 것뿐이니. 검산을 마친 예리아의 이지적인 눈빛이 깊게 잠겼다. 그녀의 눈은 이미 멀어져가는 비연의 등 뒤에 그대로 꽂혀 있었다.

'정확하다. 전체 합과 부분 합, 집단별, 품목별, 항목별 비율도 하나도 틀린 게 없어. 게다가 이런 기막힌 분류법이라니. 상하좌우로 모든 비율과 분배 논리가 선명하게 드러나 있어. 그렇지만 대체 어떤 계산법을 썼기에 그토록 빠를 수 있었던 거지?'

* * *

"지금 장난하자는 거냐? 일개 지원 단장 주제에 감히?"

"에센 백작께서 사람 잘못 썼어. 왜 저런 자를 책임자로 보냈을까?"

어스름한 땅거미가 깔리고 있는 숲 속 광장에서는 격한 소리가 터져 나오고 있었다. 무사들 중 일부는 이미 무기에까지 손이 가 있다. 지금 이들은 그들이 분배받을 몫을 허탈한 눈으로 쳐다보며 절대로 인정할 수 없다는 험악한 결의를 굳혀가고 있었다.

광장의 사람들은 기뻐하는 무리와 분노하는 무리, 두 부류로 갈라져 있었다. 아니 정확하게는 네 부류다.

예상 밖으로 엄청나게 많이 할당받게 될 것이라는 통보를 받고 기쁨을 애써 숨기고 있는 일반 사냥꾼들과 낭인 무사들이 그 첫 번째 집단이다.

그다음, 고귀한 무가에서 온 자신들이 천박한 사냥꾼들과 동일한 배분을 받아야 한다는 규칙을 받아들일 수 없는 귀족들과 무사 집단이 그 두 번째다.

그리고 그들을 덤덤하게 쳐다보며, 상황이 흘러가는 모양을 지켜보고 있는 산과 비연, 불안과 기대가 가득한 눈으로 자신의 상관의 무모한 행동을 지켜보고 있는 특임대원들이 있다.

마지막으로 사태의 추이를 지켜보고 있는 동예와 동명가의 무사들, 그리고 사도 디테가 네 번째 집단을 이루고 있었다.

지금 사태는 일촉즉발의 험악한 분위기로 흘러가고 있었다. 그리고 항상 자신의 이권을 잃었다고 생각하는 쪽이 더 적극적이고 공격적이기 마련이다.

"작년 실적과 비교해보니 올해 가져가는 몫이 더 많으신데 그래도 불만이신지?"

산이 뒷짐을 진 상태로 덤덤하게 말했다.

"무슨 헛소리! 정해진 비율대로 몫을 나눠야 공정한 것 아닌가? 그대가 무슨 자격으로 그 규칙을 제멋대로 바꾸려고 하는가?"

제인가의 나림이 대표로 나서서 호통을 쳤다. 상대가 대가라는 부담은 있었지만, 확실한 것도 아니다. 설령 대가라고 해도 동명가 무사들과 동예가 나서서 자신들의 입장을 지지할 것이다. 최소한 이 경우엔 이해가 일치하니 그의 판단은 매우 합리적이었다.

"규칙은 이미 말씀드렸습니다. 모두가 목숨을 걸고 싸웠고 누가 더 많이 기여했는지는 알 수 없으니, 공평하게 분배하는 것이 옳은 결정이라고 생각합니다만……."

산이 흔들림 없이 대꾸한다. 그 표정은 초지일관 사무적이다.

"허…… 이 사람이 정말! 아주 말귀를 못 알아듣는 자들이군. 백작가와 우리 무가들 사이에 오랫동안 지켜졌던 규칙을 네가 깨는 것인가? 지금? 게다가 백작가가 3할을 먹겠다고? 더구나 가장 비싼 알칸은 모두 백작가 차지이고? 내참 어이가 없군. 이것들이 장난하나?"

경무가의 고위 무관이 나섰다. 그는 이미 칼을 반쯤 빼어 들고 있었다.

"그 계약이 있다면 증거를 제시해주시지요. 그러면 계약대로 해드리겠습니다. 우리 백작가는 이번 사냥을 위한 모든 지원을 다했습니다. 여러분이 전투 시 사용했던 모든 무기와 설치물, 그리고 모든 도구들은 우리가 제공한 것이니 그 역할이 작다고 할 수는 없겠지요?

그것들이 없었으면 여러분은 이 세상 사람이 아니었을 텐데요?"

비연이 고개를 옆으로 삐딱하게 기울인 채 대꾸한다.

"계약서는 없지만, 에센 백작이 자기 입으로 약속한 것이다. 너희들 따위가 입에 올릴 일이 아니야! 대체 무슨 배짱으로 무가들의 권리를 함부로 무시하는 거냐?"

"동명가의 대가이신 동예 님도 와 계시는데 이자들이 겁을 상실했구나! 하기야 우리가 너 따위와 긴말하며 다툴 것은 없겠지. 개소리 하지 말고 다시 계산해라. 만약 제대로 셈하지 않는다면 실력으로 우리가 받아야 할 몫을 가져갈 수밖에!"

다른 무관이 소리쳤다. 다른 귀족 무사들도 살기가 등등한 표정으로 동조했다. 장내는 이제 실력 행사를 하려는 무사들의 기세로 흉험해지고 있다.

"다 좋은데……."

산의 목소리가 나직하게 울렸다. 그의 시선은 군중이 아니라 땅바닥을 향하고 있다. 일순, 군중들은 자기도 모르게 움찔했다. 섬뜩한 기분. 마치 맨몸으로 알곤을 대면했을 때 같은 그런 느낌. 사내는 땅바닥에 눈길을 꽂은 채 작게 중얼거리고 있었다. 군중들이야 듣거나 말거나…….

"그 약속은 매년마다 서로 협의하면서 바뀐다고 들었습니다만, 듣자 하니 카로세 공작은 3할을, 노리안 후작은 2할을 받는다고 하지요. 그런데 우리 힘없고 불쌍한 에센 백작은 겨우 1할이라……."

"……."

"결국, 그 약속이라는 것이 그대 무가들이 가진 힘과 백작가의 힘의 비율대로 정해진 것이라는 뜻이 아닐까요? 그대들이 뭐라 떠들든 이건 '약속'이 아니라 '갈취'라고 해야 정확한 겁니다."

"이런! 이 자가 아직도!"

누군가 소리쳤다. 다시 웅성거리는 소리가 커졌다. 산의 목소리도 조금 커졌다.

"어쨌든…… 그건 지난 이야기고…… 우리 두 사람은 이 직책을 맡으면서 금년 협상의 모든 책임까지 지기로 계약했습니다. 따라서 이제부터는 백작가의 대표로서 이야기합니다. 귀를 활짝 열고 잘 듣도록!"

산이 말을 끊고 고개를 들었다. 그리고 군중들에게 눈을 맞춘 채 허리를 굽히며 말을 이었다. 그 목소리는 아주 낮았다. 귀에 속삭이듯 소리를 낮추니 모든 군중들이 오히려 순식간에 조용해졌다.

"지금 우리 사이에는 확실히 문제가 생겼지? 내가 한 제안은 여러분이 반대하고 있고 여러분의 요청은 내가 받아들일 수가 없으니 이제 어찌해야 할까? 그 방법은 잘난 그대들이 선택하라. 나는 내 제안을 철회할 생각이 별로 없지만 향후 우호적 관계를 위해 몇 가지 양보는 해줄 마음은 분명히 있다."

"……."

"그렇지만…… 만약 그 알량한 무력을 믿고 실력 행사를 하기 원한다면 우리 역시 그에 상응하는 결투에 정정당당하게 나설 것이다. 다만 협상을 거부한 이들에게 내가 베풀어줄 것은 아무것도 없다는 것은 미리 말해두지. 자! 선택해봐? 이제 어떻게 할 건데?"

산의 군중을 대하는 말투는 명확하게 짧아졌고 거의 으르렁거리고 있다. 그는 대표의 자격으로 손님들의 선택을 묻고 있었다. 유력 무가의 대장들과 무관들은 입을 떡 벌린 채 산의 말을 듣고 있었다.

놀람보다는 황당함이 먼저다.

"이거 정말 백작이 어떻게 된 것 아닌가? 저런 미친놈에게 이런 일을 맡기다니. 책임을 진다고 했나? 너! 진짜 목숨을 건다고 했나?"

산이 씩 웃었다.

"물론! 대신 공증인을 세워 결투에 따른 계약의 이행은 즉시 이루어지는 걸로 하지. 나중에 가문의 이름으로 딴 소리하면 곤란하거든? 어때 한번 그대의 자격을 시험해볼 텐가?"

산이 씩 웃으며 이번에는 디테를 향해 눈길을 돌렸다.

"어때요. 디테 사도님! 그대가 결투에 대한 공증을 해주시겠습니까?"

"기꺼이 해드리지요. 승자가 디아나 신전 몫의 제물을 보장해주신다는 조건이라면!"

디테가 방긋 웃으며 화답한다. 산이 고개를 끄덕였다. 분위기는 대결로 흐르고 있었다. 무가의 모든 고위 무관들과 무사들의 시선은 이제 동명가로 향했다. 아니 정확하게는 동예의 입을 주목하고 있다. 그는 이번 사냥의 영웅이다. 또한 동명가는 이들 무가들을 실질적으로 대표할 자격이 있다.

동예가 빙긋 웃었다. 그는 무가의 인물들을 쓱 둘러보더니 제인가의 나림을 향했다. 산과 비연은 흥미로운 얼굴로 동예를 바라보았다. 두 사람의 뒤에 있는 대원들은 새파랗게 질린 얼굴로 사태의 추이를 지켜보고 있었다. 모든 무사와 사냥꾼들의 시선은 동예의 입에 집중됐다.

"동명가의 가치는 공명(公明)과 정대(正大)이며 결코 작은 이익에 함부로 무사의 혼을 팔지는 않는다오. 그렇지만 선택은 해야 하는 상황이니, 나는 디아나 여신에게 동명가의 이번 선택을 위임하도록 하겠소. 따라서 동명가는 결투에 참여하지 않겠습니다. 대신 내 이름을 걸고 여신에게 맹세컨대, 그대들 결투의 결과가 어찌됐든 승자의 의사를 지지하도록 하지. 그것이 내 대답이요."

동예는 말을 마치고 디테에게 목례를 보냈다. 그 모습은 사뭇 근엄하다. 각 무가의 실력자들은 고개를 끄덕이고 있었다.

'역시…… 엄청난…….'

비연이 중얼거렸다. 입술은 웃음을 참느라 한껏 일그러져 있다.

'역시…… 놀라운 '대가(大家)리'야. 결코 나를 실망시키지 않거든.'

산 역시 땅을 쳐다보며 표정을 관리하느라 애를 썼다. 동예의 선언은 이중의 메시지로 해석되는 마술을 부리고 있었다. 각 무가들에게는 동명가 정도의 절대강자가 나설 자리가 아니니, 각 무가들의 실력으로 알아서 해결하라는 소리로 들렸을 것이다. 반면 산과 비연, 그리고 디테에게는 그대들의 제안에 따르겠다는 선언으로 들렸을 것이다. 그들이 패배할 것이라는 가능성은 없을 테니. 아울러 별도의 보상에 관한 은근한 시사도 빼놓지 않았고…….

어쨌든, 이제 장내의 분위기는 폭주하고 있었다. 돌이킬 수 없는 흐름은 시작됐다. 모두가 칼과 무기를 고쳐 쥐었다. 그들은 바보가 아니다. 상대가 대단한 강자라는 것은 짐작할 수 있었다. 그러나 칼은 맞대 봐야 안다. 무사의 결투란 각자의 목숨을 거는 것. 산은 처음으로 손이 떨리는 걸 느낀다. 같은 사람으로서 자신을 죽이고자 하는 진정한 의지. 그 사람의 살기 앞에서 몸이 떨렸다. 차라리 게임이었으면 마음이라도 편할 것이라는 근거 없는 상념에 몸도 마음도 어지럽다.

산이 광장으로 한 발 나서며 하얀 칼을 서서히 뽑았다. 그의 시선은 상대가 아니라 그의 어깨너머 황혼을 향해 막연하게 걸려 있다. 붉다. 석양은 무척 붉다.

'사람의 피…… 이제는 봐야 한다는 것일까?'

* * *

"어느 가문부터 시작할 것인가?"

산의 음성이 조용하게 울렸다. 디테의 중재로 결투의 규칙이 정해졌다. 이들에게는 매우 익숙한 규칙이다. 백작가에 이기는 무가는 작년과 같은 비율의 배분을 받고 그 비율만큼 백작가의 몫까지 주겠다는 것. 대신 패하면 그들의 몫은 모두 백작가로 귀속된다. 이번에 잡은 양을 고려하면 엄청난 물량이다. 게다가 상상을 초월하는 고가인 알칸의 가죽과 뼈가 포함되어 있다. 그것만으로도 이 결투는 해볼 만하다.

물론 패하면 아무것도 건지지 못한다. 그렇지만 싸워보지도 않고 물러서는 것은 무가의 선택지에 없다. 명예가 실추될 뿐 아니라 경쟁 무가에게 비웃음을 살 것이며 좋은 무인들이 떨어져 나갈 것이다. 결국 서로가 막다른 골목이다. 싸워서 쟁취하거나 아니면 결투에서 죽거나…….

그렇지만 이 경기는 원래부터 무가 쪽에 절대적으로 유리했다. 백작가의 전력은 특임대라는 괴상한 이름의 비전투 조직 하나에, 싸울 수 있는 고급무사는 남녀 두 사람에 불과하다. 그러나 이들이 상대해야 할 무가는 무려 15개 가문으로 일급 이상의 무사만 평균 열 명이다. 15개 무가를 차례로 상대해야 하는 데다 세 명이 결투를 해 2승을 거둬야 승리하는 것이다. 만약에 한 번이라도 부상을 입는다면 그 뒤에 이어지는 결투는 매우 힘들어진다. 게다가 상대는 칼밥을 전문으로 먹고사는 대형 무가들이다. 아무리 특급의 무사라도 부상 없이 쉽게 이기기는 어려운 상대다. 행여 어떻게 통과한다고 해도 체력적으로 생사를 건 결투를 세 번이나 연속으로 치를 가능성은 없다. 그러면 백작가는 포기하게 될 것이고 그 뒤의 무가가 자동적으로 승리를 챙기게 될 것이다. 그렇게 그들 무가 연합의 권리는 지켜져 왔다. 보통 양아치들이 항상 그렇듯이…….

그런데도 지금 백작가는 그 모든 무사를 오로지 저 특임대장이라는 남자와 여자, 둘만으로 상대하겠다고 선언했다. 미친 짓이 아닐 수 없다.

무사들은 고개를 저었다.

"아주 제대로 미친놈이야. 믿을 수 없을 만큼…….'

경무가가 먼저 나섰다. 경회라는 자는 30대 중반의 덩치가 아주 큰 남자다. 2미터가 넘는 키에 온몸이 근육으로 이루어진 듯 단단해 보인다. 암검의 경지에 오른 특급무사로 양손검을 한 손으로 들 수 있는 괴력의 소유자다.

역시 힘센 무가의 센 놈부터 나온다. 그래야 뒤의 무가도 자기 몫을 챙길 수 있으니 군소 무가를 위한 나름대로의 배려다. 경회가 산을 보고 씩 웃었다. 시골 백작가에 고용된 용병이라면 실력은 어떨까? 대가일지도 모른다고? 웃기는 소리! 보아하니 칼 잡는 법도 모르는 것 같은데?

경회는 보폭을 좁게 하고 큰 칼을 비스듬히 세웠다. 공격도 방어도 아닌 자세다. 무사는 결코 방심하지 않는다. 결투에 나온 이상 이미 피를 보기로 한 것. 그게 누구의 피인지는 끝나 봐야 아는 법이다. 아무리 별거 아닌 상대라도 칼은 무섭고 맞으면 아픈 것이다.

"겉멋만 든 놈이군. 강단이 없어……."

산이 중얼거리며 자연스럽게 한 걸음 나선다. 칼끝은 아래로 늘어뜨린 채다. 경회의 근육이 급격하게 팽창했다. 이윽고 긴 칼이 쾌속하게 날았다. 허공을 가르며 아름다운 선이 그려졌다. 왼쪽 목에서 오른쪽 어깨로 이어지는 단절의 선. 그 선은 경쾌한 직선이다. 그 선이 그리는 힘과 방향, 그 벡터 앞에는 방패는커녕 변변한 갑옷도 걸치지 않은 사내의 맨몸이 있었다. 경회의 몸이 날아올랐다. 파괴적인 속도와 힘이 함께 어우러졌다. 곧이어 허리에서 어깨로 다시 칼끝을 따라 호쾌한 기세가 터져 나갔다.

헛.

그 '최단 거리'의 직선을 먹어버리며 곡선 하나가 위에서 아래로 그려졌다. '최단 시간'을 지배하는 사이클로이드(Cycloid) 곡선!

"응?"

경회는 오른쪽 시야에 들어온 하늘을 보고 있었다. 손끝에도, 뇌리 속에도 전혀 타격의 반동이 전해지지 않았다. 그의 눈 속에는 방금까지 오른쪽 어깨에 붙어 있던 신체의 일부가 깔끔하게 잘린 채 허공으로 덧없이 날아가는 모습이 보였다. 아직도 거대한 칼을 굳세게 거머잡은 채.

푸학.

어깨에서 뒤늦게 피가 분출했다. 경회는 턱을 치켜들었다. 그 턱

아래에서 이미 오른쪽 어깨를 먹어버린 그 하얀 칼날의 끝이 목젖을 거쳐 올라오며 턱을 들어 올리고 있다. 칼끝이 스쳐 지나간 궤적에서 이미 피가 흐르고 있다. 오싹 소름이 끼쳤다.

"더 할 텐가?"

산의 무료한 목소리가 울렸다. 경회는 고개를 저었다. 그는 다시는 칼을 잡지 못할 것이다. 산은 그의 뒷모습을 보며 입술을 꾹 다물었다. 상대에게서 깊은 적의와 분노를 느꼈다. 이곳 무사들의 특징일까? 왜 꼭 상대의 목숨을 거둬야 한다고 믿는 것일까?

* * *

해가 저물고 있다. 무사들은 자신이 지옥에 와 있다고 믿기 시작했다. 일부 무사는 오줌까지 지린 채 떨고 있었다. 고위 무관들은 하얗게 질린 채 공포 속에서 그들의 선택을 후회하고 있었다. 안타깝게도…… 결코 물릴 수도 없고, 취소할 수도 없는 계약은 아직도 진행 중이다.

쉿.

지금 막 스물세 번째 무사의 오른팔이 분리됐다. 장내에는 숨 막히는 적막이 감돌고 있다. 비명도 없고, 잡담도 없었다. 오로지 석양의 검디검은 숲 그림자 위에 잘린 채 널려져 있는 수많은 팔과 칼들, 그 속에서 흘러나오는 피비린내가 그로테스크한 공포로 번져가고 있었다.

무가들이 문제를 인식한 것은 세 번째 무사의 팔이 잘려 나간 이후부터였다. 그 모든 과정이 단 한 동작으로 끝났다. 허탈할 정도로 압축된 경제적인 움직임, 어떤 방향에서도 칼의 기세가 죽지 않는 유연성, 궤적을 짐작하기조차 어려운 속도. 가히 일절이라 할 만하다. 그러나 결코 대가의 솜씨는 아니었다. 대단히 빠르고 강할 뿐이다. 무사들은 이길 수 있다고 믿었다. 그러나 누구도 이기지 못했다. 무가들은 멋대로 규칙을 확대 해석하고는 비겁하지만 무사 둘을 붙여보기도 했다. 치졸하지만 셋 모두를 동시에 붙여보기도 했다. 이기면 끝이다. 죽이면 그걸로 좋은 것이다. 사내는 언제나 고개를 끄덕였다. 그래도 결과는 달라지지 않았다. 칼을 쥔 손들 위에 다른 손을 하릴없이 보탤 뿐.

칼을 쓰는 손을 잃은 무사는 곧 폐인(廢人)이다. 남은 인생의 모든 그림이 바뀐다. 그것은 죽음보다 더욱 가혹한 일이다. 산은 미처 몰랐지만 그가 베푼 자비는 이 무인 사회에서 가장 잔인한 형벌과도 같다. 그래서 의도하지 않았지만 무사들에게 가장 극적이며 원초적인 공포를 불러일으키고 있었다.

산은 광장에 우뚝 서서 다음 무가를 기다렸다. 무너지는 석양에 겹쳐지면서 그 모습이 더욱 장엄하게 보였다. 마치 거친 산악을 닮은 거인 같다. 무가의 대표들은 절망하고 있었다. 이미 절반에 가까운 무가가 그 한 사람에게 박살이 났다. 그것도 모두 상위 서열의 무가들이다. 게다가 상대는 전혀 지쳐 있지 않았다. 부상도 없다. 사내의 발치에는 사람의 몸에서 나온 피가 질척하게 고여 있다. 다음 차례인 무가의 대표는 절망스러운 표정으로 뒤를 돌아보았다. 가문의 명예, 위신…… 지킬 자신이 전혀 없다. 그렇다고 항복을 한다면? 아마 싸우지도 않고 굴복했다는…… 무인으로서 가장 치욕적인 기록이 평생 자신의 미래를 옥죌 것이다. 그의 눈길이 두 명의 선발 무사에게 머문다. 자신을 포함하여 셋이다. 우습게도 오늘 무사로서 삶을 마감하게 될 것이다. 정말 막다른 골목이다. 어찌…… 사태가 여기까지 왔었는가? 눈물이 나올 것 같다. 누가 이 패를 돌렸나? 바로 자신들 아닌가?

사내는 여전히 그 자리에 서 있다. 그는 보채지 않았다. 담담한 눈으로 상대를 응시할 뿐이다. 그 여유로움이 더욱 무섭다. 모든 선택은 무가들 스스로 했고 백작가의 저 사내는 그 선택을 받아들였다. 아무런 반대도 하지 않았다. 그것이 어리석음이 아니라 자신감이라는 것을 깨닫는 데 너무 많은 시간이 걸렸다.

문득 그의 눈이 동예 대장을 찾았다. 동명가는 왜 가만히 있는가? 그는 다시 절망한다. 동예의 눈길은 그에게 향해 있지 않았다. 동예의 눈길은 중앙의 사내에게 고정되어 있었다. 그리고…… 동예의 표정은 분명히 사내를 향해 웃고 있었다. 그는 결정을 내렸다.

툭.

칼이 앞으로 떨어졌다. 산의 표정이 조금 바뀌었다.

"우리 가문은 결투를 포기하겠소."

"금번 사냥의 모든 권리를 포기하겠다는 의미인가? 가문의 명예도?"

산은 반문한다.

"포기하겠소. 나는 무사로서 살고 싶소. 치욕스럽지만 나는 아직 그대를 이길 수 없다는 것을 알고 있소. 그러나 내 가문의 미래마저 포기하고 싶지는 않소."

산은 비연을 슬쩍 쳐다본다. 비연이 고개를 끄덕였다. 산은 고개를 한 번 꺾더니 망연하게 서 있는 무가의 대표를 향해 뚜벅뚜벅 다가

갔다.

"그대의 결정을 존중한다. 그렇지만……."

산은 허리를 숙여 옆에 버려진 칼을 집어 들었다. 그리고 칼자루를 무사의 손에 다시 쥐어준다. 무사는 고개를 들어 산을 쳐다보았다. 불안한 눈빛이다. 그러나 산은 옅은 미소를 짓고 있었다.

"그대의 이름은?"

"'예성가'의 예건이라고 하오."

"무사가 칼을 함부로 버리면 안 되지. 그대의 분신 아닌가? 평생 동안 잘 대해주도록 하게."

"왜 이런?"

예건이 눈을 크게 떴다.

"자기 가문 무사의 오른팔이 잘려 나가는데도 말리지 않은 놈들이 미친 새끼들이지. 나는 오히려 그대가 더욱 용기 있다고 생각한다."

산은 다시 예건을 쳐다보며 말을 이었다.

"하나 더 묻지. 그대는 에센 백작가의 친구로 왔는가? 아니면 핍박하러 왔는가?"

"친구로 왔다고 생각하오."

"좋군……."

산은 씩 웃어주고는 다시 광장을 향해 걸어간다. 우렁찬 소리와 함께.

"예성가와 그대는 에센의 친구로서 대접을 받게 될 것이다."

그의 목소리는 선언처럼 또박또박 뱉어지며 광장에 크게 울렸다.

"다음 선수 준비하지?"

산의 목소리가 다시 울렸다.

"우리 가문 역시 결투를 포기하겠소."

"우리 가문도 포기하겠소."

"우리도……."

산의 얼굴에는 약한 미소가 떠올랐다. 원래 첫 번째가 힘든 법이다. 누군가 명분을 제공하면 어차피 무너질 것이었다. 원래 양아치들은 그렇게 잡는 법이다.

산은 비연을 다시 쳐다본다. 그녀 역시 안쓰러운 얼굴로 사내의 시선을 맞이하고 있었다. 산으로서도 많이 지쳤던 결투였다. 체력의 문제가 아니라 정신의 문제였다. 사람의 생살을 발라내기 위해 드는 칼…… 그리고 생존이 아니라 임무를 위해서 드는 칼은 평소보다도 훨씬 무거웠다.

이것으로 산속에서의 임무는 끝난 듯했다.

* * *

"봤나?"

동예가 무사들에게 물었다.

"그런 것 같습니다."

자한이 대답했다. 그렇지만 그 답에는 자신이 없다.

"본 것을 말해보라."

"형(形)이 없었습니다. 식(式)이라 할 만한 것도 없었습니다. 이런 말 하기는 조심스럽지만, 제가 보기에는 그저 막무가내로 휘두르는 칼과 같았습니다."

자한이 솔직하게 고했다. 그 역시 당혹스럽다

"그러면 저 막무가내로 휘두른 칼을 오직 칼로 먹고산다는 무가의 특급 무사가 서른 명 가까이 나서서 아무도 막지 못했고, 상처를 내지도 못했다는 것인가? 그러면…… 자한 너라면 그를 상대로 이길 수 있겠나?"

"솔직히 자신 없습니다."

자한이 얼굴을 붉히며 말했다.

"그래…… 힘들 거야."

동예가 턱을 쓰다듬으며 중얼거렸다. 화가 난 말투는 아니었다. 오히려 혼자서 새김질하며 자신이 본 것을 정리하는 말투다. 그 역시 처음에는 심히 당혹스러웠으니 자한의 판단이 어리석다고 생각하지 않는다.

동예는 산의 전투를 보고 싶었다. 사냥을 하는 모습을 보면서 정말 대단하다고 느꼈지만 실제로 칼을 들고 사람과 맞서 싸우는 것이야말로 진정한 무(武)의 경지를 드러내는 현장이다. 그는 원했던 대로 그의 전투를 볼 수는 있었다. 그렇지만 속 쓰리게도…… 보고 난 후에도 그의 궁금증은 하나도 해결되지 않았다.

동예가 본 것은 전혀 훈련되지 않은 서툰 칼이었다. 칼을 잡는 방법도, 힘을 쓰는 순간도, 칼의 궤적이 나아가는 길도 전혀 달랐다. 그 동작은 우아하지도 않았고, 우스꽝스러울 정도로 어색했으며, 몸과 칼의 조화도 삐걱거린다 싶을 정도로 부자연스러웠다. 그렇지만 동예는 단순한 사람이 아니다. 스무 차례가 넘어가면서도 같은 경우가 하나도 없었던 실제 전투 상황. 한 번의 실수도 없었던 일방적인 승리. 그것이 단지 우연이라면? 지나가던 개새끼가 웃을 일이다. 머리는 도무지 이해할 수 없다고 하니, 오로지 몸으로 느낄 수밖에…….

동예는 스스로 몸을 움직여 사내의 움직임에 겹쳐보았다. 그 희한한 동작과 그 효과라고 생각되는 힘의 수준까지도 그대로 따라가 봤다. 대체 몸에서 무슨 일이 일어난다는 것일까? 그리고 결국 발견하고야 말았다. 그것은 머리가 아니라 오직 몸만이 설명해줄 수 있는 것이었다. 그리고 그 설명도 친절하지는 않았다. 동예는 몸을 떨었다.

　'구분(區分) 동작……이라. 어떤 상황에서도 '최소 시간'과 '최대 타격'을 찾아가는 극한의 움직임…… 최대의 근력, 극도의 집중력, 모든 방향으로 펼칠 수 있는 세 개의 축(軸). 그리고…….'

　동작과 다음 동작이 이어지면서 어긋나 버린 뼈가 새된 비명을 질렀다. 뒤틀린 근육에서 쌍욕이 터져 나왔다.

　'이건…… 정말 미친 짓이라고!'

　동예가 낮게 말했다.

　"잘 기억해둬라. 암검의 수준에서 펼치는 대가의 기예다. 그것도 우리 동명가가 신체를 다루는 기예와 유사한 것 같다."

　"……."

　"저 동작을 구사하기 위해서는 아마도 수백 번은 뼈가 어긋났을 것이다. 수천 번은 근육이 끊어지거나 꼬였을 것이다. 그렇지만 나 역시 알았다고 해도 저 정도는 도저히 따라갈 자신은 없다. 뼈와 근육을 완전히 새롭게 단련하지 않는 한 저런 각도에서 저만 한 위력은 결코 나오지 않을 것이니……."

　동예는 쓸쓸하게 웃으며 사내를 쳐다보았다. 그곳에서는 이미 무가들이 무기를 버리고 항복을 선언하고 있었다.

* * *

아침 햇살이 제법 따가워질 무렵이다.

신록을 스쳐가는 바람은 싱그럽고 꽃향기가 사방에 그윽하다. 에센 백작가는 들떠 있었다. 아마 앞으로 최소 열흘간은 큰 장이 열릴 것이다. 영지에는 외부에서 들어온 많은 상단들이 이미 진을 치고 있었다. 그들은 백작이 허락한 곳 여기저기에 진을 치고 사냥에서 돌아오는 사람들을 기다렸다. 기대가 가득한 모습이다. 사냥터에서 먼저 돌아온 사람들을 통해 이번 수확에 대한 정보를 들은 터였다. 평생 들어보지도 못했던 진귀한 짐승과 놀랄 만한 성과에 대해서도.

영지에 있는 거의 모든 사람들이 밖에 나와 있다. 이제 그들이 도착할 시간이다.

"온다!"

군중이 웅성거리기 시작했다. 사람들이 환호한다. 봄의 꽃잎이 사방으로 흐드러지게 날린다. 그 사이로 행렬이 들어온다. 백작과 백작가의 기솔들이 그들을 맞이하러 나왔다. 위엄을 한껏 드러낼 수 있는 가문의 제복과 보검을 차고 세 부인, 열셋의 아들과 딸을 대동한 채 그들이 들어올 입구 쪽을 쳐다본다. 그 뒤쪽으로는 디아나 여신께 봉헌할 제단이 만들어져 있고 신관과 사제들이 제복을 입은 상태로 도열해 있었다.

그들을 맞이하는 백작의 표정은 미묘했다. 기쁘지만 대놓고 기뻐하는 표현을 삼갔다. 백작은 새벽에 먼저 달려온 예리아로부터 모든 정황을 들었다. 상황은 그의 기대를 아득하게 넘을 정도로 앞쪽까지 진행되어 있었다. 믿기지 않을 정도로 훌륭하게, 두려울 정도로 만족스럽게.

비록 많은 무가들이 상하고, 자존심에 많은 상처를 입었다지만 별 문제는 없을 것 같다. 그들은 정당하게 결투를 했고 결투를 서약한 대상이 바로 디아나 여신이었다는 점에서 결코 이의를 제기할 수 없을 것이다. 게다가 명망 있는 무가가 모두 나섰는데도 단 한 사람에게 깨졌다는 사실이 창피해서 어디 가서 함부로 소문을 내지도 못할 것이다. 결정적으로 동명가가 자발적으로 자신의 몫을 포기한다는 파격적인 입장을 표명함으로써 적당한 명분까지 주어졌기 때문에 모든 상황이 단칼에 종결됐다고 한다.

처음에 백작은 예리아의 말을 믿지 않았다. 상식에서 너무 벗어나 있는 이야기였다. 그저 대가의 경지에 오른 두 사람이니 웬만한 무가들은 충분히 감당할 수 있을 것이라고 소박하게 생각했을 뿐이다. 그렇지만 동명가라면…… 또한 그가 아는 교활한 동예라면 예리아가 전해준 상황이 발생할 가능성은 전혀 없었다. 그렇다면…… 둘 사이에 모종의 협상이 있었는가? 백작은 불안했다. 예리아에게 모든 정황을 처음부터 자세하게 캐묻고 확인에 확인을 거듭하고 나서야 거의 상황을 이해할 수 있었다.

평소 사람을 평가할 때 냉소적이고 작은 실수에도 가차 없던 예리아의 이야기는 백작에게 확신을 심어주었다. 백작은 이야기를 하는 딸의 태도에서 차가움 이상의 것을 읽었다.

"너는 선택을 맡겨달라고 했다. 이제 그 선택은 이루어졌느냐?"

이야기를 다 듣고 나서 백작이 질문을 던졌다. 그 목소리는 부드럽다. 이제 이 재주 많은 딸의 개인적 감상이 궁금했다.

"아직…… 모르겠습니다. 무척 혼란스럽습니다."

예리아가 두 손을 포개어 무릎 위에 단정하게 올려놓은 채 담담하게 대답했다.

"무슨 의미냐? 그 사이 기준이 달라졌느냐?"

백작이 의아한 눈으로 딸을 쳐다본다.

지혜롭고도 아름다운 딸이다. 그녀에게는 그만한 자격이 있었고 그만큼 선택의 폭도 컸다. 예리아의 손이 바르르 떨리는 모습이 백작의 눈에 잡혔다.

"확실한 것은 저에게는 선택권이 없다는 것입니다. 그들은 단순히 힘만 센 무인이나 말만 앞서 있는 뜨내기 귀족이 아니었습니다. 또한 제가 아는 어떤 사람들과도 비슷하지 않았습니다."

"그 정도였더냐……?"

백작은 딸의 다음 말을 기다렸다.

"생각은 바람처럼 자유롭고 태도는 물소리처럼 유쾌했으며 행사는 소나기처럼 거침이 없었습니다. 또한…… 제가 가진 재주 중 어떤 것으로도 그 사람들을 감동시킬 가능성은 거의 없을 것 같습니다. 그들의 행동 중 가르쳐주기 전까지 제가 먼저 이해할 수 있었던 것은 하나도 없었습니다. 그저 저의 어리석음만 확인했을 뿐입니다."

예리아의 독백 같은 이야기가 계속 이어졌다. 백작은 딸의 목소리가 깊숙한 내면으로 가라앉고 있다고 느꼈다.

"그리하여…… 저 자신을…… 이토록 가엾고 하찮게 여기게 된 것도 처음인 것 같습니다. 우습게도…… 그것이 더욱 기뻤습니다. 그래서 더욱 가까이 있고 싶습니다. 이제는 그분들의 허락을 스스로 구해야 하겠지만……."

백작은 긴 상념에서 깨어나 고개를 들었다. 이제 그의 앞에 모여들고 있는 무사와 사냥꾼들에게 덕담을 해야 할 것이다. 아울러 새로운 축제의 시작도…….

그는 천천히 돌아섰다. 그의 뇌리에는 여전히 두 가지 단어가 끊임없이 꼬리를 물어가며 맴돌고 있었다.

'신탁의 영웅들'…… 그리고 '좋은 인연'에 대해서…….

* * *

긴 행렬이 이어진다. 사냥에서 획득한 노획물들의 행렬이 먼저 도착했고 다음으로 사냥꾼과 무사들이 영지민들과 상인들의 환호 속에 이어졌다. 마지막으로 특임대원들이 약간 거리를 두고 질서정연하게 따라왔다. 그들에게 환호를 보내는 사람은 아무도 없었다. 산과 비연은 맨 뒤에서 소곤소곤 이야기하며 쫄래쫄래 따라갔다.

"무슨 동네 운동회가 열린 것 같다. 사방이 울긋불긋하네."

"그러게요. 영지민들이 죄다 구경 나온 것 같네요."

영지민들에게는 가장 화려한 행사다. 그러나 현대 지구의 화려한 공연과 시끌벅적한 퍼포먼스에 익숙한 두 사람의 관점에서 보면 참으로 소박해 보였다. 사람 냄새가 물씬 풍기는 시골 장터의 분위기 정도라고 할까? 멀찍이 떨어져 환영 행사를 지켜보며 서두름 없이 걸어가는 두 사람의 표정에는 푸근한 미소가 그려졌다. 귀족이나 부유한 평민들은 나름대로 화려하게 차려 입고 어딘가 모르게 소풍을 나온 아이들처럼 들뜬 모습이다.

길가에 세워놓은 다양한 모습의 마차들, 그 곁에서 뒤꿈치를 들고 기다리는 선남선녀들, 그리고 햇볕에 그을린 얼굴로 작업을 기다리는 하인과 노예 들…… 거친 훈련이 끝난 뒤 복귀하는 군인들처럼 익숙한 거름 냄새와 어우러진 농가의 정경이 두 사람에게도 정겹고 푸근한 분위기를 느끼게 했으리라.

"백작에게 넘길 장부는 제대로 작성됐던가?"

문득 산이 비연에게 물었다.

"동명가에게 챙겨줘야 할 몫을 빼고는 잘 정리됐습니다. 예리아를 통해 백작에게 미리 일러둔 내용입니다."

"우리 몫은 대충 얼마나 되지?"

"글쎄요. 사냥물들의 시세가 얼마나 되는지 몰라서 아직 계산을 못 했습니다. 백작이 취할 몫의 10퍼센트라고 했으니 꽤 될 것 같은 데요. 특히 우리가 직접 잡은 짐승은 60퍼센트를 우리 몫으로 계약 했으니, 알칸 두 마리와 알곤 세 마리는 우리에게 처분권이 있습니다."

"성과가 괜찮네. 동예에게 총알 샘플은 넘겨줬나?"

"신형 K1 실탄 다섯 발과 권총 실탄 세 발을 넘겼는데, 반응이 재미있었습니다."

"왜?"

"만드는 건 문제가 안 될 것 같다고 하는데, 꼭 우리 무기를 봐야 한다고 하는군요."

"역시…… 머리는 좋은 친구야. 하기야 나라도 그랬을 거야. 이제 어떻게 해야 할까?"

"제작할 수 있는 능력이 있다면 오히려 우리가 의뢰해야 할 일이 라고 봅니다. 모든 작전에서 원격무기는 반드시 필요합니다. 문제는 비용일 텐데……."

"알칸 한 마리면 충분할 거야. 얼마나 귀하고 비싼 놈인지, 이것저 것 다 합하면 거의 이곳 영지 1년 총 수익의 몇 배 수준이라 하더군. 나중에 돈 떨어지면 이걸로 부업 삼아도 되겠어. 그건 그렇고…… 이 세계의 지리 정보는 어느 정도 파악됐나?"

"막연합니다. 이곳 사람들은 거주 이전의 자유가 없습니다. 대략 반경 30킬로미터 정도로 한정했는데도 그 경계 밖에까지 나가 본 사 람이 없었습니다. 귀족들도 인근 대도시에 돌아다닌 정도였습니다. 아마 큰 규모의 상단은 접촉해봐야 자세한 그림을 그릴 수 있을 것 같습니다."

"정보의 전파 속도는 어떻던가?"

"별다른 통신 수단은 없는 것 같습니다. 봉화 정도가 있는 것 같 은데 단순한 신호 체계에 불과하기 때문에 복잡한 메시징은 불가능한 것 같고 제일 빠른 정보 전달 수단이 말로 이동하는 정도입니다. 하 루에 평균 300킬로미터가 한계인 것 같더군요. 게다가 조명 시설이 없는 곳이라서 밤에는 이동하기가 거의 어렵다고 봐야 할 겁니다."

"흠 그 정도라면 게릴라전을 펼치는 데는 크게 문제가 없겠군. 치 고 빠지고 숨어버리면 누구라도 거의 찾기 어렵겠어. 문제는 그 현자 라는 놈들의 능력인데……."

산이 힐끗 앞을 쳐다보았다. 몇 걸음 떨어진 앞에서 디테가 다소곳 이 걸어가고 있다. 언제 봐도 품위가 넘치는 걸음걸이다. 산이 입맛 을 다셨다.

"다행인 것은 현자라는 놈들은 인간 세상에 꽤 오래전에 흘러들어 와 있지만, 개체 수가 그렇게 많은 편은 아니라고 합니다. 그것도 대 부분이 고급 정보를 장악할 수 있는 최고급 고위 귀족 자리를 꿰차고 있다고 했으니 이런 변방까지 쉽게 움직이지는 않을 겁니다."

산은 대화를 의념으로 바꿨다.

―연습 많이 했나 보다…….

―예?

―디테 말이야. 저 걸음걸이. 정말 우아하지 않나?

―그런……가요?

―누가 저 사람이 우리처럼 살벌하고도 난잡한 과정을 거쳤다고 믿을 수 있을까? 그러고도 사냥의 여신이자, 순결의 여신이 거하는 몸이라니…… 내참, 모순덩어리야. 과연 신은 정결한 믿음을 원하는 것일까?

―글쎄요…….

―나는…… 이곳의 신과 넥타에 대해 들었던 이야기를 떠올릴 때마다 소름이 돋아. 저들이 과연 우리가 알아왔던 바로 그 신일까? 너는 실감이 나나? 우리는 정말 신이라는 존재와 대등하게 이야기를 하고 있었던 건가?

―여기에서 말하는 신이란 지능을 가진 에너지 생명체에 가까운 것 같던데요? 우리가 살았던 지구도 비슷해요. 신들도 예언자나 신들린 사람을 통해서만 자신을 드러냈지요. 그걸 빙의(憑依)라고 했었는데…….

―'디아나'라는 이름만 해도 그래…… 그리스 신화에서 나오는 사냥의 여신과 같은 이름이지?

―그렇죠.

―다른 세상에서 같은 이름에 역할까지 같을 확률이 얼마나 될까? 이 세계…… 만약 누군가의 의도로 기획된 것이라면…… 이건 정말

재미있지 않나? 우리는 진짜 신들의 세계로 넘어온 것일 수도 있지 않을까? 그건 그렇고……

산의 눈길이 다시 디테에게 향했다.

—어제…… 디테 저놈 전투력은 얼마나 될까?

—육신의 능력은 우리보다 확실히 떨어집니다. 문제는 저 몸을 빌려서 쓸 수 있다는 '신'의 권능이라는 능력인데…… 그게 어떨지는 모르겠네요.

비연이 까만 눈을 깜짝이며 산의 얼굴을 힐끗 쳐다본다. 사내는 땅을 쳐다보며 걸음 속도를 조금 늦추고 있었다.

—글쎄…… 그 몸으로 뭘 할 수 있을까? 내가 느끼기에는 네 몸보다 훨씬 감도(感度)가 떨어지던데.

—신은 인간의 신앙을 먹고사는 존재라고 했습니다. 신도가 많아지면 그만큼 쓸 수 있는 권능도 늘어난다는 뜻 아닐까요?

비연은 여전히 그에게서 시선을 떼지 않은 채 자신의 의견을 전했다. 이 사람은 무엇을 고민하고 있을까?

—그래…… 다구리에는 장사가 없지. 그럼 우리도 '조직'을 만들어야 할까?

—서로가 짐이 될 가능성이 더 크겠죠. 아직은……

—그럴 거야. 뭘 믿고 우릴 따르겠어…… 이제 문제는…… 그 '현자'라는 놈들인데, 네 판단은 어때? 놈들도 우리를 추격하고 있겠지?

이번에는 산이 비연을 쳐다본다. 이 동료의 판단은 의지할 만하다. 워낙 없는 정보를 가지고 재탕 삼탕 해야 하니 그 신뢰도가 바닥을 기지만 접근 방식은 다음 판단의 기준이 될 정도로 합리적이다. 이제 신으로부터 새로운 정보가 유입되면 신뢰도는 크게 상승하게 될 것이다.

—모르죠. 커다란 동물원에서 동물 하나 탈출한 셈 정도 되지 않을까요? 그렇게 요란을 떨 만큼 시급한 사안은 아닐 겁니다. 제 생각에는 그들이 직접 찾아다니기보다는 여기저기 정보망을 깔아놓고 기다리지 않을까 생각합니다. 더구나 그들을 아는 것으로 보이는 디테가 우리와 장기 협상까지 하는 걸 보면 서두르지는 않을 거라고 믿고 싶네요.

—조금 위안이 되네. 그런데, 마스터의 정보망은 '신'들이 구축해준 걸까?

—디테 말에 따르면 신과 마스터가 서로 거래하는 관계라고 했으니 가능성도 있습니다. 신의 사도가 쓰는 몸이 우리와 같은 실험 과정을 거쳐 제작된 것이라면, 사도들도 아마 넥타에 중독된 상태일 겁니다. 마스터는 그걸 담보로 신과 협상을 했겠지요. 신들은 신들 나름대로 넥타에서 벗어난 특이한 표본으로서 우리의 몸 상태에 관심을 가지고 있을 거고요.

—그래서 디테가 말을 아꼈을 수도 있겠네. 결국 양다리 걸치기라는 거겠지? 이제 생각이 좀 정리가 되네. 우리 팔자도 참 지랄 같다. 참……

—우리가 신들보다 지혜롭지 않으면 안 되는 이유이기도 하지요.

—아무튼 꼭 살아남자고. 그리고 사탄이니 파순이니 하는 그 악마 이름을 가진 놈들…… 왠지 우리가 아는 진짜 악마들이라는 생각이 들거든. 일부러 만나고 싶지는 않다. 난 공포영화가 싫어…….

산이 손을 들어 나뭇가지 하나를 꺾었다. 이미 물기가 오를 대로 올라 낭창낭창해진 가지에는 푸른 수액이 맺혀 있다. 나뭇가지를 입에 물었다. 입맛이 쓰다. 그렇지만 이 풋풋한 생명의 냄새는 좋다.

　―그……렇죠. 사탄, 파순은 이름만으로도 무섭습니다. 그렇다면 제작자란 누구일까요?

　비연은 침을 꿀꺽 삼켰다. 비록 비판적인 관점이기는 하지만 자신이 어릴 때부터 믿어왔던 어떤 존재를 떠올리고 있을 것이다. 가능성으로 맴돌고 있었지만, 도저히 입 밖으로 내밀지 못했던 밀어(蜜語) 같은 것.

　―디테의 이야기를 듣다 보니, 결국 우리의 문제는 그 제작자를 만나야 풀릴 것 같다는 생각이 들었어. 왜 하필 우리가 여기서 이런 개고생을 하고 있어야 하는지…….

　―저도 그래요…….

　―무슨 놈의 심오하고도 위대한 뜻이 있었을까? 할 수만 있다면 한두 대 정도는 먼저 때려줬으면 좋겠다. 너무 억울하잖아!

　산과 비연의 눈은 사람들을 향해 있었다. 사람들은 흐드러지게 휘날리는 봄꽃 향기에 취해가며 오랜만의 여흥을 즐기고 있다.

　산이 나지막이 말했다.

　"오늘은 어제보다 행복했니?"

　"예?"

　"내일은 적어도 오늘보다는 나아지겠지?"

　사내의 눈길은 대지의 소실점 너머를 응시하고 있었다.

　"그렇게 살자고…… 끝까지…… 죽는 날까지…….."

　지금은…….

　생명의 기운이 인간의 대지 위에서 약동하는 봄날이다.

* * *

　사람의 인연이란 미묘한 것이다. 한번 만들어지면 어디까지 연결
될지 누구도 모른다. 일 역시 비슷하다. 한번 벌어진 일은 그 다음 일
을 이끌어 오며 일 스스로가 새로운 일을 만들어내기 마련이다. 이
세계 첫 번째 직장에서 첫 번째 임무를 마치고 나니 두 번째 임무가
주어졌다. 사냥 행사가 끝나고 약 한 달이 지난 후의 일이다.

　많은 사냥꾼들은 거래를 마치고 돌아갔고, 일부 무사는 처자로 삼
을 여인과 달콤한 혼약을 맺고 아예 정착을 준비하고 있었다. 이런
대규모 교류 행사야말로 무력을 갖춘 인력을 끌어들이는 좋은 유인
책이기도 하다. 백작은 이제 슬슬 움직일 때라고 판단했다.

　"몇 명이 동행하게 됩니까?"

　산이 물었다.

　"스무 명이면 적당할 것으로 생각합니다."

　백작이 답했다.

　"기간은?"

　"최소 4개월 정도 걸릴 겁니다."

　"알겠습니다. 준비하도록 하겠습니다. 언제 출발할까요?"

　"두 분께서 준비되시는 대로 해주시면 되겠습니다."

　"그럼 사람과 짐이 준비되는 대로 대략 10일 뒤 출발하도록 하겠
습니다."

　산과 비연이 두 번째 맡게 된 임무는 바로 알칸의 뼈와 가죽을 팔
아 현금과 금으로 바꿔 오는 일이었다. 워낙 초고가의 재료인 데다
알 만한 곳까지 이미 소문이 나버린 상태이기 때문에 에셴 백작가는

때아닌 좀도둑과 이름값 하는 무사들이 일없이 방문하는 장소가 되어가고 있다. 게다가 알칸뿐만 아니라 온갖 기기묘묘한 짐승들의 가죽과 부속물 등 올해 백작이 수확한 성과가 너무 컸기 때문에 큰 상단들이 온갖 형태의 거래를 요구하며 장사진을 치고 있었다. 그들로서도 매우 드물게 경험하는 큰 장이었다.

백작 영지는 그다지 큰 편이 아니다. 몇 개 안 되는 대장간과 가죽 등을 가공할 수 있는 다목적 공방이 있을 뿐이다. 이런 곳에서 가죽과 뼈들을 가공하여 쓸 만한 상품을 만들기에는 기술 수준이나 기반 시설이 부족했다. 따라서 고급 재료를 다룰 수가 없었고 그렇다고 찾아온 상인을 통해 고가의 재료를 그냥 넘기기에는 이윤이 너무 박했다. 상인들은 위험 부담 비용이 매우 크기 때문에 높은 이윤을 주장했고, 이 때문에 완성품과 재료의 가격 차이는 너무 컸다. 알칸과 같은 희소성과 기능성을 겸비한 재료의 경우, 최소 스무 배에서 크게는 백 배까지도 차이가 날 정도다. 사실은 수요가 많아도 물건이 없어서 못 파는 종류다.

결국 이윤을 보전하기 위해서는 대도시에 직접 나가 실수요자에게 파는 수밖에 없는데 가장 가까운 대도시인 남서쪽의 '포라토 시'까지만도 최소 2개월이 걸리는 대장정을 감수해야 한다는 것이 가장 큰 문제였다. 이동 경로도 매우 위험하다. 무수하게 많은 마적, 용병, 그리고 도적떼와 별반 다를 게 없는 무가와 위험한 이교도의 신전들이 있으며 산길과 계곡길을 따라 맹수와 괴수의 출현도 빈번하다. 그래서 장거리 여행에는 다수의 특급무사를 포함하여 최소 쉰 명 이상의 호위 무사단이 딸린 대규모 상단에 의뢰해야 그나마 안전하다.

결국 판매자 입장에서는 어떻게 해도 뜯기는 비율이 비슷하기 때문에 직접 팔러 나가는 경우가 거의 없다. 그렇지만 이번 상품은 반드시 직접 팔아야 할 필요성이 있었다. 돈의 논리에 익숙한 산과 비연은 자금이 필요했고 이 때문에 백작은 뜻하지 않은 기회를 노릴 수 있었다. 모두에게 좋은 거래였다. 어진 백작은 새로운 희망에 도전해볼 수 있는 기회를 얻었고 영지민에게는 결코 벗어날 수 없었던 거친 삶의 질곡에서 벗어날 수 있는 벅찬 초대였으며, 산과 비연에게는 보다 넓은 세상에 대한 정보를 입수하고 활동의 외연(外延)을 넓힐 수 있는 기회이기도 했다.

백작은 처음으로 신에게 감사의 기도를 올렸다. 이 믿을 수 없는 행운은 그야말로 신의 뜻이라고밖에는 달리 여길 수 없었다. 그가 평생을 염원했던 영지 경영의 정상화도 가능할 것 같았다. 대가가 두 명이나 포함된 상단은 그 자체로도 어떤 최상급 상단과도 비교할 수 없는 완벽한 전투 수송 조직이다. 게다가 사실 근거는 희박했지만 백작은 그들을 신뢰하고 싶었다. 산과 비연에게는 묘한 기품이 있다. 그렇지만 그들의 행동은 귀족 사회의 상식과는 매우 달랐다. 두 사람의 생소한 사고방식은 백작을 상당히 당황스럽게 했다. 그들은 정확하고도 공평무사한 셈을 원했다. 번잡한 계산을 싫어하고, 작은 숫자를 놓고 다투는 것을 위엄이 상하는 짓이라 기피하는 이곳 귀족들에게는 불편한 요구임에는 틀림없었다. 그러나 시원시원하게 모든 숫자와 근거를 펼쳐놓고 떳떳하게 요구하는 그런 정확성이 오히려 백작의 신뢰를 얻었다.

그래도 생길 문제는 항상 생기고 없던 문제도 반드시 만들어지는 법이다.

"넌 또 왜?"

산이 눈을 동그랗게 뜨고 물었다.

"포라토 시에 아는 사람이 있습니다. 거래에 도움이 될 겁니다."

예리아가 역시 눈을 가늘게 뜨고 답했다.

"여자가 가기에는 불편한 길이라 들었다. 그래도 괜찮은가?"

"연 대장님도 같이 가신다고 들었습니다. 오히려 벗이 될 수 있을 것으로 생각합니다."

"짐 챙겨와."

"감사합니다."

"감사까지야……."

"그대는 또 왜?"

비연이 미간을 찡그리고 있다.

"이곳 백작령에서는 일도 다 봤고…… 제 신전도 포라토 시에 있거든요."

디테가 배시시 웃는다.

"다른 신관도 같이 가나?"

"원하신다면……."

"안 원해."

"그럼…… 저 혼자 따라가지요."

"……."

"우리는 소풍 가는 게 아니다."

"저희도 견문을 넓히고 싶습니다. 대장님께 배우고 싶은 것도 많고요."

백작의 둘째 아들 예킨이 코를 벌름거리며 서 있었다. 그 곁에는 백작의 다섯째 딸 방년 열여덟의 예실이 대기하고 있었다.

"손 내봐 봐!"

"예?"

"험한 일, 거친 일을 하기에는 손이 너무 곱다. 우리는 상전을 모시고 가는 게 아니거든?"

"결코 짐이 되지는 않을 겁니다."

"짐이 돼."

"저도 세상을 알고 싶습니다. 제발!"

"칼이나 잘 갈아봐……."

"감사합니다!"

"무슨 일입니까?"

산이 고개를 들었다.

"이런 모험이 시작되는데 음유시인이 빠져서야 누구에게 영웅의 이야기를 전한다 하리오!"

거장 세실이 빙긋 웃었다. 그 옆에는 산에게 악기를 빌려줬던 악사가 눈을 껌뻑이며 서 있었다.

"두 분이십니까?"

"그렇습니다."

"같이 가도록 하시지요. 그리고 자네는 이 줄을 쓰도록 하게. 알칸의 힘줄이라 여간해서는 끊어지지 않을 거야."

이런저런 이유로 같이 가야 할 일행은 근 서른 명으로 불었다. 대가 두 사람이 동행하는 한 꽤 안전한 여행이라고 확신하고 있으니 온갖 이유와 사연을 들어 여행을 가고 싶어 하는 사람들이 이토록 많았다. 두 사람도 이런 분위기가 싫지는 않다. 어차피 많은 사람이 부대끼며 나아가는 가운데에서 그들이 절실하게 필요로 하는 이 세계의 정보와 마땅히 누려야 할 삶의 향(香)이 온전하게 파악될 것이다. 그렇지만 산과 비연은 원칙을 세웠다. 그들의 강력한 요청으로 일행과 두 사람 사이에 세 가지의 약속이 이루어졌다.

첫째, 노예는 데려가지 않을 것이며, 모든 일들은 성원들이 협력하여 평등하게 처리하고, 맡은 일에 책임을 다하도록 할 것. 둘째, 유사 시 군령(軍令)에 준하는 엄정한 기율을 따를 것이며, 위반 시 대장의 판단과 처결에 따를 것. 셋째, 하루에 적어도 한 시간은 모두가 참여하는 행사를 가질 것이며, 모두가 적극적으로 준비하여 유익한 시간이 되도록 협력할 것.

물론 모든 성원들이 흔쾌하게 동의했다는 사실은 굳이 덧붙일 필요가 없을 것이다.

모두가 바빴지만, 산과 비연은 특히 나름대로 첫 여행 준비에 바쁜 나날을 보냈다. 장기간의 여행에서 신경 써야 할 것은 수도 없이 많았지만, 그들은 이 세계에서의 첫 여행이 고달픈 시간으로 기억되기를 원하지 않았다. 산과 비연은 시종들과 대원들을 통해 색다른 준비를 시켰다. 서른 명이면 기간 편성으로 2개 중대, 1개 지원 본부가 움직이는 규모다. 축소 편성의 지역대(地域隊)라고 해도 무방하다. 지휘관으로서 식량과 보급, 기타 병참에 대해 관심을 가지지 않을 수가 없다. 사실은 그보다 더 속 깊은 이유가 있었지만…….

식량은 그들의 아이디어대로 일찌감치 준비시켰다. 그 작업은 이 두 사람이 영지에 오던 날부터 시작된 것이었다.

그들의 입맛은 생각보다 고급이다.

근대와 현대에 걸쳐 지구를 지배해온 가장 강력한 화학조미료 MSG에 익숙해져 있는 그들의 입맛은 이곳에서는 거의 왕족 이상의

미식을 요구하고 있었다. 그들은 온갖 민물생선과 육류, 채소, 천연 감미료를 동원하여 끓이고 졸여가며 조리법을 찾았다. 결국 어느 정도 성공을 거두었으며 이제 분말로 만드는 데까지 성공했다.

'야전 생활의 로망은 결국 먹는 것에 달렸다고…… 먹는 게 부실하면 모든 게 불행해지는 거야!' 이것이 산의 신념이었다.

'모름지기 야전식량은 간편해야 한다고! 그렇다고 맛을 포기하면 곤란하지!' 이것은 비연의 생각이다.

결론은 먹는 것에 관한 그들의 생각은 같았다. 그 소박하고도 치열한 신념은 곧 라면 스프와 같은 분말 형태의 만능 조미료를 탄생시켰다. 가죽 주머니와 항아리에 담아둔 그 분말은 둘이 먹을 경우 최소 1년은 충분하게 쓸 수 있을 것이다. 이 소스는 거의 모든 요리에 쓰일 것이며, 채소와 육류, 탕과 갱(羹)에서 두 사람만의 입맛에 맞는 '한국적' 풍미를 제공하게 될 것이다. 물론 다른 사람은 취향이 다르다면 권하지 않으면 그뿐이다. 서로의 미각은 존중해주어야 될 것이니…… 이와 함께 곡류의 장기 보관과 편의성을 위해 면(麵)을 개발할 필요가 있었다. 이것도 일행을 위해서라기보다는 순전히 유쾌해야 할 그들의 여행을 위한 준비다. 이곳 사람들은 곡류를 곱게 빻아 빵과 떡의 형태로 구워서 주식으로 먹는다. 멕시코의 토르티야나 인도의 난같이 얇게 구운 빵도 있다. 그렇지만 확실히 한국인에게 친숙한 음식은 아니다. 결국 이 문제 역시 그들 스스로 해결해야만 했다. 비연의 지휘로 곡물 가루로 반죽을 한 다음 길게 잘라 면을 만들었다. 이것을 국수처럼 바짝 말린 것과 기름에 튀긴 것, 수제비처럼 조각으로 낸 것으로 분리하여 보관함에 저장했다. 보관함은 초특급 방부제라고 할 수 있는 넥타 희석액으로 처리되어 있어 부패할 가능성이 적었다. 그 밖에 비연이 손수 디자인한 옷들과, 장거리 여행에 필요한 의료 용품, 기록 도구, 수선 장비 등등을 꼼꼼하게 챙겼다. 마지막 군장 검사로 모든 항목을 일일이 점검하고 3개 대(隊)로 편성한 단위 부대별로 각각 임무를 할당했다.

* * *

그들이 출발했다. 새벽녘 이슬이 마르기 전에 소리 없이 세 대의 마차와 열 필의 말이 움직이기 시작했다.

500킬로미터가 넘는 장거리 여행이다. 백작가로서는 가문이 세워진 이래 가장 많은 인원이 함께하는 여정이 될 것이다. 누구도 말로 꺼내지 않았지만 떠나보내는 사람들이나 떠나가는 사람들이나 모두 이 여행을 기점으로 많은 것이 바뀌게 될 것이라는 것을 어렴풋이 예감하고 있었다. 또한 위험한 여행이 되리라는 것도…… 그리고 아마 이들 이외에는 세상 누구도 동의하지 않겠지만 이 여행에서의 안전과 재미도 기대하고 있었을지도 모른다.

그렇지만 세상은 귀한 물건 앞에서 그렇게 호의적이지 않은 법이다. 이제 그들의 순수하고도 순진한 의지는 그들의 상상의 한계를 뛰어넘는 호된 시험을 치르게 될 것이었다.

북쪽의 거의 모든 세력들이 움직이고 있었다. 타락한 용병도 있고 대규모 무장 마적도 있으며 대가가 포함된 무가의 정예도 있었다. 어둠의 조합(guild)들도 움직이고 있었다. 암살자 집단, 주술사 집단, 그리고 사교(邪敎)를 신봉하는 무리들의 제사장과 그 호위(guardian)들도 포함되어 있을 것이다.

그만큼 이번 물건은 귀하고도 희소하다. 대도시의 대조직들이 친히 움직일 만한 가치가 있다. 문제는 먹이사슬의 꼭대기에 있는 무가의 최강자들이 가장 가지고 싶어 하는 물건이라는 것과 그들이 그것을 값싸게 취득하기 위해서는 무슨 짓이라도 할 수 있는 추악한 인간들이 존재한다는 것이다. 그리고 그렇게 심각한 생각은 해보지도 않았던 이 순박한 사람들에게는 큰 불행이 될 수 있는 문제였다.

그리하여 이번 여행은 강탈을 위해 움직이고 있는 모든 적들은 물론, 순진한 마음으로 여행에 따라 나선 대원들이 상상할 수 있는 차원을 이미 아득하게 벗어나 있었다. 오직 산과 비연의 용기와 불퇴전의 결의, 그리고 모든 상황을 읽어내고 행동으로 번역하는 지혜에 달려 있었다.

아울러 '전설'을 이야기하는 장대한 노래가 이 여행에서 그 첫마디를 찾을 것이리니…….

* * *

다른 세계의 다른 사람들과 다른 장소로 처음 가는 길이다. 길은 거칠고 바람은 친절하지 않다. 넓은 가도(街道)는 짧고 자주 끊기며 애로(隘路)만 길고 끈질기게 이어졌다. 사람이 발길로 애써 닦은 길도 한 계절이 지나면 다시 무성한 풀숲으로 회귀한다. 자연은 사람을 위해 길을 일부러 만들어주지 않는다.

같은 봄날이라도 남쪽의 봄은 수줍음을 잊은 색시처럼 원숙하다. 꽃과 신록이 사방에 어우러져 보듬고 서로 엉켜가며 그나마 있던 길도 덮어가고 있다. 산악이 많은 북쪽에서 남쪽의 대평원과 협곡으로 이동할 수 있는 통로는 드문 법이다. 그 길들이 사람을 이끌었을 것이고 물자와 정보가 같이 흘렀을 것이다. 그리고 그 위에 인간이 과거에 저지른 죄와 벌에 대한 흔적이 남아 있을지도 모른다.

해가 뉘엿뉘엿 떨어지고 있다. 거친 길을 따라 제법 큰 행렬이 나아가고 있었다. 평범한 모습의 마차 세 대를 가운데로 배치하여 선두에는 네 필의 말이 가고 뒤쪽에 여섯 필의 기마행렬이 따른다. 이 시대 사람들에게는 익숙한 중소 상단의 모습이다.

"하루 이동 거리가 겨우 10킬로미터 안쪽이라…… 예상 일정보다 시간이 더 걸릴지도 모르겠어." 앞서가던 산이 중얼거렸다.

"이 정도 산악 지대까지 토목 공사를 하는 것은 경제적이지 않지요. 로마 제국같이 도로 공사를 좋아하는 강대국이 근처에 있지 않은 한 계속 이런 길로 가야 할 것 같습니다."

곁에서 말머리를 마주하며 같이 가던 비연이 대꾸한다.

"견딜 만해?"

산이 얼굴을 힐끗 돌리며 물었다. 그 표정이 안쓰럽다.

"다른 건 어떻게 참겠는데, 허벅지가 아주 헐어버린 것 같습니다. 오늘 저녁에는 뭔가 대책을 세워야 할 것 같아요."

비연이 작게 한숨을 쉬며 처량한 표정을 지었다.

"사실 나도 죽겠어. 이놈의 말은 정말 적응이 쉽지 않구먼……."

산과 비연은 이곳에서 '말'이라고 주장하는 동물을 보고 일단은…… 질려버렸다. 지구의 말과 같이 초식동물이고 생김새도 매우 비슷했지만 그 정도밖에 공통점이 없었다. 이놈은 덩치도 훨씬 크고 거친 가죽에 털까지 두껍고 까칠해서 승마감이 아주 나빴다. 성질은 온순했지만 전투에 투입되면 거의 사나운 맹수에 가까워진다고 한다. 두 사람은 처음 타보는 말에 호기심을 가졌지만 하루를 꼬박 말 위에서 보낸 다음에는 생각을 완전히 바꿨다. 자세도 불편하고 흔들리는 말 위에서 중심을 잡기가 어려웠다. 이렇게 계속 긴장한 상태로 가야만 했으니 마치 전투를 치른 것처럼 피곤했다. 게다가 이놈들도 팔아야 할 '상품'인지라 험하게 다루기도 어렵다.

"이건…… 고문이라고! 대책을 세워야 해. 우린 왜 등자를 생각하지 못했을까? 아! 바보 같아."

산이 이를 갈았다.

"우리 시대엔 말이 없었잖아요. 이거…… 차라리 걷는 게 나을 것 같네요."

비장한 얼굴의 비연 역시 장갑 낀 손으로 고삐를 꽉 틀어쥐고 있었다. 작은 손이 부들부들 떨리고 있다. 뒤의 행렬과 보조를 맞춰야 하고 대장으로서의 위엄을 지키기 위해 어쩔 수 없이 이 고문을 감내하고 있는 두 사람이다. 산기슭 언덕을 넘어 내리막길로 접어들면서 비연의 표정이 눈에 띄게 밝아졌다. 산 역시 입꼬리가 히쭉 올라갔다. 일단은 쉴 수 있을 것 같다.

"저 아래 건물들이 보이기 시작하는데. 거 누구냐…… 노리안 후작의 영지라고 했나?"

"틀림없습니다."

"그 아저씨…… 대가라고 했던가?"

"절대무가 기장가 출신의 무관이라고 했습니다. 에센 백작과는 달리 성정이 매우 포학하고 탐욕스럽다고 합니다. 들어보니…… 영지 경영 방식도 거의 노예 농장주에 악덕 포주와 마적 두목을 섞어놓은 자 같았습니다."

"개새끼구만…… 우리 물건에 관심이 많겠네? 가능성이 얼마라고 보나?"

산의 눈빛은 이미 진중하게 가라앉아 있었다.

"9할 이상입니다."

비연이 낮고 단호하게 말했다.

"협상 가능성은?"

"잘되어도 2할 이상은 뜯기게 될 겁니다. 평균 통행료라고 하더군요. 물론 숙박비와 식대는 별도입니다."

"이 길로 왕복하면 최소 4할이라는 이야긴가? 노리안 후작…… 진짜 날강도 같은 놈이네…… 결국 에센 백작은 이놈이 길목에 버티고 있는 한 결코 자립적인 지위를 확보하기 힘들겠어."

"백작은 우리에게 모든 것을 위임했습니다. 어찌하시렵니까?"

"개시하기도 전에 홀라당 뜯길 수는 없는 거 아냐? 그러면 여행 내내 기분 더럽지 않겠어?"

"저도 생각이 같습니다. 밟고 가시죠?"

비연은 산과 눈을 맞추며 살짝 미소를 짓는다. 산은 눈을 크게 떴다가 다시 꽉 감았다. 크게 하품이라도 한 것처럼 눈가에는 질끈 물기가 맺혔다. 갑자기 가슴이 울컥했다. 목을 타고 속으로 무언가 쑥 내려가는 듯했다. 그 뒷맛은 시원하고도 감미롭다.

"사람들의 안전은?"

"작전에 따라 다르게 구상해야죠."

"놈들의 병력은?"

"치안 상비군으로 500명, 특급이상의 무사가 50명이라 했습니다."

"변수는?"

"몰래 붙은 쥐새끼 세 그룹들이 이 판에서 어떻게 노느냐가 문제겠지요."

곧바로 비연은 대화를 의념으로 전환했다.

―그리고 동업자 하나가 어떻게 움직이느냐가 신경이 꽤 쓰입니다.

―디테도 문제가 되나?

산은 고개를 갸웃했다.

―양날의 칼입니다. 여신의 최고위급 사도가 일행에 있다는 것만으로도 우리의 행동은 여신의 세력을 키워주는 홍보 대사 역할을 하게 됩니다. 반대로 해석하면 디테 입장에서는 매사에 사건을 일부러라도 크게 만들고 해결해야만 여신의 권능을 전파하기 쉽겠죠.

―그게 그렇게 되나?

―골치 아플 거예요. 사건이 없으면 만들고 더 큰 사건으로 끌어들일 겁니다. 그만한 권위는 있더군요. 게다가 인간의 입을 통해 소문이 번질 테니 우리와의 계약 위반도 아닙니다. 제 예감이지만 이번 여행 우리 정말 고달플 겁니다.

―이런 젠장…… 지금이라도 돌려보내면 안 되나? 계약은 5개월 후부터 아닌가? 우리에게 좋은 점이 있나?

산의 얼굴이 상당히 일그러져 있었다.

―좋은 점은 여신 덕택에 우리 일행이 안전해진다는 것이지요. 신전이 전면에 나선다면 최소한 뜨내기 집단 수준에서는 함부로 건드릴 수 없을 겁니다. 디테 역시 최소한 지난번 수키보다는 훨씬 강할 것으로 보이니 뒤를 맡아줄 능력은 됩니다. 결정적으로…… 우리가 좋든 싫든 자기 의지로 따라올 것이 확실하니 돌려보낼 방법도 딱히 없어요. 엄청 얄밉죠.

―허…… 정보와 지혜를 다루는 존재답게 잔머리 돌아가는 수준도 어마어마하구만. 그걸 추정해내는 너도 참 대단하고…… 그러니까 저 놈과는 계약에 상관없이 같이 가야 하는 팔자다 이거지?

─그렇습니다.

─그대로 당할 수 있나? 대책은 있겠지?

─고민해봐야죠. 이자까지 쳐서 받아내야 합니다.

─이왕이면 복리로 해라…….

─당연하죠. 사채 이자로요…….

비연이 고개를 들자 앞에 여울이 보였다. 건너면 바로 노리안 후작
령이라는 표식이 음산하게 세워져 있었다.

"이제 거의 다 와갑니다. 어찌 하실 겁니까?"

"일단 그늘에서 쉬면서 차근차근 생각해보자고. 너무…… 힘들
어."

일행은 모두 31명으로 구성되어 있다. 가장 신분이 높은 백작가
인물은 예리아와 예킨 부부 외 가속(家屬) 3명을 포함해 6명이었다.

그리고 음유시인 2명, 상
품 가공을 담당할 공방
기술자 6명, 거래를 주도
할 상인 4명이 포함되어
있다. 나머지 10명은 유
렌이 이끄는 1중대원으
로 구성되어 있었다. 그
들은 이 세계에서 2급으
로 분류되는 하급무사였
지만 어쨌든 유용한 전
투력을 가진 단위다.

그들은 하루 종일 산

길을 구불구불 가로질러 이제야 에센 백작령과 노리안 후작령을 가르는 자연 경계를 넘었다. 그리고 후작령으로 흘러들어 가기 직전의 얕은 여울 근처에서 일단 여장을 풀었다. 산과 비연은 이곳에서 야영을 하기로 결정을 내렸다. 비록 첫날부터 찬 바다 노숙에 가까운 야영이었지만 일행은 모두 그 결정에 동의했다. 후작령은 에센의 사람들에게 있어 마치 식민지 총독부와 같이 폭력으로 군림하는 존재였다. 그의 부하들도 후작의 포악한 성향을 닮아 있었다. 성안에서 숙박할 경우 결코 좋은 대접을 기대하기는 어려울 것이다. 3개 조로 편성된 사람들은 모두가 자신이 맡은 일을 하고 있었다. 비록 궂은일이었지만 그들의 표정은 의외로 밝다. 그리고 누군가는 보고 기절할 만한 일도 이곳에서는 일어나고 있었다.

"이것 좀 잡아주시겠습니까?"

"여기?"

"예! 조금 오른쪽으로요. 예…… 됐습니다."

"이건 어디에 놓으면 되는 거지?"

"저기 화덕 곁에 놓으시면 됩니다."

"우리가 제일 늦네?"

"서두르시죠!"

누가 들어도 평민이 귀족과 일을 함께하며 나누는 대화라고는 상상할 수는 없을 것이다. 그러나 지금 이곳에서는 그런 일들이 자연스럽게 벌어지고 있었다.

"생각보다 참 사람들이 착하고 순박해. 잘 따라줘서 고맙군."

산이 중얼거렸다.

"참, 대단하세요. 위험한 아이디어였는데 그게 여기서도 통하다니

신기하다고 해야 하나."

비연이 빙긋 웃었다.

"예비군 훈련을 보면서 느꼈던 것들이야. 원래는 내용이 형식을 결정하지만, 형식이 내용을 결정하기도 하더라고. 내용은 물과 같아서 형식에 맞춰지는 경향이 있지. 사회에서 넥타이 매고 신사 연(然)하는 멀쩡한 놈들도 예비군복만 입혀놓으면 아무데나 오줌 싸고 아무데나 눕고 성질도 더러워지잖아? 그렇다면 그 반대도 성립하지 않을까."

비연은 대원들을 쳐다본다. 산이 했던 일은 무척 단순하다. 조별로 구별하여 미리 준비한 복장으로 통일시켰다. 1조는 녹색 계열, 2조는 검은색 계열, 3조는 노란색 계열이다. 물론 상의 위에 스카프처럼 간단하게 걸치거나 두르는 식이다. 지금 그 간단한 통일과 분류 체제가 마술 같은 팀워크를 만들어내고 있었다. 그 상태에서 몇 가지 규칙과 목표를 주었더니 각 조들은 서로 경쟁하기 시작했으며 조원들은 협력하기 시작했다. 마치 신분 사회라는 기준과 장벽이 이 마당에서는 그대로 사라진 것 같았다.

비연은 고개를 끄덕였다. 이제야 조직 관리의 기법과 철학이 책상머리가 아니라 현실의 사례로 구현되는 모습을 보고 있는 느낌이다. 참모는 알아도 힘이 없어서 못 하고 지휘관은 무식해서 못 했던 것.

사람의 가치 기준이란 오묘한 것이다. 이토록 철저한 신분 사회에서도 신분 외의 다른 기준을 주고 최면을 살짝 걸면 신기할 만큼 잘 적응한다. 그 효과는 역할 모델을 살짝 바꿔줌으로써 더욱 사실적으로 나타난다. 그것은 놀이에 가깝다. 소꿉놀이에도 나타나고, 축구 게임에서도 드러난다. 지휘관은 그 게임의 룰을 정해주고 즐길 수 있는 환경을 만들어주기만 하면 된다. 그리고 게임을 공정하고 진지하게 대하면 그로써 모든 것이 완성된다. 시스템은 긍정적으로 '살아' 돌아간다. 이제 이 즐거운 경쟁도 진화하게 될 것이다.

보다 유쾌한 삶을 위한 '공유된 추억'을 확보하는 경쟁, 모든 도전에서 모두가 살아남을 수 있는 '생존 요령', 그리고 협력을 통해 지켜나갈 '공동체로서의 가치'로……

"디테?" 비연이 디테를 찾았다.

"예?"

"너도 밥값은 해야지?"

"무슨 이야기를 하는 건지……?"

"그러면 네가 직접 취사하면서 해결하든지?"

"그러면…… 값을 얼마나 지불하면 되지요?"

"아니…… 우리 밥값은 돈으로는 못 치르지. 앞으로 너 때문에 죽을 고생할 생각하면 벌써부터 이가 갈리거든…… 네 덕분에 앞으로 우리가 먹을 밥값이 목숨값하고 거의 비슷해지지 않을까 생각하는데…… 너는 어떻게 생각해?"

"무슨……"

디테는 점점 긴장했다. 이 인간 여자는 정말 상대하기 까다롭다. 이미 각성한 데다가 그 생각을 읽어낼 수 없을 만큼 지혜롭기까지 하다. 어쩌면 가장 경계해야 할 인물인지도 모른다. 어쨌든 자신의 의도는 읽힌 것 같다. 갑자기 코가 간지러웠다. 재채기가 나오려나.

"네 밥값에 대한 이야기야…… 계약을 하나 더 해야 되겠어."

디테는 눈을 꼭 감았다. 또 협상이냐……?

3장
침투
浸透

세 곳에 피워놓은 모닥불을 가운데 두고 사람들이 둘러앉아 있었다. 꽤 만족스러운 야외 식사를 즐겨서인지 얼굴들이 제법 밝다. 그렇지만 어딘가 방심할 수 없는 긴장감이 돌고 있었다. 사람들은 조별로 옹기종기 모여 앉아 하루 일과를 정리하고 있는 중이다. 소곤소곤 대화를 나누는 사람도 있고 밝은 불빛 곁에서 뭔가를 수리하는 사람도 있다. 한쪽에서는 음유시인 세실과 젊은 악사 혼비가 신중한 자세로 조용히 악기의 현을 뜯고 있다. 그들의 공통점은 하나같이 뭔가를 골똘하게 생각하는 모습이라는 것이다.

그들은 디테 사도로부터 어떤 이야기를 들었다. 매우 심각한 내용이었다. 그 이야기를 크게 요약하면 세 가지다. 지금, 매우 강력하고 위험한 적들이 그들의 보물을 노리고 있다. 두 번째로 이번 여정을 둘러싼 환경은 생각보다 훨씬 심각하다. 그리고 마지막으로 자신들이 어떤 형태로든 직접 싸움에 참가하게 될 것이라는 것이 이야기의 골자였다.

다행히도 디테는 좋은 소식도 전해주었다. 이 모험적인 여행 전반에 걸쳐 여신의 특별한 가호가 있을 것이며 여행이 끝나면 모두에게 신전으로부터 아주 특별한 선물이 주어질 것이라는 내용이었다. 그리고 덧붙여 디테 자신은 산과 비연 대장을 신뢰하며 자신도 지휘에 반드시 따를 것이니 어떤 상황에서도 의심 없이 그들의 결정을 따라줄 것을 당부했다.

　디테의 이야기는 생존을 건 아주 치열한 모험이 시작되리라는 선언과도 같았다. 그렇지만 백작의 시골 영지에서 살던 순박한 사람들은 과연 어떤 수준의 모험을 겪어야 할지 여전히 짐작조차 못 하고 있을 것이다.

　한편, 에센 백작가의 사람들과 두 사람은 심각한 이야기를 나누고 있었다.

　"아무래도…… 내가 사절로 가야겠습니다."

　예킨이 나섰다. 그의 표정은 자못 비장하다.

　"저도 같이 가겠어요. 오빠는 협상에 약하잖아요? 노리안은 간특한 사람이에요."

　예리아 역시 얼굴을 굳힌 채 같이 나섰다.

　"좋은데? 제대로 된 집안이야. 그런데 내가 같이 가는 건 어떨까?"

　산이 빙긋 웃으며 비연을 쳐다본다. 그렇지만 비연은 고개를 저었다.

　"간다면 제가 가는 것이 맞습니다. 정보 작전은 제 영역이죠?"

　산이 고개를 끄덕였다.

　"그럼 그래…… 부디 조심하시고…… 자! 내일 이야기는 됐고 이제부터 진지하게 오늘 밤 작전 계획을 세워보자고."

그렇게 네 사람은 일행과 떨어진 곳에서 은밀히 계획을 짜기 시작했다.

* * *

"영지의 경계 근처에서 야숙을 하는 것 같다고? 해가 지기 전에 도착했는데도?"

50대 후반의 사내가 낮은 목소리로 다시 물었다. 그 소리는 마치 사막의 메마른 우물의 벽을 긁으며 새어 나오는 바짝 마른 바람처럼 건조했고 얇게 갈라져 듣기만 해도 소름이 끼쳤다. 목소리의 주인은 이 성의 주인 노리안 후작이라고 불리는 사내다. 호리호리하고 마른 체구였지만 상체를 드러낸 몸에는 마치 잘 벼려진 칼처럼 날카로운 기운이 흐른다. 후작은 바닥에 무너져 오들오들 떨고 있는 여자의 몸에 시선을 고정시키고 감찰대장의 보고를 듣고 있었다.

"내일 아침에 영지를 통과할 생각인 것 같습니다. 예상과 달라져서 후작님의 지시를 듣고자 합니다."

감찰대장 나틴은 고개를 약간 숙인 채 후작의 대답을 기다렸다. 그는 후작령의 무력을 책임지고 있는 인물이며 암검의 끝자락에 오른 대단한 특급무사다.

"아주 소심한 놈들이구나. 도둑조합에서 오라고 한 아이들이 좀 실망하겠는데? 그나저나 순순하게 안 들어온다니 재미없어졌네. 골치 아파졌는걸…… 그냥 소문 없이 뺏어버릴 방법이 있을까?"

"제가 일대를 이끌고 가서 직접 호송해 올까요?"

"네가?"

노리안 후작의 눈이 나틴을 한 번 훑고 지나갔다. 피식 웃는 그 눈빛에는 경멸감이 솔직하게 담겨 있었다.

　"멍청한 녀석. 생각 좀 해라. 지금 영지에는 놈들을 기다리는 외지인들도 이미 와 있다. 이번에는 그까짓 통행료가 목적이 아니야. 판이 크다고."

　"예…… 그건, 저도 잘 알고 있습니다."

　"놈들이 가지고 있는 것은 알칸의 뼈와 가죽이다. 무려 20년 만에 나타난 거야. 온 동네 대가들이 눈에 불을 켜고 있다고. 그것도 무려 두 마리씩이나 된다고 했지. 그리고 은밀하게 들리는 소문으로는 전설의 생명수로 알려진 넥타도 있다고 했어. 만약 사실이라면 그건 알칸과도 비교가 안 될 만큼 귀한 거야. 진짜 불사약이라고 생각해봐? 목숨을 여러 개 가진 것과 같은 거야…… 몇백 년도 살 수 있다고."

　"전설의 넥……타 라고요?"

　나틴의 눈이 크게 뜨였다.

　"그래. 그래서 도둑놈들의 조합이건 유서 깊은 무가와 신흥 무벌(武閥) 쪽이건 모조리 발칵 뒤집혔다고 하더군. 도둑 조합장도 직접 나섰다고 하더라. 보는 눈이 많아…… 동명가에 간섭할 명분을 주면 더욱 귀찮아질 거고. 놈들이 낮 시간에 영지를 그대로 통과해버리면 골치 아파…… 무슨 뜻인지 알겠나?"

　"그러면 어떻게……."

　"그건 네가 알아서 할 일이다. 확실한 것은 내일까지는 내가 그 물건들을 볼 수 있어야 한다는 거지. 그리고 다른 것들은 보고 싶지 않거든? 또한 대외적으로는 내가 전혀 모르는 일이어야 한다는 것도."

　노리안의 무심한 눈길이 나틴에게 꽂혔다.

"……."

나틴은 움찔한다. 다리가 후들거리며 입가에서 침이 약간 흘러나왔다. 대가라는 존재가 한껏 개방한 패기의 위력은 그만큼 끔찍했다.

"수단과 방법은 네가 스스로 찾아내. 놈들을 납치하든 쥐도 새도 모르게 모조리 죽여버리든. 그것도 안 되면 시빗거리를 만들어 헐값으로 인수하고 돌려보내든. 그건 네가 선택할 일이겠지. 비용과 사람은 얼마든지 써도 좋아. 좌우간 어서 가져오라고……."

"알……겠습니다."

나틴이 고개를 숙이고 예를 표한 뒤 물러간다.

"아, 내 이야기는 아직 끝나지 않았어!"

"예!"

뒷걸음으로 물러나던 나틴이 다시 고개를 들었다.

"놈들은 모두 서른 명 정도다. 그중 전투력이 있는 놈은 절반이고 대강 2급무사 정도의 허섭스레기 수준이라고 들었다. 그렇지만 한 놈의 실력은 무시할 수 없을 만큼 강하다고 한다. 제인가 나림을 포함해서 많은 특급무사들이 결투하다 오른팔을 잘려서 기어 나왔다는데 아마도 그놈 짓일 거야. 그놈을 믿고 위험한 곳에서 야영을 하는 모양이다. 혹시 모르니 작전 시 참고하도록 해."

"예, 그럼……."

"하나 더!"

"예?"

"나가면서 시종을 불러 저것 좀 치우라고 해!"

나틴은 노리안의 턱짓이 가리키는 곳으로 시선을 옮겼다. 그곳에는 벌거벗은 소녀가 혀를 길게 내민 채 누워 있었다. 이미 경직이 진행되고 있는지 눈을 크게 치뜨고 천장을 바라보며…….

"아주 재수 없는 년이야. 어떤 놈이 먼저 건드렸더라고. 그것도 아주 심하게. 노뎀 그 녀석 짓이겠지."

* * *

밤이 깊어간다. 산이 대원들을 모았다. 모닥불 사이로 긴장된 표정들이 그들의 대장을 주시하고 있었다. 숲 속 광장에서 산의 목소리가 조용하게 울렸다.

"우리의 임무는 저 상품을 포라토까지 가져가 제값에 팔고 돌아오는 것이다.

"……."

"그런데…… 안타깝게도 두 가지 큰 문제가 생겼다. 첫 번째 문제는 우리를 노리는 적이 많다는 것이다. 그것도 아주 많다. 이미 세 단위의 강력한 적이 우리 뒤를 따르며 약탈할 기회를 노리고 있는 것으로 확인됐다. 노리안 후작도 우리가 도착한 것을 알고 있을 것이다. 그놈도 역시 오늘 밤에 분명히 움직일 것이라고 본다. 따라서……."

산이 잠깐 말을 멈췄다. 모든 사람의 눈길이 그의 입을 향해 있었다. 산은 잠깐 비연을 바라보더니 말을 이었다.

"이제는 돌아가는 길도 안전하지 않을 뿐만 아니라, 돌아갈 기회도 이미 없어진 것 같다. 따라서 그대들 중 떠나기를 원하는 사람이 있더라도 나는 보내지 않을 것이다."

사람들의 얼굴에 언뜻 공포감이 돌았다. 아까 디테 사도에게 미리

들었지만 상상이 현실로 넘어가는 순간은 언제나 아득하다. 팔짱을 끼고 차가운 표정으로 사람들을 쳐다보던 비연이 다음 말을 이었다. 말투가 건조하고도 아주 냉정했다.

"두 번째 문제는 적들을 대항하여 물리치기에는 우리의 상태가 그리 좋지 않다는 것이다. 냉정하게 말하면, 이 상태로는 많이 다치거나 최악의 경우 죽게 될 거야. 그것은 우리 임무가 실패할 가능성이 커진다는 의미니 무척 난감한 일이 되겠지. 어쨌든 이제 우리도 결단을 내려야 시점이 된 것 같다."

"……."

사람들은 긴장한 상태로 산과 비연을 계속 주시했다. 그들도 임무를 안다. 물건을 나르고 돈으로 바꿔 가져오는 일이다. 그렇지만 사람의 안전까지 책임진다는 항목 같은 것은 애초에 없었다. 현실적이지도 않고 그렇게 계약하는 사례는 아예 없었다. 그런 위험 부담 때문에 상단이 많은 대가를 받는 것이다. 만약 저들에 대한 백작과 그들이 가진 믿음이 터무니없을 만큼 순진한 것이라면…… 사람들은 등줄기에 찬 공기가 흐르는 느낌을 받았다. 비연의 목소리가 다시 이어졌다.

"알다시피 우리 두 사람은 백작가에 소속된 사람이 아니다. 따라서 백작가에 목숨을 바쳐 충성하거나 굳이 그대들을 챙겨야 할 이유는 없다. 그래서 지금 우리가 할 수 있는 선택은 세 가지다."

비연은 말을 멈추고 사람들을 둘러본다. 침을 삼키는 소리가 간간이 들렸다.

"하나는 원래 계약을 이행하고 우리 몫을 챙겨 가는 것. 이 경우 그대들 안전은 책임질 수 없다. 전투에 도움이 안 되는 여러분들은 돌려보내고 훨씬 강력한 무사들을 사서 충원하는 것이 현실적이다. 물론 그것도 그대들이 오늘밤과 내일을 안전하게 넘겨 살아남아야 한다는 전제가 붙는다."

"……."

백작가의 사람들 표정이 눈에 띄게 굳어졌다. 이번에는 산이 말을 이었다.

"두 번째는 더욱 강력한 약탈자들이 등장하기 전에 적당한 상대와 협상을 하여 최소한의 대가라도 챙겨서 돌아가는 방법이다. 그렇지만 이건 임무의 실패를 의미하니 에센 백작을 다시 볼 면목이 없겠지. 따라서 이건 선택도 무엇도 아니야. 그대들의 '하찮은' 목숨 때문에 우리의 '수지맞는' 임무를 포기할 수는 없지 않겠나?"

간간이 기침 소리가 들렸다. 예킨과 예리아의 얼굴은 딱딱하게 굳어 있었다.

"마지막 세 번째는……."

비연이 말을 이었다. 마지막 선택이다. 긴장된 시선이 비연에게 한꺼번에 꽂혔다.

"그대들과 우리 두 사람이 별도로 계약을 맺는 방법이다. 그 내용은 간단하다. 우리 두 사람은 그대들 모두의 안전을 보장한다. 대신 그대들은 우리가 원하는 것은 어떤 것이라도 하겠다는 쌍방 계약이지. 우리는 지금 세 번째 방법을 심각하게 고려하고 있다. 그대들이 우리에게 별로 도움이 될 것 같지는 않지만……."

비연이 눈을 깜짝였다. 사람들은 여전히 그녀의 말이 이어지기를 기다리고 있다.

"마지막이 우리가 하고 싶은 제안이다. 그대들에는 우리가 선택한

이 세 번째 방법을 따를지 가부(可否)를 결정할 권리만이 있다. 어때? 계약을 하겠나?"

"그러면 그 제안이란…… 그대들의 노예가 되라는 것입니까?"

세실이 조심스럽게 물었다. 비연은 즉답을 피했다. 대신 세실을 물끄러미 바라본다. 그는 50대의 노련한 음유시인이다. 이 시대의 음유시인이란 세상의 모든 이야기를 전하는 자. 그리고 아마도 최고의 지식인. 그의 세계관에서 자신들의 제안은 그렇게 해석됐을까? 비연은 고개를 끄덕였다.

"비슷합니다. 더 나을 것도 없으니까."

비연이 간단하게 말했다.

"잠시 시간을 주시겠습니까?"

예킨이 얼굴이 굳은 상태로 말했다.

"좋을 대로…… 단, 한 시간을 넘기지 않았으면 좋겠다. 또한 나는 개인이 아니라 각조의 대표만을 상대하겠다. 조 단위가 아니면 나도 쓸모가 없거든."

"잘 될까?"

"두고 봐야죠. 이 세계는 알아갈수록 난감합니다. 어떻게 된 게…… 제대로 된 법이 없어요. 그야말로 무법천지. 모든 걸 힘센 놈 마음대로 정하죠. 사법적 절차도 없으니 강도짓을 해도 사람을 죽여도 처벌은 자기 마음대로라고요."

"그렇긴 하더라."

"영지 밖에서의 치안은 한마디로 통제 불가능한 상태입니다. 먼저 보는 자가 주인입니다. 사람 사냥은 기본이고…… 잡히면 노예고 반항하면 그냥 죽여버립니다. 말 그대로…… 만인이 만인에 대한 늑대라는 말을 실감 나게 하는 상황이라는 거죠. 그나마 무가라는 집단이 최소한의 교육기관과 경찰 노릇을 하면서 균형이 유지되는 체제 같은데……."

산은 장작을 하나 들어 모닥불 위에 던졌다.

"하기야…… 법 없는 세상이라는 게 이토록 살벌할 줄은 몰랐지. 공정한 국가 권력이라는 게 왜 필요한지 알겠어."

비연은 무릎을 세운 상태로 불빛을 응시하고 있다.

"그래서 이곳에서 무력을 가진 집단들은 작든 크든 그 자체가 정치적인 주권(主權) 단위로 봐야 할 것 같아요. 따지고 보면 영지를 지배하는 귀족들은 물론이고 마적들도 대형 상단들도 각각의 무가들도 하나의 작은 국가와 다를 바가 없습니다."

산이 씁쓸한 표정으로 어깨에 묻은 재를 탁탁 털었다.

"맞는 소리야. 이 난장판에서 힘을 가지지 않고 인권(人權)이나 고상한 선심(善心)이나 호의(好意)를 떠들어봐야 아무 쓰잘데기 없는 거더라. 기껏 잘해줘 봐야 지난번 사냥터에서처럼 이상한 놈 취급받겠지……."

"그래도…… 저 사람들이 우리 제안을 받아들이기가 쉽지는 않을 겁니다. 백작의 눈치도 봐야 할 거고."

"무리한 요구라 생각하지만…… 나는 네 아이디어가 최선이라고 생각해. 어디 한번 반응을 보자고. 그런데 디테와는 이야기가 잘 됐나?"

"아까 디테가 대원들에게 미리 언질을 줬습니다. 신까지 나섰으니 효과는 있겠지요."

"수고했어. 아무튼 찍어 눌러서 얻어낸 복종은 그때만 반짝할 뿐

별로 효과가 없더라고. 비록 느려도 깊게 고민한 뒤 스스로 결정해야 훨씬 강한 조직력이 생기는 법이지. 특히 우리가 치러야 할 전쟁은 게릴라전이야. 각자 알아서 싸워야 한다고. 이대로는 안 돼."

"이제 회의가 끝난 모양이네요."

"어디…… 이 사람들 사고방식을 볼까?"

"결정은 했는가?"

산이 물었다.

"몇 가지 질문이 있습니다. 대장의 답변에 따라 결정이 달라질 수도 있습니다."

예킨이 먼저 나섰다. 산의 눈빛이 반짝 빛났다.

"뭐지?"

"우리는 에센 백작의 백성입니다. 또한 저는 그분의 자식입니다. 만약 대장의 백성으로 들어가면 에센 백작님과의 관계는 어떻게 되는 것입니까?"

"그것이 첫 번째 질문인가?"

"예"

"한꺼번에 답하겠다. 다음 질문은 뭐지?"

"영지는 어디로 정하실 생각이십니까? 가족은 데리고 가주실 건지요?"

이번에는 2조의 대표 유렌이 말했다.

"그다음은?"

"저희가 대장께 무엇을 해드려야 하는지요? 구체적으로 무엇을 원하시는지요?"

3조의 대표 상인 라론이 물었다. 유쾌한 성격의 사내다.

모든 사람의 시선이 산에게 집중되어 있다. 사실 그의 말이 어떻게 흘러가든 이미 생명을 담보로 잡힌 이상 그들의 주인으로 결정된 것이나 마찬가지였다고 해도 과언이 아니다.

　"이제 그 답을 하겠다. 뭔가 오해를 한 모양인데, 그대들과 우리의 계약은 한시적 계약이다. 계약 기간은 오늘부터 임무를 마치고 백작 영지에 복귀하는 날까지다. 영지로 돌아가면 모든 계약은 종료될 것이며 그대들에 대한 권리와 의무는 당연히 에센 백작에게 다시 귀속된다. 이것이 첫 번째와 두 번째의 대답이다. 답이 됐나?"

　산은 예킨과 유렌을 번갈아 쳐다보았다. 뭔가 어리둥절한 표정이다.

　"그런……."

　"왜……?"

　예킨과 유렌은 말을 아꼈다. 토론에서 나왔던 가설을 한참이나 벗어난 대답이었다. 그런 그들의 표정을 무시하며 산은 이야기를 계속 이어간다.

　"세 번째 질문에 대한 답변은 이렇다. 우리는 계약 기간 동안 그대들의 모든 것을 가질 것이다. 그대들의 생명, 재산, 자유, 그리고 시간까지 포함한 모든 것! 우리의 의지에 복종하지 않으면 처벌을 받을 것이다."

　"……."

　"계약 기간 동안 그대들은 스스로를 단련시키게 될 것이다. 그리고 무수한 사람들과 싸워야 하고, 우리의 적들을 죽이게 될 것이다."

　"……."

　"동료를 대신하여 기꺼이 칼을 맞아야 할 것이며 공동체의 생존을 위해 불길 속으로 뛰어들어야 할 것이다. 동료를 위험에 빠뜨리는 자는 결코 용서받지 못할 것이며 명령의 의도를 의심하는 자는 모든 것을 잃게 될 것이다. 조직을 배신하는 자는 죽은 자를 오히려 부러워하게 될 것이다.”

“……”

산의 마지막 선언이 울렸다.

“한마디로 너희는 죽도록 고생하고 싸우게 될 거라는 뜻이다. 그러므로…… 그대들의 목숨을 우리에게 흔쾌하게 맡기기를 원한다. 내 명예를 걸고 반드시 돌려준다. 약속하지.”

이제 어둠 속의 광장은 조용하다. 다들 무슨 말을 들었는지는 안다. 그러나 전혀 이해할 수가 없다. 세실이 조심스럽게 입을 열었다.

“그러면…… 대장들은 무엇을 얻게 됩니까? 이 사람은 도무지 이해할 수가 없구려. 말씀대로라면 우리는 생명과 함께 모든 것을 얻게 되니, 계약을 안 할 이유가 없습니다.”

세실은 무척 혼란스러웠다. 방금까지 간악한 보물 찬탈자의 모습을 그렸던 서사시의 초고(草稿)가 갑자기 생소한 영웅의 모습으로 과격하게 전환되고 있었다. 그들의 의도가 매우 궁금했다. 귓가에는 어렴풋이 장대한 영웅서사의 시작을 알리는 운율이 웅얼거리며 맴도는데 혼미한 정신은 마지막 확인을 원하고 있었다.

“자유를 얻게 되지요.”

비연이 빙긋 웃으며 말했다.

“자유라고 했습니까?”

세실이 다시 물었다.

“우리는 전쟁이 아니면 사람을 함부로 죽이지 않습니다. 이제 사

람의 피로 길을 만들며 가야 할 텐데, 그게 겨우 물건 하나 팔기 위해
서라면 우리 스스로가 견디기 어렵습니다."

비연은 담백한 어조로 대답했다. 목소리는 여전히 단호했다. 그러
나 아까 같은 냉랭함보다는 약간의 따스함이 담겨있었다.

"……."

"이제 우리는 전쟁을 해야 합니다. '전쟁의 자유'…… 그대들과의
'신성한 계약'이 그래서 필요했지요. 아까 디테 사도가 이야기 안 하
던가요?"

좌중에는 다시 침묵이 흘렀다. 아직도 납득하기가 어렵다. 그들의
상식으로는 좀처럼 이해하기 어려운 말이었다.

"그러면…… 저 보물보다 우리가 더 중요한가요?"

상인 라론이 떠듬떠듬 물었다.

"만약 누가 저 보물과 자네 목숨 중 하나만 선택하라면 자넨 어떻
게 할 거지?" 산이 되물었다.

"물론, 제 목숨이죠."

"내 생각도 너와 같다. 그게 왜 이상하다는 거지?"

그로써……
모든 것이 변했습니다.
그 전과 그 후는
완전히 달라졌습니다.
그 계약은 마술과도 같았습니다.
서른한 명 영웅 모두가
다시 고향으로 돌아올 때까지

결코 풀리지 않았던 마법의 주문.

나 세실은 두 눈으로 직접 보았습니다.

그들의 전쟁……

그들의 통곡……

그들의 승리……

그들의 자유……

그리고……

신들의 질투를……

　- 노암 세실, '에센 이야기' 중

＊ ＊ ＊

　어둠이 한 귀퉁이를 먹어치우고 남겨놓은 달빛이 어스름하게 숲을 비추었다.

　그래도 밤의 숲은 어둡다. 한 치 앞도 볼 수 없을 만큼 캄캄하다. 이런 밤에 달빛에 기대어 숲길을 따라 이동하는 사람이라면 평범한 목적을 가진 이는 아닐 것이다. 게다가 그들은 숲 속의 밤길에서도 빨랐다.

　선두에 선 자가 뒤를 돌아보았다. 뒤쪽에는 스무 개의 눈이 그를 따른다. 장갑 낀 손이 천천히 움직였다. 손바닥과 등 부분 양쪽에는 특별한 표식이 새겨져 있다. 흰 뼈에서 추출한 인(燐)으로 새긴 표식이다. 그는 눈을 가늘게 뜨고 앞쪽을 쳐다보았다. 나뭇가지 사이로 불빛이 아스라이 보인다. 불가에 세 사람이 경계를 서고 있었다. 주변에는 나무를 잘라내어 이리저리 뭔가 복잡한 것을 설치한 것 같은데 그 이유는 모르겠다. 문득 그의 입가에 미소가 돈다. 오늘 일은 정말 흥분된다. 저 촌뜨기들을 상대로 독한 짓을 해야 하는 게 미안하지만, 그래도 그들에게 죄가 아주 많다는 데 작은 위안을 삼는다.

'주제에 걸맞지 않은 비싼 것을 가지고 있다는 것은 그 자체로도 대죄라고. 문제는 저 특임대장이라는 놈인데 그건 저 아래에서 짐을 노리고 있는 멍청한 놈들이 어떻게 처리해줄 것이고……'

사내, 새덤은 검은 머리끈을 다시 조였다. 그는 중북부에서는 꽤 유명한 야벌(夜閥) 계열 암살 청부 조합 '칼의 눈'의 지부장이다. 거의 모든 도시와 규모가 큰 영지에 하나쯤 박아둔 정보원으로부터 솔깃한 소식을 접한 것이 보름 전이다. 작은 고을에서 흘러나온 이야기지만 그냥 넘기기에는 건이 너무 컸다. 게다가 손을 여럿 타면 곤란한 물건이 포함되어 있다고 했다. 그래서 그가 직접 왔다. 어쨌거나 기회는 생각보다 일찍 찾아왔다. 오늘 밤 안으로 끝내고 돌아간다. 그렇지만 서두를 생각은 전혀 없었다. 그의 천직은 암살이지만 그가 속한 청부 조합은 그 이상의 일을 한다. 침투, 교란, 정보 수집과 가공, 위조, 왜곡, 간첩과 반간(反間) 그리고 고난도 약탈까지. 이 모든 일의 공통점은 결코 전면에 나서지 않는다는 것이다. 무엇이든 막판에 처리하는 것이 안전하고도 깔끔하다. 그리고 경제적이다. 지금은 그의 차례가 아니다. 그가 흘린 낚시질에 끌려 들어온 두 팀이 먼저 나서게 될 것이다. 물론 이 멍청한 놈들은 자신이 음모에 걸려들었다는 사실을 모르고 있을 것이다.

'이제 기다리기만 하면 되는 거지. 미련하고 욕심 많은 놈들이 서로를 물어뜯을 때까지, 죽을 때까지 말이지. 응? 저건 또 웬 덩어리야? 노리안 후작의 군대?'

새덤의 표정이 가볍게 일그러졌다. 앞쪽에서 제법 큰 변수가 생긴 듯하다.

노리안 후작의 감찰대장 나틴은 말을 타고 얕은 여울을 건너고 있었다. 그의 양옆으로 횃불을 든 기마대가 10명씩 총 20명과 두 대로 나뉜 보병 40명이 적당한 간격을 두고 그를 따른다. 나틴은 말을 멈췄다. 그의 시선은 아스라이 보이는 모닥불에 고정되어 있다. 나틴은 단순하게 생각하고 직선적으로 행동한다. 그렇지만, 그 단순함은 항상 보답을 받아왔다. 왜냐하면…….

'나는 무척 강하니까!'

대가를 제외하고는 이 북쪽 지방에서 나틴의 적수는 없었다. 포란 왕국 북쪽 숲의 경계를 지배하는 광대한 다섯 개 영지를 죄다 합해 봐야 대가는 겨우 세 명이다. 그 바로 아래가 자신의 자리다. 에센 백작 역시 암검의 경지에 올라간 자이지만 전투력은 자신보다 한참 떨어진다. 나틴은 노리안 후작과 함께 전장을 전전하며 가장 잔인하고, 가장 효율적인 살상기예를 익혔다. 결코 후환을 남기지도 않았다. 그게 무엇이든, 여자든, 애든, 늙은이든 가리지 않았다. 그래서 오늘도 그답게 처리할 생각이다. 떳떳하게 몰고 들어간다. 영지에 들어오기 전에 소문 없이 죄다 죽이고 그냥 묻어버린다. 그리고 물건은 조용한 곳에 숨겨둔다. 이 얼마나 단순하고도 명쾌한가! 그까짓 이유야 만들기 마련이다. 영지 근처에서 얼쩡거리는 수상한 놈들을 썰었다고 하면 그뿐이다. 아마 노리안 후작도 이 방식을 선호할 것이다. 그렇지 않다면 교활하고 음흉한 이센 경무단장 놈을 시켰을 테니까. 나틴의 입가에는 미소가 돌았다. 그 미소에서 비린내가 났다.

*　*　*

"이제 참가 선수들 모두가 얼추 도착한 것 같은데? 우리 준비는 어떤가?"

산이 비연에게 물었다.

"일단은 나뭇가지로 동선(動線)을 한정시켰습니다. 저들끼리 서로 어떤 관계인지 알 수 없으니…… 조금 더 기다려보도록 하죠?"

두 사람의 전투 준비는 매우 간단해 보였다. 일단 마차와 말을 뒤로 옮겼다. 그리고 모닥불의 뒤쪽과 양옆에는 가시가 있는 나무를 통째로 잘라 잘린 부분이 앞을 향하도록 비스듬하게 엎어놓았다. 좌우 전방에는 앞에서 뒤쪽으로 허리 깊이의 참호를 두 개 팠다. 그 뒤에는 자갈로 된 돌무더기를 쌓고 화살과 죽창을 든 무사들을 나무 뒤에 대기시켰다. 뒤쪽은 나무가 빽빽하게 우거져 있어 접근이 쉽지 않을 것이다.

요컨대 정면으로 들어가기는 좁고, 양옆으로는 엎어진 나무 때문에 접근하기 어렵다. 오로지 한 사람씩 들어와야만 하는 상황이다.

"문제는 저 앞쪽의 덩어리들입니다. 저렇게 횃불까지 들고 화려하게 나타난 걸 보면 그냥 밀고 들어올 모양인데요? 어쩌시겠습니까?"

"복잡할 게 없을 것 같은데? 저놈은 딱 봐도 뺄셈을 아는 놈이 아냐. 준비도 많이 했으니 여기는 내가 맡지. 자네는 뒤쪽에 붙은 쥐새끼들에게 볼일이 있다며?"

"왜 없겠습니까? 궁금한 것이 아주 많죠. 그럼…… 잠시 자리를 좀 비우겠습니다."

"몇 명 데려가나?"

"셋이면 될 겁니다."

* * *

나틴은 혀를 돌려 입술을 적셨다. 전투에 들어가기 전의 버릇이다. 동시에 말 등에 매달려 있는 커다란 칼을 꺼내 들었다. 언월도 같은 형태의 장검이다. 그렇지만 한 손으로도 빠르게 찌를 수 있도록 쇠붙이가 적어 보기보다는 가볍다. 그래도 이런 무거운 병기는 팔의 완력으로만 능히 상대를 벨 수 있는 사람이 써야 제 성능이 나올 것이다.

"뭘 믿고 저렇게 해놓았을까?"

나틴은 머리를 흔들었다. 그는 돌격 명령을 내리기에 앞서 잠깐 주저했다. 앞쪽의 방어선은 우스꽝스럽다. 나무 몇 개 베어서 방책을 쌓았고, 앞쪽에 참호를 파놓은 것이 전부다. 그래도 왠지 기분이 찜찜하다. 호쾌하게 치고 들어갈 만한 길이 딱히 보이지 않는다. 모닥불의 밝은 빛도 문제다. 그 뒤쪽은 암흑이라 뭐가 있는지 짐작하기 어렵다. 그렇다고 기마 부대를 양쪽으로 산개시켜 옆으로 치자니 자연스럽게 베어 넘긴 나무들이 성가시다. 그는 문득 짜증이 난다. 한꺼번에 쫙 쓸어야 제맛인데…… 물론 그에게 놈들과 대화하고 싶은 마음은 눈곱만큼도 없다.

"세르기!"

"예!"

"애들 몇 데리고 나가서 길을 뚫어봐!"

"예! 알겠습니다"

말에서 내린 세르기가 다섯의 무사와 함께 빠르게 달려갔다.

음유시인 세실과 혼비는 아래를 내려다보고 있었다. 세실은 오른쪽 나무 위, 혼비는 반대편 왼쪽 나무 위다. 그들은 악사로서 전투에 전혀 도움이 안 되는 사람이다. 그렇지만 비연 대장은 그들에게 중요한 역할이라면서 어떤 일을 맡겼다. 모든 위치를 살필 수 있는 위치에서 대장의 동작에 따라 약속된 순서대로 호각과 나팔, 쇠붙이를 부딪쳐 소리를 만들어주는 일이었다. 왜 이런 우스꽝스러운 일을 해야 하는지 그때는 이유를 몰랐다. 이야기꾼 세실과 혼비에게는 최고의 배려였다는 것도. 어쨌든 그들은 마치 경기장의 관중과도 같이 현장 전체를 살필 수 있는 위치에서 대장의 지휘가 어떤 방식으로 어떻게 조직에게 먹혀들어 가는지를 보게 될 것이다.

세실의 눈이 빛났다. 적들이 짓쳐들어온다. 산 대장의 오른손이 두 번 돌았다. 전투 개시 신호다.

삑삑.

세실의 호각 소리가 날카롭게 두 번 울렸다. 신호와 동시에 아래쪽 좌우에서 끈을 팽팽하게 당겼다. 세실은 땅 위에 첫 번째 함정이 드러나는 모습을 보고 있었다.

치고 들어가던 세르기는 잠깐 말문이 막혔다. 칼을 빼어 들고 창을 비껴들고 그렇게 호기롭게 뛰어들어 가던 네 명의 무사가 한꺼번에 앞으로 참호로 쏠려 들어갔다. 다시 호각 소리가 짧게 세 번 울렸다. 어둠 속에서 죽창을 든 다섯 명의 에센 무사가 달려 나왔다. 그중 두 사람이 바짝 마른 흙을 참호를 향해 뿌렸다. 참호에 빠진 네 명의 무사가 버둥거렸다. 미처 자세를 잡지도 못한 상태에서 갑자기 날아온 흙먼지에 눈마저 막혔다. 무엇을 섞었는지 흙에서는 매캐한 냄새가 났다. 허벅지 깊이의 좁고 낮은 참호는 무서웠다. 다리를 굽힐 수 없었고 한걸음으로 빠져나올 수도 없었다. 빠져나오려면 반드시 한 손을 짚고 허리를 깊게 구부려야 했다. 방어로는 최악의 자세다.

그 사이에 뛰어들어 온 세 사람의 에센 무사가 한길이 넘는 죽창을 참호에 찔러 넣었다. 호각 소리가 규칙적으로 들렸다. 그들은 호각 소리에 맞춰 한 동작 한 동작 절도 있게 적을 찔러갔다. 그 동작은 너무 침착해서 마치 갇힌 물고기를 잡는 것 같았다. 이로써 허약한 전투력은 서로 합해질 것이고 첫 살인의 충격은 셋으로 나뉠 것이다.

그렇게 단 네 동작에 일급무사 넷이 반항도 못 해보고 허망하게 죽었다. 이어 다른 음색의 호각 소리가 다른 쪽에서 들렸다. 에센의 무사들은 적의 시신을 끌어내 앞으로 굴린 후 다시 모닥불 뒤쪽 어둠 속으로 빠르게 후퇴해 들어갔다. 자로 잰 듯 정확했다. 그리고 아무 일도 없다는 듯 숲은 다시 조용해졌다.

"이게…… 무슨!"

세르기는 본능적으로 고개를 들어 앞을 쳐다보았다. 순간, 언뜻 바람을 가르는 소리를 들었다. 그리고 그것은 그가 세상에서 마지막으로 들은 소리가 됐다. 세르기의 몸은 뒤로 무너지고 있었다. 그 옆으로는 아기 주먹만 한 돌멩이 하나가 구르고 있었다.

"이……이!"

나틴은 이를 갈며 양옆을 돌아보았다. 무사들은 입을 다문 채 조용하다. 다시 시선을 전방으로 돌렸다. 그는 흥분하고 있었다. 이런 꼼수를 쓰다니!

"이런 교활한 놈…… 헥터! 네가 저 새끼들을 모조리 갈아버려!"

헥터라는 특급무사가 나섰다. 이제 명검의 수준에 오른 자다. 이번에는 스무 명의 기마 부대가 돌격해 간다.

삑삑 삐빅 삑.

간격을 두고 호각 소리가 연달아 울렸다. 앞쪽에 얌전하게 누워 있던 나뭇가지들이 뒤에서 당기는 끈을 따라 지지대 판과 함께 45도 각도로 일어났다. 끝이 뾰족하고 길이는 충분히 길다. 앞으로 짓쳐들어오던 말 세 마리가 앞으로 그대로 거꾸러졌다. 기사는 달려오던 관성이 이끄는 대로 앞으로 튀어나가며 나동그라졌다. 쓰러져 비틀거리던 그들의 눈에는 어느새 나타난 시골 무사들이 찔러오는 창끝이 보였다. 앞의 말이 쓰러지면서 발버둥치면서 뒤 이어 따라온 말들이 그대로 엉켰다. 달려오던 대오가 흐트러지고 사람들은 목표를 잃었다. 다시 불길한 호각 소리가 울렸다. 갑자기 모닥불 앞쪽에 장막이 쳐졌다. 불빛은 어둠 속에 숨었고 사방은 순식간에 어두워졌다. 대장들은 당황했고 무사들은 두려움에 빠졌다. 그 어둠 속에서 뭔가가 날아오고 있었다.

씩씩씩.

바람을 가르는 소리가 사위를 갈랐다. 소름 끼치는 소리 뒤에는 여지없이 누군가가 쓰러졌고 누군가는 비명을 질렀다. 무사들은 극도의 공포를 느꼈다. 적이 자신들 속에 들어와 있다. 그러나 보이지 않는다. 피아가 구별되지 않는 상황에서 서로가 서로에게 칼끝을 세웠다. 여기저기에서 뜨겁고 끈적한 것이 얼굴로 튀어들어 왔다. 뭔가가 얼굴에서 흘러내렸다. 누군가 소리를 마구 질렀다. 누군가는 신음 소리를 내고 있었고 누군가는 정신없이 울먹이고 있었다. 이렇게 장내는 서로가 서로의 공포를 끝없이 연쇄적으로 키워가며 아비규환의 상태로 치닫고 있었다.

다시 호각 소리가 들렸다.

장막이 싹 걷히고 환한 모닥불이 다시 등장했다. 불빛은 그동안 일어났던 풍경을 잠깐 무사들에게 비춰주었다. 대장 헥터의 목이 발치에서 굴러가고 있다. 위로 치떠진 눈…… 불빛은 서서히 사라졌다. 그것은 매우 친절한 설명과도 같았다. 오직 공포를 효과적으로 일으키기 위한…….

아직도 무사는 여섯 남아 있었다. 그들은 눈을 질끈 감고 약속이나 한 것처럼 달렸다. 적의 방향이 아니라 그들이 왔던 방향으로! 그러나…….

씩씩씩.

소름 끼치는 소리가 다시 들렸다. 도망가던 마지막 셋의 머리가 차례로 터지며 앞으로 무너지고 있었다. 스무 명 중 살아 돌아간 자는 겨우 셋이었다.

호각 소리가 다시 울렸다. 나틴의 뒤에 서 있던 무사들이 어깨를 움찔한다. 저 소리는 정말 끔찍했다. 이제는 호각 소리가 아니라 죽음을 부르는 저주라고 생각될 정도다.

장막이 걷히고 모닥불은 다시 숲 속을 비췄다. 이제 조용한 숲 속에는 호각 대신 경쾌한 피리 소리가 울리기 시작했다. 숲의 양쪽에서 함께 울렸는데 그 소리는 마치 오래 연습이라도 한 것처럼 박자까지 맞춰가며 조화롭게 울려 퍼졌다. 나틴은 문득 온몸이 으슬으슬 떨리고 소름이 돋는 것을 느꼈다. 밝은 모닥불 앞에는 한 사내가 우뚝 서 있었다. 그는 무심한 표정으로 자그마한 조약돌을 허공에 던지고 받는 동작을 반복하고 있었다. 심원하게 가라앉은 눈빛으로 시선을 여전히 '나틴'에게 고정시킨 채…….

음악이 그쳤다.

"이제 대화할 생각이 드나. 덩어리?"

* * *

"누구······? 큭······."

사내는 눈을 가늘게 떴다. 갑자기 눈이 부셨다. 눈을 비비고 싶은
데 그럴 형편이 안 되는 것도 문제다. 사내는 눈을 연신 깜빡였다. 눈
물이 조금씩 나왔다. 사내, 핑고의 목에서 성(聲)은 멈추고 음(音)이
흘러나왔다. 핑고는 눈을 내리깔며 목젖에 와 닿은 '어떤 차가운 것'
을 따라갔다.

그것은 칼이었다. 그 칼은 여전히 자신의 눈을 부시게 만드는 '동
그랗고도 기묘한 불빛'에 반사되며 새하얀 빛을 띠고 있었다. 또한
그 칼의 주인은 눈치 없는 행동을 아주 싫어할 것 같다. 이미 칼끝을
타고 흐르기 시작한 따뜻한 액체가 가슴까지 내려오고 있기도 했다.

"물어볼 게 있어서 왔는데······."

동그랗게 빛나는 괴상하고도 무서운 불빛 뒤에서 상대의 목소리
가 들렸다. 속삭이는 듯한 여자의 목소리다. 부드러운 소리였지만 왠
지 가슴이 철렁한 싸늘함이 섞여 있었다. 불빛 뒤에 있는 상대의 모
습은 보이지 않는다. 그 모습은 그가 평생 보았던 어떤 것보다 기괴
했고 무서웠다. 상대가 누군지, 수가 얼마나 되는지도 알 수 없다.

"누가 이리로 보냈나?"

"······."

사내는 머뭇거리다가 목에서 시작되는 어떤 느낌에 황급하게 입
을 열었다. 그 시퍼런 느낌은 솔직한 데다 타협을 몰랐다. 오로지 질

문에 대한 대답만을 요구하며 침묵이 최선의 대책이 아니라고 경고
했다. 목젖으로 서서히 파고들어 오는 시큼한 칼날이 충분히 할 말을
다하고 있었다. 답을 제때 내지 않으면 그 속도대로 관통할 것이다.
그 대화법은 확실히 효과가 있었다. 그는 실없는 저항을 포기했다.

"알고른 대장……입니다."

칼이 전진을 멈췄다. 핑고는 숨을 조심스럽게 내쉬었다.

"그가 누구지?"

"에센 영지 서쪽 경계를 지배하는 알고른 군부(軍府)의 대장입니
다."

"알고른 군부?"

"용병 집단입니다. 평소에는 마적질을 하고 있지요."

여자의 옆에서 다른 여자가 설명하는 소리가 들렸다.

"규모는?"

"총 500명 정도의 무사와 1000명의 군속이 있습니다."

"너희들은 군부의 용병인가?"

"아닙니다. 군노(軍奴)입니다."

"이번 임무는?"

"길을 개척하고 일이 끝난 뒤 물건을 나르는 일이라고 들었습니
다."

핑고의 뒤쪽에는 열 명 남짓의 남녀가 엉거주춤 서 있었다. 그들은
함부로 저항하거나 움직이려 하지 않았다. 비연은 플래시를 껐다. 사
방에 거짓말 같은 암흑이 찾아왔다. 캄캄한 어둠 속에서도 비연의 하
얀 칼은 흐릿한 인광(燐光)을 내비치며 섬뜩한 실루엣을 남기고 있
었다.

'군노라…… 방패막이에 일꾼…… 어쩌면 소모품이거나 미끼겠지…….'

처음부터 느꼈지만 이들에게서는 비릿한 적의가 느껴지지 않았다. 차림은 한없이 남루했으며 신발은 겨우 짚을 둘둘 말아놓은 맨발에 가까웠고 들고 있는 무기라고 해봐야 간단한 몽둥이 정도가 전부였다. 한마디로 자발적으로 약탈을 하러 나선 사람들은 아니라는 의미다.

비연은 핑고를 향해 천천히 말했다.

"만약 움직이지 않는다면…… 너는 살 수 있을지도 몰라."

부드러운 경고와 함께 비연의 칼끝이 핑고의 목에서 떨어져 나왔다. 더운 핏물이 목젖을 타고 주르륵 흘러내렸다. 그렇지만 핑고는 여전히 움직일 수 없었다.

어둠 속에서 하얀 칼이 보였다. 칼의 표면에서 빛 방울이 무리를 지어 톡톡 튀고 있었다. 영롱하게 빛나는 그 색색의 빛은 칼이 움직이는 방향을 따라 실 같은 궤적을 만들며 천천히 움직였다. 사람들은 숨을 죽였다. 칼끝은 바위를 거쳐 곁에 튀어나온 나무들을 지나며 부드럽게 나아갔다. 그러나 그 효과까지 부드럽지는 않았다. 칼이 스쳐간 굵은 나무줄기가 종이를 오린 것처럼 잘라지며 툭툭 땅으로 떨어졌다. 바위 위로 칼이 지날 때는 뭔가 펑펑 터지는 소리와 함께 빛과 먼지가 자욱하게 일어났다. 이윽고 칼끝은 사람들을 향했다. 사람들은 마구 터져 나오려는 비명을 손으로 틀어막았다.

"대충 느꼈으면 모두 엎드려라. 소리 나지 않게 천천히……."

비연의 목소리가 짤막하게 울렸다. 다시 한차례 저릿한 기운이 공간에 거세게 출렁거렸다. 모든 사람들이 파랗게 질린 얼굴로 각자의 자리에서 천천히 엎드렸다.

"이제부터 고개를 들면 모두 죽는다. 일어나도 죽는다. 말을 해도 죽는다. 도망가면 따라가 죽인다. 이마를 땅바닥에 대고 양손을 허리 뒤로 돌리도록!"

"왜 나는……."

핑고의 새된 신음 소리가 흘러나왔다. 여전히 턱 밑에서 치고 올라오는 칼끝에 온 신경을 집중시키며…… 목 아래쪽은 이미 흘러내린 피로 흥건하다. 칼끝은 여전히 목으로 파고들어 오는 중이다.

"내 상식으로는…… 멍청한 지휘관이 아니라면 군노들만을 저렇게 함부로 무리 지어 다니게 할 가능성은 없을 거라고 봐. 게다가 너는 복장이 많이 다르거든? 다시 묻는다. 너는 누구지? 네게는 모든 질문에 딱 한 번 대답할 기회가 있다. 참고로 나는 무척 바빠. 그리고 사실은 네 이야기가 별로 궁금하지도 않고……."

"나는 핑고, 알고른 군부에서 오십인대장이오."

"여기에 온 이유는 에센 백작 물건을 강탈하러 온 것이겠고?"

"그……렇소."

"네 임무는?"

"그건…… 사전정찰과 초기 혼란을 조성하는 임무를 맡고 있소. 당신도 그 물건을 원하고 있는 거요?"

비연은 고개를 갸웃했다. 예상했던 사항이다. 그러면…… 이들은 어디까지 알고 있을까?

"누가 에센 백작의 물건을 호송하고 있지?"

"무통(無痛) 암검의 경지에 오른 특급무사가 둘 있다고 들었소."

"어느 쪽이 알고른에서 온 놈들이지? 여기서 오른쪽에 있는 집단인가? 아니면 왼쪽에 있는 놈들인가?"

"그걸 어떻게? 큭…… 오른쪽이오……."

"그 정도면 됐어…… 이제 소리를 질러도 돼."

"예?"

비연의 칼이 아래로 뚝 떨어지며 펑고의 오른쪽 정강이를 경쾌하게 치고 지나갔다.

"컥! 으아악!"

펑고는 정말 미친 듯이 소리를 질렀다. 믿을 수 없는 고통으로 몸을 옆으로 굴렀다. 아마 정강이뼈가 부러져 나갔을 것이다.

비연은 땅바닥에 엎드려 숨죽이고 있는 노예들 사이로 성큼성큼 걸어간다. 그녀의 뒤로는 세 사람이 따르고 있다. 마지막 발걸음에서 비연의 칼은 다시 한 번 위에서 아래로 허공을 갈랐다.

"으……윽."

"크……윽."

마지막 줄에 엎드려 있다가 비연이 지나는 순간을 노려 칼을 내질렀던 사내 둘이 다리를 잡고 굴렀다.

"인솔자나 감시자는 보통 앞뒤로 붙기 마련이지. 사실 아까부터 너희들 때문에 신경이 조금 쓰였어."

비연이 다시 돌아서며 작은 주머니에서 소금을 약간 꺼내 입안에 털어 넣는다. 입술을 앙다문 채 잠시 뭔가를 골똘하게 생각하는 모습이다. 아마 누군가와 대화를 하고 있을 것이다. 잠시 뒤 비연은 플래시를 다시 켰다. 불빛은 아직도 엎어져 꼼짝도 안하고 있는 노예들의 등을 비쳤고 이어 고통으로 일그러진 채 땅바닥을 구르고 있는 용병 간부들을 비추고 지나갔다.

"이제 고개를 들어봐."

"……."

"모두 잘 들어라. 지금부터 너희들은 이제 횃불을 들고 이곳 주변을 빙빙 돌면서 소리를 질러라. 무슨 소리든 좋다. 노래를 불러도 좋고 울어도 좋고 웃어도 좋고 욕해도 좋고 고함을 질러도 좋다."

"……."

"내가 이곳으로 다시 올 때까지다. 그때까지 소리가 끊기지 않으면 너희들 모두가 살게 될 것이다. 그러나 목청이 쉬어 있지 않으면 죽는다. 모두 열둘인가? 돌아와서 확인하겠다. 너희들이 믿는 신을 걸고 약속하지."

"언제…… 다시 오십니까?" 누군가 용기를 내어 물었다.

"그리 오래 걸리지는 않을 거야. 이제 시작하도록!"

비연이 등을 돌렸다. 다음 목표는 저 뒤쪽의 쥐새끼가 될 것이다. 어쩌면 오늘 가장 까다로운 놈일지도 모른다.

걸어가는 그녀의 등 뒤에서 웅얼거리는 소리가 조심스레 나오기 시작했다. 그 위에 짐승의 절규 같은 소리가 겹쳐진다. 자신의 소리에 놀란 소리가 경쟁하듯 더 커진다. 이제 온갖 종류의 고함 소리가 숲 속으로 퍼져가고 있었다.

"공포영화에 음향 효과가 빠지면 곤란하지."

오싹…….

예리아는 온몸에 오한이 이는 것을 느낀다. 숲 속을 울리는 저 소리는 사람이 내는 소리가 아니었다. 어찌 인간의 소리가 이토록 아프고도 절실할 수 있을까…… 마치 모든 아픔과 설움 속에 밝은 소망을 한꺼번에 비벼놓은 것 같다. 소리를 지르는 이유를 알고 있는 그녀라도 이토록 저 소리가 무서운데, 숲 속에 있는 다른 인간들은 대체 어떻게 느끼게 될까?

비연은 조금 빠른 걸음으로 숲을 헤치며 전진하고 있었다. '인간'의 함성은 이미 밤 메아리에 실려 모든 숲을 덮어간다. 이 소리가 멀리서 서성이고 있을지도 모르는 다른 놈들에게까지 공포를 뼛속에 새겨주게 될 것이다…….

오싹.

알고른 군부의 백인대장 토오모는 이를 꽉 깨물고 있었다. 몸이 덜덜 떨린다.

'지금 대체 무슨 일이 벌어지고 있는 거야?'

그의 불안한 눈길은 후작령으로 굽어들어 가는 여울 건너 위쪽 길을 향했다. 그곳은 후작령으로 진입하기 위한 마지막 고갯길이다. 알고른 대장이 매복하고 있는 곳…….

'저곳까지는 몰아가라고 했지…… 아니 간다고 해도 알고른 대장이 어찌할 수 있을까? 저 괴물을 이긴다고? 아니지…… 저건…… 아냐. 저 에센의 수송대장이란 놈은 특급무사가 절대 아니야. 내기를 해도 좋아…….'

토오모의 불안한 눈길은 자신의 뒤쪽을 향했다. 이제 여기에서 움직일 생각은 추호도 없다. 그리고 단 한 사내에 의해 좌절을 경험하고 있는 북쪽 무법자들의 모습이 이토록 선명하게 보이는데…….

* * *

후작가 대장 나틴은 허탈한 표정을 짓고 있었다. 웃는지 우는지 종잡을 수 없는 표정이다. 근육질에 엄청난 덩치를 가진 그가 겨우 가슴까지 오는 사내를 쳐다보며 어찌할 바를 모르고 있다. 처음에 나틴은 가벼운 마음으로 나섰다. 그렇다고 방심한 것은 아니다. 그러나 넘칠 만큼 충분하다 여겼던 기마대 스무 명이 순식간에 쓰러지는 것을 보고 나서야 비로소 상대의 크기와 무게를 알았다. 예상할 수 없었던 전투력과 전투 운영 방식이 그를 극도로 긴장시키고 있었다. 나틴은 곧바로 수하들의 공격을 중지시켰다. 개죽음당하게 할 수는 없었다. 어떻게 키운 병력이고 세력인데! 나틴은 백전을 겪은 전사다. 그는 전장을 안다. 전장의 심리와 초기 전투의 흐름이 어떤 영향을 미치는지도 겪어서 잘 알고 있다. 이 상태로는 곤란하다.

나틴은 멀리서 자신을 응시하는 사내의 시선을 그대로 맞받으며 허리에서 단검을 꺼냈다. 이어 왼쪽 팔뚝 근육 부분에 찔러 넣고 약

간 비틀었다. 피가 조금씩 배어 나온다. 시큰한 칼끝은 표피를 저미듯 들어가며, 신경을 하나하나 들췄다. 꼬리뼈에서 머리까지 극악한 고통이 치고 올라가며 몸이 진저리를 친다. 그 고통은 그간 잊었던 것들을 깨우고 있었다. 2차 가속, 전사의 본능, 목숨을 건 결투의 느낌, 피 냄새가 나는 전장에서의 광기(狂氣).

"물건을 가지러 왔다. 우리에게 대화가 더 필요한가?"

전투 준비를 마친 나틴이 크게 외쳤다.

그 소리에는 전사다운 기백이 있었다. 숲 속이 쩌렁쩌렁하게 울려 퍼진다.

"이 동네는 도둑놈 새끼도 떳떳하게 떠드는 모양이네. 애꿎은 부하들까지 다 죽이고 싶은가? 정말 그렇게 생각하는 거야? 덩어리?"

"무사가 싸우다 죽으면 그게 행복한 것. 내게는 여전히 마흔 명의 무사가 있다. 너희들은 여기서 모두 죽게 될 것이다. 후작은 네놈들을 모조리 죽일 때까지 추격할 거다. 노리안 후작은 정말 무서운 분이다. 잔인하고도 집요하지."

나틴은 말을 천천히 몰았다. 그의 손이 현란하게 움직이자 부하들의 눈빛이 변했다. 이제 작전은 단순한 강탈의 차원이 아니라, 전쟁의 수준으로 재정의됐다. 부하들은 느꼈다. 지금 그의 무서운 상관이 얼마나 긴장하고 있는지를.

방패를 꺼내 앞세운 나틴의 정예가 앞서 나갔다. 그들이 천천히 나아가며 대형(隊型)을 만든다. 이제 용병의 제국이자 절대무가, '조직의 기장가' 출신이 지휘하는 집단 전투가 이 생소한 사내와의 전투에서 펼쳐지게 될 것이다.

산이 우뚝 섰다. 그는 혼자다. 그의 뒤로는 모닥불이 마지막 힘을 다하며 꺼져가고 있다. 그가 서 있는 곳은 한 사람만 지나갈 수 있는 좁은 길목이다.

"국지전(局地戰)이 아니라…… 초장부터 섬멸전(殲滅戰)이라…… 염병……."

숲 속에서 세실의 호각이 울렸다. 이어 혼비의 나팔 소리가 들렸다. 이제 뒤쪽도 준비는 끝난 것 같다.

* * *

산은 앞에서 방패를 앞세우고 서서히 대형을 좁히며 다가오는 무사들을 바라보았다. 그는 오른손에 칼을 쥐고 왼손에는 몇 개의 조약돌을 들고 있었다. 산의 입가에 웃음이 감돈다. 그 웃음은 쓴웃음이고 비웃음이었다. 이 동네 와서 해온 일이라는 게 무엇인가? 오로지 죽이는 일이었다. 처음에는 살아남기 위해서 '닥치는 대로' 죽였다. 죽이라는 것은 다 죽였다. 사람 모양이든 짐승 모양이든 나를 죽이겠다고 달려드는 것도 모조리 죽였다. 그 선택에는 여지가 없었다. 내 목숨과 바꿀 것은 없다. 그러면 이제는? 살아가기 위해 다른 이의 죽음을 '계산'하고 있다. 아무도 내가 원하는 대로 살아가도록 그냥 놔두지 않는다. 여기에서의 삶은 살아갈 자격을 먼저 보이라고 강요한다. 그것은 짐승들의 영역 싸움과 매우 닮았다. 누구도 나를 위해 일부러 자리를 만들어주지 않는다. 그렇다면…….

"피할 수……?"

산이 중얼거렸다. 그가 직면한 엄혹한 현실이 칼끝의 모습으로 코앞에 다가와 있다. 이미 다가온 두 놈이 방패를 가운데로 세우고 양쪽에서 칼을 찔러 들어왔다. 오른손잡이 하나, 왼손잡이 하나. 하나는 위에서 떨어지고 다른 것은 아래에서 치켜 올라온다. 산이 고개를 끄덕였다. 좋은 조합이다! 피할 수……

"있을까……?"

산이 한 발 물러섰다. 칼이 일으킨 두 줄기의 바람이 바로 코앞에서 쌕쌕거리며 거세게 일렁였다. 애써 피했지만 적의 칼이 한 바퀴 돌아 다시 찔러온다. 다시 한 발을 물러서 본다. 이번에는 양쪽 옆에서 긴 창이 빈틈없이 찔러 들어온다. 또다시 두 발을 물러섰다. 이제는 위쪽에서 쳐 내리며 들어온다. 머리 위쪽에서 두 놈이 도약하고 있다. 창을 들고 허리를 한껏 젖히고 있는 놈들의 팽팽하게 긴장한 근육이 보인다. 다시 한 걸음을 뒤로……

산은 이를 깨문다. 어디까지 피할 수 있을까? 한 걸음 피할 때마다 적의 숫자는 산술급수로 늘어가고, 적의가 기하급수로 커져간다. 착한 토끼가 궁지에 몰릴 때까지, 멍청한 약자가 더 이상 피할 수 없을 때까지, 혹은 지켜야 할 사람의 소망과 언약이 뭉개질 때까지……

쾅!

산은 한 발을 앞으로 내밀었다. 먼지가 자욱하게 피어오른다. 이제 노선을 바꿔야 할 때다. 그대 말대로 묵직하고도 위엄 있게 딛고 이 세계로 나아갈 것이며……

꽝음과 함께 땅바닥에 박힌 바위가 그대로 부서지며 파편이 양쪽으로 폭탄처럼 튀어 올랐다. 이어 발목까지 깊게 파인 바닥에서 먼지가 자욱하게 피어오른다. 동시에 산의 긴 칼이 예비 동작 없이 그대로 허공을 거세게 갈랐다. 도낏자루로 모든 공간을 패버리듯 단호한 동작이다. 사방에서 휘돌아 오는 적들의 칼과 창이 그대로 하얀 칼의 궤적으로 쓸려 들어갔다. 허공에 부러진 칼날들과 창대가 폭죽처럼 후두둑 비산한다. 달려들던 모든 무사가 입을 벌린 채 다급하게 두어 걸음 물러난다. 부러진 칼과 잘린 창을 내팽개친 상태다. 저릿한 손을 만져가며…….

산이 다시 한 발을 묵직하게 내딛으며 동시에 허리를 옆으로 비틀었다. 칼의 궤적이 수평으로 흘러간다. 이미 3단계로 가속된 칼끝은 무시무시한 힘과 속도로 공간을 그냥 쓸고 지나갔다. 칼이 지나간 곳에는 그조차 기꺼워하지 않았을 어떤 단면이 만들어질 것이다. 여섯 개의 방패가 차례로 수평으로 쪼개지며 위아래로 쩌억 벌어졌다. 그 안에 숨어 있던 모든 것들의 단면이 드러나더니 그대로 아래로 무너지며 뒤쪽 열을 드러냈다. 다음 열에서 대기하던 무사의 놀란 얼굴이 잠깐 보였다.

쉿쉿쉿.

산의 왼손에서 돌이 연속적으로 날았다. 다시 셋이 그대로 뒤로 넘어간다.

꽝.

산이 다시 한 발을 내딛는다. 이번에는 몸이 위쪽으로 솟구쳐 올랐다. 아까 비틀었던 허리를 반대로 돌렸다. 그의 칼이 쫙 뻗어나가는 팔과 어울려 몸이 닿을 수 있는 가장 커다란 원을 그렸다. 수평으로 한 바퀴 돌자 공중에 이미 도약하며 튀어오던 다섯이 동시에 허공에서 갈라졌다. 다시 아래를 향해 꺾었다. 칼끝이 머리 위에서 아래로 휘어 들어가는 두 번째 회전이 시작된다. 위에서 아래를 향해 비스듬히 치고 내려가는 회전이 우아한 타원형의 빛으로 자신의 흔적을 남겼다. 다시 다섯이 한꺼번에 무너졌다. 뒤쪽에는 언월도 같은 무기를 든 덩어리 하나가 말 위에서 넋을 놓고 산을 쳐다보고 있었다.

산은 땅에 사뿐하게 내려섰다. 처음에 서 있던 바로 그 자리다. 그들을 쳐다보는 무심한 눈길도 전과 같다. 그렇지만 한 무리의 동작이 끝난 지금은 모든 것이 달라져 있다. 누구도 더 이상 그를 향해 내딛지 않았다. 산 역시 더 이상 뒷걸음치지 않을 것이다. 이미 스무 명의 무사가 이 자리에서 숨 쉬는 법을 잊었다. 그리고 나머지에게는 죽음 같은 침묵이 강요되고 있었다.

나틴은 한 손에 잡았던 긴 칼을 두 손으로 고쳐 잡았다. 멈추지 않았다. 손의 떨림이 도무지 멈추지 않는다. 연신 깊은 호흡으로 심신을 진정시키지만 벌렁거리는 가슴은 터질 것 같다. 단 한 번의 연속 동작에 스무 명이 넘는 무사가 그대로 '도륙(屠戮)'됐다. 위대한 용병의 전설, 기장가의 합격과 진(陣)은 시도하자마자 그냥 깨져버렸다. 방패 여섯 개를 동시에 갈라버리는 그 파괴력 앞에서 뭘 막아보겠다는 것이, 대체 무슨 가소로운 농담이었단 말인가…….

"대가라니……."

나틴이 몽롱한 표정으로 탄식을 토했다. 그러나 다음 이어질 말은 곧바로 사내의 행동에 의해 막혀버렸다. 나틴은 두 손으로 잡은 칼을 들어올렸지만 이미 늦었다고 느꼈다. 사내는 단 한 걸음에 자신에게 도약해 들어왔다. 단 한 동작에 무려 열 사람의 머리를 그대로 뛰어넘어 자신을 향해 칼을 휘둘렀다. 그의 눈은 분노로 이글거리고 있다. 나틴은 이를 악물고 강철로 된 자루에 연결된 두꺼운 언월도로 막았다. 사내의 하얀 칼은 그대로 정직하게 그 두꺼운 칼 위로 작렬했다. 나틴은 강한 빛을 보았다고 느꼈다.

쾅.

"피할 수 있을 때 피하라고 했잖아. 이 미련퉁이 소 같은 새끼!"

언월도가 비명을 질렀다. 장갑 낀 손아귀가 그대로 찢어졌다. 곧이어 손의 관절과 뼈가 부서지는 듯한 끔찍한 고통이 엄습한다. 튕겨 나간 사내의 칼이 허공에서 오른쪽으로 방향을 틀며 다시 다가왔다. 나틴은 창대를 돌려 막았다. 이상하게도, 그의 공격은 막을 수 있을 만큼 느렸다.

"크……윽."

"이 멍청한 새끼는 부하들을 죄다 죽음으로 몰아넣고도…… 반성을 몰라요."

산은 칼이 튕겨 나오는 탄력으로 다시 휘어 들어간다. 나틴은 말 위에서 비명을 질렀다. 할 수만 있다면, 칼을 놓고 싶었다. 손가락이 타버린 것 같다. 뼈가 모조리 부서져 나가는 것 같았다. 나틴은 몸을 최대의 가속 상태로 끌어올렸다 고통을 참으며 튀어 들어오는 상대를 향해 언월도를 찔러 넣었다. 오로지 본능에 의한 감각적인 공격이었다. 그러나 산의 새하얀 칼이 언월도를 감아가며 슬쩍 바깥으로 흘렸고, 동시에 그대로 허리를 옆으로 튕기며 오른발을 길게 뻗었다. 그의 발등이 나틴의 목덜미를 그대로 쳤다. 목뼈가 부러질 정도로 강한 충격이 작렬했다.

"끄윽……."

그의 거구가 중심을 잃고 말과 함께 땅바닥으로 무너져 내렸다. 나틴은 몸을 던져 땅바닥을 굴렀다. 이어 칼을 지지대 삼아 일어나 경계 태세를 갖추려 했다. 그러나 칼을 들어 올리기도 전에 사내의 두 번째 발길질이 어깨에 작렬했다. 나틴은 다시 바닥으로 무너져 내렸다. 결국 그는 무릎을 꿇고 말았다. 시선을 땅으로 떨군 채 거친 숨을 내쉬는 그의 눈앞에 사내의 발끝이 보였다. 이제 목이 떨어지게 될 것이다. 자신이 데려온 부하들도 모두…….

"상대의 실력을 알았으면 이제 돌아가! 뒤처리 확실하게 하고."

"……왜?"

나틴이 고개를 들었다.

"이미 이겼고 별 피해도 없는데, 네놈 목 하나 더 보탠들 내게 무슨 이득이 있겠어? 내가 아니라도 후작이라는 놈이 네 운명을 결정하겠지. 믿지 않겠지만 나는 싸움을 아주 싫어해. 그렇지만 일단 싸우면 이기는 싸움을 한다. 대관절 이기는 게 뭔지 아나…… 덩어리?"

"……."

"이기는 것은 그저 죽이는 걸로 끝나는 게 아니야. 내 의지를 관철시킬 수 있다면 그로써 싸움의 목적은 달성된 거지. 그러니까…… 네가 후작에게 우리 이야기를 좀 전해줬으면 좋겠어."

"뭐라고……?"

"보상을 받아야지."

"보상?"

"이번 습격에 대한 피해 보상은 해줘야 하지 않나? 아무리 날강도 새끼들이지만 예의를 잊으면 곤란하지 않겠어? 피해가 크지는 않았으니 요구 사항이 별로 많지도 않아."

"불가능하다. 후작은 나를 죽이려고 할 거야."

"그건 네 사정이고. 내 이야기만 전해. 에셴 백작가가 이번 습격에 대한 피해 보상을 정식으로 요구한다고. 만약 적절한 보상이 이루어지지 않는다면 아마도…….""

"아마도?"

"에센 백작가 소속 2품 선무대가 두 사람이 노리안 후작령을 접수하게 될 거라고……."

* * *

나틴은 살아남은 부하들과 함께 후작가로 돌아가고 있었다. 돌아가는 인원은 겨우 스무 명가량에 불과했다. 여든 명을 끌고 와서 그짧은 시간에 몰살에 가까운 타격을 입었다. 나틴의 얼굴은 까맣게 죽어 있다. 오늘 밤에 일어난 일 중 그가 예측할 수 있었던 것은 하나도 없었다.

'대체 뭐라고 보고해야 할까?'

반면, 공포에 질린 병사들은 넋이 나가 있다. 아직도 들리는 고함소리와 숲이 우는 소리…… 다시는 만나고 싶지 않은 두려움. 이 두려움은 아마 내일 노리안 후작의 병사들에게 퍼져나가게 될 것이다.

산은 대원들을 모아 전장을 정리했다. 모닥불이 다시 피워졌다. 독한 술 한 잔이 산의 목을 타고 넘어갔다.

"무엇을 상상하든 더 무서운 걸 보게 될 거다. 공포영화의 기법은 이런 게릴라전에서 쓸모가 참 많거든……."

산이 혼자 중얼거렸다.

한편, 숲 속에서는…….

훅훅…….

'칼의 눈' 지부장 새덤은 가쁜 숨을 몰아쉬고 있었다. 저건 대체 뭐냐? 말로만 듣던 귀신인가? 새덤은 앞쪽 광장에서 벌어지는 상황을 보고 바로 몸을 뺐다. 그의 판단은 빨랐다. 그렇지만 한 걸음을 떼기도 전에 이미 늦었다는 것을 알았다. 새까만 어둠 속에서 동그란 외눈을 가진 괴물이 자신을 보고 있었다. 눈빛이 너무 밝았다. 처음 보는 괴물의 시선은 자신을 정확하게 쫓아오고 있었다. 그리고 색다른 악몽이 시작됐다. 새덤은 주변을 돌아보았다. 조용하다. 부하들은 이미 모두 제압된 것 같다. 마지막 남은 단검을 꺼냈다. 몸 여기저기에는 피멍이 들어 있고 허벅지와 어깨에도 피가 흥건하다. 불과 10분 만에 벌어진 일이다.

뒤에서 쫓아오던 불빛이 다시 사라졌다. 추위가 엄습한다. 상대는 여전히 어렴풋하게만 보인다. 그는 아직도 적의 얼굴조차 보지 못했다. 다만, 여자라는 것만 알 뿐…… 놈은 그것을 짐작할 수 있게 만든 단 한 마디의 말 이외에는 어떤 질문도 하지 않았다. 한 마디의 말이라는 것도 의미를 전혀 알아들을 수 없었다.

"이런! 반갑게도 동종업계 아저씨네……."

저항? 당연히, 할 수 있는 만큼은 다했다. 북방의 어둠을 지배하는 자로서 모든 어둠의 기술을 동원해서 정말이지 처절하게 싸웠다. 그렇지만 상대는 이해할 수 없는 괴물이었다. 그 어둠 속에서도 놈은 치명적이지 않은 상처만을 계속 남겼다. 그러면서도 매우 고통스러운 곳만을 골라서 치고 들어왔다. 그렇게 쫓기면서도 도주하는 방향조차 자신이 결정할 수 없었다. 그렇게 이리저리 몰려다니는 사이에 숨겨놓은 부하들과 무기들이 하나하나 꼼꼼하게 제압되어 갔다.

앞쪽 희뿌연 물안개 속에 불빛이 보였다. 어떻게 산길을 헤치고 나아갔는지도 모른다. 새덤은 눈을 들었다. 그가 도착한 곳은 숲 속의 조그만 광장이었다. 모닥불 연기가 제법 매콤하다. 곳곳에 쓰러져 있는 말과 사람의 모습이 보인다. 새덤은 다시 절망했다. 토끼몰이의

끝은 항상 막다른 골목이다. 역시 그곳에는 결코 만나지 않았으면 하는 상대가 기다리고 있었다.

"앉으라고…… 너에게는 물어볼게 참 많아. 네 이야기는 이미 들었어. 숲에서 고생이 많았다지?"

굵직한 사내의 목소리가 들렸다. 새덤은 말없이 불가에 무너지듯 주저앉았다. 온몸이 얽히고 긁힌 생채기에 쓰리지만 그의 눈은 거의 풀려 있었다. 저항의 시간은 끝났다. 소리는 멈췄고 불은 꺼졌다. 숲속은 다시 조용하게 가라앉고 있었다. 아주 편안하게, 그리고 아무 일 없었던 듯 안온하게.

* * *

꽝.

애꿎은 석재 탁자가 하나 더 부서졌다. 예비 접견실은 폭풍이 불고 간 것처럼 망가져 있었다. 간들거리는 촛불 하나가 그 서슬에 놀라 꺼졌다. 가뜩이나 어두웠던 실내가 기괴할 정도로 어두워지기 시작했다. 그렇지만 그 중심에 있는 인물의 눈은 대낮처럼 불타오르고 있었다.

노리안 후작은 진심으로 분노하고 있었다. 나틴은 그의 앞에서 우두커니 서서 대기하고 있다. 이미 집기에 얻어맞은 머리와 어깨의 찢어진 상처에서 피가 흐르고 있었다.

"지금…… 대가라고 했냐? 그것도 선무대가?"

노리안이 가라앉은 눈빛으로 나틴을 쳐다본다. 이놈에게는 화를 내기도 쉽지 않다. 솔직담백한 성격이고 결코 뒤통수를 치는 놈이 아니다. 대가에게 당했다면 문책할 일도 아니다. 저 꼴을 보면 믿어야 하는데, 그의 경험과 상식은 그게 개소리라고 부르짖는다. 그러니 미치기 직전까지 열이 오르는 것이다.

"그렇습니다."

"깡촌의 백작 따위가 대가를 고용했다…… 너는 말이 된다고 생각하나?"

"안 된다고 생각합니다."

후작은 깊은숨을 내쉬었다. 화를 참느라 호흡이 거칠다.

"이 왕국에, 아니 이 제국 전체에 선무대가가 몇이나 된다고 생각하나?"

"많아야 열이 안 된다고 들었습니다."

"그런데?"

"두 사람은 자신이 선무대가라고 말했습니다."

"돌아버리겠네. 그래, 30대에 대가가 된 사람이 몇 명이나 된다고 생각하나?"

"한선가의 '한정' 이외에는 들은 바가 없습니다."

"그런데?"

"한 사람은 30대 초중반이고, 나머지 한 사람은 모르겠습니다."

"환장하겠네."

"저도 그렇습니다."

"너 고통 없는 암검에 이르렀지?"

"예……."

"대가와의 실력 차이는 얼마 정도라고 생각하나?"

"사람들은 넷이 있어야 대가를 감당할 수 있다고들 합니다."

"그래?"

노리안이 시큰한 표정을 지으며 나틴을 쳐다보았다.

"대가의 전투를 본 적 있나?"

"후작님이 싸우시는 모습은 보았습니다."

"내가 전투에서 최선을 다했다고 생각하나?"

"……."

"열 살짜리 아이들이 몇이 모여야 무사 하나를 이길 수 있을까?"

"열 명이 모여도 안 될 것 같습니다."

"그래…… 안 되는 건 안 되는 거야."

"……."

"그게 대가다. 대가란 전투력의 차원이 다른 존재다. 네 눈에 보이는 것만을 믿지 마라! 사기도 당하지 말고…… 대가는 무슨 얼어죽을!"

노리안 후작은 의자 위에 털썩 주저앉았다. 짜증이 팍 치민다. 나틴은 분명히 거짓을 전하고 있다. 그렇지만 특급무사가 포함된 여든 명의 무사가 단방에 깨졌다고 하니 정황상 한 사람은 대가일 가능성도 있다. 그런데 놈들의 의도를 모르겠다는 것이 문제다. 반드시 자신의 영지를 통과해야 하고 올 때도 다시 이 길로 돌아와야 한다. 그런데 대체 왜 이런 무모한 짓을? 놈들도 자신과 같은 부류인가? 찜찜하다. 기분이 더럽다. 그렇다고 지금 다시 쳐들어갈 수도 없었다. 숲속에 파악이 안 되는 위험이 깔려 있다고 하니, 결국 날 새고 낮에 직접 봐야 한다는 이야긴데…….

"보상을 요구했다고?"

"예."

"얼마라고 했지?"

"20통보라고 했습니다. 그 밖에 다른 물품도……."

"미친 새끼! 아주 제대로 미친놈이군. 그래…… 내일 한번 보자. 모두들 전투 준비하라고 해! 성안에 있는 무사들은 죄다 모으고. 들어와 있는 용병들도 모두 소집해!"

"알겠습니다."

나틴이 비칠비칠 물러갔다. 그래도 이 영지를 접수하겠다 했다는 이야기는 차마 못 전했다.

'맞아 죽고 싶지는 않아…….'

* * *

아침이 열린다. 어스름한 어둠 속에서 뽀얀 물안개와 함께 숲 속의 아침이 천천히 깨어난다. 밤새 인간이 무슨 일을 저질렀든 개울물은 여전히 흐르고 물가에 심어진 나무들도 여전히 푸르다. 산은 한쪽 무릎을 세우고 앉아 앞쪽을 응시하고 있었다. 강인한 얼굴인데도 묘하게 어울리는 맑은 눈을 가늘게 뜨고 물안개가 자욱하게 피어오르는 모습을 물끄러미 바라본다. 새벽녘 물안개가 낀 봄날 개울가의 풍경은 가슴을 설레게 하는 무언가가 있다. 꿈을 꾸는 것 같기도 하고 아득한 그리움 같기도 하고 채워지지 않는 아쉬움 같기도 하고…….

"음…… 일어나셨어요?"

곁에서 작은 소리가 들렸다. 몸을 웅크린 채 반쯤 뜬 눈과 어울려 나오는 목소리는 아직 혼곤한 잠을 털어내지 못했는지 어린아이가 웅얼거리는 듯하다.

"조금 더 자."

산의 부드러운 목소리가 낮게 흘렀다. 그는 곁에 있는 자신의 담요를 들어 손으로 툭툭 털었다. 솔기에 맺혔던 밤이슬이 뿌옇게 털려 나간다. 담요를 마른 쪽으로 접어 비연의 목까지 꼼꼼하게 덮어주고는 다시 시선을 앞쪽으로 보냈다. 늦봄이라지만 산속의 새벽은 아직 싸늘하다.

"뭐가 보여요?"

비연이 조그맣게 웅얼거린다.

"안개."

"오늘은 날이 맑겠네요."

"그렇겠지……."

산은 비연의 귀밑머리를 손가락으로 쓸어 올리며 흐트러진 머리카락을 수습해주었다. 어느새 머리카락이 많이 자랐다. 이제는 목까지 흘러내려 제법 모양새가 예쁘다. 가늘게 뜬 산의 눈길은 여전히 개울가 풀잎 사이로 흐르는 물안개를 따라가고 있다.

"무슨 생각 하세요?"

비연이 다시 물었다. 이제 팔베개를 한 채 조금은 초롱해진 눈을 깜짝이며…….

"별로……."

"생각하지 마세요."

"노력 중이야."

"……."

산은 비연의 볼을 손등으로 부드럽게 쓰다듬었다. 새벽 공기에 드러난 살갗의 느낌이 너무 차가워서 마음이 조금 싸하다. 그래도 야전에서의 숙영은 이런 색다른 느낌을 즐길 수 있어서 좋다.

"아직 날이 이르다."

"더 잘래요."

"그래……."

산은 비연을 힐끗 쳐다보았다. 그녀는 작은 새처럼 웅크리며 눈을 다시 감고는 잠을 청하고 있다. 산은 빙긋 웃으며 천천히 일어났다. 기지개를 한번 쭉 펴본다. 크게 숨을 들이쉬고 참아본다. 천천히 공기를 내뱉는다. 조금 기분이 나아지는 것 같다. 눈가에 잠깐 맺혔던 물기도 점차 말라갔다. 아득하게 먼 공간으로 퍼져가는 물안개처럼…….

사내는 허공을 향해 냅다 소리를 질렀다. 결코 목으로는 터져 나오지 않을 소리지만…….

'생일 축하한다! 수…… 나는…… 잘 있다.'

눈을 감고 다시 잠을 청하는 비연의 입술 끝이 살짝 올라가 있다.

* * *

후작령의 아침은 어느 때보다 부산하게 시작됐다. 때아닌 비상이 걸린 영지 곳곳에서는 각 대장들이 인원과 장비를 점검하느라 분주했다. 500명에 이르는 영지군과 특급무사로 이루어진 50명의 귀족들, 그리고 300명에 이르는 상근 용병들이 모조리 동원된 상태다. 여기에 각지에서 몰려든 낭인들과 특수 직업을 가진 강자들이 갑작스러운 후작의 움직임에 신경을 곤두세우고 있었다.

노리안 후작은 에센 백작령의 다섯 배에 이르는 광대한 숲, 두 배에 이르는 장원, 노천 암염(巖鹽)지대를 포함하여 두 개의 광산을 보유하고 있다. 포란 왕국의 북쪽 영역에서는 제법 강력한 세력과 독자적인 경제력을 구축한 일종의 군벌이다. 인구는 3000명이 조금 넘지만 노예 역시 3000명이 넘기 때문에, 실질적으로 모든 가구의 성원 중 하나는 군무에 복역하는 군사도시에 가깝다. 이 도시에는 기장가와 동명가의 분가(分家)를 포함한 세 개의 무가가 들어와 각자의 사업을 벌이고 있었다. 기장가 출신의 노리안은 용병들과의 거래에서 많은 이득을 얻고 있었다. 이들의 사업은 전쟁이고 사업장은 곧 전장이다. 전쟁은 언제나 많은 사업 기회를 제공해준다. 그중에서도 가장 짭짤한 수익은 약탈을 통한 자잘한 노획물이 아니라 전쟁노예를 획득하는 것이다. 노예의 숫자는 곧 경제력을 의미하고, 경제력은 곧 무기와 무력의 양성을 뜻하며, 무력은 곧 더욱 많은 기회를 획득하는 것을 의미한다. 노리안 후작은 항상 경쟁의 승리자 쪽에 있었다. 그리고 5년 전 대가의 경지에 오르면서 누구도 함부로 넘보지 못할 개인적인 무력까지 갖췄고, 이제 바야흐로 비상할 채비를 갖춘 강자다. 이 북방의 실력자들 중 그 사실을 모르는 자는 없다.

그런 그가 오늘은 꽤 긴장하고 있었다. 지난밤에 있었던 일은 그로서도 가볍게 넘길 일은 아니었다. 자신을 알면서도 감히 도발하며, 대낮에 영지로 들어오는 상대다. 게다가 동트기 전 새벽녘에 느꼈던 미묘한 느낌은 아직도 흐릿하게 남아 있다. 마치 누군가 자신을 쳐다보는 듯 묘하게 스멀거리던 이물감. 덕택에 잠을 제대로 설쳤다. 한마디로 기분이 안 좋다. 후작은 얼굴을 찡그렸다.

"그들이 오고 있습니다."

나틴이 고했다.

"보고 있다. 생각보다도 비루하군. 훨씬 비루해⋯⋯ 대체 뭐가 있다는 건가?"

노리안은 번쩍이는 갑옷 사이로 반사되는 햇빛에 눈을 찡그리며 앞을 바라보았다. 성의 후문 위 망루에서 내려다보이는 길은 그에게도 생소하다. 아득히 먼 남쪽까지 이어지는 유일한 교역로다. 여태까지 에센으로부터 오는 사람과 물건치고 변변한 것은 하나도 없었다. 그렇지만 이번은 다르다고 한다. 불만스럽게 투덜거리면서도 후작역시 그 냄새를 예민하게 느끼고 있을지도 모른다. 훗날 세실이 말한 대로…….

'탐욕과 운명이 같은 모습으로 오고 있었다.'

노리안 후작은 장비를 점검해보았다. 그는 완전히 전투 복장을 갖추고 있었다. 알친의 가죽으로 된 갑옷을 입고, 알친의 뼈로 날을 세워 만든 긴 칼을 들었다. 그리고 한쪽 손에는 방어를 위한 장갑, 다른 손에는 근접전투를 위한 무기가 장착된 전투 장갑을 꼈다. 지금 가속 상태에서 바라보는 그의 시야에는 한 무리의 상단이 천천히 다가오는 모습이 선명하게 보일 것이다.

후작의 군대는 이미 전투 배치를 마쳤다. 요새에 가까운 성문의 한쪽은 닫아걸어 놓은 채 한쪽 문은 열어놓았다. 그리고 양쪽으로 대열을 갖춘 채 손님을 기다리고 있는 중이다. 상대를 고려하여 이번에는 활, 쇠뇌 등 원격무기까지 동원했다. 전투 배치는 거의 영지 수성전에 가까운 대형이다.

"음……."

후작이 신음 소리를 흘렸다. 곁에 서 있는 나틴에게 신경질적으로 물었다.

"저 여자가 왜 저기에 있는 거냐? 그리고 저놈은?"

"글쎄…… 모르겠습니다. 어제는 보지 못했습니다."

나틴을 눈을 가늘게 뜨고 전방을 쳐다보았다. 30분 이상은 걸릴 아스라이 먼 곳에서 산 구비를 돌아 다가오는 행렬이 보인다. 다른 사람의 시력으로는 까만 점처럼 보이는 행렬이다. 그렇지만 후작에게는 그 행렬에 있어서는 아주 곤란한 두 사람이 보였다. 후작의 얼굴은 심하게 일그러졌다.

"디아나 여신의 디테 사도는 그렇다고 해도…… 야벌 계열 암가(暗家)의 강자 '칼의 눈' 새덤…… 왜 저자들이 저기에 있는 거냐고?"

* * *

"그러니…… 명심하라. 그대들은 이 공동체의 대표다. 대표의 격에 맞게 행동하도록!"

산이 마지막 당부를 마치며 예킨의 손을 잡았다.

"알겠습니다."

예킨이 허리를 굽힌 다음 나섰다. 그 뒤로 동생 예리아와 비연이 따라나섰고, 맨 뒤에는 디테가 따른다. 그들은 후작의 성에서 500미터 정도 떨어진 곳에 본대 마차를 세워둔 채 말을 천천히 몰며 성을 향해 나아갔다.

"저건 또 뭐냐?"

노리안 후작이 짜증스럽게 물었다. 곁에 있던 노뎀이 아버지를 쳐다보며 답했다. 이제 40대 초엽에 접어든 후작의 맏아들이다. 아버지를 닮아 무력이 출중하여 특급무사 수준을 넘어서고 나틴과 견줄 만한 정도였다. 머리가 꽤 좋아 일종의 참모장 역할을 하고 있다. 제 아버지보다 훨씬 잔인하고 가학적인 행위을 즐기는 것까지 닮았다는 것은 큰 불행이지만…….

"선발대 같은데요?"

"선발대?"

"뭔가 협상하러 오는 것 같은데, 남자 하나에 여자 셋, 이거…… 디테 사도도 같이 있군요."

"진짜 보상을 요구하러 온다는 거냐?"

"두고 보시지요. 재미있을 것 같은데요. 그나저나…… 저 여자 둘은 정말 반반한데요? 제가 나가 봐도 되겠습니까?"

"좋도록 해. 토겐, 제롬과 같이 가도록 하고……."

성문 앞에 선 예킨의 몸은 바짝 굳어 있었다. 사방에서 쏟아지는 모든 종류의 역한 분위기가 그를 압도했다. 이 공간에서 빛나는 것들은 전부 화살촉과 창끝이다. 불행하게도 그것들이 향하는 끝에는 자신이 위치해 있었다. 게다가 앞쪽에서 다가오는 자들의 기세가 무섭다. 자신보다 훨씬 강한 자들이라는 느낌을 주기에 부족함이 없었다. 그 느낌에 더하여 생소한 살인자의 향이 너무 역겨워 머리가 아플 정도다.

"이곳은 노리안 후작령. 그대 백성들의 이름과 소속을 밝혀라."

노뎀의 소리가 울렸다. 그 소리에는 빈정거리는 듯한 조소가 담겨 있었다.

"그……."

목이 잠겼는지 예킨은 목소리를 내지 못했다. 노뎀의 얼굴에서 웃음이 보였다. 예킨은 고개를 살짝 돌려 예리아를 보더니 다시 눈길을 돌려 비연을 쳐다보았다. 그녀의 표정은 무심하다. 예킨은 얼굴을 굳히고는 목소리를 가다듬으며 다시 대답했다. 조금은 떨리고 있었지만 제법 단호한 목소리였다.

"여행의 신 '새턴'의 가호가 있으시길! 우리는 에센 백작가의 사람들입니다. 나는 백작의 둘째 아들 예킨이라 하오. 오늘 귀하 영지를 지나고자 합니다. 부디 호의를 베풀어주시기를……."

"이게 누구야? 에센 백작의 애송이였군. 나는 후작가의 첫째 노뎀이다. 옆 아가씨들은 누구인가? 영지를 통과하는 것은 문제가 되지 않지. 통행료는 가지고 왔나?"

노뎀이 빙글빙글 웃으며 말을 받았다. 예킨의 신분을 확인한 이후 그의 눈길이 두 사람의 여인의 얼굴과 몸매를 찬찬히 살폈다. 입가의 웃음이 더욱 짙어졌다. 마지막으로 단정한 복장의 여인에게 멈췄다.

"오랜만입니다, 디테 사도님. 먼저 지나가시지요. 인간들끼리는 할 이야기가 많습니다."

"기다리지요. 나는 이들과 같이 가겠습니다."

디테가 빙긋 웃으며 말했다.

"설마…… 디테 사도께서 이들과 동행하고 계시는 건 아니겠지요? 인간의 계약에 대해 간섭하지 않는 것이 오래되고도 신성한 약속이라 알고 있습니다. 그대가 영향력을 행사하려 하는 의도만 없다면 저희도 상관없습니다만……."

"그럴 생각은 없습니다. 그대 말대로 계약은 그대 인간들의 약속. 다만, 나는 그대들이 무엇을 합의하든 그 계약을 공증하는 역할은 하게 될 겁니다."

"공증?"

"이들이 요청했고, 나는 자문계약을 했답니다. 나도 어쩔 수 없군요."

"무슨 의미지요?"

"나도 밥값은 해야 하니까요. 참고로 이들의 식사는 정말 맛있거든요."

디테는 손으로 입을 가리며 방긋 웃었다. 노뎀은 고개를 갸웃했다. 다시 눈길을 예킨에게 돌려 물었다.

"우리 통행료는 조금 비싸다. 알고는 있나? 애송이?"

"협상을 원합니다."

예킨이 담담하게 대답했다.

"협상? 할 게 있나? 우리는 요구하고, 너희는 낸다. 그 밖에 뭐가 더 필요하지?"

"노뎀, 그대가 이곳 영지의 대표인가요?"

예킨이 다시 물었다.

"그건 아니지만……."

노뎀이 머뭇거렸다. 예킨이 그의 말을 끊었다.

"나는 대표를 만나고 싶습니다."

"후작님을? 네가, 그럴 자격이 있을까……?"

이번에는 다른 목소리가 노뎀의 말을 끊고 들어왔다.

"아저씨! 참 말 많네…… 대표가 대표를 만나고 싶다고 하는데. 자격이 왜 없다고 하실까?"

노뎀이 고개를 돌렸다. 이상한 복장의 여인이다. 노뎀은 비릿하게 웃으며 고개를 살짝 저었다. 곧이어 토겐과 제롬의 손에서 둥글고 위험한 '끈'이 날았다. 약속된 타이밍이다.

"응?"

노뎀은 뒤로 확 젖혀진 고개를 갸웃했다. 눈을 껌뻑거려 본다. 파아란 아침 하늘이 보였다. 하늘을 향해 올려 뜬 노뎀의 눈 속에는 이해할 수 없는 현재 상황에 대한 질문이 가득하다.

큭.

꽉 막힌 숨소리가 흘러나왔다. 목에서부터 치고 올라오는 아주 답답한 느낌에 그는 고개를 완전히 뒤로 젖혀야 했다. 사금파리와 유리 조각을 잔뜩 먹여서 꼬아놓은 가죽 끈이 목을 파고들어 왔다. 배 위에서 무언가가 덜렁거린다. 노뎀은 그것이 뭔지 알 것 같았다.

'손목……?'

비명은 결코 허락되지 않았다. 노뎀은 목에 감긴 끈이 당기는 대로 끌려가고 있었다. 그리하여…… 에센 사람들을 겨냥했던 군대의 활과 쇠뇌는 결코 발사될 수 없었다.

* * *

"그래…… 겁 없는 젊은 친구. 나를 직접 보자고 했다고?"

후작이 눈을 게슴츠레 뜬 채 물었다. 이곳은 후작이 위치한 접견실이었다. 극도로 억제하고 있는 분노가 눈빛에 실려 서리서리 흘러나왔다. 그의 앞에는 예킨과 예리아, 비연, 그리고 디테가 서 있었다. 그 곁에는 비연의 손에 개처럼 끌려온 노뎀이 침을 흘리면서 이를 악물고 있다. 아직도 팽팽하게 당겨지고 있는 목줄을 두 손으로 꼭 잡은 채…….

"통행료……와 보상……금에 관한 이야기를 하고 싶습니다."

예킨이 흘러내리는 코피를 막으며 겨우 말을 이었다.

"통행료는 알겠는데…… 보상금은 대체 뭔가? 어린 친구?"

후작이 칼자루를 쓰다듬으며 다시 물었다. 후작의 기세는 점점 더 커져가고 있었다. 인질로 잡혀버린 멍청한 아들의 일은 이미 분노할 수 있는 한계를 넘었다. 어차피 갈 때까지 간 상황이다. 철저하게 밟아준다. 그렇지만 쉽게 죽이지는 않을 것이다.

그것보다, 건방지게 저항하는 모습을 보여주는 이 젊은 놈을 보니 천천히 지긋하게 밟아주고 싶은 마음이 더욱 무럭무럭 솟는다. 이 젊은 놈은 그 꼴에도 협상 대표라고 고개도 숙이지 않은 채 자세를 꼿꼿하게 세우고 있었다.

말투가 비교적 '짧으며' 꼬박꼬박 말에 토를 다는 모습이 귀엽기도 하다. 그러나 그 상대가 자신이라는 점에서 후작의 기분은 최악으로 치닫고 있었다. 그래…… 분노는 클수록 좋을 것이다. 그만큼 해소 과정이 짜릿하고도 통쾌하겠지.

"후작님의 무사 중 일부가 어젯밤 영지 밖에서 야영하던 우리 마차를 공격했습니다. 이는…… 명백하게 비우호적인 행위로서 이에 대한 경위를 해명……해주시고, 재발…… 방지를 위한 조치를 요청드립니다. 아울러 그 행위에 대한 보상을 요구하는 바……입니다."

말을 마친 예킨은 비틀거리며 옆으로 쓰러졌다. 쓰러지는 예킨을 비연이 잡아 일으켜 세웠다. 비연은 손수건을 꺼내 예킨의 코와 입을 닦아주었다.

"재미있군. 감히 내 앞에서 보상이라. 안 해준다면 어떻게 할 거지? 내 아들을 죽일 건가? 그 멍청한 새끼는 별 신경 안 쓰니 어디 마음대로 해봐!"

후작이 싸늘하게 웃었다.

"내 영지 밖에서 공격을 당했다고……? 증거가 있나? 아냐…… 아냐…… 뭐…… 상관없겠지. 입증하든 못 하든 너희는 모두 죽어야 돼. 아울러 네 아비 에센 백작이랑 가족들도 모조리 노예가 될 거야. 죽지도 살지도 못하게 만들어주지.”

후작이 으르렁거리며 예킨과 뒤에 있는 예리아를 쏘아보았다. 이미 칼을 빼든 상태다. 그 기세는 이 가엾은 남매가 견딜 수 있을 만한 수준을 이미 넘어서 있다.

“증거가 있어도…… 후작께서 인정하지 않을 테고…… 컥…….”

이번에는 예리아가 대답하며 목과 코에서 붉은 피를 한 움큼 쏟아냈다.

“대신 증인……이 있소.”

예킨이 비연에게 몸을 기대어 창백한 얼굴로 말했다. 그의 눈길은 디테와 비연을 향해 있었다. 디테가 한 걸음 앞으로 나섰다. 그녀의 얼굴은 조금 굳어 있었다.

“내가 증인으로서 진술하겠습니다. 그대의 신료인 나틴과 그의 부하 여든두 명이 어젯밤 이들을 먼저 공격했고 나틴은 후작이 보냈다고 증언했습니다. 이는 나 디테가 디아나 여신의 이름으로 보증하는 사실입니다. 사도는 진실만을 말하는 존재임을 잊지 않으셨기를! 에센 백작가의 항변은 타당합니다.”

디테가 엄숙한 얼굴로 후작을 쳐다보았다. 이 감정이 없는 존재는 그 담담한 표정만으로도 사실을 말한다는 권위를 느끼게 한다.

“이런…… 그대가!”

후작은 얼굴이 일그러졌다. 이 존재가 선언한 이상 부정해봐야 자신의 꼴만 우스워진다. 게다가 신전 세력은 극히 다루기가 까다롭다. 영지 총 수익의 3할을 이루는 수렵 경제에 대한 타격도 크겠지만, 신성에 대한 모독은 모든 신전 세력에 대해 비우호적인 처사로 간주된다. 물론 무시할 수도 있다. 그러나 결코 무시할 수 없는 경제적 타격을 받게 될 것이다. 무신(武神) 카미제의 엄청난 영향력을 겪어보지 않았던가? 이건 복수의 차원을 벗어난 심각한 경제적 실리의 문제다.

"그래서…… 네놈들이 원하는 게 뭐지?"

후작이 으르렁거렸다. 진심으로 분노하고 있는 그의 기운은 자식인 노뎀의 얼굴마저 하얗게 질릴 만큼 파괴적으로 퍼져간다. 예킨과 예리아는 거의 기절할 정도로 고통스러워하고 있었다. 그렇지만……

"답답하네. 이곳 공기는 왜 이렇게 탁하지?"

청아한 목소리가 실내에 울렸다. 동시에 공간을 지배하며 옥죄던 답답한 기운들이 흐트러지기 시작했다. 대신 후작의 표정이 기묘하게 변했다.

'이게 대체……'

상황이 급변했다. 의자에 앉아 있던 후작이 갑자기 거친 숨을 몰아쉬고 있었다. 후작이 이 공간에 조성했던 묵직하고 파괴적인 저주파(低周波) 파동이 갑자기 소멸됐다. 대신 후작의 몸속으로 반전된 위상(位相)의 거대한 파동이 치고 들어왔다. 후작은 신속하게 몸을 추스르고 날카로운 감각으로 새로운 파동의 진원을 탐색하고 있었다.

"대가? 디테 사도, 그대인가……?"

디테가 고개를 저었다. 후작의 눈은 그 옆의 여자에 멈췄다.

"가엾게도…… 우리 대표들이 많이 다쳤군요. 당신…… 정말 무례한 사람이군요. 어찌 한 단체의 대표를 이렇게 되도록 핍박할 수 있을까……"

후작은 새삼스러운 표정으로 비연이라는 여자를 탐색하기 시작했다. 여자가 힐끗 돌아보며 눈을 흘겼다. 후작은 자신도 모르게 몸을 움찔했다. 비연은 후작의 눈길을 무시하고 예킨과 예리아를 향해 말했다. 모두가 숨을 죽이고 있는 와중에 비연의 목소리만이 조용하면서도 또박또박 울렸다.

"그래도 장하다고 생각합니다. 그 압제 속에서도 무릎을 꿇지 않았으니 대표로서의 자존심을 지켰다고 할 것이요, 의사를 전달하는데 정성을 다했으니 대표로서의 노력을 다했습니다. 그런데 저쪽 대표는 참 실망스럽군요. 비루하고도 천박하고……."

비연이 고개를 돌려 후작을 바라본다. 후작은 이를 악물며 망가진 몸을 회복하고 있었다. 짜증이 가득한 후작의 눈에 젊은 여자가 싱긋 웃는 모습이 보였다. 비연의 입꼬리가 조금 올라가 있었다.

"이곳은 환기가 필요할 것 같네. 당신에게는 매우 미안하지만 냄새가 참 역겨워요. 이곳 주인…… 당신의 취향인가 보죠?"

"너는 누구지?"

말을 잇는 후작의 입가에서 기어이 피가 한 줄기 흘렀다.

"인사가 늦었지요? 에센 백작가에서 수금 업무를 맡고 있는 '연'이라 합니다."

'정말 까무러칠 만한 일이군. 이 여자도 대가란 말인가?'

후작이 의자에서 몸을 일으켰다. 한 손으로는 피가 묻은 입가를 닦으며, 다른 손으로는 칼을 집어 들며, 또한 얼굴에는 냉정하고도 살벌한 전의(戰意)를 다시 일으키며…….

"그래…… 무슨 뜻이냐? 대가가 고작 백작가에 고용되어 있다고? 그런 씨알머리도 안 먹힐 개소리는 집어치우고 진짜 용건을 말해. 여기는 왜 왔나? 너 같은 실력자가?"

"우리가 백작과 맺은 계약은 물건을 안전하게 수송하고 대가를 받아오는 것입니다. 그 귀한 물건을 귀하의 부하에게 강탈당할 뻔했으니 당연히 그에 대한 피해 보상을 받아야겠죠? 또한 갈 때와 올 때 뒤통수를 맞을 염려가 있으니, 재발을 방지하기 위한 후작의 약속도 필요하겠지요. 내 말이 틀렸나요?"

"겨우 그런 일로? 어린 년이 나와 지금 농담하자는 건가? 내가 그렇게 우습게 보이는가?"

후작이 칼자루를 고쳐 잡았다. 사람들은 주춤주춤 빠르게 뒤로 물러섰다. 비연 역시 다리를 약간 벌리고, 무릎을 약간 굽혔다. 왼손으로 디테에게 물러나라는 신호를 보내고 오른손으로는 허리의 칼을 반쯤 뽑아낸 상태다. 눈으로는 후작의 동작 반경을 미리 계산하고 있을 것이다. 디테가 빠른 동작으로 예킨과 예리아를 수습하여 기둥 뒤로 물렸다. 순식간에 후작의 접견 공간이 텅 비며 팽팽한 전장의 분위기가 팽창하기 시작했다.

"사람 목숨을 노려놓고도 겨우 그런 일? 아저씨! 지금 농담하십니까? 대체 당신이 이곳에서 무슨 짓을 했는지는 내 알 바 아니지만 사람 피 냄새가 이토록 진동하는 땅의 주인이 정상은 아니겠지?"

"내 영지가 탐나나? 과거에도 그런 놈은 많았지."

후작이 혀를 내밀어 입술을 적셨다.

"별로 탐나지는 않던데?"

넓은 실내 공간에 우뚝 선 상태로 서로를 노려보면서도 두 사람의 대화는 자연스러웠다. 그러나 부딪치는 두 사람의 기세는 상상을 초월하고 있었다. 실내 곳곳에서 회오리바람이 일어났다. 이미 두 사람은 전쟁으로 돌입해 있었다. 사실 비연은 지금 꽤 긴장해 있다. 생사의 경계를 수시로 넘나들었지만 대가라는 인간 강자와 일대일 전투를 하는 것은 처음이다. 자신의 특기는 속도와 시공간 해석이다. 혼자 치르는 전투는 아직 익숙하지 않다. 상대는 속도와 파괴력에서 자신에게 밀리지 않는 대가다. 게다가 경험까지 많은 백전노장이다. 비연은 숨을 고르며 눈빛을 가라앉혔다. 산과 항상 익숙하게 해왔던 일이다. 얼굴을 찡그린다. 상대의 기운을 스캔하며 훑어가지만 그 느낌은 산과 너무 달랐다. 거칠고 추하고 끈적하며 한없이 차고도 사악하다. 탐색을 마친 비연의 표정은 많이 굳어 있었다. 그렇지만 기운은 점차 안정을 찾아가고 있다. 후작도 상황이 비슷한 것 같다.

후작이 한 발을 오른쪽으로 내딛었다. 노련한 도발이다. 비연 역시 옆으로 한 발 이동했다. 여전히 균형은 깨지지 않은 채 팽팽한 균형 위에서 원운동이 시작됐다. 대가의 전투는 음속(音速)에 접근한다. 눈으로 보는 것보다 보이지 않는 곳이 더욱 많다. 서로의 특기가 파악되지 않은 상황에서는 첫 실패가 곧 죽음을 의미한다. 그래서 대가끼리는 철천지원수가 아닌 한 함부로 싸우지 않는다. 아쉬울 게 없는 기득권 세력이다 보니 서로가 박 터지게 싸워야 할 필요도 없었고.

"그리고 그렇게 덤빈 놈들은 모두 죽여서 대문에 매달아 놨지."

"도시 미관에 좋은 방법은 아니지."

"오늘도 몇 개 걸리게 될 거야."

"슬픈 이야기네."

후작이 오른손으로 칼을 뽑으며 장갑을 낀 왼손을 들어 천천히 아래쪽으로 한 바퀴 돌렸다. 비연이 칼을 반쯤 뽑으며 자연스럽게 왼쪽으로 한 발을 옮긴다. 비연이 발을 옮기자마자 바닥의 돌이 깨지며 자욱하게 먼지가 피어올랐다. 후작은 다시 걸음을 옆으로 천천히 떼며 왼손을 털어내듯 좌우로 흔들었다. 오른손에는 길고도 새파랗게 벼린 칼이 바닥을 긁어가며 상대의 신경을 자극했다. 비연이 다시 옆걸음으로 빠르게 이동한다. 발걸음을 떼는 곳에는 여지없이 폭탄이 터진 것처럼 먼지가 일어났다. 바닥에는 가는 실선이 수없이 생겼다. 후작이 장난처럼 흔들며 수없이 짧게 끊어 치는 칼끝에는 작은 빛 구슬들이 튀고 있었다.

"칫……."

비연이 입술을 깨물며 빠르게 움직인다. 까다롭다. 그 위력도 강하거니와 도무지 발을 둘 곳을 찾지 못하도록 만드는 수법이다. 발이 흔들리면 중심이 흔들리고, 중심이 흔들리면 힘을 실을 수 없다. 적이 하나라면 아주 성가신 상황이 될 것이고, 적이 다수라면 전투 대형이 꼬이며 흐트러질 것이다. 본격적인 공격 전에 상대의 집중력을 흩어놓기 위해 제일 먼저 시작하는 기예 중의 하나다.

"기장가의 기예인가? 훌륭한 견제 방법이네. 상당히 얄밉기도 하고……."

말과 함께 비연이 뒤로 훌쩍 물러서며 돌 조각을 던졌다. 동시에 후작의 칼이 날았다. 허공에서 먼지가 피어오르며 돌 조각이 후두둑 떨어졌다. 후작이 다음 동작을 취할 무렵 비연은 이미 칼을 빼 들고 좌측으로 돌아 들어가고 있었다. 후작의 손이 빠르게 움직였다. 비연은 목을 옆으로 젖혔다. 머리카락을 가르며 날카로운 쇠붙이가 스쳐 간다. 몇 올의 머리카락이 잘려 바람에 흩날린다. 후작의 장갑이 다시 흔들렸다. 비연의 허리가 유영하듯 뒤로 홱 꺾였다. 앞으로 치고 나가던 방향이 갑자기 90도에 가깝게 옆으로 틀어졌다. 이어 칼끝이 그대로 후작의 목을 향해 찔러 들어간다. 거의 믿을 수 없는 각도로 꺾인 허리와 어깨선을 타고 하얀 칼끝이 쾌속하게 흘러간다.

후작은 숨을 삼키고는 눈을 크게 뜨며 몸을 뒤로 젖혔다. 오른뺨에 칼끝이 지나간 흔적이 길게 남았다. 거의 본능으로 겨우 피했다고 해야 할 정도로 의외의 일격이었다. 노련한 후작은 가슴 근처에서 자신의 칼을 교차시켜 비연의 칼을 막아낸 후 바로 칼을 위로 치켜 올렸다. 비연은 칼이 부딪친 반동으로 반대편 위쪽으로 튕겨 나갔다.

후작이 비릿하게 웃었다. 상대의 기예가 파악된 것 같다. 동명가의 '다축(多軸) 접기'라…… 사각(死角)이 없는 움직임…… 방어와 공격이 동시에 가능한 아주 까다로운 기예.

'그렇다면…… 걸렸어…….'

거의 동시에 후작은 왼쪽 손가락을 모두 활짝 펼치면서 마치 허공에 털어내듯 팔을 크게 휘저었다. 아직까지 공중에 떠 있는 비연의 몸을 향해 붉은 가루가 그물처럼 퍼지며 덮쳐간다. 동시에 후작은 누워 있다시피 했던 허리를 옆으로 튕겼다. 이어 땅에 닿은 다리를 축으로 몸을 그대로 한 바퀴 길게 돌리며, 칼을 쥔 오른팔을 쭉 뻗었다. 긴 칼은 타원의 궤적을 그리며 돌아 비연의 허리와 어깨선을 가르고 들어갔다. 3축이 아니라 4축이라도 피하기 어려운 각도다. 가루로 인해 이미 호흡은 교란됐을 것이고…….

서걱.

손맛이 느껴진다. 제대로 걸렸다. 그러나 후작의 표정은 바로 일그러지고 눈은 강한 불신으로 흔들렸다.

"후…… 소문대로 충분히 비겁한 사람. 그래도 사람 죽이는 솜씨 하나만큼은 대단하다고 인정해주지. 피차 피해는 비슷하니 첫 판은 무승부겠지? 어때? 이제 본격적으로 해보자고! 당신…… 이제는 정말 목숨을 걸어야 할 거야. 내 생각이 많이 바뀌고 있거든."

비연이 검을 바닥에 늘어뜨린 채 싸늘한 표정으로 후작을 쳐다보고 있었다. 비연의 왼쪽 어깨선을 따라 천이 잘려 너덜거리고 있었다. 드러난 어깨에는 칼에 베인 상처를 따라 피가 흘러내린다. 여기저기 붉은 가루의 흔적이 있었지만 이 여인에게 크게 영향을 미치지는 못했던 것 같다. 후작이 쓴 가루는 알편의 독과 매운 독초를 섞어 만든 것이다. 상대의 눈을 잠시 멀게 하고, 지독한 마취 성분으로 호흡과 정신을 혼미하게 하는 효과가 있다. 후작의 불운은 상대가 냄새만으로도 그것이 무엇인지를 잘 아는 사람이었다는 점이었다.

"……."

후작은 비연의 노골적인 비난과 빈정거림에도 불구하고 말을 극도로 아꼈다. 처음 공격에서 피한 것은 그야말로 행운이었다. 만약 다시 한 번 더 붙는다면 막아낼 수 있을까? 게다가…… 마지막 동작에서 그가 본 것은 허공에서 아무런 지지체도 없이 그대로 방향을 트는 '공간 전환'의 기예였다. 그것도 고속의 수평 이동과 수직 이동. 두 번을 꺾었으니 최소 2품의 대가다. 세 번을 꺾으면 허공에 떠 있거나 유영이 가능하다고 했다. 동예도 사냥터에서 보았던 그 한선가의 무서운 절예(絶藝)…… 공격과 방어의 사각이 없을 뿐만 아니라, 거의 모든 합격(合擊)을 무산시킬 수 있는 극악의 회피 기술이다. 정신계 환각 조작과 조직 공격에 익숙한 기장가의 기예와는 자연스럽게 천적 관계에 놓여 있다.

문제는 두 가지의 서로 다른 대가급 기예가 한 사람의 몸에서 나왔다는 사실이다. 그것은 진정한 선무대가라는 증거…… 그보다 더 큰 문제는 아무래도 그게 끝이 아닌 것 같다는 것이다. 문득 몸이 떨렸다. 후작은 여전히 비연의 눈을 뚫어져라 응시하고 있었다. 이제 마지막 판단이 남아 있다.

"그대와 같이 왔다는 사내도 그대와 비슷한 수준인가?"

후작이 낮게 물었다. 그 목소리에는 솔직한 두려움이 담겨 있었다.

"그는 전투의 전문가지. 나는 정보 전문가고. 그가 오늘 새벽에 당신을 찾아왔었을 텐데 당신은 인사를 못 했나 보네? 당신에 대한 이야기는 그에게 미리 들었어. 적당한 대답이 됐을까?"

비연이 어깨의 피를 닦아내며 툭 차가운 대답을 던졌다.

"새벽……? 그가 무슨 이야기를 하던가?"

후작의 목소리는 조금씩 떨리기 시작했다.

"뭐 별로…… 그저 당신과 직접 해결하는 것이 좋을 것 같다고 하던데? 몇 가지 숙제도 내주었지. 나도 좋은 경험을 했고. 아까 당신의 상태를 짚어보니 그 대가라는 경지도 여러 가지 품질이 있다는 것을 알게 됐지. 그렇게 한심한 몸 상태가 대가라는 것이 의외였지만……."

비연의 눈빛은 점점 날카로워지고 있었다.

"자! 나는 아직 그대의 대답을 듣지 못했다. 더 하겠나? 이번에는 아까와 많이 다를 거야. 이번엔 정말 그대를 죽일지도 모르겠어. 아울러 그대의 군사들도……."

비연이 칼끝을 수평으로 세워 올렸다. 아까와는 비교조차 되지 않을 만큼 폭발적인 기운이 일어나고 있었다. 목선까지 내려오는 비연의 머리가 휘날리기 시작한다. 이번에는 전격의 짜릿한 기운까지 실려 급격하게 팽창하고 있었다. 하얀 칼끝에서는 빛 무리가 화려하게 터져 나온다. 바로 전격의 술…….

"보상금이 얼마라고 했나?"

후작은 칼끝을 빠르게 바닥으로 내렸다.

* * *

대문이 열렸다.

열린 대문을 통해 산과 그의 일행이 천천히 지나가고 있었다. 수많은 무사들이 좌우로 주춤 물러서며 길을 만들어주는 중이다. 그렇지만 길은 겨우 두세 사람이 통과할 만큼 좁게 열려갈 뿐이다. 아직도 사태 파악이 안 된 무사들과 영지 병력들은 무기를 거꾸로 든 상태로 서로 다른 쪽을 쳐다보고 있었다.

"무기를 거꾸로 들라니…… 이게 대체 무슨 경우입니까?"

무사 하나가 여전히 고개를 약간 숙이고 곁의 상관에게 물었다. 그는 칼자루가 위쪽으로 향하게 하고 칼끝이 아래로 위치하도록 칼집을 잡고 우스꽝스러운 자세로 서 있었다. 무기는 다르지만 다른 동료들도 사정은 마찬가지다.

"낸들 아냐? 아무튼 시선도 피하라고 했으니, 깨지기 전에 너도 빨리 눈 깔아, 자식아……."

상관이 불만스러운 말투로 대답했다. 그는 도끼의 목을 잡고 손잡이를 민망하게 하늘로 곧추세우고 있었다. 원래 다른 영지의 성문을 통과할 때는 말에서 내려야 한다. 그다음 통행증을 제시하고 복잡한 검문 절차를 거치게 되어 있다. 이 과정에서 거의 발가벗긴다고 해도 좋을 만큼 철저히 수색당하게 된다. 그 과정에서 뜨내기 상단이나 세력이 약한 영지민에 대한 모욕과 희롱은 기본이었다. 북방에서 남쪽으로 이어지는 모든 길은 후작령을 지나면서 여러 갈래로 퍼지기 때문에 후작은 이 길목을 장악하면서 갈취에 가까운 통행료 수익을 올리고 있었다. 북쪽은 거대한 산맥에 막혀 큰 나라가 없었고, 대규모의 병력이 이동할 일이 없었기 때문에 후작의 사업은 안전했다. 동명가에 약간의 성의 표시가 필요했지만 그 정도야 보호비라고 생각하면 그뿐이다.

그렇지만 이 초라한 행렬은 그 모든 절차를 생략한 상태로 전진하고 있었다. 길을 열어주는 후작가 무사들의 거친 숨소리와 욕설이 선명하게 들렸다. 대원들의 긴장은 말로 표현할 수 없을 정도로 심해졌을 것이다.

산은 행렬의 맨 뒤에서 무표정한 모습으로 따라가고 있었다. 앞쪽에서 비연과 세 사람이 아무 일도 없었던 듯 일행을 기다리다가 자연스럽게 본대와 합류했다. 비연은 산을 향해 손을 가볍게 흔들었다. 산은 그저 고개를 끄덕였다. 입가에는 약한 미소가 걸려 있었다.

영지를 가로지르는 대로의 양옆으로는 강대한 세력의 후작답게 온갖 공방과 상점이 늘어서 있다. 지금 이곳의 사람들은 일손을 놓은 채 색다른 행렬을 구경하는 중이다. 아침 일찍부터 후작의 느닷없는 소집 명령에 모두 극도로 긴장해 있었다. 이미 간밤에 있었던 일에 대한 소문은 퍼질 대로 퍼져 있을 것이니 매우 궁금했을 터였다.

복잡한 광장을 벗어나자, 바로 한적한 대로가 이어졌다. 대원들이 비로소 표정을 펴며 숨을 돌리기 시작한다. 이제야 그들의 시선은 보다 현실적인 곳에 닿을 수 있을 것이다. 산과 비연은 묵묵하게 주변을 살폈다. 성 안쪽의 풍경은 이 호기심 많고 특별한 이방인에게 백작가와는 또 다른 감상을 불러일으켰다.

복잡한 영지의 중심을 벗어나면서 주변 풍경이 달라졌다. 길 위에는 말과 가축의 배설물과 귀족들이 함부로 버린 폐기물 등 오물들이 여기저기 널려 있었다. 그 위를 맨발로 걸어다니며 그것을 치우는 노예들이 보였다. 반면, 멀리 언덕까지 미로처럼 얽혀 있는 여러 갈래 길가에는 단층이나 2층의 고급 주택들이 들어서 있고 언덕 위에는 신전으로 보이는 고색창연한 상징물이 웅장하게 세워져 있었다. 귀족으로 보이는 남녀들이 난간이 있는 반이층(mezzanine) 사롱에서 대화를 멈추고 색다른 구경거리를 바라보고 있었다.

광장 가운데를 지날 무렵, 맨 앞으로 나간 비연이 손을 들었다. 행렬이 잠시 멈췄다. 그들이 향하고 있는 앞쪽에서 말이 끄는 수레를 이끌고 몇 사람이 빠르게 다가왔다. 수레는 꽤 튼튼한 철제 막대와 나무를 짜서 만든 것인데 위에 나무와 천으로 지붕을 씌워놓아 비에 젖지 않도록 배려했다. 수레 안에는 다양한 크기의 상자와 물건들이 가득 실려 있었다. 후작이 내놓은 보상이다. 백작가에서는 구할 수 없었던 각종 재료들과 종이 등 소모품 종류였다.

"새덤!"

산이 새덤을 불렀다. 첫 번째 마차 안에서 '칼의 눈' 새덤이 빠르게 걸어 나왔다.

"저 짐은 그대가 끌어주겠나?"

"그러지요."

새덤은 이유도 묻지 않고 그대로 성큼성큼 걸어가 수레와 말을 인수했다. 마치 당연히 그래야만 한다는 태도였다. 그의 표정은 40대를 넘긴 어른답지 않게 약간 상기되어 있었다. 산의 표정에는 변화가 없다. 그러나 사실은 속에서 치밀어 오르는 욕설을 삼키고 있었다. 이거리에 있는 사람들의 기운은 특히 역겹다. 사람이라는 종족의 기운은 그 어떤 동물의 기운과도 다르다. 특히 이곳에서는 말로 형언하기 어려운 불쾌감이 저절로 치밀어 오른다.

산은 약간 찡그린 얼굴을 애써 반듯하게 폈다. 언제부터인지 모르게 슬슬 아파오던 두통은 요즘 들어 제법 신경이 쓰인다. 멀미를 동반하는 두통은 사람 사이로 들어갈 때 더욱 심해진다. 묘하게, 비연도 비슷한 증상을 호소하고 있는 것이 더욱 마음에 걸린다. 그래도, 재미있는 것은, 둘만 있을 때는 그 고통이 깨끗하게 사라진다는 것……

'사람도 중독되는가……? 참…… 별일이군.'

산은 눈을 가늘게 뜬 상태로 성안을 둘러본다. 벌거벗은 노예 아이가 손으로 말의 배설물을 치우다가 흐릿한 눈으로 자신을 훔쳐보았다. 채찍을 맞았는지 조그만 등에는 벌건 선이 지나가고 있었고, 며칠을 굶었는지 깡마른 몸에 배만 볼록 튀어나온 모습이 보기에도 안쓰럽다. 산과 아이의 눈이 마주쳤다. 아이가 화들짝 놀라 고개를 푹 수그렸다. 그 뒤에는 역시 위아래도 제대로 가리지 못하고 깡마른 여인이 불안하게 자신을 쳐다보고 있었다. 아마도 녀석의 엄마이리라.

이곳의 노예들은 다른 영지의 노예와 달리 소모품에 가까운 것 같다. 다른 노예들은 여기저기 팔려 나가고 상품으로는 쓸모가 없어 남겨진 '것'들이다. 누가 죽여도 언제 죽어도 이상할 것이 하나도 없는 정말 하찮은 존재.

산은 허공을 향해 실없이 웃어본다. 입맛이 더럽게 썼다. 정말 다른 세상이다. 100년이 지나도 도무지 적응이 될 것 같지 않다. 산은 침을 삼켰다. 욕지기가 치밀어 올라오다 다시 가라앉는다. 문득 에센 백작가에서 있었던 일이 뇌리를 스쳐갔다.

"너무 심하지 않나?"

산이 물었다. 그때는 괜히 그러고 싶었다.

"예?"

그 무사는 고개를 갸웃했다. 이미 피투성이가 된 여자가 그의 발치 아래서 꿈틀거리고 있었다.

"아무리 노예라도 사람인데, 꼭 그렇게 밟아야만 하겠나?"

"사람이라뇨?"

무사는 여전히 발을 여자의 가슴 위에 디딘 채 산을 쳐다보고 있었다. 말하는 중에도 그는 웃고 있었다.

"그럼 사람이 아닌가?"

"무슨 말씀이신지…… 도무지?"

"……"

"이렇게 하지 않으면 일을 하지 않습니다. 틈만 나면 눈치를 보고 게을러지거든요. 아주 골치 아픈 '것'들이지요. 그래도 영주님의 비싼 재산이라서 크게 다치게는 하지 않습니다."

무사는 친절하게 설명까지 해줬다. 그는 매우 진지하다.

"'것'들이라……"

산은 노예를 한 번 더 쳐다보았다. 그리고 다시 무사를 물끄러미 바라보았다. 그는 다시 채찍을 들어 올리고 있었다. 산은 꼭 하고 싶었던 한마디를 기어이 보태기로 했다. 무사는 문득 어떤 차가운 느낌에 소름이 돋아 손을 멈췄다.

"절대로 그러지 마……"

"예?"

"내가 그런 걸 보기 싫어하거든? 그것도 아주 싫어."

"그렇지만……." 무사는 표정을 일그러뜨리고 있다.

"내 앞에서 그런 짓 하면 진짜 자넬 죽여버릴지도 몰라. 듣고 있나? 나는 지금 아주 진지하거든?"

산의 목소리가 점점 낮고도 스산해졌다.

"알겠……습니다."

이제 무사의 얼굴은 점점 새파랗게 질려가고 있다. 산은 한 발을 앞으로 천천히 내딛었다. 무사는 움찔했다.

"그게 누구라도 말이지. 남작이건 백작이건 그 할애비건…… 혹시 내 요구가 억울하면 나를 직접 찾으라고 해. 내가 무슨 권리로 그러느냐고 혹시 묻거든 이렇게 대답하도록…… 이 동네는 주먹 센 놈이 법이라면서?"

"알겠……."

"그런데, 너는 죽고 싶은 모양이네?"

"예?"

무사는 화들짝 놀라 산의 얼굴을 살폈다.

"그 발 빨리 떼지? 보기가 매우 역겨워."

무사는 빠르게 여자의 몸에서 발을 거뒀다. 쭈뼛한 공포가 한차례 쓸어간 그의 온몸은 식은땀으로 젖어가고 있었다. 산은 휙 돌아서서 그곳을 빠져나왔다. 그리고 사람 없는 곳에서 먹었던 것들을 모두 토했다. 벌게진 눈에 눈물이 가득 고였다. 기분이 엿 같았다.

백작가에서는 노예에 대한 모든 가혹 행위는 그날 이후로 중지됐다고 했다. 남들이 보기에 어떻게 보일까? 강자의 횡포처럼 보이겠지. 어쩌면 강한 자의 권리니 당연하다고 여길지도 모르지.

'그렇지만 니들은 아나? 이제 소금을 먹지 않아도 사방에서 들려오는 저 끔찍한 소리들을…… 그것은 사람이 마음속에서 직접 쏟아내는 아픈 소리였어…… 신음 소리, 고함 소리, 징그럽고도 지랄 같은 팔자에 눌려 저항할 엄두도 못 내고 끙끙대는 소리…… 그런 소리들이 직접 머릿속에서 징징거리며 울어댄다고! 지랄! 염병! 나더러 대체 어쩌라고? 이건 또 무슨 엉뚱한 부작용이냐고?'

산은 고개를 돌려 성 쪽을 바라보았다. 그곳에서 후작이 자신들을 지켜보고 있을 것이다.

'후작…… 이 사악하고도 지저분한 개새끼, 우리가 돌아올 때까지 개집이나 잘 지키고 있어라. 네가 무너지면 백작도, 여기 백성도 살릴 대책이 없다고 우리 착한 아가씨가 거품 물고 이야기하니……'

* * *

"아니 저분이 왜 저기 있는 거냐고?"

40대는 넘어 보이는 남자가 중얼거렸다.

"그러게요…… 왜 저기 계실까요?"

그 옆에 있는 세 명이 고개를 갸웃거리고 있었다. 아주 난감한 표정이다. 그들의 시선은 그 유명한 백작가 행렬의 선두에 있는 인물에게 고정되어 있었다. 대중에게 잘 알려진 사람은 아니다. 그렇지만 이 네 사람이 속해 있는 바닥에서는 신화적인 인물이다.

"우리는 이제 어떡하죠?"

"글쎄 무슨 이유인지 모르지만, 작전이 변경된 것 같다. 어젯밤에 지부에서 무슨 연락이라도 받은 게 있었나?"

"그런데…… 아무리 봐도, 물건을 받으러 가신 분이 아니라, 안내하는 모양 같은데요?"

"젠장, 엉뚱하기는…… 무슨 깊은 뜻이 있겠지."

새덤은 일행의 선두에서 예민하게 주위를 살피고 있었다. 근처에 분명히 대원이 있을 것이다. 새덤은 보통 키에 갈색 머리카락을 단정하게 뒤로 묶은 모습이다. 차림도 평범한 학자의 모습에 가깝다. 누구도 그가 5대 암가의 하나인 '칼의 눈'에서 가장 유능한 술사라는 것을 믿지 못할 것이다. 세력 간의 권모술수에 능하고 강력한 정보조직을 움직이고 있으며 일신에 가진 무력 역시 이제 대가로의 각성만 기다릴 정도로 강력한 사람이라는 것도.

'나는 나쁘지 않다고 본다네. 정말 볼 만할 거야.'

새덤은 건물 한쪽을 힐끗 쳐다보며 씩 웃어주었다. 그는 지난밤에 얼떨결에 겪었던 있었던 일들을 평생 기억하게 될 것 같다는 생각을 하고 있었다.

'사내끼리 약속이라…….'

행렬은 이미 후작의 영역을 벗어나 다음 행선지를 향하고 있었다. 떠나가는 그들의 뒤쪽에서는 서로 다른 생각을 가진 많은 눈들이 여전히 그들을 응시하며 각자의 목적에 따라 부산하게 움직이고 있었다. 그렇지만 그들은 쉽게 움직이지는 못할 것이다. 고민할 변수가 훨씬 많아졌으니…… 지금 그들이 아는 것은 백작가의 상단이 후작령을 '무사히' 떠나가고 있다는 것이었고, 그들이 알 수 없었던 것은 그 음험한 후작이 그들을 호위까지 하면서 보낸 숨은 이유였다. 그 중에 새덤을 알아볼 수 있을 만큼 위험하고도 특별한 집단들은 모든 '판'을 원점에서 다시 짜게 될 것이었다. 그리고 그들 모두가 공통적으로 이해할 수 없었던 것은 저 정도의 초라한 전투력을 가진 행렬을 위험한 곳으로 보낸 에센 백작의 의도였다. 여러 의심스러운 정황들이 누구도 함부로 움직이지 못할 상황을 만들어주었다. 또한, 잔챙이는 빠지고 훨씬 강력한 선수들이 투입되어야 할 판이라는 것도 서서히 드러나고 있었다.

* * *

"육팔은?"

"음…… 사십팔."

"칠구?"

"육십삼."

"팔팔은?"

"음…… 얼마지? 이거 정말 죽겠구만…… 나 머리가 정말 나쁜가 봐."

대원들은 매우 바빴다. 악사에서 장인, 심지어 계산에 능한 상인들까지 무언가를 중얼거리고 있다. 산 일행은 첫 번째 휴식 장소에서 두 시간의 교육 시간을 가졌다. 그들은 종이와 기름에 갠 먹이 들어 있는 통, 그리고 새의 깃으로 만든 펜을 하나씩 받았다. 그리고 학습이 시작됐다.

대원들에게는 그들 생애에서 첫 번째로 경험하는 아주 특별한 학습이었다. 그것은 그들이 따르기로 했던 두 사람과의 계약에 포함되어 있는 내용이었다. 하루 두 시간 이상은 반드시 학습과 교육을 받아야 하고, 그다음 시간에는 그 성취를 반드시 보여주어야 했다.

산은 대원 중 장인인 가닐과 오닐 형제를 시켜 이것저것 만들게 했다. 이동식 칠판, 필기구, 줄자, 삼각자, 각도기 등등이었다. 재료는 후작가에서 얻은 얇고 넓은 나무 조각과 천, 종이, 접착제를 썼다. 비연은 역시 후작가에서 강제로 기증받은 종이와 펜을 써서 뭔가를 써 내려고 있었다. 그렇게 다 써서 만든 책을 보고 글을 아는 예리아와 예킨, 상인 대원이 받아서 필사를 했다.

 "휴! 절반 넘는 사람이 문맹이라니. 그나마 배운 사람들이라 하는데도. 갈 길이 참 멀다."

 산이 한숨을 쉬었다.

 "셈법은 더해요. 상인들 이외에는 덧셈과 뺄셈에서도 어려움을 느끼더군요."

 비연이 웃으며 대꾸했다.

 산과 비연이 이들을 통솔하면서 첫 번째 당면했던 문제는 무력의 부족이 아니었다. 문제는 엉뚱한 곳에 터졌다. 대원들은 지시를 해도 알아듣지 못했고 알아들었어도 무엇을 먼저 해야 할지 몰랐다. 또한 명령을 내려도 결코 제대로 전달되지 않았다. 명령을 내리는 것 자체가 마치 스무고개나 본 것을 말로만 묘사하여 전달하는 게임 같았다. 지시는 금방 왜곡되고 문제는 항상 꼬였다. 나틴과의 숲 속 전투는 순수하게 호각과 악기를 사용한 간단한 명령 체계로만 치렀던 전투였다. 그것도 전투력의 200퍼센트는 지휘관 둘이 제공했고 그중 100퍼센트는 전투력이 약한 부하들을 이끄느라 생긴 '부담'이었다. 이래서는 도저히 제대로 조직을 이끌 수 없었다.

 첫 전투를 치른 후 산과 비연은 원인을 면밀하게 분석했다. 그것은 그들의 세계에서는 상상할 수 없었던 아주 근본적인 수준의 문제였다. 기초 지식과 경험의 부족. 그래서 가장 간단한 판단조차 스스로 내리지 못하는 것이다. 현대 지구인의 기본적인 '상식'은 이곳에선 이해하지 못할 '신비'였고, 사람들은 자신의 의견과 판단을 생산하는 데 서툴렀다. 그래서 산과 비연은 빠르게 결정을 내렸다.

"이 상태로는 지휘가 불가능하다. 대책을 세워보자고."

"결국 특전사 유격전의 기본부터 시작하자는 말씀이군요."

"그래, 네가 교양 교육을 하고, 내가 기술과 무력을 가르치도록 하자. 시간이 별로 없으니, 실습과 실전을 통해 하는 게 가장 빠를 거야."

"백작가 친구들과 손님들은 어떻게 할까요?"

"일단 조교로 쓰자고. 본인이 싫다면 말고……."

* * *

여행을 시작한 지 어느덧 닷새가 지났다. 그동안에는 무료할 정도로 사건 사고가 없었다. 앞에서 길잡이를 하고 있는 새덤 덕택에 비교적 알려지지 않은 안전한 길로 우회했기 때문이다.

저녁 해가 천천히 산꼭대기를 향해 가고 있는 석양 무렵이다. 일행은 야트막한 숲에서 야영을 준비하기 시작했다.

"디테 사도님은 어떻게 생각하세요?"

예리아가 디테에게 소근소근 물었다.

"무엇이 궁금하신가요? 예리아님."

디테가 눈을 동그랗게 뜨고 물었다. 두 여자의 시선은 앞쪽 비교적 평탄한 공간에서 산에게 뭔가를 배우고 있는 대원들을 향해 있었다.

대원들은 땀을 뻘뻘 흘리며 산의 지휘에 따라 움직이고 있다.

"두 분은 어디서 왔을까요?"

"이곳 사람과는 많이 다르지요?"

"저도 도시에서 정말 많은 것을 배웠고, 많은 사람을 만나봤다고 생각했습니다. 그런데 저분들 앞에서는 아이가 된 것 같다는 생각이 들어요. 나이도 그렇게 많은 사람이 아닌데 어떻게 저렇게 놀라운 능력과 지혜를 가지고 있을까요?"

"나도 그렇게 생각한답니다. 사실은 나도 아는 게 별로 없군요."

디테가 싱그럽게 웃었다.

"그리고 참 이상하지요? 서로 이야기를 많이 하는 것 같지도 않은데 어떻게 약속이라도 한 것처럼 모든 행동이 척척 맞아 들어가거든요. 마치 서로가 무엇을 해야 하는지 미리 아는 것 같아요. 가끔 깜짝깜짝 놀란답니다."

"그래요? 나는 오히려 그 반대라고 생각했는데."

디테가 눈을 동그랗게 뜨고 예리아를 쳐다보았다.

"예?"

"두 사람은 항상 이야기를 하고 있어요. 심지어 멀리 떨어져 있어도 그 대화는 끊이지 않습니다."

"그래도, 두 분이 같이 이야기하는 걸 본 적이 없는데……."

"아마 예리아님이 이해하기는 힘들 거예요. 대화란 말로만 하는 것은 아니거든요. 사실 나도 디아나 여신과는 항상 이야기하고 있지요."

"그런, 그러면 저 두 사람이 신……?"

예리아가 입을 손으로 가렸다.

"그건 아닙니다. 여러분과 같은 사람이지요. 그건 내가 보증할 수 있어요. 사람이지만 각성한 사람입니다. 여러분이 이야기하는 그 위대한 대가라는 사람이지요."

"그러면 대가들은 모두 저런가요?"

예리아가 침을 꿀꺽 삼켰다.

"아뇨. 내가 아는 한, 그리고 신들이 아는 한, 여태까지 저런 종류의 대가는 없었어요. 그래서 나도 모르겠다고 이야기할 수밖에 없습니다."

"그래서 사도님도 같이 동행하시게 된 것인가요?"

"그럴지도 모르죠. 어쩌면, 진짜 그럴지도…… 저토록 서로가 서로를 믿고 일깨우며 스스로 각성시켜가는 존재는 본 적도 없으니. 그것도 몸과 정신 모든 측면에서…… 신이라면 주신(主神)이 탄생하는 도중일지도…… 사람의 '원형(原型)'이란 원래 저런 모습이었나?"

디테의 목소리는 점점 독백과도 같이 가라앉았다. 그 목소리에는 호기심과 두려움이 함께 묻어 있었다.

"디테 사도님?"

예리아가 디테의 상념을 깨웠다.

"아…… 잠시 생각이 딴 데로 흘렀군요. 아무튼 예리아님은 아직 못 느끼겠지만 저 두 사람은 끊임없이 움직이고 있답니다. 여러분이 자고 있는 그 시간에도 한 사람은 반드시 깨어 있었지요. 그러면서 최소한 한 시간 반경 내의 모든 상황을 미리 살피고 확인해왔습니다."

"그랬나요……?"

"그래요. 적어도 내가 알기로는, 여러분이 겪은 것 중 어느 것 하나도 우연히 벌어진 일은 없었습니다. 철저하게 기획하고 먼저 정찰하고 끊임없이 고민하면서 정교하게 추진된 것들이었지요. 그것이 저 두 분이 일하는 방식이고요."

* * *

"훅훅……."

라론은 한발 빠르게 물러났다. 피렌이 왼쪽으로 돌았다. 산은 두 사람을 상대로 막대기를 찌르고 휘두르며 압박해 들어가고 있었다. 두 사람은 이번에는 잘 피했다. 상대의 칼끝을 보았고 그 끝이 흘러오는 방향도 제대로 잡았다. 그것은 큰 진보였다. 그들 입에서 단내가 난다. 그러나 눈빛은 항상 상대의 칼끝과 눈에서 떠나지 않았다. 눈물이 나도록 부릅뜬 눈은 항상 '적'의 움직임을 먼저 쫓기 위해 빠르게 움직이고 있었다. 이제는 어느 정도 익숙해진 것 같다.

그들은 죽이겠다는 의지가 가득한 사람의 눈을 마주 대하는 것이 얼마나 무서운지를 절실하게 알았다. 비록 연습이지만 예리한 칼끝이 자신을 향해 빠르게 치고 들어올 때는 너무나 무서워서 눈을 꾹 감기도 했다. 그리고 이런 비겁한 외면과 체념에 대한 대가는 끔찍하고도 무자비한 고통으로 이어졌다.

"눈을 감아? 이런 바보 같은! 살기를 그냥 포기한다는 건가?"

"보는 걸 포기했는데, 어떻게 피할 수가 있다는 거냐?"

"동료를 포기했나?"

"혼자만 사시겠다?"

"왜 먼저 알리지 않았지?"

그들의 주인은 확고한 원칙을 가지고 있었고 그의 행동은 그보다 훨씬 단호했다. 약속을 어기는 행위에는 매우 고통스러운 징벌이 따랐다. 과제는 항상 조직 단위로 주어졌으며, 모든 사람이 그 해법을 완전히 이해하지 않거나 서로 공유하지 않으면 그 조직은 가차 없이 불이익을 받았다.

"내게 있어 당신들의 신분이 무엇이었는지는 별로 중요하지도 않고 알고 싶지도 않아. 이제 하나만 명심하라. 나는 그대들의 주인이다. 내게 모든 대원들은 똑같이 소중하다. 그러므로 항상 서로를 부를 때 경칭을 쓰도록. 이건 명령이다."

"혼자만 알고 있고, 혼자 꼬불쳐 놓고 있으면 더 행복한가? 이건 꼭 새겨들어라. 이 계약이 끝날 때까지 그대들에게 비밀은 허락되지 않는다. 자신을 먼저 솔직하게 드러내고 상대의 말을 경청하라."

"강점을 인정하고, 약점을 이해하라. 무슨 일이든 긍정적인 것부터 먼저 이야기하라. 모든 말의 첫마디는 동료를 기쁘게 할 말로 시작하라. 없으면 억지로라도 찾아내. 절대로 동료를 욕하지 마라. 웃으며 살아도 짧은 게 인생 아닌가? 요컨대 나를 짜증 나게 하지 말라는 이야기다."

"대원들끼리 싸움이 붙어? 진짜 죽도록 싸우게 해줄까?"

이 일련의 요구들은 계약에 포함되어 있던 것이다. 행동 규칙은 단순했고 지침과 상벌은 명확했다. 집행은 가혹할 만큼 엄정했다. 그리고 그 모든 것들이 대원들을 변화시키고 있었다. 변화는 지루할 정도로 서서히 진행되고 있었지만 산과 비연은 결코 서두르지 않았다. 이 변화율이 산술급수가 아닌 기하급수라는 것을 누구보다 잘 알고 있는 사람들 아닌가?

"이제 조금 자세가 잡힌 것 같네. 수고했다. 이제 조금 쉬고 출발 채비를 하도록!"

산이 격려와 함께 대원들을 해산시켰다.

"더욱 노력하겠습니다."

"수고하셨습니다."

대원들은 대장에게 예를 갖추고, 서로에게도 어색한 예를 갖추고 있었다.

* * *

쏴.

여섯째 날에 일행은 첫 고비를 맞이했다.

초여름으로 접어든 시기의 불안정한 대기가 시꺼먼 적란운(積亂雲)을 하늘 가득히 채워놓더니 기어이 큰비를 대지로 쏟았다. 일행은 고지대 숲 근처 안전한 곳에 천막을 쳤다.

"비가 그치지를 않는군요."

디테가 중얼거렸다. 산을 향한 질문이었다. 산은 방금 대원들의 교육을 마치고 쉬고 있고 지금은 비연이 교육을 진행하고 있었다. 늘그막에 팔자에 없는 무술 조교 노릇을 해야 했던 새덤이 약간 떨어진 곳에 쭈그리고 앉아 자신의 무기를 정비하고 있었다.

"비가 얼마나 온다고 했나?"

산이 물었다.

"사흘 후에는 갤 것 같습니다."

디테가 살짝 얼굴을 찡그리며 겨우 대답한다. 이젠 익숙해질 만도 한데, 이 사내의 화법은 적응하기 쉽지 않다. 마치 동생에게 던지는 듯 자연스러운 '명령문'이다. 다른 사람들에게는 별 이상할 것도 없는 말투지만 디테에게 있어 이 문제는 매우 심각하다. 자신에게 명령을 할 수 있는 존재는 디아나 여신밖에 없으므로 다른 존재의 명령을 따르는 것은 신의 위계와 정면으로 충돌하고 있다는 것을 의미했기 때문이다. 그런데 이 두 사람은 그녀의 의지에 관계없이 신성한 신의 채널을 너무도 자연스럽게 사용하고 있다. 그런데도 디아나 여신의 진노가 없다는 것도 항상 그녀를 불편하게 한다. 이건…… 마치 자신이 그들의 사도가 되어버린 느낌이다.

정말 우습지 않은가? 반항할 수도 없고 결국 고개를 갸웃하면서도 따를 수밖에 없다니. 게다가 신의 사도가 인간의 날씨예보 따위를 해야 하는 기막힌 처지라니. 그리고 요즘 들어 그녀의 무감했던 신경을 묘하게 자극하는 묘한 감정…….

디테는 천막 밖으로 세상을 보고 있었다. 어깨선을 따라 약간 젖은 듯 흘러내리는 검은 머리카락, 순결한 흰 빛으로 하늘거리는 키톤 아래로는 감추어진 유려한 여인의 곡선이 흐른다. 간편한 샌들 위로 약간 드러난 하얀 발등과 적당하게 길고 도톰한 발가락은 빗물에 튕겨 들어온 작은 잎새와 숲의 파편들과 어울려 더욱 희게 보였다.

비가 무섭게 내렸다. 모든 산악과 하천과 대지가 젖어간다. 끝없이 펼쳐진 대지에는 호호탕탕(浩浩蕩蕩)한 대자연의 가쁜 호흡이 가득 차 있는 것 같다. 디테의 작은 입술이 열렸다. 약간의 입김이 흘러나왔다.

"요즘 하시는 일은 잘되어가나요?"

디테가 그녀답지 않게 약간 상기된 목소리로 이야기를 이었다.

"다들 잘 따라주니 고맙지. 잘될 거야."

산은 여전히 앞쪽에 시선을 고정시킨 채 대답했다.

"참 대단하세요……."

"뭐가?"

"다른 세계에서 오신 분이 이렇게 빠르게 적응하기도 힘들었을 텐데, 벌써 사람을 움직여 세력까지 만들고 계시니 말이에요."

산이 고개를 돌렸다. 디테의 눈이 깜짝거리며 그의 시선을 맞이한다. 산의 눈빛이 묘하게 변했다.

"그렇게 보였나? 그런데 웬 생풀 뜯어먹는 소린지 무척 이해하기가 힘드네……?"

산이 피식 웃어버렸다. 반면 디테의 표정은 변함이 없다.

"처음 이 세계에 교단을 세울 때가 기억나네요. 벌써 1000년도 넘은 이야기죠. 물론 이 몸도 아니었고요. 디아나 신의 이름을 사람에게 널리 알려야 했습니다."

"1000년이라…… 별로 오래전은 아니네?"

산이 고개를 주억거렸다. 단위가 실감이 나지 않으니 100년이나 1000년이나…….

"그때는 몸도 약하고, 가진 것도 없었으니, 가장 쉬운 길을 택했답니다. 그게 뭔지 짐작하세요? 산 님이라면 어떻게 하시겠어요?"

"글쎄. 내 머리는 그렇게 똘똘하지 않거든. 그런 이야기는 비연에게 하는 것이 좋을 것 같은데?"

산은 시선을 다시 억수처럼 쏟아지는 빗줄기로 향했다. 이미 사방에서 물줄기가 큰물이 되어가며 아래쪽으로 굽이쳐 흐르고 있었다.

"너무 저를 무시하시는군요. 섭섭한데요? 산님에게 이야기하면,

비연님도 같이 듣는 것으로 알고 있습니다."

"알고 있었나? 들켰네. 어쨌든 계속하지?"

"우리는 항상 인간이 가장 취약한 곳을 설득합니다. 인간이란 종족은 시각 의존도가 아주 높지요. 그래서 역설적이지만, 눈으로 직접 보여줄 때 가장 잘 믿습니다. 또한 그렇게 환상을 보여주는 일은 신들이 가장 잘할 수 있는 일이고요."

"그럴듯하군."

산이 귀를 후볐다.

"신도와 신앙을 구하는 일은…… 인간들의 지배자와 좋은 관계를 구축할 때 가장 쉽게 할 수 있었습니다. 신의 은총을 등에 업은 지배자가 성공하지 못한 경우는 아직 없었거든요. 그는 정보를 가지게 되니까요."

"결국 돌려서 이야기했지만, 신은 인간의 권력을 선택했다는 이야기군. 내 이해가 맞나?"

"비슷해요."

"그런데 옛날부터 정말 궁금한 게 있는데? 왜 너희들은 그렇게 찌질한 인간의 숭배를 받고 싶어 하지? 우리 인간들은 개미들이 인간을 숭배하건 안 하건 신경 안 쓰거든? 왜 그토록 관심과 이쁨을 받고 싶어 하는 거지?"

산이 심드렁하게 다시 물었다. 디테의 얼굴이 약간 일그러졌다. 그녀는 입술을 질끈 깨물며 산을 노려보다 다시 살짝 눈길을 아래로 내렸다.

"이렇게나 신을 쉽게 모독하고, 우습게 알다니!"

"나는 우습던데. 나는 이 '환상적'인 세계에 와서야 너네 신들이 진짜로 있다는 걸 알게 됐어. 그리고 우리의 첫 만남이 그렇게 우아하고 섹시…… 아, 이 말은 모를라나? ……하지는 않았잖아? 게다가 너희는 고객이고 우리는 팔려갈 노예 상품이었으니 별로 좋은 추억이라고 할 상황도 아니었고. 지금도 달라진 것은 없어 보이는데?"

"……."

"그런데 내 질문에는 대답하기 싫은가? 기분 나쁘면 안 해도 돼. 어쨌든 난 신이 전지전능한 힘을 가진 존재가 아니었다는 점에서 오히려 안심이 되더군. 뭔가 빈틈이 있다는 이야기겠지? 그게 뭘까?"

"이미 알고 있지 않나요?"

디테가 눈을 크게 뜨고 산을 쳐다본다. 정색한 얼굴이다. 그 눈에는 약간의 분노마저 섞여 있었다.

"뭘 알아?"

"그대는 나를 '지배'하고 있습니다. 그건 어떻게 설명하실 건가요?"

"그건 또 무슨 엉뚱한 소리야? 내가 왜 너를 지배해?"

산이 고개를 갸웃한다. 그 모습에 디테가 더욱 분노한다.

"나는 디아나 여신의 이야기만 듣도록 '정화(淨化)'된 존재입니다. 그런데 그런 내가! 당신들의 이야기는 꼭 들어야 한다고 느낍니다. 거기엔 어떤 거부감도 없어요. 마치 당신의 부하들이 그렇게 변하고 있는 것처럼. 이건 무엇을 의미하나요?"

"거 매우 좋은 현상이네. 그렇지만 지배라는 표현은 좀 곤란하지. 어차피 네 의지로 그렇게 하기로 결정한 거 아니었나? 그런 게 우리 세계의 멋진 말로 '전우애'라고 하는 거다. 하지만 너에게 민폐 끼칠 생각은 별로 없으니, 정 거북하면 안 해줘도 돼. 그럼 됐나?"

"그런 차원의 이야기가 아니라는데도……."

"거참, 이렇게 말귀를 못 알아듣나? 사람이 이렇게 진지하게 말을 하면 믿어야지?"

"사람의 말……을 믿으라고요?"

디테는 입을 떠듬거렸다.

"그러면? 누구 말을 믿을 건데? 그러면 이렇게 물어볼까? 여기 두 가지 길이 있다. 똑똑한 네가 한번 선택해봐. 항상 의심하느라 평생 불안해하고 볼 때마다 싫고 생각할 때마다 괴로워하는 것이 좋으냐? 아니면 화끈하게 믿어버리고 뒤통수 한 번 맞는 게 나으냐? 어떤 게 더 현명하지?"

"……."

"취향 따라 다르겠지만, 나는 후자 쪽이다. 왜 그런지 설명하기는 힘들어. 그렇지만, 내가 믿어주면 남도 나를 믿어주더군. 원래 보험 이란 그런 거 아냐? 너는 우리를 의심하니까 불안한 거고."

"그게 전부는 아녜요."

디테가 항변했다.

"뭔지 모르지만, 우리는 너와의 계약을 지킨다. 서로 의심하는 건 별 도움이 안 돼. 그리고 네가 왜 자신이 지배받는다는 헛소리를 했는지 이제 이해할 수 있을 것 같다."

산은 담배 연기를 길게 내뿜고는 꽁초를 밖으로 던졌다. 비를 맞은 꽁초가 순식간에 해체되며 지저분하게 흩어졌다. 담배 연기는 수증 기와 얽혀서 사라지고, 옅은 냄새만이 주변에 남았다.

"무슨 이해를 한다는 거죠?"

"너는 사람을 믿어본 적이 한 번도 없구나……."

"……"

"그러면서 신은 위대하니 믿으라고 떠들고 있을 것이고?"

"……"

"의심하면 패 죽인다고 협박 공갈도 했을 거고?"

"……"

"그런데 이상하지 않나? 너는 사람을 안 믿으면서, 어떻게 신은 믿고 숭배하라고 할 수 있지? 매우 불공평하지 않나? 너 그거 아나? 사람은 자신을 믿어주지 않는 상대는 결코 믿지 않아."

"……"

"그게 너희 종족과 우리 인간의 차이일거야. 너희는 정보를 지배하는 신이라고 했지? 너네는 너무 잘 아니까 믿지 못하는 거야. 이 칼을 보라고. 이 칼을 믿습니까? 라고 떠드는 놈은 없잖아? 왜 그렇지? 이 칼에는 불확실한 게 없거든. '아는 것'을 '믿는다'고 하는 바보는 없어."

"……"

"그렇지만 사람의 믿음은 달라. 처음부터 모든 게 너무도 불확실하지. 배신당할 수도 있어. 그렇지만 그래도 서로에게 등을 맡기고 가는 거야. 재수 없으면 칼침을 맞을지도 몰라. 그렇지만 서로의 불확실한 미래를 맡겨버릴수록 배신당할 가능성은 확 줄어들지. 그리고 더 좋은 게 뭔지 알아?"

"……"

디테는 얼굴을 찌푸렸다. 왠지는 모른다. 가슴을 옥죄는 느낌이 지독스럽게 답답하다.

"믿음은 가끔 미친 짓도 하게 만들어. 믿는 사람을 위해 스스로 칼을 맞을 수도 있거든. 너는 이런 상황을 '믿을' 수 있나? 만약 이걸 이해한다면 너희 신들의 살림살이도 나아질 텐데…… 안 그래?"

"당신은…… 그걸 이해하나요?"

"이해하지는 못해. 그냥 그럴 수 있겠다고는 느끼지."

"왜 그렇지요?"

"글쎄……."

산의 눈길은 비연을 향해 있었다. 디테는 갑자기 산의 존재감이 달라졌다고 느꼈다. 비연이 문득 고개를 돌려 그들을 쳐다보더니 싱긋 웃고는 다시 고개를 돌려 강의를 진행했다.

"기쁘니까……."

산이 중얼거렸다.

"예?"

"미칠 듯이…… 약이라도 먹은 것처럼. 다 줘도 한참이나 모자라니까……."

그 말을 끝으로 산은 입을 다물어버렸다. 디테는 입술을 꼭 깨물었다. 그가 허락하지 않으면 자신이 이야기할 방법은 없다는 것을 깨달았다. 그들은 이제 결코 대등한 존재가 아니라는 것도.

천막 위에서 흘러내린 빗물이 거세게 땅으로 떨어져 내렸다. 땅바닥에는 빗물에 아프게 패인 구멍을 따라 물이 흘러가고 있었다. 한번 패인 길은 더욱 선명해졌고, 그 길은 더욱더 많은 물을 인도한다. 길은 더욱 패이며 그렇게 넓어져간다. 디테는 문득 고개를 들어 '길'을 쫓아가 봤다. 온 세상에 길이 보였다. 들녘과 산하에 굽이쳐 흐르는 모든 길은 그렇게 만들어지고 흘러가고 있었다. 디테는 그 모든 길을 덮어버리듯 퍼져가는 거대한 길도 보았다고 느꼈다.

'네 스스로 인간을 위해 칼을 맞아보지 않으면 억만 년이 넘어도 인간의 믿음을 흐르게 하지 못할 거야. 그 말도 안 되고, 손해 보는 짓을 우린 '사랑'이라고 불렀지. 그것에 넥타의 1000배는 넘는 중독성과 권능이 있다는 것은 내가 보증하지.'

산이 입으로 이야기하지 않았던 마지막 말이었다.

* * *

비가 그쳤다. 사흘 내내 하늘에 구멍이 뚫린 것처럼 쏟아지던 비가 그치자 초여름의 땡볕이 대지에 작열하기 시작했다. 대지는 축축했고 햇볕에 끓어오르는 습기가 금방 모든 공기를 데웠다. 습하고 답답한 느낌이 모든 땅을 꽉 채웠다.

"문제가 커졌습니다."

새덤이 혀를 차며 산을 바라보았다. 그의 앞에 대하처럼 넘실거리며 흐르는 흙탕물과 끊어진 계곡의 다리가 보였다. 폭이 50미터도 안 되던 여울이 지금 200미터도 넘는 폭의 격류가 되어 흐르고 아래위로는 사태를 맞은 것처럼 흙더미가 무너져 내려 있다.

"우회할 만한 도로는 없는 건가?"

산이 물었다.

"오른쪽에 있는 산 쪽으로 돌아야 합니다. 운이 좋아도 열흘 이상 더 걸릴 겁니다."

"여기서 물이 빠지기를 기다린다면?"

"다리를 복구하려면 스무 날도 짧지요. 그것도 저 앞에 흐르는 지류들이 멀쩡하다는 전제하에서 말이죠. 앞은 습지라서 아마 늪이 형성되어 있을 겁니다."

"그러면 선택의 여지가 없네?"

"문제는…… 오른쪽 산지에는 아주 까다로운 존재들이 있다는 것이지요."

"까다로운 존재?"

비연이 디테를 쳐다보았다.

"비족(飛族)을 말하는 건가요?"

디테가 물었다.

"비족 뿐만 아니라, 수귀(水鬼)들도 나왔을 겁니다. 이제 우기가 시작됐으니. 그들이 나왔다면 혈귀(血鬼)들도 나올 거고요."

새덤이 얼굴을 심하게 찡그리며 디테를 쳐다보았다. 신의 사도라면 어떤 해법이 있을까 기대하는 눈치다.

"조금 자세하게 설명해줄 수 있을까? 비족, 수귀, 혈귀는 어떤 괴수들이지?"

산이 디테의 이야기를 재촉한다. 약간 긴장한 표정이었다. 예상 밖의 변수다.

"그들은 괴수가 아니라, 인간과 비슷한 지능종(智能種)입니다. 현존하는 인간보다 훨씬 오래전부터 이 땅에 있어온 존재들이지요. 비족은 이미 두 분이 보신 적이 있는 호크와 사촌 격인 종족입니다. 인간에 대해서는 중립적이지만, 거주지를 침입하는 자에 대해서는 매우 적대적입니다. 원격무기를 잘 다루고, 비행 능력이 있어서 인간이 그들을 상대하기는 어렵습니다."

"수귀는 또 뭐야?"

"물속에 사는 지능종입니다. 이곳 사람들은 아쿰이라고 부르는데 사실은 물속이나 물 밖에서 모두 활동할 수 있는 종족이지요. 물속에서는 거의 무적이나 다름없는 기예를 개발한 육식종입니다. 대가라고 해도 물속에서 유리한 기예를 갖추지 않은 사람은 그들을 당하기 어렵습니다.”

“혈귀는?”

“최근에 급속하게 개체 수가 증가 중인 종족이지요. 밤에 주로 활동하는 야행성 지능종인데 주로 짐승과 지능종들의 피를 먹고 살기 때문에 혈귀라고 합니다. 이곳 사람들은 뱀파이어라고 부르지요. 아주 강력한 힘과 재생력을 갖추고 있기 때문에 특급무사 하나로도 혈귀 하나를 감당하기 어려울 정도입니다.”

“어째…… 지구 전설 속 종족과 이름마저 같을까? 각 종족의 개체 수는 어느 정도지?”

비연이 심각한 표정을 지었다. 정말 우연이라고 하기에는 너무도 기묘한 관련성이다.

“알 수 없습니다. 이들이 저 오롬 산맥에 사는 이유도 사실은 인간을 피하기 위해서이니, 그동안 얼마나 많이 모였는지는 가봐야 알 겁니다.”

“인간을 피한다? 그토록 강대한 존재들이라며?”

“인간에 대가가 생겨난 이래 생긴 일이죠. 500년 전부터 가장 허약했던 인간 종족 중에서 각성한 존재가 나오기 시작했습니다. 처음에는 100년에 어쩌다 하나 나오는 정도였는데, 무가가 등장하면서부터 조직적으로 대가가 생산됐습니다. 누구도 대가를 막을 수 없었습니다. 그것이 결국 현자들의 개입을 불러들였지만…….”

“그대가 보기에는 어떻지? 우리가 그곳으로 가는 것은 현명한가?”

비연이 디테에게 물었다.

"두 분이라면 아마 지나갈 수 있을 겁니다. 그렇지만 다른 사람은 무사하기 어렵습니다. 많이 다치고 죽겠지요."

"그렇다면 뭐 생각할 것도 없네."

산이 손을 탁탁 털며 말했다.

"예?"

"물 빠질 때까지 기다리자는 이야기야. 우리는 한 사람도 죽게 할 수 없어."

비연이 대답했다.

"그런데……."

디테가 머뭇거렸다.

"무슨 문제가 더 있나?"

"열흘 내에 큰비가 다시 올 겁니다. 그리고 이곳 우기는 무척 깁니다. 최소 두 달은 꼼짝 못할 겁니다. 올해는 시기가 조금 빠르군요. 그 기간이면 식량도 떨어지겠지요?"

"제길……."

* * *

산과 비연은 숙고 끝에 결정을 내렸다. 그들은 주저하는 성격이 아니다. 문제가 생겼을 때 회피하는 인간들도 아니다. 그들에게 있어 문제는 해결하라고 있는 것이지, 커지라고 내버려 두는 것이 아니었다. 어떤 상황에서도 부하들의 생명을 지키는 것. 그것이 그들에게 있어 수행해야 할 임무였고 그 임무를 위한 작전 역시 그들 방식대로 수행할 것이다. 그들이 보기에는 어떻게 가든 위험도에 차이는 없었다. 결국 전장은 설계하는 자의 것이다. 이번에도 예외가 되지는 않을 것이다.

일행은 오른쪽 산으로 전진하기 시작했다. 산은 험준하고 숲은 울창했지만 산자락으로 이어지는 지형은 전체적으로 완만한 언덕과 언덕이 이어지는 모양이었다. 그 사이로 커다란 하천이 모래톱을 만들어가며 굽이굽이 흐르고 있다. 최소 두 번 이상은 물을 건너야 할 것이고 그보다 훨씬 많은 구비에 매복이 있을지도 모른다. 사람들의 통행이 빈번한 마차 길은 완만했지만 주변의 숲은 점점 깊어져가고 있었다. 폭우로 인해 무너지거나 통과하기 어려운 지형에는 모두가 힘을 합쳐가며 길을 냈다.

대원들은 출발 전에 산과 비연이 대장간에 의뢰하여 만든 도구들이 대단히 유용하다는 것을 깨달았다. 개중에는 이미 익숙한 것도 있었지만 대부분의 모양은 그들이 아는 것과는 많이 달랐다. 특히 크고 작은 톱과, 묘하게 생긴 작은 삽, 가위, 지렛대, 다양한 인두와 끌, 자, 컴퍼스라고 부르는 도구는 작업 현장에서 많은 문제를 빠르게 해결해주었다.

4시가 조금 지난 오후였다. 숲의 낮은 짧다. 곧 해가 질 것이다. 산은 적당한 장소에서 걸음을 멈췄다. 뒤쪽으로는 절벽을 등지고 앞으로는 화살이 닿지 않을 만한 자연 엄폐물이 있는 곳이다. 이제 정찰을 해야 할 시간이다. 침투로가 안전해질 때까지…….

산이 일행을 지키고 정찰은 비연이 나섰다. 비연은 신중한 동작으로 숲길을 따라 전진했다. 걸음이 대단히 날렵하다. 몇 걸음 톡톡 발을 옮기는가 싶더니, 슬쩍 키 큰 나뭇가지 사이로 스며들 듯 사라졌다. 거의 모든 종류의 신호가 들어온다. 숲의 숨결, 숲의 아픔, 숲의 비명이 하나하나 비연의 감각에서 걸러지고 갈라졌다. 비연은 그 신호들의 그 패턴과 주기를 시계열(時系列)로 해석했다.

숲이 아닌 것, 온갖 적의와 경계와 긴장하는 것들이 뿜어대는 부자연스러운 감각이 드러난다. 그것들의 움직임과 의도는 비연의 전투 경험을 통해 번역되면서 그녀가 그리는 시공간 지도의 일부가 되어가고 있을 것이다.

─열여덟…… 열넷, 그리고 둘. 그중 둘은 아주 기운이 다릅니다…… 대화를 시도하겠습니다.

비연은 이동을 멈추고 조그만 숲 속 공터에 우뚝 섰다.

"숲 속에 계신 분들! 잠깐 이야기를 할 수 있을까요?"

비연의 낭랑한 목소리가 숲 속에 퍼져나갔다. 잠시 후 상당한 출력의 초음파들이 숲 속에서 웅성대기 시작했다. 비연은 얼굴을 약간 찡그리며 갑자기 손을 내뻗었다.

쉿쉿.

비연의 손가락 사이에 짧은 화살 두 개가 잡혔다. 촉이 초록색으로 물들어 있다. 독이 발린 화살이다. 그때 비연이 다시 나무를 박차며 뒤로 빙글 돌았다.

파팟.

나무에 같은 화살 네 개가 간격을 두고 박혔다. 비연은 하늘을 쳐다본다. 여섯 놈의 호크, 아니 비족이 다시 화살을 메기고 있는 모습이 보인다.

'이런…… 입 닥치고 살상공격부터 한다? 대화할 의지가 아예 없는 것들이네……'

벌써 두 놈은 비연의 뒤쪽으로 날아왔고 다른 두 놈이 전방에서 화살을 날렸다. 공중에 떠 있는 놈들의 태도는 느긋해 보인다. 이곳에는 사각은 없다. 게다가 공중에 있는 존재를 인간이 반격할 방법은 없다. 그러나…….

통.

비연은 굵은 나뭇가지 끝을 묵직하게 밟았다. 나뭇가지가 휘청거리며 내려갔고, 비연은 하늘로 솟구쳐 올랐다. 그 속도는 제비처럼 빠르다. 비족 한 놈이 큰 눈을 부릅뜨고 날아오는 적의 궤적을 쫓았다. 그러나 날갯짓이 늦었다. 적은 이미 자신의 뒤쪽으로 휘어 들어왔다. 비족은 급하게 한쪽 날개를 접었다. 몸을 빠르게 선회한다. 그러나…….

콰직.

어깨가 화끈하다고 느꼈다. 몸이 심하게 휘청거렸다. 중심이 잡히지 않는다. 한쪽 날갯짓만으로 빙글빙글 돌며 추락하는 비족의 당황한 눈 속에는 다른 동료의 당혹스러운 표정이 언뜻 보였다. 다른 놈은 다시 자신을 향해 거침없이 날아오는 인간 여자를 멍하게 바라보았다. 유영하듯 허공의 위쪽으로 쾌속하게 거슬러 올라오는 여자의 손에는 어느새 하얀 칼이 빛나고 있었다. 하얀 선이 서걱 하는 소리와 함께 반대편으로 움직였다. 놈이 마지막으로 떠올린 것은 자신의 목선이 약간씩 어긋나는 느낌이 난다는 생각이었다.

멀리 있던 다른 네 놈들은 크게 놀라 허공으로 흩어지며 간격을 벌렸다. 그들은 잠시 화살을 메기는 것도 잊고 침을 삼켰다. 벌써 동료 둘을 잃었다. 그렇지만 그들이 발견한 문제는 더욱 심각하다.

'인간이 공중에 떠 있다. 날개도 없이!'

비연은 공중에서 멈추더니 무릎을 약간 굽혀 몸을 천천히 일으켰다. 한 손에는 칼을 쥐고 다른 손에는 작은 구슬을 들고…… 그렇게 오연하게 비족들을 쓸어보았다. 30미터 상공에는 아래를 향해 강한 바람이 불고 있었지만 비연의 옷과 머리카락은 기묘하게 위쪽으로 흩날리고 있었다. 그녀가 베르누이의 법칙을 제대로 응용했다면 기류(氣流)는 아래가 아니라 위쪽에서 흐르고 있을 것이다. 비연의 뒤로 무너져 내리는 저녁 무렵의 태양은 붉고도 컸다.

"대화도 거부하고…… 무조건 공격이라…… 목숨을 노린 대가는 목숨으로 치른다. 그것이 너희 종족의 규칙이라고 들었다. 맞나?"

비연의 음성이 스산하게 울렸다. 비족 넷이 약속이라도 한 듯 활줄에 화살을 다시 메겼다. 빠르고도 자연스러운 동작이다. 거칠게 날갯짓을 하는 와중에서도 정확한 사격을 할 수 있는 비족 전사들의 전투 본능이었다. 그들이 받은 명령은 무조건 공격, 그리고 가차 없는 사살이었다. 그 외에는 생각할 자격이 없다. 상대가 누구든 이 명령은 피할 수는 없다. 비록 몰살을 당한다고 해도…….

왼쪽부터 화살이 날았다. 동시에 비연의 손에서 구슬이 날았다. 한 놈의 미간에 작은 구멍이 파이는가 하더니 뒤쪽으로 구슬이 튀어 나갔다. 비연은 허공을 박차며 다음 구슬을 날렸다. 두 번째 비족이 추락한다. 그러나 비연이 움직이는 궤적을 따라 열 개가 넘는 화살이 사방에서 시간 차를 두고 날아들었다.

"칫."

비연은 얼굴을 찡그렸다. 다시 서른 명이 넘는 비족들이 숲 속에서 까맣게 떠오른다. 비연은 구슬을 날리며 허공에서 그대로 뚝 떨어져 내렸다. 강전(强箭)이 아까와는 차원이 다른 속도로 그녀가 있던 자리에 날아들었다. 비연은 떨어지는 몸을 직각으로 꺾으며 우측으로 이동했다. 이동 방향으로 열 개의 화살이 예측이라도 한 것처럼 정확하게 날아들었다. 진행 방향의 좌우로 다시 각각 다섯 개의 화살이 예리하게 날아오고 있다. 회피는 불가능하다. 비연은 추락 속도를 늦췄다. 떨어지며 눈을 감는다. 오른손으로 칼끝이 아래로 향하게 빙글 돌렸고, 왼손은 다섯 손가락을 쫙 펴 위쪽으로 치켜올렸다.

4단계 가속이 시작됐다. 극한의 감각들이 최고도로 활성화되고 있다. 지독하게 느려지는 세계에서 공간을 가르고 들어오는 화살의 모든 패턴과 모든 벡터들이 '몸'의 언어로 빠르게 번역된다. 근육과 뼈가 재구성되며 여기저기 비틀린다. 이윽고 비연은 칼을 들어 앞쪽을 덮듯이 빠르게 흔들었다. 화살은 이미 몸 앞까지 와 있다.

툭툭툭…….

직진하던 여섯 개의 화살이 칼에 살짝살짝 부딪친 후 약간의 토크
(torque)를 먹고 각각 다른 방향으로 아슬아슬하게 비껴 나갔다. 이어
비연은 몸을 뒤집으며 피아노를 치듯 왼손으로 허공을 쓸어간다. 뒤
쪽에서 치고 들어오던 화살이 하나씩 손가락에 튕겨지며 방향을 틀
었다. 손가락이 화살대에 닿는 위치와 힘은 보태고 뺄 것이 없을 만
큼 정확하다.

'이럴 수가 있나?'

비족의 정찰대장 오슬란은 공중에서 활을 손에 든 채 입을 떡 벌
렸다. 그가 본 것은 가장 작은 힘으로 큰 힘을 제어하는 기예! 바로
그 지긋지긋한 동명가가 자랑하는 '제동의 술(術)', 즉 대가급 기예
다. 게다가 허공에서 체공 상태로 유영하는 기예는 본적도 없다.

'이건…… 아냐!! 뭔가 잘못된 거야.'

오슬란이 비명을 지르기도 전에 인간 여자는 나뭇가지의 반동으
로 다시 튀어 오르고 있었다. 그러나 이번에는 그 속도의 차원 자체
가 달랐다. 오슬란은 눈을 감았다. 저건…… 알아도 피할 수 없다! 여
자는 폭풍처럼 치고 들어왔다. 비족의 날갯짓은 형편없이 느렸고 상
대는 팽팽한 시위에서 해방된 살과도 같았다. 공간을 따라 쉼 없이
움직이는 칼의 궤적은 우아했고 허공에서의 움직임은 차라리……
아름다웠다.

비연은 비족의 날개와 몸통을 징검다리로 삼아 전진했다. 비연이
디딜 때마다 발끝에서 뭔가가 연이어 터져나가고 이동하는 모든 공간
에서는 하늘을 지배하던 하얀 육신들이 땅을 향해 후두둑 떨어졌다.
초여름 저녁 붉은 하늘에 하얀 깃털이 꽃잎처럼 휘날렸다.

오슬란은 입을 꾹 다물었다. 여자는 단 하나 남은 비족의 등 위에 서서 자신을 쳐다보고 있었다. 한쪽 발로는 머리를 밟고 칼날은 동족의 목 위에 살짝 얹은 채…….

"네가 대장이구나. 덕분에 영문도 모르고 얼떨결에 죽을 뻔했어. 지금도 너와 대화가 필요할지 어떨지는 약간 고민이다. 이제 네 이야기를 들어야 할 것 같은데? 왜 그랬니? 높은 데 있으니 인간이 그리 우습게 보였나? 한마디 대화도 불필요할 만큼?"

"동명가의 사람인가?"

오슬란이 침중한 표정으로 물었다. 30대의 잘생긴 남자의 얼굴을 가진 비족 사내의 목소리가 약간 떨리고 있었다. 그러나 비연은 대답 대신 다른 곳을 향해 입을 열었다.

"거기 둘! 계속 숨어 있을 건가? 뒤통수칠 게 아니라면 그만 나오시지?"

숲 한쪽이 들썩거렸다. 황금색의 날개를 가진 두 비족이 각각 다른 방향에서 몸을 드러내며 날아올랐다. 비연의 눈이 더 없이 커졌다.

'천사?'

* * *

산은 바위에 걸터앉아 묵묵하게 비연이 있을 방향을 응시하고 있었다. 입술을 꽉 다문 채 장갑 낀 손을 쥐락 펴락 했다. 장갑 안쪽은 약간의 땀으로 젖어 있었다. 비연과의 통신이 갑자기 불안해졌다. 강적이 나타났다는 신호다. 그의 옆에는 어느새 디테가 다가와 있다.

"아는 친구냐?"

"금족(金族)이라고 하는 종족입니다."

"금족?"

"비행 지능종의 원형(原形)이라고 할 수 있는 가장 오래된 종족의 하나입니다. 비족은 그들 중 숲에 적응한 종족이고, 호크는 숲과 융화한 종족이라고 할 수 있습니다. 그나저나 이상하군요. 저들은 거의 세상에 나오지 않는데…… 600년 전인가 한 번 본 적이 있었던 것 같네요."

"강한가?"

산은 숨을 고른다. 가슴이 펄쩍펄쩍 뛰어다니는 느낌이다. 아마도 그의 소중한 동료의 가슴이 뛰는 속도와 같을 것이다. 문득 목이 마르다.

"아마도…… '일원(一元)'이 사자(使者)로 썼다는 전설이 있습니다."

대답하는 디테의 얼굴에는 처음으로 두려움이라는 색채가 스산하게 번졌다.

"일원?"

산이 고개를 돌렸다.

"'제작자'의 다른 이름입니다. '아피안'의 수호자들은 '오래된 하나'라고도 부르기도 하지요."

"아피안은 또 뭐지?"

산은 하늘에 눈을 고정시킨 채 다시 물었다. 그답지 않게 조급함이 조금씩 짙어지고 있다.

"그건, 저도 모릅니다. '생각하는 모든 종족'들의 고향이라고 하더군요. 그렇지만 그 존재가 확인된 적은 한 번도 없습니다."

산이 일어났다. 그는 이미 칼을 빼어 들고 있었다.

"새덤!"

산이 성큼 나아가며 불렀다.

"예! 하실 말씀이라도?"

"여길 지켜라. 가봐야 할 것 같다."

새덤이 대답을 하기도 전에 산은 이미 까마득하게 멀어져가고 있었다.

* * *

비연이 왼쪽 어깨를 힐끗 쳐다본다. 살점이 한 움큼 떨어져 나간 붉은 상처 위로 피가 뭉클 배어났다. 다시 왼쪽으로 허리를 젖혔다. 두 개의 황금색 깃이 옷깃만을 아슬아슬하게 뚫어버린 채 다시 왔던 곳으로 돌아가고 있다. 다시 네 개의 깃이 총알 같은 속도로 날아왔다. 비연은 칼을 짧게 한 바퀴 돌렸다.

깡깡깡.

비연은 이를 악물었다. 깃털과 칼이 부딪치는 것인데도 마치 거대한 망치로 내리치는 듯한 굉음이 울리고 뼈까지 시릴 만큼 막강한 충격이 온몸으로 퍼졌다. 아까 미처 피하지 못해 어깨에 가볍게 스친 깃털은 옷과 살점을 그대로 뜯어버리며 지나갔다. 비연은 눈을 감았다. 지금은 혼자 싸울 때가 아니라고 스스로에게 충고하며…… 지금 비연의 머리는 눈부시게 회전하고 있었다.

천사의 모습을 가진 자들. 그들 역시 단 한마디도 없이 그대로 공격해 들어왔다. 지금도 엄청난 속도로 움직이며 비연의 앞과 뒤를 선회하는 중이다. 놈들은 날개를 쓰지 않았다. 날개는 공기 저항 때문에 저 정도로 빠른 동작을 구현할 수 없다. 아마 자신들이 터득한 것과 같은 원리일 것이다. 그러나 속도가 비연과는 비교가 되지 않을 정도로 빨랐다. 초보 운전자와 프로레이서의 차이라고 해도 좋을 정도다. 비연의 입맛이 썼다. 게다가 저 황금 날개는 퇴화된 장식용이 아니다. 오히려 대량 살상무기로 진화시킨 것 같다. 공격 방식이 마치 원격으로 연결된 유도 미사일 같다. 발사될 때는 깃의 섬유가 접혀 있지만 방향을 틀 때나 목표를 통과할 때 깃털이 바짝 일어서며 엄청난 회전력으로 통과하는 모든 것을 파괴한다. 더구나 문제는 그 위험한 무기의 수가 수백만 개는 넘는다는 것이다.

─하찮구나. 벌써 포기한 거냐? 평인족(平人族) 각성자여?

남성으로 보이는 놈의 목소리가 처음으로 비연의 청각을 자극했다. 비연은 대답하지 않았다. 아까도 그랬지만 이놈들도 일절 협상이 필요 없다는 태도다. 오로지 느끼한 오만과 무자비한 살의만 가득하다. 자신의 영역에 들어온 것은 무엇이든 물어 죽이는 늑대들처럼…….

비연은 이제 자신이 할 일을 해야 한다고 느꼈다. 냉정하게, 비정하게…… 그리고 자신이 처음 이 세계에 왔을 때처럼 의연하게…… 대체 지금 무엇을 주저한다는 말인가? 비연은 스스로에게 피식 웃었다.

'저 천사표 액면 때문에 방심했었다. 문득 악당은 내 쪽이 아닐까 했지…… 어리석었어…….'

생각을 정리한 비연이 빠르게 움직였다. 방향은 아래쪽이다.

공중에서의 전투에 이점이 전혀 없다면 그녀는 다시 전장을 선택해야 한다고 판단했다. 다시 황금색 깃이 비처럼 비연을 향해 쏟아진다. 비연은 머리를 아래로 향하고 고공낙하 시 빠르게 하강하기 위해

취하는 델타 자세로 활강하며 몸을 회전시켰다. 주변의 공기가 함께 돌기 시작한다. 몸을 중심으로 강한 원심력이 생겨가고 반대로 직선으로 치고 들어오던 깃에는 강력한 구심력이 작용하게 될 것이다. 비연의 회전에 말려들어 속도의 임계점을 넘어간 깃은 목표의 중심을 치지 못하고 원운동을 하면서 비연의 주위를 맴돌았다. 몇 개의 깃이 흘러 들어와 비연의 몸을 쓸고 있었지만 치명적인 타격은 입히지 못했다.

─제법…….

이번에는 여성형 금족, 리누엘의 목소리가 간지럽게 고막으로 흘러들었다. 비연은 이미 숲으로 스며들어 있었다. 그녀를 추격하는 황금 깃털에 의해 나뭇가지가 우지끈 부서지고 생나무 파편들이 폭격을 맞은 것처럼 사방으로 비산한다.

─지상이면 조금 더 유리하다고 믿나?

남성형 금족, 가파엘의 목소리가 다시 고막에서 징징거린다. 두 금족은 허공을 선회하며 숲을 응시했다. 그들의 시각과 청각에 장애란 없다. 맑고도 깊은 눈이 비연의 실루엣을 정확하게 따라가고 있다. 놈은 하강하기 전에 양팔을 벌렸다. 양팔은 자유롭게 성형되면서 급격하게 칼 모양으로 경화(硬化)된다. 팔 양쪽으로 시퍼렇게 빛나는 칼날이 만들어졌다. 강철도 베어버릴 만큼 강력한 이 칼날들은 얇게 늘어나거나, 자유롭게 수축되고 있었다. 그렇게 20미터가 넘는 영역이 놈의 살상 공간으로 설정됐다. 그것이 바로 현자마저 함부로 할 수 없었던 능력. 그들 종족에 '일원'이 허여한 축복이라는 것이었다.

"아니, 어디든 상관은 없어. 쌈박질은 내 전문이 아니거든. 너무 보채지 말고 조신하게 기다려라. 그러지 않아도 이제부터 천사 사냥을 시작할 생각이다."

비연이 빠르게 이동하며 대꾸한다. 옷은 너덜너덜한 상태였고, 여기저기서 피가 흐르며 옷을 적시고 있다.

아직도 비연의 눈은 감겨 있었다. 지나치게 예민한 시각을 잠시 포기했다. 대신 다른 감각들을 확장시켰다. 이윽고 비연의 입가에 작은 미소가 걸렸다. 익숙한 감각이 하나둘씩 겹쳐진다. 프랑스풍 입맞춤처럼 따뜻하고도 강하면서도 애무하듯 설렘이 멈추지 않는…….

ㅡ사냥?

리누엘이 고개를 갸웃한다. 가파엘은 동작을 멈추고 몸을 움찔했다. 새로운 기운이 잡혔다. 리누엘은 급격하게 몸을 틀어 공중으로 빠르게 움직였다. 가파엘도 황급하게 뒤로 물러섰다. 아래쪽에서 다가오는 묵직하고도 섬뜩한 기운. 그러나 어딘지 모르게 익숙한 기운. 사방으로 퍼지는 익숙한 향…….

비연이 달려간다. 맞은편 숲 속에서도 무언가가 빠르게 접근하고 있었다. 그 둘 사이에 대화가 흘렀다.

ㅡ강도는……?

ㅡ6에서 7 수준 사이 입니다. 3단계의 칼이 먹히지 않습니다.

ㅡ속도는……?

ㅡ300에서 400.

비연이 전진하는 속도가 점점 빨라졌다. 그녀가 지나는 모든 궤적에서 숲은 그저 숨죽이고 있을 뿐이다. 비연은 활짝 열린 공간을 지나는 것처럼 거침없이 나아간다. 지난 곳마다 마치 거대한 포탄이 뚫고 지나간 것처럼 까맣게 그을린 흔적이 남았다.

ㅡ물리화학적 특성은……?

─내열성(耐熱性), 도전성(導電性) 그리고…… 전자파 기반의 원격 통신…….

─작전 개념은?

─혼돈(渾沌), 그리고 전격(電擊)이 적합합니다.

가파엘과 리누엘은 어정쩡하게 허공을 선회하고 있었다. 뜻 모를 불안감으로 아래를 지켜본다. 숲 속에서는 두 놈이 원형의 궤적을 그리며 서로 반대 방향으로 돌고 있다. 마치 물속에서 상어가 먹이를 노릴 때처럼 빠르게 혹은 느리게 이동하고 있다.

─대체 뭐하는 거지?

─나무에 가려져 있어 폭격이 쉽지…… 아. 기다…… 보……고…….

─그런데…… 이 저릿하고…… 기묘한 느낌…… 뭐? 성…… 안 들……려?

가파엘은 눈을 부릅떴다. 그가 태어난 이래 처음으로 세계로부터의 통신이 완전히 끊겼다. 갑자기 어두워졌다. 어떤 소리도 명료하게 들리지 않았다. 초점이 사라졌고 온 세상이 갑자기 뿌옇게 보이기 시작했다. 리누엘이 허공에서 휘청거렸다. 가파엘은 갑자기 날개가 무거워졌다고 느꼈다. 그들의 감각 기관이 모든 세포를 향해 뾰족한 경고의 소리를 질렀다. 전자파를 형상화할 수 있는 시각을 통해 그들은 어떤 강대한 이미지를 보았다. 아래로부터 회오리처럼 휘감아 올라오는 거대한 3차원의 전자파 패턴!

주제는 '혼돈', 전개 속도는 광속이다. 그것이 진정한 사냥용 그물이라는 것을 알아차리는 데는 그렇게 시간이 걸리지 않을 것이다.

─이건…… 전자기 폭풍?

─이건…… 안 돼!

가파엘은 뿌연 시야를 통해 무슨 일이 벌어지는지를 보았다. 사내로부터 펼쳐지는 양(陽)의 기운과 여자가 펼치는 음(陰)의 기운이 서로 어우러진다. 둘이 유도한 전자기장이 빠르게 회전하면서 전자기 폭풍의 회오리가 모든 공간을 꽉 채우며 몰아쳐 왔다. 가파엘과 리누엘의 얼굴에는 처음으로 지독한 낭패감이 걸렸다. 그들의 몸은 빠른 전자기 신경을 중심으로 진화시켜온 몸이다. 가파엘과 리누엘은 이제 떠 있기도 버거운 몸을 겨우 움직여가며 폭풍의 외곽으로 느릿하게 이동하기 시작했다. 한때 지상의 영웅족과 함께 '일원'의 벗이자 사자(Angel)라고 불리기까지 했던 위대한 종족의 후예들은 정말로 이를 악물고 있었다. 이제 그들에게 속도의 이점은 없어졌다.

가파엘의 팔, 시퍼렇게 날 선 칼이 죽죽 늘어났다. 칼날은 저녁 태양을 받아 다시 붉게 반사되며 빛났다. 벌레와 동급으로 여겼던 그토록 하찮은 인간을 진지하게 대해야 할 것이다. 불로불사에 가까운 생명력, 한 번도 칼을 허용하지 않았던 강력한 육신, 그리고 현자와 다투는 지혜를 갖춘 종족이 그들 아니었나? 그들 앞에는 전자파 폭풍을 배경으로 허공에 우뚝 선 채 자신들을 응시하는 인간 사내가 기다리고 있었다.

"이 세상에 들어와 보니 정말 희한한 것들이 많아. 너희들이 그 천사라는 놈들이냐? 완장 찬 새 새끼들이 함부로 깝치고, 이유 없이 나대는 건 여기나 거기나 똑같구먼."

* * *

가파엘이 쓸쓸하게 웃었다. 그렇지만 눈은 차갑게 빛나고 있다. 눈가에는 인간의 같잖은 욕설에 반응하는 불쾌한 주름이 그려진다. 또한 잠시나마 '오염된 인간' 따위에게 겁을 먹었던 자신에 대한 불쾌감과 분노…… 가파엘의 양쪽 칼이 좌우로 죽죽 늘어나며 위협적인 서슬을 뿌렸다. 시퍼렇게 날 선 기운이 공간을 꽉 채우며 싸늘하게 가라앉는다. 가파엘의 음성이 아주 낮게 흘렀다. 그는 으르렁거리고 있었다.

"아주 막되어 먹은 놈이구나. 필요한 것 이상을 원하는 탐욕에 빠져 떼거리로 몰려다니며 약탈만을 일삼던 저열한 인간족 따위가 '운 좋게' 큰 힘을 가지게 되니 눈에 보이는 게 없어진 모양이지?"

"고놈, 벙어리는 아니었네. 너라면, 죽이겠다고 달려드는 싸가지 없는 새끼한테 어떤 화기애애한 예의를 차릴 건데? 근데 아까는 왜 말을 안 했지? 대화할 가치도 없었다?"

산이 피식 웃으며 퉁명스레 대꾸했다. 비웃음이 섞여 있었다. 그는 칼을 수평으로 한 손에 들고 다른 손으로 칼끝을 가볍게 쓰다듬었다. 가파엘의 날카로운 기세에 대항하듯 산의 장엄한 패기가 공간을 휘감아 돌기 시작한다.

"거짓과 위선으로 가득한 잡음을 듣는 것은 고역이지. 정결한 존재에게는 너무 큰 고통이야. 옛날이나 지금이나, 인간족은 변한 것이 없어, 오염된 자들."

리누엘이 시큰둥한 목소리로 한마디 거들었다.

"우리도 피차일반이다. 대화가 싫다면 이제 서로 입 닥치기로 결론이 난 거지? 우리 서로 합의 본 거다? 이제부터 가깝고 쉬운 주먹으로 이야기해보자고……."

산이 오른손을 들었다. 수평으로 눕혔던 칼끝이 빙글 돌며 앞을 향했다. 가파엘과 리누엘이 자세를 취한다. 산과 비연이 동시에 움직였다. 두 사람은 두 천사를 감싸듯 외곽으로 돌기 시작했다.

저녁놀이 지고 있다. 심판의 날을 방불케 할 만큼 장엄하게 모든 산하를 붉게 물들여 가는 무렵이다. 공격이 쉽게 시작되지 않았다. 불길하다. 가파엘은 마른침을 삼켰다. 놈이 치켜든 칼끝에서 묘한 위협을 느낀다. 불경하게도 자신을 겨냥하고 있는 그 칼끝은 햇빛에 반사되고 있는지 아주 하얗게 빛났다. 그리고…… 등 뒤에는 인간 여자의 칼끝이 리누엘을 향하고 있었다. 묘하게도 여자의 칼끝과 사내의 칼끝은 언제나 일직선상에 있다.

사내의 낮은 중얼거림이 노래처럼 들렸다. 가파엘이 움찔한다. 리누엘이 고개를 갸웃했다.

"방금 주피터(Jupiter)가 뭘 전해주라는데……?"

"뭐?"

사내의 목소리와 함께 갑자기 세상이 밝아졌다. 가파엘은 본능적으로 산을 향해 양손을 휘둘렀다. 리누엘은 비연을 향해 달려간다. 그러나…….

꽝.

차르르르.

가파엘은 움직임을 멈춘 채 푸들푸들 떨고 있었다. 리누엘은 눈을 하얗게 치뜬 상태로 허리를 직각에 가깝게 꺾고 있다. 지금 그들의 몸을 관통한 있는 것…… 그것은 하얀 섬전(閃電)!

"끅…… 이건…….”

이를 악문 것 같은 신음 소리가 동시에 흘러나왔다.

"뭐긴? 날벼락이지…….”

산의 목소리가 무겁게 울렸다. 이곳에는 진짜로 벼락이 치고 있었다. 눈이 멀 정도로 백열하는 전격의 흐름은 산의 칼끝에서 두 금족의 몸을 통과하며 비연의 칼끝으로 이어졌다. 산과 비연을 둘러싸고 있는 전자기 폭풍은 끊임없이 회전하는 발전기처럼 두 사람에게 전하를 제공했다. 몸의 모든 세포가 마치 고성능 축전지처럼 전기를 담고 내뱉기를 반복한다. 그 전격의 총량은 거대한 구름에서 땅으로 떨어지는 벼락의 에너지 양과 비슷할 것이다. 이것은 산과 비연이 개발한 최고의 기예 중 하나다. 다른 세계에서는 주신이 될 신이 자신의 무기로 표절할 만큼 강력하며 또한 제작자의 11차원 세계 전체 에피소드에 퍼져가며 모든 인간의 신화에도 등장할 바로 그 기예다. 소위 '벼락의 술(術)'. 훗날 이 세계에도 마법이 등장했을 때 모든 마법의 왕좌를 차지할 기예이기도 하다.

"끄아아아……!"

"캬아악!"

울부짖는 소리가 고막을 찢을 듯 숲 속으로 울려 퍼진다. 끔찍할 정도로 강력한 음파 때문에 모든 숲이 바짝 일어서며 파르르 떨고 있다.

비족 오슬란은 귀를 막으며 허공에서 추락했다. 이미 고막이 터졌을 것이다. 고귀한 존재들은 생전 처음 겪는 고통으로 몸부림쳤다. 태어나 처음으로 내지르는 비명이 성결함과 우아함으로 화장한 내면을 발가벗기고 있다.

쾅.

금족 남녀는 거대한 바위를 으스러뜨리며 지상으로 떨어졌다. 둘은 더러운 먼지 구덩이 속에서 한참을 꿈틀거렸다. 움직이려 했지만 몸이 비명을 질렀다. 전자적 운영체계는 완전히 무력화됐고 날개에 달린 유도체 원격무기는 더 이상 사용할 수 없다. 날개 꺾인 천사들…….

리누엘이 부들부들 떨며 천천히 일어섰다. 화려한 금발은 까맣게 그을렸고 금속 날개와 근육은 여전히 스파크를 튀기며 경련을 일으키고 있었다. 가파엘도 이를 악물며 일어났다. 아직도 다리가 후들거리고 있었다. 그는 눈을 돌려가며 좌우를 경계한다. 희뿌연 시야에는 커다란 나뭇가지 위에 나란히 편안하게 앉아 그들이 일어나기를 기다리는 두 사람이 보였다.

"이제 2회전 시작해야지?"

사내가 말했다.

"볼 만할 거야"

옆의 여자가 거들었다.

두 사람이 나무에서 내려와 두 천사들 앞에 우뚝 섰다.

"네놈들이 인간을 미워하는 건 자유지만, 우리 목숨은 이 따위 곳에서 영문도 모르고 죽어줘야 할 만큼 저렴하지 않아. 이제 진짜 야만성이 뭔지 가르쳐주지. 확실히 인간을 미워할 이유를 만들어주마."

산이 씹어 뱉듯 말했다.

"우리는 이 길로 꼭 가야 되겠어. 그래서 이제부터 너희들을 진짜로 '굴복'시켜볼 생각이야. 이 세계의 잘난 존재들, 그 썩을 권위의 끝을 볼 거야. 길이 없다면…… 우린 만들어서라도 갈 거다."

산의 말에 이어 비연의 결연한 목소리가 울렸다. 마지막 말에는 물기가 맺혀 있다. 두 사람의 몸과 칼은 이미 상대를 향해 쾌속하게 움직이기 시작했다.

"잠깐⋯⋯."

가파엘의 입술이 들썩거리더니 그대로 닫혔다. 이미 인간 사내의 칼이 치고 들어오고 있었다. 가파엘은 경화된 양팔을 들어 정면을 막는다. 그렇지만⋯⋯.

꽝.

가파엘은 이를 악물었다. 상상을 초월하는 엄청난 충격파! 사내의 칼이 몸에서 튕겨 나가며 다시 오른쪽 옆으로 휘돌아 온다. 다시 오른팔을 들어 막았다. 자기도 모르게 눈을 질끈 감으며⋯⋯.

꽝.

리누엘은 신음을 토한다. 오른쪽 팔이 부러져 덜렁거렸다. 입에서는 피가 흐른다. 척추의 뼈가 끊어질 듯 진동했다. 진정한 고통을 느꼈다. 그러나 여자의 세 번째 타격이 연타로 들어오고 있다. 옆구리로 휘어 들어오는 주먹, 이어 어깨를 찍어 내려오는 발차기⋯⋯, 팔관절, 무릎⋯⋯.

꽝⋯⋯꽝꽝꽝.

온몸에 폭풍 같은 타격이 이어졌다. 반항할 엄두조차 내기 어려운 속도와 파괴력. 가파엘은 무릎을 꿇었다. 리누엘은 바닥을 굴렀다. 양쪽 팔은 모두 부서졌고 다리가 자신의 의지 밖에서 덜렁거렸다. 목뼈에도 금이 갔는지 고개를 돌릴 수조차 없다. 발꿈치와 무릎은 충격을 흡수할 수 있는 한계를 벗어나 옆으로 꺾였다. 얼굴에는 주먹 자국이 선명하게 새겨졌고 코뼈는 함몰되어 주저앉았다. 화려한 황금 날개는 반쯤 찢겨진 채 너덜거리고 위험한 깃털들은 무질서하게 흩어졌다.

"정말 축복받은 몸이다. 맷집은 존경하고 싶을 정도야. 그래서 그렇게 잘난 척했나?"

사내의 목소리가 들렸다. 가파엘의 몸이 산의 발끝에 밀려 땅바닥을 굴렀다.

"어째서 우리가······?"

리누엘이 꿈틀거리며 신음을 흘렸다.

"너희는 진짜 목숨을 걸어본 적이 한 번도 없구나. 그저 누군가가 준 것만 풍족하게 누렸을 거야. 한 번도 절박해본 적이 없었겠지?"

비연은 차갑게 대꾸하며 리누엘 옆에 쪼그리고 앉았다. 리누엘을 금빛 머리카락이 그 손에 쥐어져 있다.

"우리는 너무 허약하고 항상 부족해서 언제나 목숨을 걸어야 했지. 그래서 항상 의지하고 항상 조심하고 항상 준비했거든. 그 잘난 머리로 생각해볼래? 너희와 우리의 전투력이 비슷하다면 누가 이길 것 같니?"

리누엘이 비연을 말끄러미 쳐다본다.

"이제 어쩔 셈이죠? 우릴 죽일 겁니까?"

리누엘과 가파엘의 말투는 어느새 존대로 바뀌어 있었다. 그들 자신은 의식조차 하지 못하고 있었지만······.

"글쎄···?"

비연은 대답 대신 잠깐 머뭇거렸다. 죽인다? 물끄러미 리누엘을 바라본다. 놈은 잡힌 새처럼 떨고 있었다. 마치 어린아이처럼 느껴진다. 누군가 준 것만을 가지고 자기가 타고난 권리인 양 휘두르는······ 사람들은 이런 걸 천사라고 했나?

"살고······ 싶나?"

비연이 물었다.

"그럴 수 있다면⋯⋯."

리누엘이 고개를 살짝 흔들었다. 금발이 머리의 움직임을 따라 하늘거린다. 비연의 입가에는 옅게 웃음이 돈다. 웃음인데도 그 향이 차고도 비장하다.

"이제 끝내자고⋯⋯ 선수들끼리 뭔 말이 더 필요할까?" 산이 단호하게 말했다.

"잠깐! 그만합시다. 우리는 일원의 사자, 여기서 허망하게 소멸되고 싶지 않습니다."

가파엘이 문득 정신을 차린 것처럼 양손을 치켜들며 침착하게 소리쳤다. 완전한 빈손이다. 악수의 의식처럼 손을 펼쳐 적의가 없다는 것을 의미하는 동작이다. 산이 동작을 멈추며 가파엘을 응시한다. 입꼬리가 조금 올라가 있었다.

"시건방 떨기는⋯⋯ 아직도 네게 선택권이 있다고 생각하나?"

"오해가 있었소."

"오해? 죽여놓고 오해라고 하면 죽은 송장들은 기분 참 좋겠지?"

가파엘은 쓸쓸한 표정을 지었다. 두 사람과 시선을 맞춘 채 옷과 날개에 묻은 먼지와 검불을 어색하게 털었다.

"우리는 금족입니다. 내 이름은 가파엘, 저이는 리누엘이라고 하지요."

"그래서? 너희 이름 따위는 별로 궁금하지 않거든? 시간도 별로 없고. 용건만 말해! 짧게!"

산이 차갑게 대꾸했다. 가파엘은 얕게 숨을 뱉었다.

"우리는 이 세계에 들어온 이단(異端)과 변이(變異)를 처리하고 있습니다. 우리 둘은 이곳 24지대에서 476년간 순찰해왔고, 급격하게 번식하는 변이체들의 번성을 억제해왔습니다."

"변이체?"

비연이 물었다.

"혈귀라고 부르는 것들이지요. 동족의 피로 살아가는 존재들입니다."

"그게 왜 문제가 되지?"

"수백 년 전부터 많은 비족들이 놈들에게 사냥을 당했습니다. 그리고 잡힌 비족도 혈귀로 변이하면서 동족을 사냥하기 시작했습니다. 사냥꾼 중에는 인간도 섞여 있었습니다. 그들은 믿을 수 없을 정도로 강했습니다. 그리고…… 그들의 냄새는 당신들과 같았습니다."

"냄새?"

"넥타라는 약물의 냄새죠. 넥타는 생명수로 알려져 있지만 궁극적으로 혈귀로 변이시키는 마약입니다. 아주 위험한 전염병이라고 할 수 있습니다."

리누엘이 대답했다.

"넥타라고?"

비연이 낮게 되물었다. 표정이 굳어 있다.

"역시…… 알고 있습니까? 그대들에게서는 바로 그 넥타의 냄새가 납니다. 혹시 넥타를 가지고 있습니까?"

"내가 아는 넥타가 맞다면 지겹도록 많이 마셨고 많이 썼지. 이제 의문이 해결됐겠네? 만족하나?"

산이 말했다. 여전히 시큰둥한 표정이다.

"그런데…… 어떻게?"

리누엘이 짧게 신음한다.

"그러면 그대들은…… 혹시 진화한 변이체?"

가파엘은 표정을 굳혔다.

"넥타 따위에게 잡아먹힐 정도로 우스운 사람들은 아니니까 안심해."

산이 피식 웃으며 차갑게 대꾸했다. 가파엘은 산의 얼굴을 뚫어져라 쳐다보았다. 그리고 무슨 말을 꺼내려다 리누엘에게 고개를 돌렸다. 무언가 확인을 하려는 눈치다. 그녀 역시 손으로 입을 가리고 비연에게 무언가를 확인하고 있었다. 그 표정이 불신에서 호기심으로 옮겨간다.

"그러면…… 그대들은 넥타를 극복했다는 말입니까?"

리누엘이 가까스로 말을 꺼냈다.

"그렇다고 해두지. 최소한 중독되지는 않았으니까."

"어떻게……?"

"그런 것까지 일일이 네게 보고해야 하나?"

산은 칼을 거두고 고개를 돌려 비연을 바라본다. 비연도 산을 바라보고 있었다. 비연은 고개를 저었다. 이 금족이라는 자들과 몇 마디 나눠보니 분명한 오해가 있었다. 비록 목숨을 노렸지만 그렇다고 일부러 죽이고 싶은 생각은 없어졌다. 그들은 합리적인 현대인이다. 살인을 즐기는 사이코패스가 아니다. 비연이 결론을 내렸다.

"그럼 됐어. 우리가 지금 관심 있는 것은 오직 하나야. 더 싸울 생각이 없다면 길을 열어줄 것. 그리고 뒤통수치지 않는다는 서약을 해줄 것. 우리도 너희가 건드리지 않으면 아무 일 없이 지나갈 것을 약속하지. 논점을 간단하게 하자고. 그럼 된 건가?"

"우리는 그대들에게 이미 패했습니다. 일원에 맹세코 약속하지요. 비족과 아쿰에게도 그리 전하겠습니다. 대신…… 두 가지 요청을 들어주었으면 합니다."

가파엘이 이야기하면서 입을 닦았다. 핏물이 선명하게 묻어 나왔다. 조금 여유가 생긴 표정이다.

"문장을 확실히 하지. 요청인가? 부탁인가?"

산의 표정이 다시 서늘하게 빛났다. 가파엘의 어깨가 움찔했다.

"부탁입니다."

"이야기해봐."

"첫째는 잠시 우리와 이야기를 나누었으면 하는 것이고……."

"그건 어렵지 않아. 우리도 원하던 바다. 둘째는?"

"간단한 약속 하나만 해주시면 되겠습니다."

"무리한 건가?"

"그렇게 생각하지 않습니다."

산은 비연을 바라보았다. 비연이 고개를 끄덕였다.

"들어보고 결정하지. 이제 대화가 필요할 것 같은데?"

* * *

"두 분은 어디에서 왔습니까?"

"지구라는 곳이지. 들어본 적이 있나?"

"글쎄…… 방언이 너무 많아서. 리누엘 그대는 들어보았나?"

"그 이름은 들어본 적이 있는 것 같습니다."

리누엘이 골똘하게 생각하다가 대답했다. 산과 비연의 눈빛이 빛

난다. 두 사람은 숨을 죽인 채 리누엘의 이야기를 듣기 시작했다.

"574년 전 대천사들의 대화 중 딱 한 번 언급된 적이 있습니다."

"어떤 내용이었지?"

"차원의 붕괴와 관련된 내용이었던 것으로 기억하는데 그 이후에는 한 번도 화제에 오른 적은 없었습니다. 그때 잠깐 조사를 해봤지만 다른 구역과 달리 철저하게 비밀에 싸여 있더군요."

"무슨 의미지?"

비연이 신중하게 물었다.

"그건 봉인됐다는 의미입니다. 일원의 뜻입니다. 우리에게 짐작할 자격은 없습니다."

"아무튼 누군가 왔다 갔다 하기도 한다는 것이군. 그건 기쁜 소식이네. 우리도 다시 갈 수 있는 건가?"

"다른 구역으로의 이동은 엄격하게 금지되어 있습니다. 오직 일원, 즉 제작자가 통로를 열어줄 때만 가능할 겁니다. 혹은 일원께서 권능을 부여한 존재라면 가능하겠죠."

"그럼 우린 제작자가 불렀다고 보면 되나? 마스터가 제작자라는 건가?"

"그건…… 모르겠습니다. 그러나 제작자가 이 세계에 강림하지 않았다는 것은 분명하게 확인해드릴 수 있습니다. 따라서 당신들이 말하는 마스터는 제작자가 아닙니다."

가파엘이 난감한 표정을 지었다.

"그럼 마스터는 누구지? 알고 있나?"

"우리도 그에 대해 아는 것이 없습니다. 철저하게 숨은 존재입니다. 신, 용, 아니면 다른 존재일 수도 있습니다."

"그럼 또 누가 있다는 거지? 제작자가 아니라면? 그럼 시스템 해킹이라도 당한 거야?"

산이 툴툴거렸다.

리누엘의 얼굴이 심각하게 변했다. 그들로서도 심각한 문제가 될 수 있는 사안이다.

"몇 가지 가능성은 있습니다. 그럴 만한 존재가 하나 더 있기는 한데……."

"누군데?"

"일원이 처음 이 세계를 만들었을 때, 그의 의지를 온전하게 담았던 그릇과 같은 존재가 있었지요."

"그릇?"

"그릇의 내용은 오래 전에 비워졌지만 그 틀로서 제작자의 설계를 기억하고 있다고 했습니다. 만약 다시 채워진다면 일원에 버금가는 권능을 가지게 될 가능성이 크다고 전해지지요. 그렇지만…… 그녀는 '마감'된 상태일 텐데……."

리누엘이 끝말을 얼버무렸다. 아쉽게도 그 소리는 산과 비연에게 들리지 않았다.

"무슨 이야기야?"

"저도 모릅니다. 용족, 즉 현자들에게만 열람이 허용된 『현자의 서(書)』에 기록된 내용입니다."

"그 존재를 뭐라고 부르지?"

"말할 수 없습니다. 우리는 그 이름을 말할 수 있도록 허락받지 않았습니다."

가파엘이 고개를 저었다. 그 표정에는 두려움이 배어 있었다.

"하지만 '틀'이란 곧 자궁을 뜻하니 여성일 것이고 그 틀에서 10억의 신과 10억의 각성자가 몸을 얻었다고 해서 신들의 어머니라고 부르기도 합니다. 그 정도만 확인해드리죠."

"일원, 현자…… 신들의 어머니…… 젠장…… 첩첩산중이군."

산이 중얼거렸다. 비연은 생각에 잠겨 있었다.

'이건…… 불교에서, 7억 부처의 어머니라는 준제보살과 아주 비슷하잖아? 피안(彼岸)이라는 곳도 불교 용어고…… 여기는…… 대체 어떤 동네길래 온갖 신화가 이렇게 한꺼번에 섞여 있는 거야?'

산과 비연의 얼굴이 상기됐다. 생각지도 않은 장소에서 의외의 존재로부터 들은 대단히 요긴한 정보다. 신으로부터 들었던 정보와는 다른 진술도 있었지만 그것들은 하나씩 확인해야 할 일이었다.

"뭐 괴상한 것들이 지천으로 깔려 있는 동네니, 그런 저런 종류도 있겠지. 그런데, 그 변이체라는 건 어떻게 구별할 수 있는 거지? 우리도 변이체와 같은가? 만약 그렇다면 다른 곳에서도 지금처럼 공격당할 수 있다는 이야긴데……."

산이 입맛을 다셨다.

"놈들은 인간과 똑같죠. 인간은 구별할 수 없을 겁니다. 그렇지만 우리의 감각은 구별할 수 있습니다. 당신들은 여전히 정체를 알 수 없습니다. 향이 아주 기묘하거든요. 넥타와 비슷하면서도 뭔가 다른……."

"달콤한 느낌?"

비연이 한마디를 던졌다.

"알고 있었습니까?"

리누엘이 놀라 물었다. 비연이 고개를 끄덕였다. 그것은 바로 피안에서 지겹도록 맡았던 냄새였다. 지독하게 달콤하고, 치명적일 만큼 유혹적인 것. 살을 뜯어먹고 싶을 만큼…….

"우리에게서도 그런 냄새가 난다는 건 처음 알았어. 그럼 다른 점은?"

"다른 향이 섞여 있습니다. 아직 아주 미미해서 이제야 알아챘지만……."

"뭐지?"

리누엘은 바로 대답하는 대신 가파엘을 바라보았다. 동의를 구하는 모습이다. 가파엘은 한참을 생각하더니 고개를 끄덕였다. 그들이 아는 한 그들 종족은 그것을 착각할 권리가 없었다.

"주인(主人)의 향……."

"주인?"

비연이 되물었다. 리누엘이 입술을 깨물었다. 그리고 한참을 머뭇거리다 한마디를 더 보탰다.

"우리의 주인은 일원, 오직 그 한 분이십니다."

* * *

"이제 그 부탁이라는 걸 들어볼까?"

산이 말했다. 리누엘과 가파엘은 두 사람의 표정을 살폈다. 그러나 그들은 어떤 표정의 변화도 보이지 않았다. 그다지 심각하게 생각하지도 않는 것 같았다.

"'아피안'을 찾아보세요."

"아피안?"

"그대들의 의문을 풀어줄 수 있을 겁니다."

"그곳이 어디지?"

"두 분이 스스로 찾아야 하는 곳이지요. 우리도 모릅니다."

"왜 그래야 하지? 새삼스럽게……."

"넥타를 극복한 자. 그리고 일원의 표식을 가진 사람. 그 이상 적당한 이유는 없을 겁니다."

* * *

"무슨 일일까요?"

새덤이 디테에게 물었다. 대원들의 표정은 두려움에 질려 있었다. 일부는 입술이 파랗게 질린 채 오들오들 떨며 그저 디테만을 쳐다보고 있다.

"글쎄요……."

디테가 대답을 흘렸다. 그녀의 표정은 침착했고 무심하게까지 보였다. 그러나 뜻 모를 긴장으로 가늘게 뜬 두 눈은 숲 속 너머의 어딘가를 응시하고 있었다. 대원들은 견디기 어려울 정도의 두려움을 느꼈다.

붉게 물들어 가는 저녁 하늘은 솜 같은 뭉게구름이 몇 점 떠다닐 뿐 청명했다. 그런데 갑자기 마른하늘에서 난데없는 벼락이 쳤다. 눈이 멀어버릴 정도의 밝은 빛이 사방으로 퍼지며 온몸을 짜르르하게 관통하는 엄청난 충격이었다. 하늘과 땅을 찢어발기는 듯한 굉음, 지진이 일어난 듯 울렁거리는 땅거죽, 그리고 비명인지 고함인지 모를 거대한 충격파가 그들이 있는 숲까지 덮쳐왔다. 대원들은 본능적으로 디테를 찾았다. 숲의 신이 노했다고밖에는 어떤 생각도 할 수 없었다. 대장은 아마 잘못됐을지도 모른다. 신의 사도, 디테는 그들에게 눈길을 돌렸다. 그녀의 표정은 어느새 인자하게 변해 있었다.

"안심하세요. 그대들의 대장이 승리할 것 같군요."

"누구와 싸우고 있나요?"

예킨이 핼쑥한 얼굴로 조심스럽게 물었다.

"글쎄…… 누구일까요? 천둥 번개를 부리는 괴물일까요?"

디테가 빙그레 웃었다. 그리고 다시 숲 속으로 눈길을 돌렸다. 깊은 눈 속은 다시 가라앉고 있다.

'무섭겠지요. 나도 ㅇ 리 무서운데…….'

그녀가 속으로 삼킨 말이었다.

그날 일행은 비족의 경계에서 야영을 했다. 산과 비연은 의연한 모습으로 돌아왔고 평소처럼 조장들에게 몇 가지 지시와 확인을 한 후 그대로 휴식을 취했다. 피안을 탈출한 후 이 정도로 마음이 지치고 몸이 무너진 적은 없었다. 두 사람은 그들 방식의 휴식과 정비를 필요로 하고 있었다.

―넥타가 필요할까?

―더 이상은…… 안 돼요!

―그래…… 견뎌보자꾸나. 악으로 깡으로…….

―이제, 시작하시죠…….

다음 날이 밝았다. 산과 비연은 그들만의 작은 천막 안에서 아침을 맞이했다. 몸은 이제 어느 정도 회복됐을 것이다. 둘은 지난 밤 거의 잠을 이루지 못했다. 새벽녘에야 서로 꼭 껴안은 채 잠깐 잠을 청했다. 그 잠은 어느 때보다도 달았다.

숲의 고요한 아침은 언제나 사람을 설레게 한다. 비연은 천막의 틈 사이로 비쳐 들어오는 아침 햇살에 눈을 감은 채 얼굴을 살짝 찡그렸다. 그렇지만 익숙하고도 부드러운 손길이 머릿결을 사각사각 스치는 느낌에 눈을 뜨고자 했던 뜻을 잠시 접었다. 눈을 감아도 그녀는 느낄 수 있다. 자신에게 무릎을 내준 그가 어떤 표정을 짓고 있는지, 그리고 어디를 보고 있는지…… 또한 지난밤의 고통을 옆에서 함께하며 지켜준 이 사내가 어떤 생각으로 자신의 머리카락을 다듬고 있는지도…….

비연은 눈을 감은 채 두 손을 들어올렸다. 두 손이 그의 목을 천천히 휘감으며 얼굴로 이끌었다. 콧등에서 그의 차분한 숨결이 느껴진다. 눈을 살짝 떠본다. 그의 장난스러운 눈이 크게 보였다. 비연은 아침 햇살을 등지고 있는 사내의 어두운 실루엣 속에서 그 눈이 맑게 빛나는 별빛 같다고 느낀다.

"더 자."

그가 낮게 말했다. 비연은 다시 눈을 감은 채 얼굴을 약간 찡그린다. 숨결과 함께 전해지는 언어는 아무리 짧아도 간지럽게 느껴졌다. 약간 소름이 돋을 만큼, 그러나 나른하게 기분 좋은…….

"이제 안 아파요."

"아직……."

비연의 팔에 힘이 들어갔다. 산의 말은 더 이상 이어질 수 없었다.

* * *

그들의 행진은 순조로웠다. 가파엘과 리누엘은 약속대로 비족을 움직여 모든 길을 열어주었다. 비족은 그들이 빨리 지나갈 수 있도록 모든 장애물을 치웠다. 비족의 거처는 숲 속 깊숙한 곳에 있어서 안쪽 풍경을 들여다볼 수는 없었다. 종족의 대표 몇 명이 길가에 나와 그들을 맞이했다. 자신의 일족을 도살한 행렬을 바라보는 그들의 표정에는 침통함과 사나운 적의가 드러나 있었다. 산과 비연은 무표정한 얼굴로 그들의 싸늘한 시선을 있는 그대로 받아들였다. 아니, 오히려 훨씬 강력한 패기와 살기를 있는 대로 내뿜었다. 비족의 대표가 외면할 때까지 그 기운은 결코 약해지지 않았다. 대표들은 파랗게 질려 곧바로 적의를 거뒀다. 거의 동시에 두 사람의 기운도 사라졌다. 메시지는 단호하고도 간명했다. 너희들이 적대하면 나도 적대할 것이다. 그들이 한가한 여행자가 아니라, 전쟁을 치르면서 임무를 수행하는 군인이라는 사실도…… 하늘에서는 일대의 비족이 비무장 상태로 선회하며 그들의 행진을 주시하고 있었다.

비족의 영역을 벗어나자 곧 장대한 호수가 펼쳐졌다. 북쪽에서 수많은 지류와 하천이 흘러들어 서쪽으로 빠지지만 동쪽과 남쪽 깊은 곳은 암염 지대와 연결되어 있어 담수호와 염호(鹽湖)가 기묘하게 섞여 있는 복합호수다. 남쪽 가장 깊은 곳에는 무려 2000미터가 넘는 심연이 자리 잡고 있다. 곳곳에서는 물안개와도 같이 뿌연 증기가 피어오른다. 이러한 기묘한 형태 때문에 바다와 강에서 볼 수 없는 대단히 복잡한 생태가 형성되어 있었다. 멀리 산에서 떨어지는 거대한 폭포들이 아스라이 보였다. 물은 중천의 햇빛을 받아 찬란하게 반짝이고 있었다.

"이 호수는 아드리트 호수라고 하는데, 북부 지역에서는 가장 큰 호수입니다. 동쪽에서 남쪽 기슭을 끼고 가면서 두 개의 하천을 지나야 합니다."

새덤이 말했다.

"다리는?"

"마차가 지날 만한 다리는 총 두 개가 있습니다. 다리를 건너면 모튼 자작령이 나오고 그다음 목적지인 포라토 시로 연결되는 가도로 이어집니다."

"거기서는 얼마나 걸리지?"

"길이 좋기 때문에 조금 빠르게 가면 약 5일이면 도착하게 될 것입니다."

"위험 요소는?"

"다리 근처에 아쿰 종족의 거주지가 있습니다. 아마 통행료를 요구할 것입니다."

"다른 길은?"

"있기는 하지만, 열흘 정도 돌아가야 합니다. 매우 험하고 위험하다고 알고 있습니다."

"통행료는 비싼가?"

"상대에 따라 다릅니다. 돈보다는 현물을 좋아하고, 만약 돈으로 주면 나중에 현물로 가져와서 다시 바꿔야 합니다. 인간을 좋아하지 않지만 필요한 것들을 얻기 위해서 주기적으로 인간과 거래를 합니다."

"돈을 주고 다시 안 오면?'

"그래서 인질을 요구하지요."

"만약 이행을 못 하면?"

"잡아먹습니다."

산이 얼굴을 찌푸렸다. 비연이 디테에게 물었다

"아쿰이 전에 말한 수귀란 종족이지?"

"네, 육상에서는 인간들하고 비슷하지만, 물속에서는 무적에 가깝죠. 언어 능력도 있어서 사람과 소통이 가능하고요."

"집단으로 행동하나?"

"소집단으로 행동합니다. 보통 넷에서 여섯 정도로 무리를 짓는데, 두 개 가족이 협력하는 방식으로 움직입니다. 자기 영역에 대해 아주 민감하지요."

"흠…… 인어와 비슷한 종류인가 보네?"

산이 비연을 보며 말했다.

"그렇게 낭만적일 것 같지는 않은데요?"

비연의 표정이 새콤하다.

"정찰이 필요할까?"

"그럴 필요는 없을 것 같습니다. 어차피 물속이라면 대책이 없습니다. 그때 가서 생각하는 게 좋을 것 같은데요?"

* * *

일행은 천천히 나아갔다. 호수 위로는 온갖 종류의 새와 비행하는 동물들이 날아다니고 있다. 개중에는 공룡 시대의 프테라노돈(Pteranodon) 비슷한 거대 익룡도 있었고, 간혹 크고 작은 비족들이 날아다니는 모습도 보였다. 호수 안에 그만큼 먹이가 풍부하다는 의미일 것이다.

새덤이 마차를 멈췄다. 앞쪽에는 마차 하나가 지나갈 폭의 다리가 여울을 가로질러 놓여 있었다. 다리에는 난간이 없었고 길이는 50미터 정도, 바로 아래에 깊고 푸른 여울이 가장자리에 닿을락 말락 하면서 천천히 흐르고 있다. 잡아당기거나 슬쩍 밀기만 해도 물속에 빠지게 될 것이다.

"저 대머리들이 아쿰인가?"

산이 새덤의 옆에서 조용하게 물었다.

"그렇습니다."

그들의 앞에서 은회색의 피부를 가진 생물 다섯이 그들을 쳐다보고 있었다. 얼굴은 사람과 매우 비슷했으며 물고기의 비늘 같기도 하고 악어의 껍질 같기도 한 옷을 간단하게 둘렀다. 그 모습이 마치 날렵한 전신 수영복을 입은 사람 같았다.

"사람의 기준으로 봐도 그렇게 못 봐줄 정도는 아니군. 이제 협상이란 걸 해보도록 하지? 그대가 가주겠나?"

산이 새덤을 바라보았다.

"그러지요."

"호위가 필요한가?"

"자극할 필요는 없습니다. 필요하면 신호를 드리지요. 육상 전투는 저도 꽤 하거든요."

새덤이 말에서 내려 천천히 아쿰들을 향해 걸어갔다. 새덤이 먼저 말을 걸었고 대표인 듯한 아쿰이 뭔가를 이야기했다. 나머지 아쿰들은 약간 떨어진 상태에서 그들의 대화를 지켜보고 있었다. 그들은 물가 가까이 있어 언제라도 물로 뛰어들 준비가 된 모습이다. 새덤이 대화를 마쳤는지 다시 돌아왔다. 그런데 미묘한 표정으로 고개를 갸웃하고 있다.

"협상이 잘 안 된 모양이네? 뭘 요구하던가?"

산이 물었다.

"아무것도 요구하지 않는답니다. 다만 대장을 만나고 싶다고 하는군요."

"우리를?"

"이야기하고 싶은 것이 있답니다."

"그래?"

산이 뜬한 표정으로 비연을 쳐다보았다. 비연이 어깨를 으쓱한다. 둘은 함께 그들을 향해 걸어갔다. 한 사람의 걸음은 묵직하고, 한 사람은 경쾌하다.

산을 맞이하는 아쿰들은 긴장한 모습이었다. 나머지는 더욱 물가로 가까이 가 있다. 산은 그들 앞에 섰다. 비연은 입술을 가볍게 다문 채 아쿰의 대표를 응시했다. 그 눈길에 적의는 없었고, 호기심이 있었다.

"내 이름은 '쿠이'라 하오. 위대한 여행자께 부탁드릴 말씀이 있어 보기를 원했소."

아쿰이 먼저 말문을 열었다.

"우리를 아십니까?"

산이 고개를 갸웃하며 되물었다.

"리누엘 님께 말씀을 들었소. 그분은 아주 오랜 세월 동안 우리 종족을 오염된 존재로부터 지켜주셨지요."

"그랬군요. 그런데, 우리에게 부탁할 것이 있다고 했는데……?"

비연이 다른 아쿰을 쓱 둘러보며 물었다.

"우선 해주시겠다고 먼저 약속을 먼저 했으면 하오. 그러면 저 다

리를 건너는데 도움을 주겠소. 저 다리는 부교(浮橋)와 비슷해서 마차가 건너기가 아주 까다롭지요. 게다가 물속에는 아주 위험한 물고기들이 살고 있다오. 우리 도움 없이 건너려면 매우 힘들 거요."

"거절한다면 어쩔 생각이신지?"

산이 다시 물었다. 목소리는 아주 건조했다.

"건널 수 있는 다리 둘을 모두 부술 생각이요. 그리고 우리는 물속으로 피신할 것이고."

쿠이가 담담한 어조로 대답했다. 비연은 다리를 쳐다본다. 다리 없이 건널 방법은 없어 보였다.

"선택의 폭이 별로 없네요. 그렇지만 내용도 모르는 약속을 할 수는 없는 법이지요. 우리 전제 조건을 말씀드리지요. 우리 중 누구 하나라도 희생시킬 수 없고 우리가 나르는 물건은 반드시 온전하게 보존되어야 합니다. 또한 3일 이상의 시간이 걸려서도 안 됩니다. 만약 그렇다면 차라리 다른 길로 돌아가겠습니다."

"그렇게 복잡하지 않습니다. 두 분이라면 큰 문제가 없을 것이라고 생각합니다. 두 분의 일을 마치고 다시 돌아올 때 해주셨으면 하는 일이니 문제가 안 될 것입니다. 물론 대가는 충분하게 드릴 것입니다."

쿠이가 담담하게 말했다.

"우리는 협상을 중시하지만 협박은 싫어합니다. 그리고 일은 우리가 선택합니다. 내용도 모르고 약속하라는 것은 바보라는 욕설을 듣는 만큼이나 불쾌하거든요. 그대가 원한다면 지금 다리를 부숴버려도 좋습니다. 그렇지만 우리를 일부러 불편하게 한 대가는 반드시 물 겁니다."

비연이 차갑게 말했다. 쿠이가 당황한 얼굴로 어물거렸다.

"그렇지만……."

비연이 쿠이의 말을 끊었다.

"일방적이면서도 선택의 여지가 없다는 건 협상하자는 자세가 아닌 거예요. 우리가 원하는 건 공평한 거래입니다. 그게 아니라면 우리는 우리의 방식대로 할 겁니다. 그리고 경고하건대, 당신과 동료들은 성한 몸으로 물에 들어가지는 못할 것입니다. 이제 확인해볼까요? 보아하니…… 리누엘이 사주한 일 같은데?"

비연이 단호하게 말했다. 뒷짐을 지고 한 걸음 나서는 산의 눈이 엄숙하게 빛났다. 두 사람은 자세를 약간 낮췄다. 기세가 일어난다. 공기의 흐름과 냄새가 달라졌다. 쿠이의 얼굴에는 급격하게 주름이 잡혔다. 그는 당황해 물갈퀴가 있는 두 손을 활짝 폈다.

"아! 불쾌하셨다면, 미안하게 됐소. 인간족을 믿지 않는 습관 때문에…… 그럼 먼저 요구 사항을 말씀드리겠소."

"듣겠습니다."

* * *

"아쿰이라는 종족이 지구에도 있었다면 어땠을까요?"

"아마 결과는 같지 않을까?"

"멸종했을 거라고 생각하시는군요."

"아마도……."

산과 비연은 아쿰을 바라보며 중얼거렸다. 그들은 현재 아쿰들의 도움을 받아가며 다리를 건너가고 있다. 하천의 폭은 생각보다 넓고도 깊었다.

일행은 하천을 건너 뭍에 있는 아쿰의 거처에서 이틀을 더 묵었다. 그곳은 석재와 나무로 정교하게 지은 매우 넓은 공간으로 기운은 서늘했다. 전체적으로 정갈하기는 했지만 습했으며 비릿한 냄새가 배어 있었다. 수산물을 보관하고, 여러 가지 교역에 필요한 물품을 보관하는 창고를 겸하는 곳이다.

산과 비연은 아쿰의 요구가 무엇인지 상세히 들었다. 아울러 그들의 요구 사항도 이야기했다. 아마도 쓸 만한 거래가 될 것이다. 대원들은 산의 지시에 따라 아쿰을 따라다니며 교역할 물품을 챙겼다. 새덤은 비연의 요청에 따라 몇몇의 대원들과 다음 목적지로 사전 정찰을 떠났다. 하루 정도 걸릴 것이다. 산과 비연은 쿠이가 포라토에서 구입해주기를 요청하는 물품과 교환할 물건들을 점검했다. 떠날 때 그들의 짐은 더 늘어나 있었다.

* * *

다음 날 일행은 아쿰의 지역을 벗어났다.

"오염된 아쿰을 처리해달라니…… 정말 가지가지 한다. 이러다 이 세계 종족과는 죄다 싸우게 생겼어."

산이 한숨을 쉬며 중얼거렸다.

"리누엘이 잔머리를 굴린 것 같습니다. 날개 달린 종족이라 물속 전투는 어려웠을 겁니다. 그래서 우리에게 떠넘긴 것이겠지요."

"우리라고 별 뾰족한 수가 있나? 아쿰에 대해서 조사한 게 있나?"

"디테에게 들은 이야기가 전부입니다. 종합해보면……."

아쿰은 물과 뭍 양쪽에서 활약하는 전천후 사냥꾼이다. 피부가 다섯 겹으로 되어 있어 표면적이 넓고 고효율의 전기 분해를 통해 물을 분해하고 산소를 포집하는 방식으로 피부호흡 기관을 진화시킨 존재다. 폐도 있어 육상 생활이 가능하고, 피부 호흡의 비율이 80퍼센트가 넘기 때문에 물속에서도 자연스럽게 살 수 있다. 또한 전기와 함께 수소와 산소를 사냥에 사용하기 때문에 전투력도 무시 못할 정도로 강하다. 물속에서는 모든 먹이사슬의 정점에 위치한 종족이다. 바로 그런 장점 때문에 사냥 능력은 고도로 발달했지만 대규모 집단행동보다는 개체나 소규모 집단의 능력에 의존했다. 그래서 집단 지능은 크게 발달하지 못했다. 도구는 사냥에 필요한 개인 도구

정도를 스스로 만들 수 있는 수준이고 복잡한 물건은 인간과의 교역을 통해 확보하고 있다. 그래서 인간들에게 적대적이지는 않다. 그렇다고 그다지 신뢰하지도 않는다. 비연의 설명이 끝났다. 산은 물끄러미 아쿰들을 바라보고 있었다. 이제 마지막 마차가 다리를 건너고 있다. 과연 물속과 물 밖에서의 동작들이 유연하고도 자연스럽다.

"굉장하군……."

"물속에서 만나면 뼈도 못 추리겠어요."

비연이 고개를 저었다.

"계획대로 잘되어야 할 텐데……."

산이 중얼거렸다.

"위험은 항상 보험을 필요로 하지요……."

이제 볕이 따가워지는 시기라 물줄기는 시원해 보인다. 올해는 뜨겁고 치열한 여름이 될 것 같다. 이렇게 그들의 고단한 여정이 목적지를 향해 차근차근 다가가고 있었다.

* * *

포라토!

대륙의 북부를 지배하고 있는 포란 왕국에서 두 번째로 큰 대도시다. 이 도시는 왕국을 지탱하는 군부의 실세이자 군사 천재라고 알려진 포라토 대공(大公)의 이름을 따라 40년 전에 건설된 계획도시다. 수운과 육운을 위한 길이 사통팔달 발달해 있고, 북쪽 오롬 산맥에서 넘어오는 모든 희귀한 상품들이 집하(集荷)되어 대륙 전역으로 유통되는 중심지다. 그 때문에 시 재정이 풍족하고 시민은 대단히 부유하다. 무역을 위한 체계가 잘 갖춰져 있고 자유로운 상행위도 보장되어 있다. 그래서 이곳에는 상단의 왕래가 잦고, 상단을 호위하기 위한 무사의 수요도 역시 많다.

현재, 포란 왕국의 최대 후원자인 절대무가 동명가를 비롯하여, 절대무가의 다음 서열을 주장하는 대형 무가들과 중견 무가들의 지부가 설치되어 있었다. 이들 무가끼리는 자유롭게 경쟁하고 있으며 무가에 소속된 무사들은 공인된 결투를 통해 명성을 얻고 몸값을 올린다. 그들 간의 결투는 정기적으로 열렸고 그러한 결투야말로 무인들이 꿈꾸는 입신과 양명을 위한 공개 시장을 제공해주는 것이었다. 그렇지만 그들의 결투는 일반적인 싸움꾼들의 드잡이질과는 아주 거리가 있었다. 그것은 우아하고도 세련된 행사였으며 무사들은 무력은 물론, 무가의 명예에 걸맞은 교양과 매력을 보여주어야 했다. 그들을 고용하는 사람들은 상단의 아름다운 숙녀일 가능성이 컸으니……

시커먼 먹구름이 한바탕 계절성 폭우를 쏟아낸 후 약간 어두워져가는 오후 무렵이다. 포라토 시의 가도를 따라 네 대의 마차가 천천히 들어오고 있다. 이 도시를 왕래하는 상단의 것치고는 대단히 초라하고 수수한 모습이다. 맨 앞에는 학자처럼 보이는 사내가 마차를 이끌고 있고 여신과 같이 눈부신 미모의 여인이 가벼운 키톤을 걸친 차림으로 뒤따르고 있었다. 이어서 서른 명 정도의 평범한 남녀 무사들, 그리고 맨 뒤에는 여행자인지 일행인지 구별이 가지 않는 특이한 복장의 두 사람이 따라가고 있다.

서른 명이 상단으로 작은 규모는 아니지만 인구 50만이 넘는 이 거대 도시에서는 아주 흔하게 마주칠 수 있는 규모다. 아마도 이런 행렬이 이곳 사람들에게 주목받을 일은 없을 것이다. 물론 일반적인 경우에 그렇다는 것이다. 불행하게도 이 일행은 진짜로 '주목' 받고 있었다.

* * *

"후우…… 이건 생각보다 엄청나군."

산이 기지개를 켜듯 팔을 위로 쭉 뻗으며 고개를 좌우로 꺾었다. 그의 눈앞에는 개선문과 비슷한 거대한 석조 건물과 그 뒤로 이어지는 화려하고 고색창연한 성채와 부속 건물들, 그리고 가도를 따라 전후좌우로 펼쳐진 광장과 고급 주택으로 보이는 건물들이 끝없이 이어지고 있었다.

"그러게요. 거기에다가 이렇게 관심이 뜨거우니 몸 둘 바를 모르겠네요."

비연이 힐끗 군중들을 쳐다보며 말했다. 일행을 쳐다보는 시민들의 눈길은 어디에나 있었다. 길가에, 건물 위에, 창가에, 그리고 암중에……

"치안 상태는 어떤 것 같은가?"

"나름 괜찮은 것 같습니다. 질서가 잡혀 있는 모습입니다. 그렇지만 쥐새끼들이 포기한 것 같지는 않습니다. 빨리 물건을 처분하지 않으면 스트레스가 만만치 않을 거예요."

비연이 주위를 둘러보며 침착하게 말했다. 그녀는 도시의 면모를 차근차근 살피고 있었다. 대한민국 서울의 번화함과는 비교할 수 없지만, 지구 평균 기준으로 봐도 꽤 발전한 도시다. 마치 고색창연한 유럽의 궁성(宮城)에 들어서는 기분이다. 바닥은 돌로 포장되어 있고 비가 쏟아졌는데도 흙탕물이 없는 것을 보니 배수 시설도 잘되어 있을 것이다.

도시의 전역에서 그들을 쳐다보는 온갖 시선들이 피부로 쏟아진다. 지나가는 길마다 가까이 혹은 멀리서 툭툭 스쳐가는 사람들. 건물과 건물 사이, 창문과 창문 사이로 이동하는 것들…… 그 광경이 마치 카메라를 들고 사납게 뛰면서 찍은 영화 같았다. 마차를 둘러싼 모든 장면이 빠르게 흔들리며 혼란스럽게 흐르는 듯한 느낌이다. 그들은 자신들이 지금 얼마나 뜨거운 주목을 받고 있는지 새삼 깨닫고 있었다. 그리고 이 세계의 정보 전파 속도와 그 기제(機制)에 대해서도 생각을 바꿔야 했다. 인적이 드물고 전혀 예상할 수 없던 루트를 타고 들어왔음에도 불구하고, 그들의 행적은 확실하게 추적되고 있

었다.

비연은 새덤을 쳐다보았다. 마침 새덤이 고개를 들다가 비연과 눈이 마주쳤다. 우연인지 의도적인지는 알 수는 없다. 비연의 입가가 약간 말려 올라갔다. 새덤이 고개를 갸웃하더니 머리를 긁으며 시선을 다른 대원들 쪽으로 돌렸다. 새덤의 입가에도 의미심장한 미소가 그려져 있었다.

* * *

대원들은 이제 제법 의연한 모습을 갖추고 있다. 궁벽한 산속 마을의 이름도 잘 모를 백작가의 무사들이라고 보기에는 기세가 훌륭하고 기율도 엄정하다. 화려하고 현란한 도시의 외면을 보고도 쉽게 흔들리지 않을 만한 의지가 있었고, 조직의 분위기에는 바람 같은 자유로움과 강물 같은 여유가 있었다. 그리고 그 모든 것들이 그들의 지휘관을 닮아가고 있다는 점에 대원들 모두가 이견이 없을 것이다. 이들은 끊임없이 성장하고 있었다. 그 성장은 오로지 가차 없는 실전에서 빠르게 이루어진 것이다. 아쿰의 영역을 벗어나 두 개의 영지를 지나가게 된 이후부터 이들은 총 세 차례의 습격을 받으며 전투다운 전투를 치렀다.

첫 번째는 상대를 미처 파악하지 못했던 운수 사나운 마적단이었고, 두 번째는 알고도 쳐들어온 제법 유명한 용병단이었다. 마지막으로 상대한 적은 '무벌(武閥)'이라고 했으며 소위 정통파 무가와는 또 다른 무력 세계에 소속된 무사들이었다.

모두가 계획된 매복이었으며, 적들의 공격에는 나름대로 짜임새가 있었다. 침투와 매복, 탈취와 탈출에 이르는 일련의 과정은 특수부대의 전투 방식과 같았다. 전술상의 차이는 있었지만 지구의 방식과 크게 다르지 않았다. 침탈자들의 불운은 그 전투 방식에 관한 한 최고의 전문가가 이 행렬을 지휘하고 있었다는 것이었고, 그나마 그들에게 다행스러웠던 것은 방어하는 무사들의 집단 전투 능력이 아직 여물지 않았다는 것이다. 개개인의 살상력이 그다지 뛰어나지 않았기 때문에 살아서 도망갈 수는 있었다.

산과 비연은 직접 전투에 참여하지 않았다. 심지어 세 번째로 맞닥뜨린 무시무시한 무벌과의 싸움에서도 멀리서 떨어져 지켜보고만 있었다. 두 사람이 대원들에게 전하는 메시지는 일관성이 있었고 항상 간단했다. 그들은 전투를 마치 경기를 관전하는 것처럼 대했다. 가끔 박수도 쳐가면서 소리까지 지르는 걸 보면…….

"오로지 지켜! 지켜야 할 것은 물건이 아니라 동료다."

"연습 많이 했잖아. 별거 아니라고!"

"창조적으로 싸워! 동료를 믿고 질러!"

"한 시간 넘어가면 밥 없다!"

3개 조장, 예킨과 유렌, 그리고 라론은 전투에 임하면서 자신들이 무엇을 해야 할지 알고 있었다. 첫 마적과의 전투는 싱거울 정도로 간단하게 끝났다. 대원들이 느끼기에 마적들의 움직임은 무척 느렸다. 그 의도도 쉽게 예측할 수 있었다.

첫 번째로 습격한 마적은 매복 전투의 정석대로 기습을 했으나 그 효과를 누리지 못했다. 이어 그들 방식대로 거칠게 공격을 가했지만, 시골 무사들의 철벽에 가까운 방어 능력에 혀를 내둘렀다. 결국 공격은 실패했고, 이어지는 에센 무사들의 조직적 반격에 사상자가 급속하게 늘면서 후퇴할 수밖에 없었다. 대원들은 서로를 격려하며 기뻐했지만 운이 좋았다고도 여겼다. 운수 나쁜 멍청한 마적이려니 했다. 그러나 그다음 날 다른 전투를 치르면서 대원들의 생각은 약간씩 바뀌기 시작했다.

두 번째로 습격한 용병들은 첫 번째 마적과는 차원이 다른 조직력과 전쟁 수행 능력을 보유하고 있었다. 강력한 무기와 방어구로 무장한 상태인 데다 기습적으로 치고 들어오는 그놈들은 정말 무서운 존재였다. 만약 두 달 전에 만났다면 저항할 엄두도 못 내고 당했을 것이다. 그렇지만 전투의 결과는 대원들에게도 의외였다. 그들은 자신조차 몰랐던 힘으로 적을 막아냈다. 비록 3분의 1이 제법 다치고 반나절 동안의 치열한 전투로 기진맥진해졌지만 용병단의 반 이상을 주검으로 만들면서 패퇴시켰다.

두 번째 전투를 치른 이후 대원들의 생각은 점점 의심으로 변하고 있었다. 자신들의 전투 능력이 결코 낮은 수준이 아닐지도 모른다는 의심이었다. 누구도 결코 입 밖에 내지는 않았지만…… 그리고 하루에 두 시간씩 두 사람의 대장과 대원들끼리 모두가 어울려 미친 듯이 놀았던 '학습 유희'들을 떠올렸다.

'정말이었어. 전투의 '핵심'이 명확하게 그려지더라고……'

세 번째 무벌 소속 특급무사와 일급무사들의 습격을 받았을 때, 그리고 그 대단한 고수들과의 전투를 치르고 난 후 2조장 유렌이 내뱉은 말이다. 대장이 그들을 무섭게 다그치며 요구해왔던 것은 전투 기술이 아니었다. 오히려 그림쟁이들이나 관심 있어 할 '묘사(描寫) 능력'을 강요했다. 대장이 원하는 묘사는 단순하게 그림으로 스케치하는 차원이 아니었다. 표현될 수 없는 모든 것까지 표현되어야 했다. 상황은 말로 표현해야 했고, 마임(mime)처럼 몸으로 재현해야 했다. 또한 모양과 특징이 변화하는 흐름까지도 묘사해야만 했다. 그들이 묘사해야 했던 것은 자질구레한 주변 장식이 아니라 '핵심'의 흐름이었다.

핵심은 대개 몇 개의 선, 몇 개의 점으로 추상화됐다. 이를테면 머리는 동그라미 하나면 됐고, 동작은 직선과 곡선으로 나타나면 그로써 좋았다.

대원들은 그 방법을 칼의 길에서도 찾아야 했다. 칼끝이 몸에 와닿는 순간까지의 흐름을 묘사하는 것이다. 처음 훈련이 시작됐을 때 대원들은 죽을 만큼 힘들어했다. 칼끝은 처음에 느리게 다가오지만 그동안 결코 눈을 감을 수 없었다. 그래서 얻은 것이 담대한 정신, 유연한 판단, 핵심만을 추출한 단순화, 그리고 절대공포의 극복이었다.

경기는 감각을 단련하기 위한 좋은 수단이었다. 마치 구구단을 외우고 나면 다시는 외울 필요가 없듯, 상대의 동작과 느낌들을 단순해진 '장면 단위'로 보고 그 장면과 장면이 연결되는 흐름이 실시간으로 계산됐다. 그렇게 공격과 방어의 선들이 단순한 형태로 파악됐다.

그러면 상대의 근육의 비틀림, 표정, 시선을 동시에 읽을 수 있었다.

그리하여 아직은 안개처럼 희미하지만, 무사들은 자신이 창조하는 시공간의 '세계선(世界線)'을 보고 있는 중이었다. 그 세계선을 보는 것이야 말로 산과 비연이 이 세계에 와서 개발한 모든 기예의 오의(娛義)일 것이다.

그들은 공간(空間)의 최단거리가 아니라, 시공간(時空間)의 최단거리를 찾아내고 있었던 것이다.

* * *

에센 백작가의 사람들은 협상을 보증할 가문의 대표로서 앞쪽 마차를 이끌고 있었다. 포라토는 그들에게 생소한 곳은 아니다. 18세 처녀 막내 예실의 마음은 설레었다. 그토록 와보고 싶던 곳이다. 그녀도 이곳에서 유학을 하게 될 것이다. 지금 그들이 향하고 있는 곳은 고급 여행자 숙소다. 아무리 지방 귀족이라고 해도 백작의 체면과 권위는 중요하다. 특히 협상을 앞둔 상황에서 대표단의 격은 아무리 강조해도 지나치지 않을 것이다. 숙소는 새덤이 수소문하여 정했다.

'포란 왕국 제1특급여관.' 백작 이상의 고위 귀족이 묵는 호텔급 숙소다. 일행은 거대한 거실과 공동 욕실, 보관 창고가 딸린 상단용 숙소를 통째로 빌렸다. 이런 여관에는 상단의 투숙이 빈번하기 때문에 단체를 위한 숙소가 반드시 마련되어 있다. 보통 1층에는 벽이 아니라 이동식 칸막이가 쳐 있는 격벽으로 상인들과 하급무사들이 쉴수 있는 개인 공간을 마련해주고, 2층에는 귀족과 고급무사, 그 피붙이를 위한 고급 숙소가 마련되어 있다. 가장 안전하며 보호하기 쉬운 곳이다.

"제가 올라갑니까?"

세실이 항의했다.

"그럼 누가 올라가나? 노인네가 가야지."

산이 시큰둥하게 말했다.

"대장님들이 올라가셔야 대원들이 불편하지 않습니다."

"불편하지 않아! 그리고 두 번 말하게 하지 마라."

"알겠습니다."

산과 비연은 1층 거실 입구에 자신들의 거처를 정했다. 새덤은 반
대편 입구에 자신의 자리를 정했다. 가장 위험한 자리다. 대원을 지
키고, 상품을 지키기 위한 지휘관의 의지다.

"디테는 갔습니까?"

"갔어. 아마 당분간 신전에서 머물 것 같더군. 그건 그렇고 뭐 입질
은 좀 있었나?"

"이르면 오늘 밤부터 고객들이 찾아올 것 같습니다."

"언제쯤 팔릴 것 같나?"

"대단히 고가이기 때문에 자산가들이 감정하는 시간을 고려하면
시간이 꽤 걸릴 겁니다."

"여유를 가지고 진행하자고. 서둘러야 할 일도 없고. 왔는데 시내
한번 둘러봐야지? 어이! 예리아, 예킨 있나?"

예리아와 예킨이 달려왔다. 그리고 예실도 덤으로……

"이 동네 잘 안다고 했지?"

"예!"

"안내와 설명을 부탁해도 될까?"

"알겠습니다."

"물건은요?"

비연이 물었다.

"트랩을 확실하게 설치하고 창고에 놔둬도 될 거야. 특급여관답게
귀중품 보관 시설과 경비는 엄중하게 잘되어 있더군. 가자고…… 밥
은 먹어야 할 것 아닌가?"

"그래도……."

비연이 주변을 살피며 조심스럽게 말했다. 맞은편에는 새덤이 눈
길을 아래로 향하고 있었다.

"큰 판에서는 잔챙이가 끼지 못하는 법이야. 그래서 도박의 천국
라스베가스에는 양아치와 좀도둑이 없지. 정 불안하면 여관에 경호
증원을 요청하자고."

"알겠습니다."

저녁 무렵이었다. 하늘은 어두컴컴하고 비를 머금은 바람이 거세
다. 중앙 가도를 따라 그들은 산책을 나섰다. 거리의 양옆으로 도시
가 흥청거리고 있었다. 새로운 운명을 시험하는 두 사람의 풍운과 모
험이 이제 이 도시에서 시작되고 있었다.

4장
선택
選擇

"그들이 포라토에 도착했습니다."

전령이 조심스럽게 고했다. 그의 주인은 뒷짐을 지고 창밖을 쳐다보고 있었다. 열린 창문 사이로 만년설이 쌓여 있는 오롬 산맥이 보였다. 바깥바람 소리가 제법 소란하다.

"실루오네의 영역이지?"

마스터가 물었다. 질문이 아니라 독백 같은 말투다. 찬바람이 그의 은빛 머리카락을 조금씩 흩어놓았지만 별로 신경 쓰지 않는 모습이다. 전령이 조금 생각하더니 조심스럽게 대답했다.

"실루오네는 아직 별다른 움직임이 없습니다. 북방에 자신의 권속들을 모으고 있지만 큰 규모는 아닙니다."

"자료를 요구했었지?"

"한 달 전에 넘겼습니다. 매우 화가 나 있었습니다."

마스터의 얼굴에 부드러운 주름이 잡혔다.

"그랬겠지. 세 달을 끌었으니…… 자료 상태는?"

"지시하신 부분은 뺐습니다."

마스터는 고개를 끄덕였다.

"관심을 보이던가?"

"꽤 흥미로워했습니다."

"내 요청은?"

"분석 후 생각해보겠다고 했습니다."

마스터는 머리카락을 뒤로 넘겼다. 시선은 여전히 창밖을 향한 채였다.

"피안의 상태는?"

"잠정 폐쇄시켰습니다. 복구에는 20년가량 걸릴 것으로 계산됩니다."

"다른 소환자들은?"

"예정대로 군체 조작을 무사히 끝내고 고객에게 분양했습니다. 내역은 전신(戰神) 카미제 사제 둘, 화신(火神) 테하라 사제 둘, 마룡 엘리아나 종자……."

마스터가 손을 흔들었다. 전령이 입을 다물었다.

"됐다. 그런 쓰레기들 소식은 듣고 싶지 않아……."

"예……."

마스터는 여전히 생각에 잠겨 있다. 전령은 계속 대기했다. 그는 마스터의 허락 없이 움직일 수는 없다. 요즘 그의 관심은 하나다…… 오랜 세월 지극히 냉소적이고 무료했던 이 존재를 일깨운 바로 그것.

"두 사람은 아직도 개체변이 되지 않았지?"

"디아나의 정보에 의하면 그렇습니다."

"넥타는?"

"디테를 통해 가장 최근에 개선된 것들로 보내주고 있습니다. 순도는 아홉 수로 네 개(99.99%) 수준입니다."

마스터가 창문을 닫았다. 실내는 조용해졌다.

"가파엘과 리누엘을 제압했다지?"

"그렇습니다. 각성 속도가 놀랍습니다. 전형적인 공진화(共進化, co-evolution)로 보고 있습니다. 각성자 수준에서는 처음 발견된 현상입니다."

마스터는 쓴웃음을 지었다.

"글쎄…… 두고 봐야 알 일이지."

"그런데…… 언제 회수하실 생각이신지요?"

전령이 조심스럽게 물었다. 마스터가 처음으로 그에게 고개를 돌렸다. 전령은 눈길을 돌리지 못했다. 마스터는 그의 눈을 물끄러미 바라보았다.

"피안은 실험실이지. 그것도 아주 잘 꾸며진 실험실."

"예……."

"거장의 실험실에서 만들어진 것은 아주 훌륭해. 아주 공들여서 만드니까…… 그건 예술 작품과 같아. 그렇지 않나?"

"그렇습니다."

전령은 땀을 닦았다.

"그렇지만 실험실의 작품은 치명적인 결점이 있어. 너는 그게 뭔지 아나?"

"……."

전령은 말을 아꼈다. 마스터가 눈길을 부드럽게 하며 다시 창밖으로 향했다. 독백처럼 그의 답이 이어진다.

"재현성(再現性)이 없는 거야. 쉬운 말로 불임(不姙)이라는 것이지"

"……."

"수많은 변수와 수없는 악조건, 예측 불가능한 환경…… 그게 현실의 세계야. 그 속에서도 살아남아 번성하는 것. 나는 그것을 가지고 싶어."

"그렇지만…… 부활한 사탄과 현자의 왕 나쿤이 움직인다면 우리가 손댈 수 있는 범위를 넘어갑니다. 어떤 복안이 있으신지요?"

전령이 다시 반문했다.

"반드시 움직이겠지. 나쿤도 마룡으로 변이를 선택한 용. 사탄은 사탄대로 절박한 필요가 있겠지. 그렇지만 다 내 계산에 있는 일이다. 서두를 필요는 없어. 예정대로 일을 진행하도록 해."

"알겠습니다."

"그만 가봐."

전령이 물러갔다. 마스터는 여전히 창밖 너머 세상을 바라보고 있었다.

"마룡 실루오네…… 지능종의 죽음과 변이를 관장하는 임무였지? 스스로 거대 생체 복합체로 진화한 용. 그래서 가장 호기심 많고 인간에게 가까웠던 존재였고…… 궁금하군, 그대의 선택이."

* * *

공기가 차갑다.

차가운 공기는 무겁다. 항상 땅에 낮게 가라앉은 채 낮은 포복으로 파고들어 간다. 반면 더운 공기는 가볍다. 차가운 공기가 이렇게 세게 밀고 들어오면 급하게 위쪽으로 도망간다. 두 기운이 맞닿는 면에서는 습기가 응결되어 물방울이 생긴다. 그것은 급격한 상승기류를 따라 광대한 영역에 수직으로 솟은 구름을 만든다. 그것을 적란운이라고 한다. 그렇게 비를 머금은 검은 구름이 위협적으로 커져가고 있던 저녁 무렵이다. 비를 예감한 시민들은 삼삼오오 종종걸음으로 집으로 돌아가고 창가마다 등불이 켜져 그 빛이 비치고 있었다. 벽이 넓고 창이 좁은 건물에서도 빛이 새어 나온다. 거리는 어두웠으며 사람들이 흩어진 거리에는 어둡고 스산한 기분이 감돌았다.

그렇지만 그렇지 않은 사람도 가끔 있어줘야 균형이 맞는 세상이라고 할 수 있지 않을까.

"따뜻한 코코아 한 잔이 그립네요."

비연이 낮은 목소리로 말했다. 입가에서 김이 하얗게 새어 나온다.

"이런 날은 부침개에 소주가 최곤데……."

산이 입맛을 다셨다.

그렇지만 여유로운 대화 내용과는 달리 두 사람의 얼굴은 굳어 있다. 주머니 속에서는 익숙한 기계의 진동이 끊임없이 그들의 주의를 요구하고 있었다.

"……."

무슨 소리인지 모르는 백작가 사람들은 고개를 갸웃했다. 그들은 숙소 근처의 거리를 산책하고 있었다. 부하들도 아마 자유 시간을 즐기고 있을 터였다. 근 한 달간을 붙어 지냈으니 같이 가자고 해도 거절했을 것이다. 두 사람은 천천히 걸으며 도시의 면모를 살폈다. 다른 세상에서 만난 도시의 저녁 풍경이 무척 생소하다. 한쪽에서는 상인들이 날이 어두워지기 전에 남은 상품들을 정리하려고 부산한 모습이다. 다른 한편에서는 골목의 부랑아들이 사람들을 살피며 호시탐탐 먹잇감을 노리고 있다. 유복한 시민들은 장식이 요란한 마차를 천천히 몰아가며 설레는 연회에 가는 길이고 고단한 하루 일을 마친 그저 그런 평민들은 식당과 주점에서 동료를 찾을 것이다. 구수한 음식 냄새와 빵 굽는 냄새, 맥주와 비슷한 알코올 냄새들이 이제 저녁 식사 시간임을 설득력 있게 전달하고 있다.

일행은 가까운 식당에 들어섰다.

여행객들의 왕래가 빈번한 곳이라 규모가 크고 제법 화려한 식당이다. 식당 옆에는 살롱 같은 분위기의 고급 건물이 여러 채 늘어서 있다. 아마 고급 귀족들이 여흥과 토론을 즐기는 장소일 것이다. 식당은 마치 독일 호프집같이 와자지껄하고 유쾌한 분위기다. 이곳 북방 무사들의 흥겹고 성급한 기질을 드러내듯 여기저기 호탕한 웃음소리와 걸걸한 욕 소리로 시끄럽다. 식당을 둘러보던 비연이 문득 고개를 갸웃했다. 그녀의 눈길이 식당의 몇 군데를 찬찬히 훑고 지나간다. 산의 눈빛은 깊게 가라앉아 있었다. 굳건해 보이는 입술 한쪽을 꾹 깨물며…… 뒷짐을 진 상태로 무언가를 만지작거리고 있다.

키가 작고 날렵하게 생긴 소녀 사환이 잿빛 앞치마를 두른 채 주근깨가 덮인 얼굴로 그들을 맞이한다.

"다섯 분이시군요?"

"조용한 자리로 잡아주게."

예킨이 말했다.

"남녀가 애틋한 이야기를 할 수 있는 분위기는 아니군……"

산이 커다란 홀을 쳐다보며 중얼거렸다. 비연은 그 짧은 말이 어쩌면 이 식당에 대한 가장 적절한 표현일지도 모른다고 생각했다.

"자신을 지킬 수 있는 무사들이나 상단 사람 말고는 밖에 잘 돌아다니지 않습니다. 게다가 대부분 외지 사람들이기 때문에 다툼도 잦습니다."

예리아가 무심결에 대꾸했다. 그렇지만 그녀는 대장들의 눈 속에서 깊숙하게 일렁거리는 시퍼런 불길은 보지 못했을 것이다. 일행은 안내에 따라 들창문이 있는 쪽에 자리를 잡았다. 탁자는 나무로 되어 있었고 의자 역시 나무로 만들었는데 들풀로 짠 시원한 방석을 깔았다. 비록 깔끔하기는 했지만 칼로 그은 흔적과 거칠게 패인 자국들은 이 탁자가 얼마나 험한 사람들을 대했는지를 보여주고 있었다. 4인이 앉을 수 있는 자리다. 다섯 사람이라 4인 탁자 하나를 더 붙이고 여유 있게 앉았다. 모두 자리에 앉자 끓인 물이 담긴 주전자와 함께 도자기 잔에 나왔다. 잔에는 말린 꽃잎이 담겨 있다.

"꽃잎으로 차를 끓였군. 향이 괜찮네?"

"사롱차라고 합니다. 이곳에서 가장 많이 즐기는 차랍니다."

막내 예실이 거들었다. 두 손으로 잔을 꼭 쥐고 모락모락 나는 김을 호호 불어가며 마시는 모습이 무척 귀엽다. 그 누구도 여행 중 그토록 치열한 전투를 치렀던 소녀라고는 믿기 어려울 것이다.

"그런데……."

예리아가 조심스럽게 말을 꺼냈다. 강산과 비연의 눈치를 살피고 있었다. 일행의 눈길이 그녀에게 집중된다.

"왜?"

비연이 물었다.

"우리 셋을 따로 부르신 이유가 있을 것 같아서요."

"왜 그렇게 생각했지?"

"항상 이유가 있는 행동만 하시니까요?"

예리아의 말에는 불안감이 깔려 있다. 뭔가 심상치 않은 분위기를 느낀 예킨과 예실의 표정이 굳어지는 모습이 보인다.

"그래……."

이번에는 산이 말했다.

"혹시……."

"네가 생각하는 그런 이유는 아니니 안심해."

비연이 찻잔을 돌리며 빙긋 웃고 있었다.

"우리는 약속을 지킨다. 네가 믿든 안 믿든 자유지만…… 다만, 자네들에게 양해를 구할 일이 생겼어."

산이 세 사람을 번갈아 쳐다보았다. 세 사람은 침을 꿀꺽 삼켰다.

"우리 둘에게 뜻하지 않은 일이 생겼다. 그래서 계획보다 조금 더 머물러야 할지도 모르겠다. 그래서 지름길로 진로를 바꾼 거지. 덕분에 예상보다 적어도 닷새는 먼저 도착할 수 있었고."

"그러면 얼마나 머무르실 생각이십니까?"

"짧으면 열흘, 길면 한 달 정도 될 거야. 그것도 확실하지는 않아. 그리고 앞으로 무슨 일이 벌어져도 결코 당황하거나 함부로 판단하지 마라. 이건 부탁이다."

"무슨 일인지 알 수 있겠습니까?"

"우리도 몰라. 다만, 앞으로 어떻게 해야 할지 판단이 서지 않으면 대원들을 데리고 이곳 디아나 신전을 찾아라."

예킨은 두 사람의 표정을 살폈다. 한 사람은 여전히 굳세고 한 사람은 여전히 세련된 모습이다. 그렇지만 오늘은 조금 다른 느낌이 읽힌다. 근거는 전혀 없었지만 예킨은 약간 그들이 슬퍼 보였다. 음식이 나왔다. 식사는 풍성했지만 방금 나온 대화 때문에 약간 무거운 분위기가 흘렀다. 그렇지만 두 사람의 표정은 아무 일도 없었다는 듯 다시 유쾌한 분위기로 돌아가 있었다. 술잔이 돌면서 백작가의 세 남매 역시 기분이 풀어지고 있었다. 그동안 거칠고 위험한 여행에서 많은 죽음을 경험하며 단련된 마음이 사소한 두려움에 굴복하지는 않을 것이다.

"예리아는 이곳 지리를 안다고 했지?"

산이 예리아를 빤히 바라보며 물었다.

"예, 조금……."

예리아가 대답했다. 약간 상기된 얼굴로 산의 다음 말을 기다린다.

"혹시 시리드 광장이라고 들어봤나?"

"시리드 광장이라면 무척 유명한 곳입니다. 도시 서쪽 외곽에 있어서 조금 멀긴 해도……."

"대강의 약도를 부탁해도 될까?"

산이 다시 예리아를 쳐다본다.

"물론이지요! 숙소에 돌아가면 바로 그려드릴게요."

예리아는 소녀처럼 들뜬 목소리다. 비연이 소리 없이 웃었다. 문득 그녀가 부럽다. 저런 천진함이.

'저런 평범한 기쁨이라…… 얼마나 황홀한 삶일까…….'

그녀의 눈길은 다시 식당의 구석구석을 향한다. 문득 한 단어가 생각났다. '유비쿼터스(Ubiquitous)!'

* * *

식사가 중간에 접어들 무렵이다. 밖에서 큰비가 본격적으로 내리고 있는지 창가가 콩을 볶듯 시끄럽다. 밖에서 돌아다닐 사람들이 비를 피해 모두 안으로 들어온 탓에 식당은 이미 사람으로 꽉 차 있었다. 복잡하고 눅눅한 기분이 감돈다.

"저기⋯⋯."

아까 안내하던 소녀 사환이 산의 눈치를 살핀다.

"무슨 일이지?"

"괜찮으시다면 합석해도 되겠는지요?"

사환이 조심스럽게 물었다. 조금 떨어진 뒤쪽에는 남자 둘과 여자 하나가 서 있다. 실내에는 비를 피해 들어온 사람들이 서성거리고 있었다.

"뭐 괜찮겠지. 그러지 않아도 자리가 많이 남아서 미안했거든."

"고맙습니다."

사환이 세 사람을 안내했다.

"실례하겠네."

남자 중 60대 정도로 보이는 노인이 인사를 하며 앉았다. 나머지 두 사람은 목례만 까딱하고는 비에 젖은 겉옷을 벗어 옆에 준비된 옷걸이에 걸고 자리에 앉았다. 남자는 푸른색, 여자는 옅은 붉은색의 옷을 입었다. 세 사람 모두가 칼을 차고 있었으며 왠지 모를 기품이 흘렀다. 이들이 앉자 약간의 어색한 침묵이 흘렀다. 창가에 앉은 비연은 힐끗 그들을 쳐다보곤 눈길을 창가로 돌렸다. 기름 먹인 문풍지 틈 사이로 빗방울이 도르륵 굴러 내렸다. 유리가 있었으면 밖이 보일 텐데…… 식탁 가운데에서 타고 있는 기름 호롱불의 빛이 비쳐 모두의 얼굴이 발갛게 물든 것처럼 보인다. 산 일행은 묵묵하게 식사를 계속했다.

"젊은이들은 어디서 왔는가? 차림새를 보아하니 먼 곳에서 온 것 같은데."

어색한 침묵을 깨고 굵고도 유쾌한 음성이 울렸다. 모두의 눈길이 목소리의 주인을 향한다. 노인이 양털같이 푹신한 수염을 쓰다듬으며 그들을 바라보고 있었다.

"북쪽에서 왔습니다. 워낙 외지고 궁벽한 곳이라서 말씀드려도 잘 모르실겁니다."

예킨이 조심스럽게 대답했다. 비록 허름하지만 귀족 차림을 한 자신에게 자연스러운 하대를 한다면 상대 역시 귀족일 것이다. 또한 이런 식당에서 식사를 한다는 것은 여행자라는 뜻이다. 귀족이면서 여행을 하는 사람이라면 십중팔구 유서 깊은 무가의 사람이다.

"북쪽이라…… 험한 곳에서 왔군. 나도 젊었을 때 사냥에 참가하러 북쪽 지방을 돌아 본 적이 있지. 노리안 후작령 근처인가?"

"그보다 하루 정도 더 가야 합니다. 오롬 산맥의 기슭에 있습니다."

"북쪽 산기슭이라. 거기는 괴수가 많은 곳이라 매우 위험하지. 그나저나 꽤 멀리까지 왔구먼. 용감하고도 모험심이 강한 젊은이들이구먼."

노인은 흥미로운 눈으로 일행을 쳐다보았다. 이 전란의 시대에 무가나 상단 이외의 여행자는 매우 드물다. 언제 어떤 봉변을 당할지 모르기 때문이다. 만약 도시 밖에서 두셋씩 모여 다니는 사람을 만난다면 반드시 조심해야 한다. 확률적으로 매우 강한 사람일 것이기 때문이다. 노인과 같이 온 젊은 남녀가 음식을 주문했다. 노인의 표정은 차분하고도 여유로웠다. 자연스럽게 그의 눈길은 일행 하나하나의 모습을 살폈다. 그렇지만 예리아와 예킨, 예실을 지나 구석에 있는 두 사람을 향하면서 그의 눈길이 묘하게 변했다. 생소한 양식의 옷을 입은 사내는 식탁에 시선을 고정시킨 채 묵묵히 식사를 하고 있고 기묘한 분위기의 여자는 잠시 식사를 멈춘 채 멍한 눈으로 창쪽을 응시하고 있다. 확실한 사실은 저 두 사람은 곁에서 나누는 대화에 전혀 관심이 없다는 것이다. 노인은 잠시 생각하는 표정을 짓더니 곧바로 장난스럽게 변했다.

"그러고 보니 이것도 좋은 인연인데, 서로 이름이나 먼저 알고 이야기를 나누도록 하세. 나는 '한영'이라고 하고 이 친구는 '한준', 저 아이는 '한야' 라고 한다네."

소개받은 두 남녀, 한준과 한야는 눈을 크게 떴다. 그들에게도 노인이 이런 행동을 하는 것은 결코 흔한 일이 아니었다.

"한영? 혹시…… 한선가의?"

예실이 말을 하다가 흠칫 입을 다물었다. 그녀는 어리지만 그의 이름은 지금 함부로 입에 담을 만한 것이 아니라는 것을 안다. 예리아와 예킨이 긴장한 채 한영과 주변의 눈치를 살폈다. 그렇지만 한영의 눈길은 구석의 두 사람에게 향해 있다. 그의 흰 수염 속에서 입술 끝이 서서히 꼬여 올라간다. 그들은 여전히 주변에 아랑곳하지 않고 생각에 침잠해 있다. 아마 둘 중 하나일 것이다. 옆에서 일어나는 일에 진짜 관심이 없거나 알면서도 무시하거나. 뭐…… 그럴 수도 있지. 한영은 멋쩍게 웃었다.

"맞네. 우리는 한선가의 무사들이지. 자네들은?"

한영이 속삭이듯 아주 낮게 말했다. 세 사람이 일어난다.

"아아! 예를 생략했으면 하네. 번거롭거든! 이제 자네들 차례지?"

"'위대한 철검(哲劍)'님을 뵙습니다. 저는 에센 백작의 둘째 아들 예킨이라 합니다."

"저는 둘째 딸 예리아라 합니다."

"저는 다섯째 예실입니다."

"에센 백작가라고!"

한준과 한야가 짧게 소리쳤다. 곧이어 화들짝 놀라며 입을 틀어막았다. 그러나 주위는 이미 조용해져 있다. 한쪽이 조용해지자 마치 전염되는 것처럼 어수선한 공간이 차례로 진압됐다.

"그러면…… 알칸의 뼈와 '생명수'를 가져왔다는 그 사람들?"

탄성은 뒤쪽에서 들렸다.

비연이 눈길을 돌렸다. 산은 식사를 멈췄다.

식당이 술렁이기 시작했다.

* * *

예실은 이마의 땀을 닦았다. 너무 덥다

식당 안에서는 침묵 속에 뜨거운 열기가 작열하고 있었다. 막힌 공간에 텁텁한 습기와 색색거리는 숨결이 섞여 있고 호기심과 탐욕이 섞인 시선들이 마치 돋보기처럼 한곳에 초점을 맞췄다.

"식사는 다한 거니? 나는 이제 끝났는데……."

비연이 예리아에게 물었다. 마치 어머니처럼 부드러우면서도 자연스러운 목소리다. 예리아가 비연을 바라본다. 비연은 수저를 접시에 내려놓고 수건으로 입을 닦고 있었다. 예리아의 다음 눈길은 산을 향했다. 산 역시 의자를 약간 뒤로 뺀 상태로 서서히 일어서고 있었다.

"서로 인사도 나누신 것 같으니, 이제 슬슬 돌아가는 것이 어떨까? 이곳은 공기가 너무 탁하고 답답하군. 보아하니 다소 위험해진 것 같기도 하고……."

산이 허리를 쭉 편 상태로 스트레칭 하는 것처럼 팔을 허리 뒤로 쫙 젖힌 채 천천히 몸을 돌렸다. 천천히 돌아가는 그의 시선이 담담하게 좌중을 쓸어간다. 그 눈길이 닿는 지점마다 군중들이 작게 움찔거렸다. 맞은편에서는 비연이 손으로 탁자를 짚으며 일어서고 있었다. 그녀의 왼쪽에는 한선가의 한준과 한야가 앉아서 두 사람을 번갈아 가며 쳐다보고 있다.

"그게……."

예킨이 산을 쳐다본다. 당혹스러운 표정이다.

"왜 비가 그칠 때까지 기다리자고? 금방 그칠 비가 아닌 것 같은데?"

백작가 삼 남매가 주춤주춤 일어났다. 이미 식사는 마친 상태였지만 이렇게 거두절미하고 일어나면 어쩌란 말인가? 대장은 이쪽 예법을 몰라서 그런 거겠지만 옆에 합석한 '매우 고귀한' 사람은 모욕을 받았다고 생각할지도 모른다. 또한 사방에서 쏟아지는 관심들은 여전히 그들을 노골적으로 쳐다보고 있다. 등에서 땀이 흐른다. 얼굴은 이미 땀으로 질펀하다.

이제 산의 시선은 마지막으로 노인에게 멈췄다. 한영은 눈을 가늘게 떴다. 입가의 미소가 더욱 짙어졌다. 두 사람의 시선이 정면으로 만났다. 노골적인 탐색이다. 그리고 꽤 오랫동안 그렇게 서로를 응시하고 있었다. 옆에 있는 사람들이 불안해할 만큼 길고도 막막한 시간이었다. 이윽고 산이 고개를 약간 숙이며 사무적인 느낌으로 예를 표했다. 한영이 뒷머리를 어색하게 긁고는 고개를 같이 숙이며 인사했다.

"나는 산, 저 사람은 연이라고 합니다. 방금 들으신 대로 여기 사람들은 에센 백작가에서 온 사람들이고, 우리는 백작가의 물건과 사람의 호송을 책임지고 있습니다."

"이것 참 공교롭기도 하지. 사실은 나도 그대들의 물건에 관심이 있어서 이곳 포라토까지 왔는데…… 바로 여기에서 이렇게 만나게 되다니. 운이 좋다고 해야 하나? 아무튼 반갑구려."

한선가의 두 귀인은 속으로 숨을 삼켰다. 할아버지의 말투가 조금 어색하다.

"대가가 적당하다면 누구라도 고객이 될 수 있답니다."

비연이 웃으며 응대한다.

"물론 날로 먹겠다고 덤비는 손님들은 알아듣게 타일러 보내기도 합니다."

이것은 산의 말이다.

"정말 그랬지! 두 사람의 소문은 많이 들었다네. 선무대가라고 해서 믿지 않았는데, 지금 보니 그럴 수도 있겠어. 대단한 기백이야."

한영이 천천히 일어났다. 그가 일어나자 한준과 한야도 긴장을 풀지 않고 일어섰다. 그들을 구경하던 사람들이 주춤주춤 뒤로 물러섰다. 누구도 의도하지 않았지만 가슴에 손을 대고 직접 밀어내는 듯한 부드러운 압력이 너무도 그 일을 쉽게 해내고 있다. 이제 그들이 있는 탁자를 중심으로 커다란 공간이 생겼다.

"'철학자의 검' 한영이 여기에 직접 나타나리라고는……."

뒤쪽 구석에서 누군가 중얼거렸다. 이건 정말 근래에 드문 대사건이다. 한영은 절대무가 한선가의 가주, 한혁의 친동생이자 차기 '전설'의 경지에 가장 근접한 무인이다.

전설이란 5품을 이룬 세 명의 무인을 일컫은 말이다. 지금까지 전설은 정통파인 3대 절대무가에서 배출되어왔다. 재야파 무벌에서는 아직 배출된 사례가 없다. 절대무가의 힘은 바로 이 '전설'의 존재에서 나온다. 인간으로서 무도의 끝을 보았다고 일컬어지는 절대 강자라고 보면 정확하다.

한영은 신비로운 능력을 가진 사람으로 알려져 있으며, 비록 명예직이긴 하지만 황실에도 대단한 직위에 그 이름을 올려놓고 있는 거물 중의 거물이다. 평생을 여행과 탐구 활동으로 보낸 괴짜이며 그에게 있어 무력도 이 세계에 대한 탐구 활동 중 하나라 한다. 그래서 경험과 지혜가 모두 크고도 넓어 문과 무를 겸전한 전인(全人)에 가장 접근한 사내다. 또한 과거 한영은 그 형 한혁과 함께 대륙을 종횡하며 14개 무가를 평정했으며 20개 대형 용병단을 모조리 해체했던 화려한 전적이 있다. 특히 3품 대가 둘이 포함된 최악의 '야스란 용병단' 500명을 단둘이서 이틀 낮밤에 걸쳐 궤멸시킨 사건은 지금도 대륙 무가들의 신화적 행적으로 남아 있을 정도다. 외모는 60대로 보이지만 실제로는 여든을 넘긴 나이다.

"영감님께서는 어떤 물건에 관심이 있으셨는지요?"

산이 말했다.

"영감이라…… 여태까지 내게 그렇게 말한 사람은 없었다네."

한영이 불만스럽게 귀를 후볐다. 표현이 영 마음에 안 든다. 그래서 목소리도 낮아졌다.

"그럼 뭐라고 불러드릴까요? 혹시 노인장?"

산이 피식 웃었다. 여유 있는 모습으로 대화하는 두 사람과는 달리 주변 사람들은 팽팽한 긴장감으로 입을 꾹 다문 채 둘의 모습을 지켜보고 있었다. 아무리 이를 악다물어도 온몸이 덜덜 떨리는 건 어쩔 수 없었지만…….

"뭐 호칭 따위야 별 상관없겠지. 어린 친구가 상상했던 것보다 훨씬 대단하군. 기운이 맑고도 부드럽고 모나지도 않고 아주 매끈해. 게다가 끈적하지도 않으니, 한마디로 기본이 정말 탄탄하군! 3품까지는 거저먹겠어. 대체 어디서 이런 괴물이 나왔을까? 대체 어느 무가 출신이지? 내게는 알려주었으면 하는데?"

한영이 한 걸음 앞으로 내디뎠다.

"좋은 학교는 못 나왔습니다. 독학했지요. 이제 영감님 음식이 나올 시간이 됐군요. 배가 많이 고프시지는 않나요? 우리는 이제 가봐야 할 것 같습니다만…….."

산이 옆으로 한 발짝 옮겼다.

"나는 칼이 많이 필요하지. 아주 강하면서도 부러지지 않는 걸로."

한영의 한 걸음 앞으로 더 나서며 말했다.

"알칸의 뼈를 신상품으로 추천드리지요. 그런데 매우 비쌉니다. 돈은 가지고 계십니까?"

산이 한 걸음을 물러섰다. 발뒤꿈치가 뒤의 벽에 닿았다. 산의 입가가 약간 일그러졌다.

"돈은 문제가 안 돼. 물건이 정확해야지. 소문에는 동명가의 아이가 벌써 챙긴 게 있다고 하더군. 언제 내게 모두 넘겨줄 수 있겠는가?"

한영이 보폭을 줄이며 한 걸음을 더 뗐다.

"그러면…… 얼마를 쓰실 생각이신가요?"

산은 등을 벽에 편안하게 기댄 채 양손에 팔짱을 꼈다.

"물건을 먼저 봐야겠지. 진품이라면 대접을 섭섭하지 않게 해주지. 명색이 한선가인데 그리 야박하지는 않을 거야."

"오늘 영업 시간은 끝났습니다. 내일 밝은 날에 보시는 게 어떨까요? 그리고 우린 방금 이 도시에 도착했습니다. 노인네가 성미가 매우 급하시군요."

"맞아. 이번에는 조금 서두르고 있어. 우리도 전력을 다해 포라토에 방금 도착했다네. 원래 그전에 만나려고 했는데 노리안 후작령을 지나면서 갑자기 종적이 사라져 버렸더군. 어쨌든 오늘 자네들을 만나려고 정말 많이 서둘렀어. 어차피 여기가 아니라도 우리는 오늘 밤에 반드시 만나게 되어 있었다고 생각하면 마음이 편할 거야."

"우리가 안 팔겠다고 버티면 어떻게 될까요?"

비연이 고개를 약간 오른쪽으로 기울이고 한영에게 물었다. 사람들의 눈길이 비연에 집중되고 있다. 한영이 역시 의외라는 눈으로 비연을 쳐다보더니 입을 열었다. 그 목소리는 묵직했다.

"반드시 팔아야 하기 때문에 그런 걱정은 안 해도 된다네, 귀엽고도 강한 아가씨."

"그러니까 이런 이야기군요. '너희는 팔 수 있는 자유가 없다. 잘나신 한선가에서 정하는 가격대로 군소리 없이 넘겨라.' 이 요약 정리가 맞나요?"

"문체는 마음에 안 들지만 의미는 같다. 다만 가격은 협상할 수 있겠지."

"'철학자의 검'이 아니라 '날강도의 검'이군요."

비연이 입을 가리며 낮게 웃었다.

"이 여자가 감히 이 무슨 무례한 말을!"

한준과 한야가 동시에 칼자루에 손을 얹고 앞으로 나섰다. 거의 동시에 비연이 손을 앞으로 뻗었다. 비연의 손가락은 앞으로 가지런히 모여 있다.

"그만둬! 어리석은!"

한영의 짧은 소리가 울렸다.

한준과 한야가 급하게 몸을 틀며 뒤로 물러섰다. 그들 사이에는 이미 한영의 칼이 칼집째로 들어와 있었다. 산은 자리에 서서 주먹을 쥐었다 폈다 하고 있다. 비연은 머리를 가볍게 흔들어 넘기며 한영을 쳐다보았다. 한영은 손을 쭉 뻗은 상태로 숨을 고르고 있었다. 눈빛은 차분하게 가라앉아 있지만 그 속에는 당혹감이 섞여 있었다. 하마터면 칼을 뽑을 뻔했다.

'그게…… 대체 뭐였지?'

한영이 동작을 멈춘 채 산과 비연을 쳐다보다 한준을 향해 얼굴을 돌렸다.

"너희 실력으로 감당할 수 있다고 판단했나?"

"가능성은 있다고 보았습니다."

"허…… 이것 참……."

"……."

"따라가려면 10년도 이르다. 바보 같은 놈!"

한준이 눈을 크게 떴다. 한영의 눈은 다시 비연을 향하고 있었다.

그는 이제 불필요한 기세를 완전하게 거둔 상태다.

"자네 말대로 '날강도의 검'이 맞는 것 같다. 내 주제에 '철학자의 검'은 과분하지……"

"제가 말이 격했습니다. 사과드릴게요."

"어쨌든 오늘 우리와 조금 더 이야기를 나눴으면 하네. 이건 나 한영의 부탁이라고 생각해도 좋아. 들어주겠나?"

비연이 쳐다보자 산이 고개를 끄덕였다.

"천천히 식사하시기 바랍니다. 조금 있다 오도록 하지요."

산은 서 있는 예킨의 어깨를 살짝 누르며 의자에 다시 앉혔다. 그의 귓가에 대고 작게 말했다.

"아까 우리가 이야기한 거 기억하나?"

"예?"

"어떤 상황이 벌어져도…… 말이야."

"예……"

"이제 상황이 시작됐다고 생각해."

"알겠습니다."

"의심을 품지 않았으면 좋겠다. 우리가 믿을 만한지는 나 자신도 확신이 안 서지만……"

산은 에센 백작가 삼 남매를 향해 씩 웃어주고 경쾌한 걸음으로 밖으로 향해 나섰다. 산은 비연의 어깨를 꾹 잡은 채 앞으로 걸어 나갔다. 주변에 서 있던 사람들이 뒤로 비켜서며 길을 만들어주었다.

─생각보다 빨리 왔네.

─디테가 일을 제대로 한 것 같군요.

산의 메시지에 비연이 응답했다.

―값은 정했나?

―한선가가 걸렸다면 부르는 게 값이라고 했습니다.

―알칸의 뼈가 그 정도로 위력적인 건가?

―그럴 가치는 있습니다. 우리도 그 성능을 경험했지만 디테의 정보를 분석해보면 한선가도 꽤 오래 전부터 알칸의 부속을 수집하고 있다고 했습니다. 가격 불문하고 사들일 정도라고 했으니 숨겨진 성능을 파악했다고 봐야 합니다.

두 사람은 식당의 처마 앞에 섰다. 앞쪽에서는 자욱한 물안개와 함께 여전히 엄청난 비가 내리고 있었다. 두 사람은 잠시 마음속 대화를 멈췄다. 그리고 캄캄한 암흑 속을 응시했다.

산은 담배에 불을 붙였다. 하얀 연기가 피어오른다. 이어 주머니에서 무언가를 천천히 꺼냈다. 휴대전화 액정 디스플레이의 빛이 담배 연기에 산란되며 산의 시니컬한 얼굴에 비쳤다. 그 빛 속에는 이렇게 적혀 있었다.

발신자: 실&술

수신자: 강산&김비연

〈Special Version 1.0: 각성자 판〉

목표: 상호 협의

보상: 권력, 군대, 무력 외 다수 선택

징벌: 정신 교환, 소환 세탁

방법: 포라토 시 시리드 광장에서 통화 단추를 누를 것

"이상해요."

"뭐가?"

"왜 이렇게 홀가분하죠?"

"너도 그러니?"

"그래요…… 항상 불안했었는데, 지금은 꿈에서 깨어난 기분입니다."

"그래…… 차라리 나아졌다고 생각하자. 불확실한 건 사람을 정말 미치게 만들거든."

"……."

검은 비가 끝없이 내린다. 처마 끝을 타고 내려오는 물줄기가 사뭇 거셌다. 비연이 고개를 옆으로 살짝 돌린 채 검은 하늘을 바라본다. 바람은 머리카락을 흔들고 바람에 묻어온 빗방울은 얼굴에서 흐트러지며 아래로 흘러내린다. 비연의 꾹 다문 입술이 조금씩 열리며 움찔거렸다. 눈물인지 빗물인지 모를 물기가 뺨을 타고 말갛게 흘러내린다.

"그래, 이제부터 2라운드 시작하자, 개새끼들아…… 이 세상 하직하는 날까지 우리 같이 놀아보자고."

산은 아주 작게 중얼거렸다. 마치 첫 번째 메시지가 왔었던 그날 비트에서처럼…… 두 사람은 그렇게 검은 하늘과 젖은 대지를 쳐다보며 우두커니 서 있었다. 그렇게 아주 오랫동안…….

* * *

식당으로 다시 들어가며 비연이 산의 손을 꼭 잡았다. 산이 빙긋 웃는다. 이 세계에 같이 떨어지면서 생긴 비연의 버릇이다. 언제부터 였는지 기억도 나지 않지만, 무언가를 골똘하게 생각할 때, 무언가가 풀리지 않을 때 그리고 무언가 확인하고 싶을 때였을 것이다.

―손을 잡으면 생각이 잘 나나?

―그냥 마음이 차분해져요.

―자식…… 취향도 참 특이하다. 거친 사내 손에 뭐가 있다고…….

식당에 들어온 뒤 비연은 아까 눈길을 주었던 지점들을 다시 응시하고 있었다. 산도 그녀와 같은 곳을 보고 있다. 거친 사내의 손을 꼭 쥐고 있는 작은 손에서 보채는 어린아이처럼 꿈지락거리는 작은 압력이 느껴진다.

"여섯 군데인 것 같은데……."

"나도 아까 기운을 흘려보았는데…… 느낌이 어떤가요?"

"전자파가 반사되어 튕겨 나오는 강도가 약하면서도 특이해. 반사파에 뭔가 다른 게 섞여 있는 것 같고…… 아주 불쾌하군."

"저건 아마도 기운을 흡수하고 그 에너지로 작동하는 종류 같습니다. 어떤 기운을 감지하면 활성화되고 그 에너지를 이용하여 어디론가 신호를 보내는 장치 같기도 한데……."

"RFID(Radio Frequency Identification)?"

산이 고개를 주억거렸다.

"아마 원리는 같을 겁니다. 지구처럼 라디오파(波)를 쓰는 것은 아니지만…… 생체 에너지에 반응하는 것은 확실해요."

"역시 감시 장치군."

"우리를 찾기 위한 것이었을까요?"

"글쎄……."

"반응 감도로 봐서 대가급 에너지를 가진 사람을 식별하는 용도일 겁니다."

"흠……."

산이 주변을 다시 둘러보며 눈을 깜짝였다.

"식당은 다양한 외지인이 모이는 유일한 장소라고 봐야겠지?"

"그렇겠죠?"

"누군가 대가를 반드시 식별해야 할 이유가 있었겠지?"

"둘 중 하나겠지요. 반드시 찾아야 하거나, 아니면 반드시 피해야 하거나."

"저걸 설치한 놈은 인체와 소통하는 법을 알 뿐만 아니라 그 복잡한 기술을 생체기계로 구현할 수 있는 대단한 능력을 가진 놈일 것이고?"

"그러면…… 대상이 좁혀지는군요. 전자파를 자유롭게 쓰는 신, 아니면 '현자'……."

산은 다시 주변을 찬찬히 돌아본다. 비연 역시 신중하게 둘러보고 있다. 다른 사람들이 보기에는 식당을 자연스럽게 구경하는 것으로 보일 것이다. 이 식당은 매우 유서 깊은 곳이기도 했으니…….

"어떻게 봤나?"

"빌트인(built-in)입니다."

"지을 때부터 있었다는 이야기냐?"

"분명합니다. 주변 구축물과 층상(層狀) 구조가 같아요."

현미경 수준의 정확도를 자랑하는 두 사람의 시선이 천장과 벽에 박혀 있는 어떤 '눈'을 예리하게 분석했다. 그들의 얼굴에는 오랜만에 가라앉은 미소가 옅게 걸려 있다. 냉소적이면서도 팽팽한 긴장감이 느껴지는 전사 특유의 1년 전과 같은 미소…….

"언젠가 집주인을 만나야 할 것 같군."

"이래서야 식당도 마음대로 다니기는 글렀군요. 모든 식당이 비슷할 것이라는데 돈도 걸 수 있습니다. 우리 기운을 완벽하게 감출 능력이 생기지 않는 한, 우리의 행적은 노출될 수밖에 없겠습니다."

"대체 무슨 목적일 것 같나?"

"만약 '그들' 모두가 휴대전화에 신호를 보낼 정도로 전자파를 자유롭게 사용할 수 있다면 이 세계에서 돌아다니는 모든 '대가'들의 움직임에 관한 정보는 모두 알고 있다고 봐야겠죠."

"그러면 놈들은 전 세계의 정보를 장악하고 있다고 봐야 하는 거야?"

"설마 그 정도는 아닐 거라고 믿고 싶습니다. 핵 발전소라도 세우지 않는 한 그 출력을 감당하지 못할 텐데요?"

"설마? 아직도 설마를 사랑하나? 이 동네에서 상식적인 건 하나도 없었다고…… 젠장……."

일행은 식당에서 구입한 기름을 먹인 종이를 대나무 살에 씌운 우산을 쓰고 식당을 나섰다. 그들 뒤로 한영과 두 청년이 약간의 간격을 두고 따라온다. 장대비는 처절할 정도로 줄기차게 쏟아져 내리고 있었다.

* * *

"뭐라고?"

"드릴 말씀이 없습니다."

산과 비연은 숙소에 도착한 뒤 비에 젖은 옷을 벗기도 전에 그들을 기다리던 유렌과 라론을 발견했다. 두 사람은 사색이 된 얼굴로 서 있었다. 그 뒤에서 무사들과 일행들이 참담한 얼굴로 그들을 맞이했다. 산과 비연의 곁에는 온몸이 비에 젖은 채 기가 막힌 표정으로 두 사람을 쳐다보고 있는 백작가 삼 남매가 있고 그 오른쪽 곁에는 황당한 얼굴로 그들을 둘러보는 한선가 사람들이 보였다.

"가보자."

산이 무표정한 얼굴로 숙소와 붙어 있는 보관 창고로 향했다. 대원들은 무거운 표정으로 그를 따라 나섰다. 두 개의 분리된 공간으로 이루어진 창고는 여전히 철문과 자물쇠로 굳게 잠겨 있었다.

"창고 뒤쪽을 보셔야 합니다."

유렌이 조심스럽게 말했다. 미닫이문으로 이어지는 창고 보관소 건물 뒤쪽은 특급여관의 용맹한 경비대가 경계 거점을 설치해 엄중하게 지키고 있는 데다 굳건한 석조 건물이다. 위쪽으로 높이 목재 천장이 있어 비를 피할 수 있도록 되어 있다. 운반의 편리성을 고려하여 복도처럼 양쪽으로 열려 있고 그 길로 마차가 들락거릴 수 있게 통로처럼 된 구조다.

열 명이 넘는 경비대원들이 긴장한 얼굴로 삼엄한 경계를 펴고 있었다. 그들이 다가오자 경비대원들은 자리를 비켰다. 비연은 주변을 조심스럽게 살폈다. 한쪽 구석에 부상당한 경비대원 넷이 바닥에 누워 치료받는 모습이 눈에 들어왔다. 고가품임을 고려하여 여관에서 특별히 배치한 특급 정예 무사들이다.

'중독……?'

비연은 입술을 깨물었다. 여관의 주인인 듯 둔중한 몸집의 50대

남자가 그들을 쳐다보고 있었다. 산은 경비의 어깨를 가볍게 밀치고 들어가며 현장을 쳐다보고 있다. 벽은 화강암 석재를 짜 맞추고 석회 비슷한 재료로 접착하여 단단하게 마감한 구조였다. 벽은 멀쩡했지만 아래쪽에는 길이 2미터, 폭 1미터가 넘는 직사각형의 돌이 드러난 상태였다. 돌이 치워진 바닥에는 마치 지하실 공사라도 한 것 같은 구멍이 안쪽으로 이어져 있었다.

"결국 한쪽은 완전히 털렸고 나머지는 그나마 건졌다는 건가?"

"지하에 미리 통로를 내놓고 그 위에 돌을 가져다 놓았어…… 이건 미리 준비한 거야, 그것도 철저하게……."

산이 지하 통로를 통해 창고로 들어갔다 나오며 중얼거렸다. 여관 주인 라몬도는 굳은 표정으로 경비대장에게 질문을 하고 있었다.

"그러니까. 한 시간도 안 되는 그 짧은 사이에 3분의 2에 달하는 물량을 도난당했다?"

"그렇습니다."

"당시 저 일행의 경계 책임자는 사라져 버렸고? 우리 특급무사 셋으로도 지킬 수 없었나?"

"증상으로 봐서는 독이 든 약물을 쓴 것 같습니다."

"경비대장 자네는 이 상황을 어떻게 판단하나?"

"일행의 경계 책임자가 사라진 것으로 보아 공모의 가능성이 큽니다. 그리고 그는…… 제 눈이 틀리지 않다면……."

그는 마지막 말을 라몬도의 귀에 대고 작게 속삭였다. 라몬도의 눈이 크게 떠졌다.

"그것 참…… 그러면 더 이야기할 것도 없군."

라몬도는 대화를 마친 후 비로소 산과 비연, 그리고 백작가 일행을 쳐다보며 입을 열었다.

"여러 가지 정황으로 판단해볼 때 우리 여관에게는 책임이 없는 것 같소. 그대들이 임명한 책임자가 공모하여 저지른 일일 가능성이 크고 여관의 경비 대원에게 상해를 입혔으니 오히려 배상이 필요할 것 같소만?"

"난감하군……."

산이 입맛을 다셨다. 그의 눈은 자연스럽게 비연을 향했다.

"우리는 오늘 방금 도착했습니다. 저 지하 통로는 하루 만에 만들어질 수 있는 작업량이 아닙니다. 또한 감시를 피해 팔 수도 없었을 텐데…… 여관에 왜 저런 통로가 필요했을까요?"

비연은 라몬도를 똑바로 쳐다보며 물었다.

"글쎄 낸들 어찌 알겠습니까? 땅을 판 사람이 알겠지요."

라몬도는 빙긋 웃었다. 대답하는 와중에서도 양손을 툭툭 털며 가볍게 비비고 있다. 여유가 있어 보인다.

"귀중품을 보관하는 창고가 저렇게 가볍게 털릴 수 있는 대공사가 며칠간 벌어졌는데도 이곳 주인은 몰랐다? 그게 이 상황을 설명할 수 있다고 생각하나요?"

"그대들의 동료 '새덤'이라면 가능합니다. 같이 왔으면서 새덤이라는 사람이 누구인지 알지 못했습니까?"

여관 주인은 시큼하게 웃고 있다. 명백한 비웃음이다.

"네?"

모든 사람이 여관 주인을 쳐다보고 있었다.

"그는 포란 왕국에서 무척 유명한 야벌 소속 암살 청부 집단 '칼의 눈'의 고위 간부지요. 한마디로 북부 왕국에서는 최고의 도둑이자 노련하고 유능한 작업자랍니다. 어떻게 그와 동행하게 됐을까요? 불쌍한 사람들…….”

“그럴 리가! 노리안 후작령에서 그를 만났는데, 무도를 닦는 여행자라고 했습니다. 여행 도중 마적의 습격을 받아 동료는 모두 죽고 자신은 산속으로 피신했다고 말했었는데…… 게다가 우리 곁을 떠난 적이 없었는데……?”

비연이 강력하게 항변한다. 라몬도가 안됐다는 표정으로 비연을 바라본다.

“그가 속한 야벌은 재야파 무벌 중에서도 가장 조직력이 강하고, 연락 방법도 다양하다고 알려져 있습니다. 불행스럽게도 우리 경비무사 중에 그들에게 매수되어 협력한 사람이 있었던 모양입니다. 그 점에 대해서는 미안하게 생각하오. 그렇지만 서로 문제가 되어 좋을 일은 없으니, 이쯤에서 조용하게 덮읍시다. 나도 배상을 요청하지 않겠소.”

비연이 입술을 꼭 깨물고 산을 쳐다보았다. 산은 아무런 표정이 없었다. 그저 매우 미안한 눈으로 예킨을 쳐다보고 있을 뿐…….

예킨은 혼란스러웠다. 예리아와 예실은 파랗게 질려 있었다. 예실은 자리에 주저앉아 버렸다. 에센 백작의 엄청난 재산이 그냥 증발해 버렸다. 그 꿈도 함께…… 다른 창고에 남아 있는 짐 3분의 1은 그들의 식료품과 장비들이다. 거의 가치가 없는 것들일 것이다.

예킨은 혼란 중에도 머릿속으로 지나온 일을 하나하나 때려잡듯이 끄집어내고 있었다.

‘이동 중에 뜬금없이 나타난 새덤이라는 자…….’

‘그를 고용한 사람은 바로 저 두 사람이었고…….’

'새덤에게 길 안내를 맡긴 것도 저 두 사람……'

'굳이 위험한 지름길을 택한 것도 그렇고……'

'도착하자마자 숙소를 떠난 것도 이상하고……'

생각할수록 미칠 것 같았다. 부정하고 싶어도 모든 결론은 하나로 수렴하고 있었다. 누이 예리아 역시 같은 결론에 이르렀는지 눈이 빨갛게 물들어 있다.

'그 틈에 물건은 없어졌다. 우연일까?'

'그리고…… 그냥 미안하다는 식의 표정……'

'되찾을 의지는 있는 것일까?'

'결국…… 처음부터 계획된 사악한 의도……?'

'문제는…… 문제는……'

예리아는 입술을 꾹 깨물었다. 입술에서 피가 터져 나온다.

'우리가 감당할 수 있는 상대가 아니라는 것……'

예실은 이미 엎드려 꺽꺽거리며 울고 있다. 대원들은 영문을 모른 채 눈치를 살피고 있었다. 밖에는 여전히 검은 비가 오고 있다.

* * *

에센 백작가 도난 사건에 관한 소식은 순식간에 퍼졌다. 다른 곳도 아닌 특급여관에서 발생한 도난 사건이다. 특히 이 사건에 야벌의 고위 간부가 관련되어 있다는 점이 사람들의 호기심을 자극했다. 이제 그들의 관심은 한선가로 이동했다. 그들이야말로 야벌과 협상을 벌여야 할 사람들이다. 그러나 한선가와 야벌은 그리 우호적인 관계가 아니다. 제1의 절대무가 한선가의 대응에 따라 대단히 커다란 사건으로 번질 수도 있는 상황이었다. 알칸의 뼈와 가죽, 내장 등의 부속물은 한선가가 광적이라고 할 만큼 선호하는 물품이다. 그래서 한선가에게 파는 것이 제일 유리하다. 또한 가뜩이나 비싼 물건이 이제 부르는 게 값이 되어버린 상황이다. 현재까지는 몇 년에 한 번 정도는 시장에 물건이 나왔다. 그것도 죽은 지 오래된 알칸의 사체에서 남은 것을 운 좋게 발견한 것이거나, 쓰던 주인이 바뀌는 것들이 대부분이다. 그런 의미에서 에센 백작가의 물건은 근래 20년 동안에 최초로 나온 극상품이라고 할 수 있었다. 한선가는 이 기회를 놓치지 않을 것이다.

하지만 한선가가 이 물건들에 집착하는 이유에 대해 의심을 하고 있는 사람도 많다. 그 의문에는 분명한 타당성이 있다. 한선가는 검술만으로도 모든 경쟁 무가를 제압할 만큼 강하다. 칼이나 방어구가 부실해도 한선가의 기예 하나만으로도 상대를 압도할 수 있을 정도다. 무기의 성능이 전투력의 차이를 만드는 것은 사실이지만 그 정도의 투자를 해야 할 수준은 아니라는 것이다. 그런 측면에서 보면, 모든 대륙 제일의 무가로 엄청난 자금을 가지고 있는 한선가의 고상한 취미라고도 여겨질 수 있다. 그렇지만 아주 은밀한 소문으로는 알칸의 뼈나 가죽 등이 혹시 한선가의 대가들에게 어떤 치명적인 위협이 될 수 있기 때문이 아니겠느냐는 추측도 돌고 있었다. 어쨌든 지금 한영과 한준, 한야는 매우 당혹스러운 표정을 감추지 못했다.

"깨끗하게 당했군. 그것도 야벌에게…… 최악이야."

한영이 중얼거렸다. 무언가를 잘못 먹은 것처럼 씁쓸한 표정이다.

"야벌이면 협상도 어려울 텐데요."

"골치 아프게 됐어. 그런데 어떻게 여기까지 잘 가져와서 방심을 했을까? 쉽게 될 일이었는데 아주 어렵게 꼬였어."

그들은 숙소로 돌아와 의논을 하고 있었다. 산과 비연이 묵고 있는 바로 그 여관이다. 아직도 바깥에는 비바람이 거세게 몰아치고 있다.

"혹시 그 두 사람이 일부러 다른 곳으로 빼돌렸을 가능성은 없을까요?"

차를 마시던 한야가 생각 없이 툭 던진 말이다.

"일부러?"

한준이 놀란 얼굴로 한야를 쳐다보았다. 한영은 흥미로운 얼굴로 손녀를 바라본다.

"왜 그래야 하지? 무슨 이득이 있겠나?"

"그건…… 대가를 이룬 사람들이 시골 백작의 호위무사 노릇을 한다는 것이 상식과는 너무 달라서요. 의도적인 접근이 아닌 다음에야 감히 백작이 대가를 고용할 수 있었을까요?"

"글쎄……."

한영은 수염을 쓰다듬었다. 그것은 그도 해봤던 생각이다. 사실 그는 두 사람에 대한 상세한 정보를 매우 신뢰할 만한 정보통을 통해 듣고 왔다.

"만약 그렇다고 해도 그들이 야벌과 협상을 했다는 것은 무리한 억측이야. 야벌은 워낙 은밀한 집단이라서 우리 한선가조차도 그들의 실체를 모르고 있지 않나?"

"그렇지만 그들이 원래 야벌과 관련이 있었던 사람이라면 설명이 되잖아요? 출신도 불명이라던데."

"그렇지만 그들이 직접 알칸 사냥을 한 것이 사실이라면 그건 좀 무리가 있는 생각이야. 물건 중 일부는 그들 소유인데?"

"백작의 몫까지 차지하기 위해 야벌에게 손을 벌렸을 수도 있지요. 어차피 이곳까지 옮기려면 백작가를 이용해야 하니까 수송대장 직을 맡아 협력하는 척했을지도 모르고……."

"그렇지만 그들이 야벌에 지불해야 할 비용이 적을까? 만약 야벌이 약속을 위반한다면 어떻게 할건데? 아무리 두 사람의 무력이 강하다고 해도 그건 어려워."

한준이 반대 의견을 말했다.

"결국 새덤이라는 놈과 짰거나 아니면 새덤을 앞세운 야벌에게 조직적인 사기를 당했다는 말씀이네요. 어떻게 따져봐도 나쁜 사람들이네요. 잘 봐줘도 촌스럽고 무능한 거나……."

한야가 할아버지와 오빠의 표정을 살피며 결론을 지었다.

"글쎄다……."

한영이 고개를 저었다. 한야는 한영을 빤히 쳐다보며 뺨을 약간 실룩였다. 언제나 그렇지만, 할아버지의 생각은 도무지 알 수 없다. 합작한 것도 아니고 사기를 당한 것도 아니라면 대체 뭐란 말인가? 한영은 곱슬거리는 수염을 만지면서 창밖을 응시했다.

"너는 호송을 책임진 그 두 사람이 어리석다고 생각하느냐?"

"태도가 무례하고, 말투도 조금 이상하지만 어리석다고까지는 생각하지 않았습니다."

"어리석지 않은 것이 아니라 아주 지혜로운 젊은이들이더구나. 나와 이야기할 때 그들의 위치를 보았나?"

"네?"

"정말 빈틈이 한 곳도 없었다. 만약 내가 손을 움직인다면 항상 너희 둘의 '생명선'이 동시에 걸쳐지게 되어 있었지. 아까 내가 움직일 때 너희들이 그들의 인질이었다는 사실을 알고 있었느냐?”

“그럴 리가!!”

“그리고 우리가 식사할 때 왜 저 사람 둘만 밖으로 나가 있었다고
생각하지?”

“무슨 말씀이신지?”

“아무런 약속을 할 수 없는 허수아비 같은 주인 집 아이들 셋을 우
리에게 떠넘기고 갔으니 협상의 여지를 아예 끊어버린 거야. 만약 백
작가 아이들이 우리에게 무언가를 약속했다면 그들 두 사람이 책임
질 일은 없을 것이고…… 참으로 절묘했지. 그래서 우리는 입 다물고
식사나 할 수밖에 없었고…….”

두 사람은 얼굴이 벌겋게 변한 채 서로를 바라보고 있었다.

“문제는…….”

한영은 말을 멈추고 한준과 한야를 빤히 쳐다보았다.

“그렇게 지혜로운 자가 저렇게 문제를 방치한 거라면…… 또한 강
한 자가 빈틈을 보인 거라면 우리는 이 사건을 어떤 관점으로 봐줘
야 할까? 시골뜨기의 어설픈 실수라고 비웃어야 할까? 만에 하나!
어떤 불순한 합작이라면 대체 무슨 일을 꾸미고 있을까? 그것도 아
니면 뭔가 재미있는 일이 진행되고 있다고 봐야 하지 않을까?”

“뭔가 다른 의도가 있었다는 말씀인가요?”

한야가 흥미로운 표정으로 할아버지를 쳐다보고 있다.

“나도 모른다. 그러나 만약 사실이라면, 상식을 벗어난 어떤 것이
겠지. 그렇지만 나는 묘하게도 그 비상식적 것에 가능성을 더 두고
있다. 왜 그런지 알겠니?”

“글쎄요…….”

"두 사람의 기운은 나도 처음 대해보는 종류의 것이었다. 더욱이 그들은 내 이름을 모르고 있었지. 세상이 끝없이 넓다고는 하지만 한 선가와 한영의 이름조차 모른다는 것이 무척 섭섭하더구나. 분명히 이 상황은 이 세계에서 대가까지 오른 무인의 상식으로는 설명이 되지 않는다. 게다가 여자는 20대의 대가였다. 정말 20대라면 전무후무한 경우다. 너는 이게 무슨 의미라고 생각하느냐?"

"잘 짐작이 되지 않습니다. 그러면 그들이 어디서 왔다는 말씀인가요?"

한야와 한준은 긴장하고 있었다. 한영이 씩 웃었다. 이 두 사람은 무재(武才)가 뛰어나고, 오성(惡性)이 출중한 인재들이다. 확률적으로 대가로 각성할 가능성이 큰 특급무사들이다. 이 정도의 자질에다 자신이 목숨을 걸고 이끈다면 3할 정도의 가능성까지 볼 수 있을 것이다. 이제 각성을 남겨둔 이들에게는 이런 경험과 토론이야말로 가장 큰 도움이 될 것이다.

"차차 알게 되겠지. 그들을 배출한 세력에 대해서도……."

"앞으로 그들이 어떻게 행동할까요?"

한영은 대답 대신 두 사람을 빤히 쳐다보았다. 한준과 한야는 자세를 고쳐 앉았다. 할아버지의 기운이 이렇게 커져간다는 것은 뭔가를 배우는 시간이라는 의미다.

"만약에 말이다. 한선가의 선무대가 두 사람이 목숨을 걸고 야벌과 전투를 벌인다면 어떻게 될 것 같으냐?"

한준이 먼저 답했다.

"각개 전투에서 승리할 수는 있겠지만 결코 완전하게 제압하기는 어렵다고 생각합니다. 야벌은 재야파에 속한 무벌 중에서도 가장 까

다로운 집단입니다. 거점이 대륙 전역에 깔려 있어 그 실체도 모르는
데다 암습과 귀계에 능하고 암기와 독극물, 환각, 정령술을 쓴다고
합니다. 이런 집단을 정통 무예로 제압하기란 아주 어렵다고 들었습
니다."

한야가 이어 답했다.

"게다가 야벌에는 기기묘묘한 기예를 보유한 대가급 무사도 열이
넘는다고 들었습니다. 그들을 다스리는 우두머리도 3품에 이른 대가
라고 알려져 있을 뿐 그 기예는 제대로 파악되지 않은 상태입니다.
아무리 한선가의 선무대가 둘이라도 현실적으로 제압하기 어렵다고
봅니다."

"그래…… 그럴 거야. 어렵겠지. 그러면 아까 그 두 사람이 상대라
면 어떨까?"

"예?"

한야가 눈을 동그랗게 떴다.

"예를 들어 소운이나 소헌 같은 선무대가들에게 그 두 사람을 잡
으라고 한다면 승산이 있을까?"

"그거야 당연히 잡을 수 있습니다. 저는 한 분만으로도 충분하지
않을까 싶은데요."

한준이 자랑스럽게 대답했다. 젊은 그로서는 당연한 대답이다. 한
소운과 한소헌 형제는 현재 40대 중반에 불과하지만, 2품의 대가를
이룬 사람들이다. 대외적으로 가장 잘 알려진 최강 고수에 속한다.

그들의 실력은 수천 번의 결투를 통해 공개적으로 입증된 것이며
동명가와 기장가의 3품 대가도 일대일로는 한 수 접어주어야 하는 진
정한 초고수다. 그만큼 한선가의 개인기는 무섭다. 또한 극히 드물게

선무를 이룬 대가로서 차기 가문의 대권을 노릴 만한 인물들이었다.

"글쎄…… 그럴까?"

"그 말씀은? 그들이 설마 소운님과 필적할 수 있다는?"

한준이 눈을 크게 뜨고 물었다. 한영이 대답 대신 씩 웃어준다.

"무사의 일이란 붙어봐야 아는 것이다. 그들이 무슨 일을 벌일지는 지금은 나도 잘 모르겠다. 상대를 모른다는 것은 위험한 것이지. 우리가 측정할 수 없는 위험일 수도 있다. 그래서 나는 지금 흥분될 만큼 재미있다. 대체 그들이 누구이며 어디 출신인지. 왜 이런 일을 하고 있는지."

"그 정도입니까?"

"내가 예상한 최소 수준이 그 정도다. 실상은 그보다 더할 수도 있다."

한영의 눈빛이 매섭게 빛났다.

"그들 뒤에 어떤 세력이 있는지 모르니 함부로 속단하는 것은 금물이다. 알았느냐? 명심해라. 알칸의 부속품들은 한선가 이외에 어느 가문에 들어가서도 안 돼. 나는 이미 소운과 소헌을 불렀다. 사흘 뒤면 도착할 거야."

"알겠습니다."

한준과 한야는 마른침을 삼켰다. 사태는 그들이 상상했던 것보다 훨씬 심각하게 전개되고 있었다. 한영은 입을 다문 채 밖을 쳐다보았다. 창밖 테라스에는 여전히 궂은비가 내리치며 곱게 자라온 화초들을 혼내고 있었다. 한영이 문득 왼쪽 가슴을 만져본다. 심장이 뛴다. 박동 수도 뛰는 모양도 세기도 모두 정상이다. 한영의 얼굴에서는 조각상처럼 표정이 하나하나 지워지고 있었다. 그는 지금 식당에서 그들과의 충돌을 저지하기 직전에 겪었던 특이한 느낌을 되새기고 있었다. 그때 사내는 손을 뻗고 여자가 아래로 손을 돌렸을 때…….

'대체 그게 뭐였을까? 온몸에 소름이 돋게 만든…… 그 심장이 저릿하고 그 신랄했던 느낌은…… 분명 동명가의 전설 '동휘' 놈의 전격 기예 같았다. 그런데, 다리 아래쪽을 치고 들어왔던 그 예기(鋭氣)는 또 뭐였을까? 그건 오히려 기장가의 기술에 가깝다. 동명가가 개입했는가? 여자는 기장가 사람인가? 야벌은 왜 개입한 거지? 대체 지금 한선가를 둘러싸고 무슨 일이 일어나고 있는 것인가? 이런 것이 우연일 수 있는가?'

한영은 알칸 두 마리분에 해당하는 물량이 불러올 거대한 효과를 생각하며 깊은 사색에 빠져들었다.

* * *

"경거망동하지 마라!"

예킨이 작게 소리를 질렀다.

"그래도! 저는 찾아봐야겠어요. 이제는 우리가 더 잃을 것도 없잖아요? 그 두 사람이 우리 영지에 온 것에는 분명한 목적이 있었던 거예요. 혼자 힘으로는 곤란하니 아버지를 움직여 자신이 사냥한 것들을 이곳으로 옮기게 할 의도였겠죠. 모든 것이 설명되지 않나요? 선한 얼굴을 한 비열한 사람들 같으니! 아아! 불쌍한 아버지! 아직도 저 사악한 사람들을 믿고 계실 테니……."

예실이 다시 울먹였다.

"침착해. 그런 행동은 문제를 해결하는 데 전혀 도움이 안 돼!"

예리아가 작게 말했다. 그녀의 표정은 오히려 냉정하게 가라앉아 있었다. 그들의 대장은 사라졌다. 이제 남은 것은 그들과 영지에서부터 함께 온 20여 명의 대원들뿐이다. 대원들은 한곳에 모여 뭔가를 대비하고 있었다. 그들의 분위기는 달랐다. 어린 주인과는 대조적으로 그들은 바위같이 단단한 태도로 서로가 서로를 격려하고 있었다.

"언니는 아직도 그들을 믿는 거예요?"

"쉿……."

예리아가 손가락을 예실의 입에 가져가며 말을 끊었다. 예실은 침을 꿀꺽 삼킨다. 대원들 쪽을 조심스럽게 살피고 돌아서는 언니의 표정이 이토록 무서운 적은 없었던 것 같다.

"나는……."

예리아의 목소리가 흘러나온다. 목소리가 탁하다. 부어터진 목청을 따라 길에서 넘어지고 구르고 긁혀가며 겨우 비집고 나온 듯 갈라진 소리다.

"믿는다. 너는 나를 바보라고 생각할지 모르겠지만, 나는 정말로 진심으로 믿는다. 그분들을 함부로 욕하지 마라. 예실! 너? 듣고 있니?"

"믿는다고요? 지금 또 그들을 믿는다고 뭐가 달라지는데요? 이제 지켜야 할 것도 없고, 그들도 떠나가 버렸는데 우리에게 뭐가 남았는데요? 우리가 돌아가는 길을 지켜달라고요? 그날 밤 우리를 불러놓고 한다는 소리도 뜬금없이 '믿어달라'였어요. 그런데 이렇게 떠난 마당에 뭘 믿으라는 이야기냐고요?"

예실이 울먹거리며 작게 항변한다.

"그분들은 반드시 돌아올 거야. 똑바로 잘 들어. 그리고 내게 설명을 기대하지 마. 솔직히 내가 믿는 이유에는 한 줌의 근거도 없으니까. 그렇지만 나는 우리 중 두 사람과 가장 많은 시간을 보냈어. 그동안 정말 많은 것을 배웠고, 충격도 많이 받았다. 그들은 내가 무가에서 배운 것들이 얼마나 쓸모없는 쓰레기 지식이었는지를 깨우치게 해주었어."

"⋯⋯."

"나는 그런 벅찬 것들을 온몸으로 행동하며 그렇게 가르친 사람이 스스로를 배신했다고는 믿을 수 없어. 그가 한 말을 나는 아직도 기억해. '신뢰'란 결국 '용기'와 같은 말이라고! 신뢰란 혀가 아니라, 피와 땀과 눈물을 통해서만 쌓이는 저축 같은 것이라고 했어. 왜 기억들을 못 하지? 마지막 식사 때 왜 그분들이 믿어달라는 말을 굳이 우리에게 했을까? 네 말대로 아쉬울 게 없는 그 사람들이 우리에게 왜! 우리는 동료를 단 며칠간 기다릴 정도의 신뢰도 쌓지 못했던 거야?"

예킨과 예실은 입을 다문 채 생각에 잠겼다. 문득 식당의 어수선한 분위기에서 그대 두 사람이 던졌던 말을 확실하게 이해하지 못했다는 생각이 든다. 그때는 흘려들었지만 지금 다시 그 대화가 새록새록 떠올랐다. 예킨은 눈을 빛냈다.

'만약 어려운 일이 생기면 디테를 찾아라.'

'어떤 일이 있어도 경거망동하지 마라.'

'가급적 믿어줬으면 좋겠다⋯⋯.'

예리아는 작은 주먹을 꼭 쥔 채 바깥 풍경을 쳐다보았다. 그녀의 손에는 산에게 전달하려던 지도가 구겨져 들려 있었다. 예리아가 자신의 방에만 틀어박혀 나오지 않은 지가 이틀째였다. 그동안 두 사람은 어떤 말도 남기지 않고 떠나 버렸다.

'어쨌든 이제 거지가 됐지만 덕분에 우리는 누구보다 확실하게 안전해졌군요. 당신들이 무엇을 의도하셨는지는 모르겠지만요……'

그녀는 충격에서 빠르게 벗어났다. 그리고 자신이 챙겨야 할 것들을 차분하게 수습했다. 예실은 눈물을 빠르게 훔쳤다. 오빠와 언니의 표정이 정상으로 돌아오고 있었기 때문이다. 그렇지만 그들은 아직 실감하지 못했다. 그러한 침착함과 어떤 상황에서도 담대하고도 자유로운 생각을 떠올릴 수 있는 기풍이 어느새 그들 인생에서 가장 '가치' 있는 자산이 되어가고 있다는 점에 대해서 말이다.

대원들은 의외로 크게 흔들리지 않았다. 애초에 물건이 그들의 것이 아니고 단지 수송 임무만을 맡은 것도 있었기 때문에 백작가 남매들처럼 큰 충격을 받지는 않았다. 그러나 그들도 나름대로 최선을 다하고 있었다. 오히려 비싼 물건이 사라진 덕분에 이제는 안전해졌다고 볼 수도 있다. 그들은 스스로 움직였다. 자발적으로 밑바닥 정보도 조사하고 상인들을 통해 거래와 관련된 상황을 파악하고 있었다. 또한 토론을 통해 몇 가지 가능성과 대안을 스스로 찾아내려고 노력했다. 그들에게는 아직 남은 물건이 있다. 그것들을 팔아 비용을 충당할 대책을 강구해야 할 것이었다. 그들의 의연한 태도가 오히려 백작가의 사람들을 현실로 돌아오게 했다. 어쨌든 그들이 두 사람에게 배운 것은 '신뢰'라는 가치였다. 그동안 목숨을 걸고 서로 동고동락하면서 애써 만든 신뢰를 그들 스스로 배신을 했을지도 모른다는 발칙한 생각을 할 만한 상상력이 대원들에게는 없었다.

"신뢰란 지키기 어렵기 때문에 가치가 있는 것이다."

산이 떠나기 전날 그들에게 했던 말이다.

"종적은 잡았나?"

"아직은 오리무중 입니다."

"제대로 숨었군."

"업계 사람들이니 당연하겠죠."

"야벌이라고 했나? 언제 찾을 거지?"

"'향'을 뿌려두었으니 추적은 어렵지 않을 겁니다. 이곳이 문제지
요."

두 사람은 시리드 광장에 도착해 있었다. 포라토 시의 외곽에 위치
해 있는 유서 깊은 곳이다.

"여기가 우리를 위한 새로운 경기장일까?"

산이 앞쪽의 정경을 쳐다보며 중얼거렸다. 그는 왼손으로는 비연
의 어깨를 꾹 잡고 오른손은 모자의 챙을 고쳐 썼다.

"호화로운 묘지군요. 살아서 죽음을 꿈꾸는 자와 죽어 영웅이 된
자가 항상 만나는 공간이라."

산과 비연은 끝없이 이어지는 묘비와 묘지의 건축물을 보며 감탄
했다. 시리드 광장은 낮은 언덕과 산으로 둘러싸인 넓은 분지다. 가
운데에는 얕은 여울이 흐르고 그 여울을 따라 나무와 돌이 자연스럽
게 흩어져 있다. 무엇보다도 그들의 눈길을 끄는 것은 눈이 가는 모
든 언덕에 펼쳐진 묘비와 무덤 들이었다. 여울 맞은편에는 여기저기
용병 군대의 주둔지가 조성되어 있었다. 그것은 마치 여기저기 흩어
진 마을 같은 모습이다. 사람이 많고 번잡한 광경이 조용한 무덤과
묘한 대비를 이루고 있었다. 여울을 가로지르는 나무다리의 양쪽에

포라모 가축시장
마시장
에센
첫 번째 숙소
포라토 성
디아나 신전
두번째 숙소
시리드 광장
(기장가)
실루오네의 공간
(지하)
포라토

는 석조 건물을 빙 둘러쌓은 모습의 거대한 광장이 건설되어 있다. 양쪽 광장을 잇는 다리는 지름이 20미터 가량 되는 원형 모습으로 난간을 뾰족한 쇠붙이로 둘러친 살벌한 모습이다.

"저 건물은 뭐라 하던가?"

"이곳에서 가장 유명한 장소입니다. 일종의 종합 체육관 같은 곳이라고 하던데 용병들의 숙소라고 하더군요. 포라토 시에서는 가장 큰 공식 결투장입니다. 저쪽 맞은편의 무덤들은 결투에서 죽은 전사들을 위한 장소고요."

"사자(死者)의 집치고는 너무 화려하군. 무덤에서 살림 차려도 되겠어."

산은 무덤을 힐끗 쳐다보며 고개를 갸웃했다. 바람에 흐트러지는 머리를 뒤로 쓸어 넘기면서도 비연의 시선은 무덤과 무덤을 오가고 있었다. 묘지가 조성된 공간의 뒤로는 거대한 오롬 산맥의 줄기를 따라 가파른 산들이 북쪽으로 이어져 있었다.

"이제 가보자고!"

산이 천천히 뛰었다. 비연이 그 뒤를 따른다. 그들의 속도는 점차 빨라져갔다. 돌과 돌 사이, 나무와 나무 사이, 계곡과 물 사이를 경쾌하게 건너뛰며 둘은 시리드의 외곽을 돌았다.

─뭔가 있지?

─천지에 깔려 있습니다.

─뭐라고 보나?

─사람인 것 같으면서도 아닌데요?

─혹시 죽은 자들의 기운인가? 왜 이리 끈적해?

─아닌 것 같은데요. 살아 있는 것들인데…… 마치…… 거미줄 같은 느낌이랄까요? 뭔가 엉기는 게…….

그들은 숨 가쁘게 돌아다녔다. 탈출 시 착용했던 군장을 여전히 등에 지고 있고 온몸에도 전투를 위한 재료들이 매달려 있었다. 오전 내내 그들이 한 일은 수색이었다. 지형을 숙지하고 탈출로를 따르고 만약 전투를 한다면 어떤 시나리오가 가능할지를 가늠하는 작업이다. 모든 특수전에서 제일 먼저 해야 할 침투 단계의 '정보 작전' 업무다.

─금속 반응도 있는데…… 생체로 만든 기계…… 맞나?

─생체와 결합된 어떤 것인 것 같은데요?

─혹시 전설의 좀비? 아니면 뱀파이어?

─모르겠습니다. 처음 대하는 종류인데요?

─아! 씨바…… 이것들이 표절했나? 정말 판타지에 나올 만한 것은 다 나오는구먼. 이제는 재활용 시체와 싸우라고? 한번 죽었던 놈

을 어떻게 죽여야 되지? 이건 느낌만으로도 대가리 수가 수천이 넘는데……

―그게 문제가 아닙니다.

―더 큰 게 있나?

―저것들의 제작자가 이곳에 있을 겁니다.

―그……렇겠지?

―이 지역은 전체가 정교하게 설계된 게토(ghetto)인 것 같습니다. 그것도 최소 수백 년짜리인데요? 묘비명에 새겨진 연대의 분포가 300년이 넘습니다.

―그렇다면…… 이 지역은 놈들의 군대가 지배하는 곳이라는 뜻인가?

―이곳의 기후와 지질까지도요. 그리고 아래쪽에 뭔가 있습니다. 이 지역 자체가 하나의 거대한 전투 시스템입니다. 이 지역은 그 자체로 살아 있다고요. 게다가 최소 300년이라면 뭔가 지독한 걸 만들어냈을 거라는 생각이 듭니다.

* * *

빗방울이 잦아들었다. 아직 오전인데도 사방은 어둑어둑하다. 산은 휴대전화를 바라보았다. 통화 버튼이 계속 점멸하고 있다. 비연역시 자신의 휴대전화 화면을 응시했다. 방금 새로운 메시지가 온 상태다. 아마 디아나의 연락을 받은 신들이 그들이 원한 정보를 열심히조사하여 보냈을 것이다. 기대한 대로 이번에 받은 신의 메시지는 상세하고 길었다.

"누르실 건가요?"

다 읽고 나서 비연이 눈을 반짝이며 물었다.

"글쎄…… 별로 그런 생각이 안 드네. 어쨌든 이번 경기 시간을 선택할 권리는 우리에게 있다고 했으니 급히 서둘 필요는 없잖아? 충분히 연구해보자고."

산은 휴대전화를 닫았다. 비연이 고개를 끄덕이고는 마찬가지로 휴대전화를 닫았다.

"안 하면 어떻게 되지?"

"정신 교환, 소환 세탁이 징벌이라고 했습니다."

"무슨 의미일까?"

"모르겠습니다. 세뇌 비슷한 거 아닐까요?"

비연은 산을 물끄러미 바라보았다. 비연의 의념이 산의 머릿속에서 울렸다.

─우리…… 이미 우리 몸을 감당하기 어렵지 않나요?

─…….

산은 입을 꾹 다문 채 생각에 잠겨있었다. 잠시 뒤 산이 고개를 가로저었다.

─아냐…… 아닐 거야. 설령 길이 없더라도 또 만들면 돼.

비연은 고개를 끄덕였다. 얼굴에는 옅은 미소가 걸려있다.

─그런가요? 산…… 님이 아니라면 아닐 겁니다.

산이 어색하게 웃었다.

─이거…… 무척 당황스러운데. 너무 쉽게 의견을 접은 것 아닌가?

─감각적으로 답을 찍어내는 능력만큼은 탁월하다고 인정하거든요.

─큼…….

산이 성큼 걸어 나갔다. 비연은 가볍게 뒷짐을 진 채 자연스럽게 뒤를 따른다. 그녀의 눈길은 여전히 사내의 뒷모습에 고정되어있다. 떡 벌어진 어깨, 자유롭고도 굳건한 기풍, 묵직하면서도 경쾌한 걸음걸이…… 그리고 온몸으로 세계를 바라보는 천진함과 솔직함…….

'그에게는 세계와 직접 통하는 뭔가가 있을지도 모르지…….'

산의 걸음이 더욱 경쾌하고 빨라진다. 이윽고 달려간다. 비연은 그 뒤를 따른다. 머리카락이 세차게 휘날리고, 옷 위에서 바람이 부서졌다. 무너진 묘비를 가볍게 넘고, 꺾어진 고목을 훌쩍 지나 죽은 자의 도시를 돌파하며 그 모든 것을 아우르는 2000미터 높이의 민둥산 정상까지 그들은 그렇게 폭풍처럼 달렸다.

"결정하자."

산이 거친 호흡을 골랐다.

"디테가 전해준 소식대로라면 이곳은 각성자들을 위한 다음 실험 코스입니다! 우리의 선택에 따라 다음 실험이 설계되는 방식이라고 했습니다. 아마 강제로 각성시킨 놈들을 위한 고급 능력 테스트 장소일 겁니다. 우리는 두 번째나 세 번째 코스를 그냥 건너뛴 것이겠죠."

"신체검사 비슷한 거?"

"신이 쓸 몸을 만들기 위해 몸과 정신을 동기화시키는 세뇌 공정일 수도 있습니다. 우리는 그들이 문제를 해결하기 위한 비교 데이터를 제공하기 위한 모르모트일지도 모릅니다. 그나마 각성자라서 대접은 괜찮은 편이네요."

"피할 수는 없겠지?"

"이 세계에 있는 한……."

"피할 수 없다면 싸워야지."

두 사람은 우중충한 하늘을 배경으로 묘비가 끝없이 널려있는 아래 쪽 정경을 쳐다보고 있다.

'죽은 자의 영토와 산 자의 선택이라…….'

"이 땅에서는 죽음이 곧 삶이었지. 피안에서는 죽은 놈이 부활해서 멀쩡히 돌아다니는 것이 일상이었고…… 이곳에 떨어진 이후로도 우리는 살아 있다고 주장하지만, 진짜 우리가 살아 있는 것인지 여부도 아직 몽롱하지. 그렇지만 말이다…….'

산의 목젖이 한 번 울렁거렸다. 비연은 말없이 그를 말끄러미 쳐다보았다.

"우리는 생존 게임 따위를 하는 게 아니거든. 그렇지 않냐?"

─그럼 전쟁인가요?

─해방 전쟁이지.

─쉽지 않겠지요?

─쉬울 것 같은데?

─어째서……?

─그냥 감으로…….

* * *

'흐……읍…….'

산은 숨을 크게 들이쉬었다. 허파 끄트머리까지 공기가 빨려들어오는 느낌이다. 공기는 눅눅하고 냄새는 불쾌하다. 하늘이 비를 다시 흩뿌린다. 희뿌연 증기가 산자락을 돌아가며 죽은 자의 대지까지 얇게 퍼져가고 있는 중이다. 어둠이 뉘엿뉘엿 깔려가는 사신(死神)의 오후다. 멀리 이곳에 거점을 둔 용병 군단의 남녀 무사들이 훈련을 마치고 여기저기에서 대오를 갖춰 돌아오고 있었다. 시리드 광장이 한눈에 내려다보이는 높다란 언덕 꼭대기. 그곳에 산과 비연이 거센 바람을 맞으며 우뚝 서 있었다. 산이 고함을 질렀다.

"이제 2라운드 시작하자!"

어마어마한 소리의 충격파가 반경 2킬로미터에 달하는 대지를 뒤흔들며 터져 나갔다. 가파른 언덕의 둔덕에 가득 깔려 있던 억새풀들이 태풍을 맞은 것처럼 물결치며 뒤집어진 흙과 함께 산사태처럼 밑으로 쏟아졌다. 앞쪽 먼 곳에서 귀가하던 용병들이 흠칫하며 멈추더니 주변을 둘러보며 고개를 갸웃했다. 뿌연 안개비가 시야를 가려 보이지 않았겠지만 뭔가 강력한 울림을 느꼈을 것이다.

"빨리 나와라. 개새끼들아! 머리카락 보인다!"

산의 오른손에는 칼을 거머쥐고, 왼손으로 휴대전화를 길게 꾹 눌렀다. 비연은 산의 곁에서 칼을 뽑아 든 상태로 아래쪽을 묵묵하게 지켜보았다.

"나와라, 씨댕아. 우리가 왔다."

산이 전화기에 대고 속삭이듯 낮게 말했다. 으르렁거리는 것 같은 목소리다.

─어……!

수화기 너머로 당황한 듯 컬컬한 소리가 들렸다.

"자식이 놀래긴? 오빠가 왔다는데……."

─입이…… 아주 더러운 놈이구나.

여자도 남자도 아닌 금속성을 띤 중성의 음성이 흘러나왔다.

"입장 바꿔 생각해봐라. 니가 내 처지라면 말이 친절하게 나올 것 같으냐? 씨댕아!"

─각성했으면 품위를 갖춰야지. 좋은 대접을 받을 만한 놈은 아니
겠구나.

"잡소리는 치우시고, 여기까지 부른 용건이나 말해?"

─허 23년 만에 맞이하는 특별한 손님이라 부푼 마음으로 기다렸는
데 이렇게 싸가지가 한 톨도 없는 놈이라니! 잠시만 기다려라. 내 예
의부터 먼저 가르쳐야겠다.

전화를 끊은 산의 눈길은 아래쪽을 향했다. 비연은 불안한 표정으
로 칼끝을 매만지고 있었다.

트트, 트틋.

바닥에서 간헐적인 울림이 여리게 울리기 시작한다. 불길한 회색
증기가 피어오른다.

쿵.

먼 곳에서 뭔가 묵직한 것이 두들기는 듯한 울림이 뒤를 이었다.
불안한 요동이 계속된다. 이윽고 굉음과 함께 대지가 갈라지기 시작
한다. 무덤을 열어젖히며 수천이 넘는 위험한 '것'들이 새까맣게 튀
어 오르고 있었다. 축축하게 젖은 자주색 피부와 잿빛 눈동자를 가진
것들. 그것들을 쳐다보는 산과 비연의 눈이 비장하게 빛났다.

* * *

에센 백작가의 사람들은 결단을 내렸다. 일단 특급여관을 떠나서
보다 싸고 오래 묵을 수 있는 숙소로 옮기기로 했다. 그들은 결정을
내리기 전에 습관처럼 대원들을 모아 의견을 물었다. 무사, 악사, 상

인으로 이루어진 대원들이 일종의 대책 회의를 연 셈이다.

먼저 문제를 정의했다. 하염없이 기다릴 것인가 말 것인가? 옮긴다면 어디로 옮길 것인가? 안전은 어떻게 확보할 것인가? 비용은 어떻게 충당할 것인가? 혹시 다시 올지 모르는 대장을 맞을 때 어떤 준비가 되어 있어야 하는가? 상호 연락 방법, 조 편성 방법, 최악의 경우 어떻게 귀환할 것인가? 기타 등등······ 문제가 정의되자 모두가 참여하여 가능한 모든 해결책을 찾았다. 놀랍게도 비록 그들의 대장은 없어졌지만 그들이 가르쳐준 방법론은 여전히 대원들에 의해 유지되고 있었다. 그들은 일을 최대한 '효과적'으로 하려고 노력했다.

비연은 이렇게 말했다.

'효율성은 일을 얼마나 '잘'하느냐의 척도이고, 효과성은 일을 얼마나 '바르게' 하느냐의 척도다. 특히 여럿이 작업을 해야 할 때는 바르게 하는 것이 훨씬 중요하다. 뱃놀이를 상기하라. 혼자만 빠르게 노를 저으면 배는 나아가지 못하고 제자리를 빙빙 돈다. 속도는 떨어지지만 호흡을 맞추는 것이 '바르게' 일을 하는 것이다.'

"자 이제 결론을 냅시다."

임시 의장을 맡은 제1중대장 유렌이 말했다.

"숙소는 비교적 저렴한 곳으로 옮기기로 했습니다. 장소는 디아나 신전 근처의 '들꽃여관'. 시기는 즉시입니다."

"말은 한 마리를 빼고 세 마리 모두 팔기로 하고 남은 거래 물품은······."

"대장을 기다리는 기간은 한 달로 하고······."

"그 기간 동안 3개 조를 편성하여 장사와 수색을 병행합니다."

"조별 연락 방법은······."

일단 결정을 한 다음 그들의 원 주인인 백작가의 세 남매가 추인(追認)했다. 일은 일사천리로 진행됐다. 비록 가장 비싼 알칸의 부속품들은 털렸지만 남겨진 3분의 1의 짐에는 묘하게도 가치 있는 물품이 많이 섞여 있었다. 한쪽에는 노리안 후작에게서 증여받은 물품이 있고 다른 쪽에는 알곤과 알친의 가죽과 힘줄 들, 이름 모를 괴수들의 몸에서 나온 물질의 가루 같은 것들, 그리고 처음 보는 희한한 비늘과 이빨과 보석 같은 것들이 싸여 있었다. 그것들은 마치 일부러 남겨놓은 것처럼 잘 정리되어 있었다. 또한 반갑게도 슬쩍 보기에도 정말 비싸 보이는 물건들이었다.

"이 정도면 돌아가는 비용 마련에는 문제가 없겠어. 식량밖에 없을 줄 알았는데……."

예킨이 밝은 표정으로 말했다.

"그러게요."

묵묵하게 대답하는 예리아의 눈길은 한쪽에 정리되어 있는 검푸른 비늘 가죽과 묘한 약품들이 담겨 있는 도자기 병에 멈춰 있었다. 그녀는 고개를 갸웃했다. 생각 밖으로 양이 꽤 많았다.

'저건…… 집에서 가져온 물건이 아닌데…….'

자신이 물건을 분류하며 장부에 적었기 때문에 예리아는 물품에 대해 잘 알고 있었다.

'그래도 눈에 익는걸…… 저걸 어디에서 보았더라?'

* * *

"10년 이래 최대의 수확이로군. 아주 수고했어……."

하얀 수염을 치렁치렁하게 늘어뜨리고 희끗한 머리를 반듯하게 넘긴 사내가 푹신한 의자에서 일어섰다. 그는 진정으로 기뻐하고 있었다.

그는 야벌의 주인으로 불리며 '마하임'이라는 공포의 이름을 가진 사람이다. 그는 오래간만에 만면에 웃음을 띠고 한 사내를 맞이하고 있었다. 앞에 있는 이 사내는 자신이 가장 신뢰하는 사람이자 앞으로 대가로 각성하게 된다면 자신의 뒤를 잇게 될 가능성이 가장 높은 사람이기도 하다. 그 사내 새덤은 묵묵하게 예를 표하고는 바로 돌아서서 부하들에게 가지고 온 것을 내려놓도록 지시했다. 뒤쪽에는 마차 두 대 분량의 물건이 정리되어 있었다.

"열어봐!"

지시에 따라 목재로 짠 상자가 열렸다. 모든 물건은 제대로 포장된 상태였고 맨 위쪽에는 알칸의 가죽과 뼈로 보이는 표본이 놓여 있었다. 위쪽의 물건을 만져보고 잡아당기기도 해보면서 한참을 살펴보던 마하임의 눈에는 만족감이 서렸다.

"믿을 수가 없어. 진짜 알칸의 뼈, 진짜 알칸의 가죽이라니…… 그것도 생물(生物)에 가까운 극상품이야. 이런 것이 두 마리라고? 다음 상자도 같은 물건인가?"

"예!"

"그것도 열어보도록!"

"예."

두 번째 상자가 열렸다.

"아니?"

마하임의 눈빛이 묘하게 변했다. 새덤의 어깨가 잠깐 움찔한다. 그 속에는 그들의 기대를 아득하게 넘어가는 것이 들어 있었다. 안에는 돌덩어리들이 들어 있고 그 사이는 짚단으로 가득 채워져 있었다. 그리고 그 위에는 다음과 같이 적힌 쪽지가 놓여 있었다.

공급자: 에센 백작가

구매자: 지금 이 쪽지를 보는 놈

총 금액: 10만 통보. 단 무단반출의 경우 벌금 포함 두 배수 적용

지급 방법: 현금, 수표. 단, 수표는 왕국 이상의 기관에서 지급 보증한 것

납기: 우리가 다음에 만날 때……(미리 준비할 것)

취급 시 주의 사항: 함부로 포장을 뜯지 말 것(극독과 폭약이 설치되어 있을지도 모름)

파손 시 손해 배상: 견본 물량은 전체 공급 물량의 1/10임. 취급 부주의로 망가질 경우 1만 통보를 배상금으로 함

마하임의 시선이 새덤을 향했다. 그 눈에는 잔잔한 분노가 담겨 있었다.

"너는 항상 그들과 같이 있었다고 했지? 이 상황을 설명할 수 있겠나?"

새덤은 고개를 저었다. 그의 표정은 의외로 담담하다. 물건이 바뀌었다는 사실이 확인된 순간부터 그의 머리는 놀랍도록 빠르게 회전했다. 그리고 두 사람과 아쿰 간에 이루어졌던 모종의 거래를 생각해 냈다. 자신이 그 어떤 과정에도 관여하지 못했던 유일한 거래…… 그리고 그로서는 접근이 불가능한 지역.

"어쨌든 그들은 우리와 '할부 신용 거래'를 하게 될 거라고 하더군

요. 사실 저는 아직도 무슨 말인지 이해하지는 못하고 있습니다.

지금은 이미 허락 없이 물건을 이곳에 가져다 놓았으니 그들이 찾아올 때까지 기다릴 수밖에요. 진짜 물건의 위치는 그들만이 알고 있습니다. 우리는 대비를 해야 합니다."

마하임은 눈을 크게 떴다. 온 세상의 밤을 지배하는 그의 얼굴이 살짝 실룩거린다. 화가 났지만, 너무나도 신선한 방식에 호기심도 커졌다.

"정말 굉장한 친구들을 만났구나. 네 얼굴에 떨림을 숨기지 못하는 걸 보면…… 그들이 두려운 거냐?"

"두렵습니다."

"너답지 않다. 나를 실망시키지 않았으면 좋겠다."

"그들이 곧 올 겁니다."

"내가 감당해보겠다. 그래 한번 보자꾸나. 네가 전해준 이야기만큼이나 정말 대단한 사람들인지……."

"후회하실 겁니다."

"이미 후회할 일은 하지 않았나?"

"더 후회하실 겁니다."

"……."

"아버지……."

* * *

비연과 산은 긴장된 표정으로 시리드 광장의 변화를 지켜보고 있었다. 광장은 빠르게 변해갔다. 사람이 살아가는 공간을 바로 곁에

두고 저렇게 현란하게 변할 수 있다는 사실이 놀라울 뿐이다.

"꿈이냐 생시냐……." 산이 중얼거렸다.

"그러게요……." 비연이 눈을 깜짝거렸다.

수 킬로미터에 이르는 반경이 모조리 바뀌고 있었다. 무언가는 뒤집히고 무언가는 튀어나오고 무언가는 솟아올랐다. 뒤이어 현란한 색채가 공간 전체를 채색한다. 그 색채의 변화는 마치 컬러 튜닝을 위해 RGB 픽셀만을 남겨놓은 광대한 TV 디스플레이 같은 느낌이다. 3차원이라서 문제지만…….

광장을 둘러싼 하늘을 향해 벽이 끝없는 높이로 솟아오른다. 월드컵 경기장 위쪽처럼 벽이 안쪽으로 구부러지며 모든 공간을 항아리

처럼 둘러쌌다. 갇힌 공간에는 원색의 그림이 물결친다. 둥그런 만화
경 속에서 빠진 것처럼 눈이 빙빙 돈다. 비연은 눈을 찌푸렸다. 원색
은 폭력이다. 지독한 피로감을 강요한다. 원색의 조합으로 만든 보색
은 색깔이 지르는 뾰족한 비명과도 같다.

"시작하는 건가?"

"아직은…… 조금 더 기다려보시죠."

그림 속으로 무너져 들어간 광장 곳곳에서 기묘한 것들이 사방으
로 툭툭 튀어 다녔다. 살아 있는 무언가들이 서로 모이고 찢어지며
매스게임처럼 일정한 패턴을 만들었다. 아마도 전투를 위한 진용을
짜는 행동일 것이다.

"몇 마리 정도 되나?"

"1000마리는 넘겠습니다."

"대체 이것들은 뭐 하느라 여기 처박혀 있었던 거지? 먹을 것도
없을 텐데."

"글쎄요? 환상 같기도 한데, 확인을 해봐야겠는데요?"

둘은 조심스럽게 움직였다. 산이 앞에 서고 비연이 뒤를 받친다.

—저것들을 없앨 생각이신가요?

—별로…… 너무 많아. 이번 경기의 룰이 뭐였지?

—협상해서 결정한다고 했습니다.

—그럼 지금 이건?

—이쪽 실험자의 위력시위라고 봐야겠죠?

—간을 보는 건가?

—그럴지도…….

산이 뒷머리를 긁었다. 내키지 않는 표정이다.

―일단 싱겁게 가보자고. 감출 건 감추고…….

―네!

산과 비연은 천천히 달렸다. 광장의 주변을 돈다는 느낌으로 움직인다. 몸은 2단계를 넘어 대가의 수준으로 서서히 가속했다. 이제 아래쪽 광장의 모습은 완전하게 바뀌어 있었다. 이제 눈으로는 입체와 평면을 구별할 수 없을 정도다. 비가 부슬부슬 내리며 옷을 적시는 와중에 군데군데에서는 정체 모를 빛이 난반사되며 번쩍거리고 있다. 두 사람의 표정은 많이 굳어 있었다. 귓가에는 잘못 맞춘 채널처럼 잡음까지 요란하게 들렸다.

"이건 무슨 전위예술도 아니고…… 거리 감각이 없어졌어."

"시각과 청각을 교란하고 있어요. 3차원 입체 영화관에 들어와 있는 기분인데…… 화면 전환 속도가 거의 롤러코스터 급이군요. 정신 못 차리겠는데요?"

"매우 위험하지……?"

"매우 울렁거립니다……."

"위험!"

산이 칼을 홱 휘두르며 옆으로 비켜섰다. 비연이 뒤를 경계했다. 갑자기 튀어 나온 괴물 하나가 마치 그려지다 만 그림처럼 머리 위쪽만을 남기고 바닥으로 흩어져간다. 자줏빛 피가 허공에 흔적을 남기며 뿌려졌다. 산은 입을 스윽 닦았다. 어지간한 그도 놀란 표정이다. 피는 아래로 뚝뚝 떨어지는 대신에 공간의 결을 타고 물감처럼 퍼지더니 천천히 흘러내렸다. 비연은 눈을 가늘게 떴다. 상식과 물리 법칙이 깨지고 있었다. 비연은 걸음을 뒤로 빠르게 물렀다. 그것이 신호가 된 듯 수없이 많은 괴물들이 쉿쉿거리며 본격적으로 튀어

나왔다. 빈 허공에서 나오는 것 같다. 두 사람의 칼이 본능적으로 날아갔다. 날아들어 오는 것, 기어오는 것, 달려들어 오는 것, 나타나는 것, 사라지는 것 그리고 큰 것, 작은 것…… 상상할 수 있는 모든 것들이 사방에서 쏟아져 들어온다. 셀 수도 없는 숫자다.

두 사람의 감각은 그것이 그림이 아니라 진짜라고 판단했다. 또한 매우 위험하다고도 판단했다. 투명한 뭔가가 너울거리며 천천히 지나간다. 마치 혀로 핥는 듯한 끈적한 느낌. 비연은 이마의 땀을 닦았다. 눈을 크게 뜬다. 손바닥이 붉다. 피…… 노출된 피부 전체에서 피가 자작하게 배어났다.

"개 같은!"

괴물들은 끝이 없었다. 뜬금없이 불쑥 나타났다가 두 사람의 칼에 걸려 모조리 다시 그림 저편으로 보내졌다. 그 짧은 사이에도 면도날 같이 얇고 하늘하늘한 막이 수십 차례 쓸고 지나갔다. 가속으로 강화된 몸은 베지 못했지만, 두 사람의 옷은 이미 걸레가 됐다. 그나마 알칸의 가죽을 뚫지 못하는 것이 다행이다. 상처는 많았지만 묘하게도 피는 많이 나지 않았다. 그저 자작하게 옷 위로 배어나는 정도? 그래도 온몸이 쓰리고 척척하다. 비연은 어깨끈 한쪽이 끊어져 축 늘어진 옷을 끌어당겼다. 마치 젖은 공기와 싸우는 것 같다. 온몸의 피부 위에 무언가가 스멀거리며 기어다니는 느낌. 어디를 긁어도 시원하지 않을은 미칠 듯한 답답함…….

감각적으로 서너 시간은 그렇게 싸운 것 같았다. 얼추 기천을 베어버렸고 또한 기천을 쓸었다. 두 사람은 믿고 있었다. 이제 끝이 보일 거라고…….

ー죽갔구면…… 이게 대체 뭐냐? 끝도 한도 없어?

산이 가쁜 숨을 몰아쉬었다.

─치명적인…… 공격이 없다는 게…… 마음에 걸립니다.

비연이 짜증스러운 말투로 대꾸했다.

─말려 죽일 생각인가?

─아뇨…… 아마 신체 능력 측정이…… 아닐까요?

놈들의 파상공격이 잠시 멈췄다. 산은 거친 숨을 고르며 입맛을 다셨다. 입술을 지나는 혀끝에 짠맛과 비릿한 맛이 동시에 느껴진다. 가끔 초코음료 같은 단맛도…… 그것은 이놈들의 피 맛이다. 우습게도 넥타만큼이나 맛있다.

"10분간 휴식이냐?"

비연은 숨을 골랐다. 숨이 매우 가쁘다. 지금 이 상황이 비연에게는 굉장히 의아하게 느껴졌다. 너무 쉽게 지쳐버렸다. 몸이 너무 무겁다. 출혈이 너무 심했나? 그렇지도 않다. 확실히 무언가 잘못되고 있는 느낌이다. 비연의 머리가 다시 핑핑 돌아간다. 대체 어떻게 벗어날 것인가? 이런 게 혹시 마법의 진(陣)이라는 건가? 이대로 가다간 가망이 없다. 그냥 탈진한 뒤 잡힐 것이다.

'괴물이 어떻게 생겼더라?'

그녀는 가쁜 숨을 삼키며 이 세계에 질문을 던진다.

'굵은 핏줄이 드러난 자주색 피부, 둥근 세모꼴의 까만 눈, 상어 같은 이빨, 가위 손 같은 발톱이 달린 손발……, 아래위로 덜렁거리는 흉측한 것? ……생식기? 그리고?'

비연은 한숨을 꿀꺽 삼킨다. 직접 대적하고 있는데도 적을 도무지 묘사할 수 없다. 추상…… 잭슨 폴락 그림의 3차원 버전 같은 느낌이다. 이미지가 조각나 있고 흐릿하다. 윤곽이 없이 주위 배경에 겹쳐져 있다. 그렇다면 자신의 감각이 틀린 거다. 감각이 속고 있는 거다.

'이대로는 안 돼!'

다시 놈들의 공격이 시작됐다. 이번에는 속도가 빨라지고 강도도 확연하게 커졌다. 더 가속하지 않으면 당한다. 몸은 물 먹은 솜처럼 무거운데…….

―미친 소리 같지만 우리…… 감각을 믿어서는 안 될 것 같은데?

등 뒤에 있는 사내의 목소리가 아스라이 들렸다. 산 역시 비연과 똑같은 결론에 이른 것 같다. 두 사람은 지금 가속의 단계를 높여야 하는지 고민하고 있었다. 언제나 감춰야 했던 능력, 마지막 패로 사용해야만 할 능력들을 보여야 할 것인가…….

이 상황은 처음 이 세계에 떨어졌을 때 닐과 널이라는 놈들이 만든 기묘한 경기장의 규칙을 떠올리게 한다. 3차원 공간을 지배했던 힘들…… 이 광장은 비슷한 규칙으로 설계된 곳이다. 거미줄 같은 뭔가로 빽빽하게 채워진…….

―위험하지만, 한 단계 가속을 더 높여보죠. 확인을 해봐야겠습니다.

두 사람은 체(體) 가속도를 높였다. 가속이 3단계에서 4단계로 거칠게 넘어간다. 그 잠시의 지연 시간 동안 또 한차례 뜨거운 기운이 혀로 핥듯이 몸을 쓸고 지나갔다. 산과 비연의 눈이 동시에 섬광처럼 빛났다. 무언가 실마리를 잡은 것 같다. 비연은 가속 전과 가속 후에 세계의 모습이 별로 다르지 않다는 사실에 주목했다. 가속을 높였는데도 시야각이 좁아지지 않았다. 급속하게 접근할 때 물체가 푸르게 보이는 청색편이(靑色偏異) 현상도 나타나지 않았다. 이 세계는 기특하게도 그들의 속도를 '알아서' 지능적으로 따라오고 있다.

"역시……."

"젠장…… 가속을 풀어!"

두 사람은 거의 동시에 가속을 풀었다. 거짓말같이 환상이 사라지고 익숙한 시리드 광장이 나타났다. 여전히 비가 내렸고 여전히 멀리서 용병들의 행군이 이어지고 있다.

두 사람은 본능적으로 주변을 살피며 경계한다.

"이제 좀 예의를 갖출 생각이 드나? 싸가지?"

남자도 여자도 아닌 중성의 목소리가 들렸다. 두 사람은 고개를 휙 돌렸다. 두 사람의 얼굴은 급격하게 굳어갔다. 앞에는 30대 남자 둘과 30대로 보이는 원숙한 여인이 가까운 묘비에 여유롭게 걸터앉아 그들을 쳐다보고 있었다.

"아! 젠장……."

"이건 안 돼……."

산과 비연, 두 사람의 비명이 동시에 터졌다. 산은 이를 갈았다. 비연은 눈을 부릅뜨고 입술을 깨물었다.

"디테가 왜……?"

비연이 신음처럼 중얼거렸다.

눈길 끝에서 흐트러진 머리카락 속에 감춰진 디테의 공허한 표정이 그들을 맞이했다. 그 얼굴에는 핏기도 표정도 없었다. 그녀의 긴 목은 커다란 남자에게 붙잡혀 있고 샌들을 신은 날씬한 다리는 허공에서 바람을 따라 인형처럼 흐느적거렸다.

* * *

"시리드 광장이라고 했나?"

한영이 물었다.

"그렇게 물었습니다."

예리아가 다시 대답했다.

"가자! 아마 그곳에 단서가 있을 것이다!"

일단의 무리가 말을 재촉하며 빗속에서 떠났다. 한선가 사람들이
다. 차세대 전설로 꼽히는 한영, 그리고 한준, 한야 그리고 최근 합류
한 최고급 고수 한소운과 한소헌 두 선무대가까지 포함된 강력한 무
리였다.

심상치 않은 바람이 분다. 그 바람을 사람들은 풍운이라고 부른다.
그들이 몰고 가는 풍운의 끝에는 누구도 생각하지 못했던 '운명'이
기다리고 있을지도 모른다.

* * *

산과 비연은 멍한 표정으로 서 있었다. 간간이 흩뿌리는 안개비가
의도된 적막 사이로 흐르듯 지나간다.

'정말 세다! 이런 것들이 현자라는 놈들인가?'

가히 '압도적'이라는 느낌 이외에는 어떤 표현도 어설프다. 그냥
숨이 콱 막힌다. 몸이 알아서 덜덜 떨린다. 산은 입술을 꾹 다문 채
앞에 등장한 세 사람을 번갈아 쳐다보았다. 그리고 가운데 있는 놈에
서 시선을 멈췄다. 2.5미터는 넘을 것 같은 거구의 사내는 커다란 묘
비 위에 엉덩이를 걸치고 한쪽 무릎을 세워 쭈그린 자세로 앉아 있
었다. 세운 무릎에 올린 채 자연스럽게 앞으로 쭉 뻗은 오른손에는
창백한 디테의 하얀 목이 장난감처럼 잡혀 있었다.

디테는 찢어진 옷 사이로 한쪽 가슴을 드러낸 채 허공에 매달린 상태로 인형처럼 흔들거리고 있었다. 눈을 뜨고 있었지만 그 눈동자에는 초점이 없었다.

"왜?"

비연이 물었다. 여러 가지 의미가 함축된 질문이다.

"대화가 안 통하는 불량품은 수거해야지. 새삼 놀랄 게 있나요?"

거구의 옆에 있는 30대 여인이 말했다. 은회색 달마티카를 입고 고고한 자태를 뽐내고 있지만 표정은 차갑고도 무심하다. 어깨선을 따라 살짝 드러난 은은한 분홍빛 살결의 실루엣 위로 안개가 뽀얗게 피어올랐다. 피부에 비에 젖은 흔적은 전혀 없다. 그녀의 온몸에서 피어오르는 증기가 주변의 어두운 풍경과 어울려 보랏빛 몽환적인 분위기로 만들고 있었다.

"전설의 고향이 따로 없구먼. 우리 저승사자는 까만 옷인데, 이 동네 유행은 다른가 보네?"

산이 칼을 가볍게 건들거리며 중얼거렸다. 비꼬는 말투와 달리, 그의 눈길은 비연을 불안하게 쳐다보고 있다. 바짝 긴장한 모습.

"……"

"어이! 비연 중위! 정신 차리고 인상 풀어. 기껏해야 죽기밖에 더 하겠어? 어째 이번에는 된통 걸린 것 같다만…… 쩝."

"저는 처녀로 죽기 싫습니다. 그러니까…… 꼭 살아남으세요."

비연이 퉁명스럽게 대꾸한다. 비연은 얼굴을 잔뜩 찌푸린 채 디테를 잡고 있는 사내를 쳐다보고 있다. 고개가 살짝 꺾인 디테는 가끔 전기에 맞은 것처럼 우쭐거리며 수축과 이완을 반복하고 있었다. 아마 사내가 자기 기운을 움직여 장난을 치고 있을 것이다.

"아니 너희들만큼은 죽이지 않으려고 노력하고 있으니 일단 안심하라고. 아주 귀한 표본이라고 하더군. 산 채로 굴러줘야 제대로 된 실험이 된다는 거지."

"그건 좋은 소식이네……."

"그렇지도 않아. 살아 있다는 것이 더 고통스럽다고 느끼게 될 테니. 어디 보자…… 이미 대가라면 최소한 평의원(評議員)급이니 최소 100년간은 너희 마음대로 죽을 수도 없겠구나. 네 몸 속에서 일어나는 일에 대해 궁금해하는 존재가 정말 많지. 우리를 포함해서 줄 서서 기다리고 있다고. 어때? 재미있을 것 같지 않아?"

"우리가 그렇게 장수한다고? 이거 경사 났군. 그렇지만 나는 벽에 뭔가를 바르면서까지 살고 싶지는 않은데! 정중하게 사양하마."

산이 침착하게 대꾸했다. 말투는 신랄하다.

"영웅의 길이란 원래 잘 포장된 도로가 아니랍니다. 그리고 당신들 능력으로는 회피가 불가능해요. 그냥 팔자라고 생각하세요. 넥타로 각성한 사람들은 살아생전보다 오히려 더 잘들 살던데요. 당신들 세상에서 금지된 것까지 누리면서 말이죠. 본능이 시키는 것은 뭐든지 가능하지요. 이런 인생이 싫은가요?"

'실루로이' 줄여서 '실(Sil)'이라 불리는 여인이 천천히 일어서며 말했다. 금발을 쓸어 올리며 빙그레 웃는다.

"어쩌나? 나는 별로 안 땡기는데?"

비연이 한 걸음 뒤로 물러났다. 아직도 호흡이 가쁘다. 체력이 회복되지 않았다.

"아주 유명한 아이들이 온다고 해서 궁금했는데 아직은 별로인 것 같네. 하기야 위장술과 잔머리가 정말 대단하다고 했으니 지금 모습이 진짜는 아니겠지? 한번 기대를 해볼까."

비연은 산을 바라본다. 산은 묵묵하게 칼을 살피고 있었다. 회피할 생각은 없어 보인다. 그 사이 다른 사내가 훌쩍 뛰어 그들 앞에 섰다.

"우리 소개를 안 했지? 한때는 우리를 현자라고 불렀다네. 내 이름은 술, 저 여자 이름은 실. 너희를 데려갈 분들이지."

그는 천천히 한 발을 앞으로 내디뎠다. 움직이는 그의 모습이 정말 아름답다. 마치 그리스 시대의 남성 조각상을 옮겨놓은 듯한 모습이다.

"객쩍은 소리는 이제 집어치우고……."

가운데 거구의 사내가 입을 열었다. 실과 술의 움직임이 잠시 멈췄다. '담무사' 줄여서 '담(Dam)'이라고 불리는 이 자는 느낌부터가 다르다. 그는 손을 슬쩍 흔들며 손에 잡혀 있던 '디테'를 던졌다.

"가져가거라. 나는 우리 일에 쓸데없는 관심을 가지는 놈들을 아주 싫어해."

디테의 몸이 두 사람의 앞쪽으로 날아온다. 그녀의 몸은 실 끊어진 인형처럼 삐죽한 바위 바닥을 몇 바퀴를 구르더니 산의 발치에서 멈췄다. 눈을 크게 뜬 채로 여전히 부들부들 떨고 있는 그녀의 목과 팔다리 관절은 부서진 채로 아무렇게나 접혀 있다. 원피스와 같은 모양의 키톤이 형편없이 찢어지고 갈라져 허연 허벅지까지 그대로 드러나 있었다.

산은 그대로 서서 담을 쳐다본다. 놈은 씨익 웃고 있다. 산의 표정에는 어떤 변화도 없었다. 산은 한쪽 무릎을 굽히며 디테 앞에 쪼그려 앉았다. 손을 목 아래로 넣어 피가 엉겨 붙은 머리카락을 헤치고 목 뒤의 뼈를 바르게 고정시켰다. 이어 꺾어진 팔다리를 제자리로 맞취놓는다. 넝마가 된 디테의 옷을 찢어 부러진 뼈를 섬세하게 고정시킨 후, 아직도 극악한 고통에 몸서리치며 벌벌 떠는 몸을 안아 올렸다. 그리고 평평한 곳으로 걸음을 옮겼다. 앞쪽의 현자들은 별로 신경 쓰지 않는 표정이다.

"……왜?"

산의 품에 안긴 디테의 흐릿한 눈에 잠깐 빛이 돌아왔다. 작은 입술이 잠깐 움찔거렸다. 산은 씩 웃어주었다.

"우리 계약 기간이 아직 끝나지 않았거든. 3년이지? 그때까지는 서로 돕고 살아야지? 그렇지만……."

"……"

"네 복수를 하려면 시간이 꽤 걸릴 것 같네? 그건 양해해줘."

비연은 디테의 몸을 바위 밑 마른 땅에 조심스럽게 누였다. 그리고 이미 준비한 넥타를 꺼내 디테의 입안으로 흘리며 기운을 불어넣었다. 느리지만 물 흐르듯이 자연스럽게 행동했다. 그렇지만 묵묵한 침묵 가운데도 무언가 흐르고 있을지도 모른다. 그들의 방식이 늘 그랬듯…….

현자 셋은 두 사람의 이런 모습을 흥미롭게 쳐다보고 있다.

"확실히 저들은 뭔가 다르군. 뭐 같나?"

"대화를 나누고 있는 것 같아. '닐'의 기록에 있었지. 우리가 모르는 채널이 있는 것 같다고."

"그런데 어떻게 저렇게 태연할 수 있는 거지? 우리가 보낸 용후(龍喉, Dragon Fear) 파동에서도 내부 항상성(恒常性)을 유지할 수 있다는 건가?"

"저런 인간은 나도 기억에 없어. 오랜만에 재미있겠는걸?"

"아까…… 겨우 4단계 가속 상태인 것 같던데?"

"잘된 거야. 어차피 신체 검사도 해야 될 것이고, 해부하려면 잡기는 잡아야 할 테니……."

실과 술, 두 사람의 현자가 기지개를 펴며 일어섰다. 그들의 앞에서 두 남녀가 한 손에 칼을 들고 한 손으로는 서로의 등을 꼭 껴안은 채 깊은 호흡을 교환하고 있었다. 그들의 어깨 위에서는 안개비가 한꺼번에 기화하며 뿌연 기운이 폭풍처럼 요동쳤다.

"준비되셨습니까?"

─저 담이라는 놈만 빼면 해볼 수 있을 것 같네요.

비연이 고개를 들며 물었다.

"그래…… 기분이 참 거시기하다. 죽으러 가는 기분이랄까?"

─목표에 충실하자고…….

산이 짧게 말했다. 비연은 방긋 웃어주었다.

"언제고 한 번은 겪어야 할 일이라고 생각하시죠?"

"가보자꾸나……."

산이 먼저 나섰다. 비연이 그 뒤를 따른다. 무거운 군장을 벗어버리고 장갑만 낀 단출한 모습이다. 마치 그날 숲 속 광장에서 그랬듯…….

"실험 자체에 대한 부정이라…… 훗! 역시 재미있어!"

실이 뒷짐을 진 채 또박또박 걸어 나왔다. 뒤쪽에서 남자 술이 따라 나오고 있었다. 또 하나의 현자 담은 전투에는 흥미가 없는 듯, 묘하게 생긴 큐브(Cube)를 꺼내 들고 이리저리 맞춰가며 기호 맞히기 놀이를 하고 있다.

꽝.

산이 굉음을 남기며 호쾌하게 달려 나갔다. 비연이 뒤를 바짝 따라 붙었다. 몸은 4단계에서 최적화된 상태다. 산을 향해 다가오던 여성형 현자 실의 머리카락이 약간 흔들렸다. 산의 칼이 거침없이 돌았다. 목표는 실. 칼이 상하로 몸을 해체하는 선을 타고 회전했다. 그 속도는 음속이다. 칼이 먼저 나가고 소리가 나중에 따라간다. 상대는 여자이며 비무장 상태다. 그러나 산의 손길은 단호했다. 실은 양손을 들어 털어내듯 가볍게 흔들었다. 눈은 여전히 산을 빤히 쳐다보고 있다. 산의 칼은 실의 손가락 사이로 매끄럽게 미끄러지며 원래 표적을 비켜나갔다.

그러나······.

'호오······?'

실의 눈이 약간 커졌다. 바로 시간 차를 두고 사내의 뒤에서 비연의 칼이 실의 오른쪽 가슴을 찔러 들어온다. 이 종족의 두 번째 심장이 있는 그곳이다. 실은 앞으로 나아가는 동작에서 갑자기 뒤로 물러서는 묘기를 보이며 비연의 공격을 여유 있게 무산시켜버렸다. 그렇지만 이어지는 동작에서 실은 허리를 급하게 뒤로 젖혀야 했다. 동시에 여자의 칼이 도끼처럼 위에서 떨어진다. 몸을 비틀어 피했지만 칼은 어깨와 다리에 상처를 남겼다. 여유 있던 실의 표정은 점점 굳어져갔다.

'이런 이놈들은 계산이 들어맞지 않는다! 가속도가 불연속(不連續)이야······.'

첫 공격에서 손가락으로 가볍게 비켜버렸던 산의 칼은 공간에서 두 번이나 꺾이며 훨씬 빠른 속도로 다시 치고 들어왔다. 비연의 칼 역시 최악으로 계산된 한계보다도 훨씬 길고도 집요하게 찌르고 들어왔다. 결국 실은 태어나서 처음으로 자신의 귀한 몸에 흔적을 허용해야 했다. 여자의 칼은 실의 오른 손바닥을 그대로 뚫어버린 다음에야 겨우 멈췄고 사내의 칼은 상처를 여기저기 남긴 후에 그 궤적에서 벗어났다.

실은 안전한 위치까지 물러나 자신의 몸을 잠깐 살폈다. 알칸의 뼈칼을 막았던 오른손은 회복되지 않고 있다. 칼이 잠깐 스쳐 지나간 피부는 폭약이 터진 것처럼 흉하게 벗겨졌다. 화려했던 옷은 새까맣게 그을려 있다. 게다가 놈은 알칸의 칼을 제대로 쓰고 있다. 스칠 때마다 가속의 선이 끊어져 간다.

'역시 간단하지는 않나 보군?'

실의 얼굴에 약간의 노여움이 번져갔다. 놈들은 단순하게 칼을 휘둘러 물리적 타격을 노린 것이 아니었다. 모든 공격에 교묘한 화학적 반응을 담고 있었다. 지상 최강의 생명체, 현자가 아닌 다른 존재였다면 아마 스치기만 해도 가루로 변했을 것이다. 게다가 스쳐 지나간 피부 위에 남겨진 상흔들의 성격이 전부 다르다. 그 의미는?

"이거…… 생각보다 더 대단하잖아! 저런 기예를 어떻게 생각했을까? 정말 창의적인 놈들이네!"

뒤에서 쳐다보던 술이 혀를 찼다.

"입 닥쳐!"

실이 사납게 내뱉고 다시 앞으로 나섰다. 그녀는 이제 조금 긴장하고 있었다. 아니 정확하게 말하면 조금 더 신중해져 있었다.

'선무대가라…… 이거 갈수록 가관이군.'

공격하는 두 남녀의 표정에는 전혀 변화가 없었다. 무엇을 생각하고 무엇을 의도하는지 아무 단서도 잡아낼 수 없었다. 결코 서두르지도 않았다. 예의는 기본적으로 없다. 산, 이 오만한 인간 사내는 다시 폭풍처럼 짓쳐들어오고 있다. 실은 점점 기분이 나빠진다.

'하찮은 것들이……'

실은 양손을 들어 올렸다. 손바닥을 안쪽으로 마주보게 하며 어깨 넓이만큼 벌린다. 마주 보는 다섯 쌍의 손가락 사이로 다섯 개의 선이 만들어졌다. 선의 색깔은 모두 달랐고 모양이 오선지와 같았다. 이제 열 개의 하얀 손가락이 허공을 덮으며 넘실거린다. 다섯 개의 선은 음악의 선율처럼 그녀의 공간을 둘러싸며 현자의 노래를 연주하기 시작했다. 그 음악은 무척 위험한 것이다. 특히 대가라고 불리는 자들에게는……

앞으로 치고 들어오던 산이 방향을 갑자기 수직으로 틀며 솟아올랐다.

숏숏숏숏.

뒤따라오던 비연이 작은 돌을 던지며 그대로 방향을 뒤쪽으로 바꿨다. 날아가던 네 개의 돌은 다섯 줄의 그물에 닿자마자 먼지처럼 터졌다. 실의 움직임이 빨라졌다. 위쪽으로 피한 산의 표정이 굳었다. 다섯 개의 선이 그물같이 그들 위를 덮어갔다. 산은 칼을 휘둘렀다. 비연은 빠르게 선의 궤적을 쫓았다.

선은 마치 유령처럼 그들의 몸을 통과하면서 3차원 그래픽 공간 좌표의 격자(格子)처럼 그들의 공간을 감쌌다.

산의 눈이 실룩거렸다. 칼을 쥔 오른손이 잘 움직이지 않는다. 가속을 이끌어가던 흐름이 어디에서인가 끊겼다. 이어 가슴 근처에서 무언가가 끊겼다. 숨이 턱턱 막혔다. 머릿속에서 감각이 엉클어진다. 가속된 것과 가속이 끊긴 것들이 엉키며 술 취한 사람처럼 세상이

돈다.

비연은 휘청거리며 무릎을 꿇었다. 선이 통과해 있는 다리 쪽에서 무언가가 터졌다. 뼈가 부러지는 고통! 이어 무언가가 또 터졌다. 비연의 턱이 구부러지며 얼굴이 흉하게 일그러졌다. 비연은 힘겹게 고개를 들어 실이라는 현자를 쳐다보았다. 실이 웃고 있었다.

'가증스러운 년!'

픽 하는 소리와 함께 비연의 세계에서 한쪽이 터져 나갔다. 왼쪽 눈으로 보던 세계는 암흑으로 잠겼다. 초점이 사라진 세상에서 비연은 산을 찾았다. 그는 자신을 쳐다보고 있었다. 언제나 그랬듯 눈을 맞춘다. 일그러진 턱에서 침이 흐른다. 이렇게 망가진 모습을 보여주고 싶지 않은데…….

산이 눈앞에서 무너지고 있었다. 그의 시선은 여전히 자신을 향해 있다. 비연은 그저 고개를 끄덕여 주었다. 손가락을 까닥이며, 눈을 깜빡이며. 그 옛날 무슨 강의였던가? 언젠가 배웠던 기표(記表)와 기의(記意)의 추억을 되새기며…… 그는 아마 웃고 있었던 것 같다. 그러면 된 거지?

실이 고개를 갸웃했다. 그녀의 표정은 기묘하다. 술이 다가와 실의 어깨 너머로 '결과'를 쳐다본다. 이번에는 예측대로 됐다. 정상이다. 그래서 매우 만족스럽다. 표본은 성공적으로 확보했다. 그들의 앞에는 두 '사람'이 곱게 쓰러져 있었다. 여전히 눈을 뜬 채 서로를 응시하며…….

"뭐가 문제지?"

술이 물었다.

"예측대로 흘러갔어."

실이 대답했다.

"그게 왜 문제가 되지?"

"모르겠어. 그냥 기분이 안 좋아. 뭔가 다를 것이라고 기대했었거든."

"4차원 격자그물 말이야? 개발된 이래 피했던 인간이 있었나?"

"없었지."

"그런데 저들은 예외라고 생각했나?"

"글쎄…… 그럴지도."

"왜지?"

"어떤 회피 행동도 없었어."

"무슨 의미지?"

"모르겠어. 저들은 피하지 않았고 그래서 나는 잡았지."

"어떻게 할 거지?"

"글쎄…… 일단 몸을 열어봐야겠지. 표본도 채취하고……."

* * *

"폐쇄?"

한영이 눈을 찌푸렸다. 마음에 안 든다는 표정이다.

"7일 동안 광장을 모두 폐쇄하라는 지시를 받았습니다."

닫힌 광장의 관문 앞에서 경비대장이 말했다.

"왜 그런지 이유를 들을 수 있을까?"

한영이 얼굴을 굳힌 채 다시 물었다.

"시리드 묘원(墓園)을 관장하는 원주(園主)의 명이 있었습니다. 자세한 이유는 모릅니다."

경비대장이 긴장한 상태로 대답했다. 그는 자신이 이야기하고 있는 상대가 어떤 인물인지를 잘 알고 있었다. 그가 들어간다고 하면 감히 막을 수 있는 인물이 아니라는 것도……

"안쪽에 볼일이 있다. 우리가 들어간다면 귀관은 막을 생각인가?"

뒤에서 한소헌이 물었다. 한선가의 유명한 대가다. 그것도 2품에 이른 선무대가.

"노력은 할 것입니다. 그러나…… 기장가의 군(君)께서 무척 실망하실 겁니다."

경비대장이 조심스럽게 말했다.

"흠……"

한영이 신음 소리를 흘렸다. 시리드 묘원은 '용병의 제국' 기장가의 분소(分所)다. '무기의 동명가'와 함께 전 세계 무력을 삼분하는 가장 강력한 세력이다. 이런 사소한 일 때문에 기장가와 적대하는 것은 매우 부담스럽다.

"그러면 하나만 묻겠네. 우리는 사람을 찾고 있다. 그 용모는……"

경비대장은 한영의 말을 조용히 경청하고는 고개를 끄덕였다.

"그런 사람이라면 오전에 찾아왔었습니다."

* * *

산과 비연이 사라진 지 사흘이 지났다. 예리아와 예킨은 디아나 신전을 찾았다. 사냥의 여신이자 정절의 여신답게 디아나 신전은 정갈

한 숲 속에 화강암을 쌓아 건축한 건물이다. 보통 신전 뒤에는 작은 마을이 있다. 사도와 사제를 위한 숙소이며 수련을 하는 장소로도 쓰인다. 두 사람은 여신에게 제물을 바치고 기도를 드린 후 접객신관에게 면담을 요청했다. 디옴이라는 이름의 50대 여신관은 그들의 요청을 듣고 무언가를 잠깐 생각하더니 기묘한 표정을 지었다.

"안타깝게도 디테 사도님은 사흘 전 외출하셨습니다. 언제 오실지는 아무도 모릅니다. 두 분은 어디서 오셨나요? 사도님을 직접 찾아오는 신도는 아주 드문데……."

"말씀드려도 잘 모를 겁니다. 저희는 북쪽 멀리 오롬 산맥 기슭에 에센 백작가에서 왔습니다. 디테 사도님과 여기까지 동행을 했었습니다."

"문장(紋章)을 볼 수 있을까요?"

예리아는 고개를 갸웃했다. 디옴 신관은 기다리는 듯 말끄러미 그들을 쳐다보고 있다. 예킨은 자신의 칼을 거꾸로 들고 칼에 매달린 장식을 신관에게 보였다. 칼자루에는 에센 백작가의 문장이 선명하게 돋을새김되어 있다.

"역시……."

디옴이 해맑게 웃었다.

"저희를 아십니까?"

"디테 사도님께서 제게 맡기신 물건이 있습니다. 혹시 찾아오면 보여드리라고 했는데 제대로 찾아오신 것 같군요."

"물건이라고 했습니까?"

예리아가 물었다.

"저를 따라오시겠습니까?"

디옴은 대답하며 몸을 돌려 걸어 나갔다. 두 사람은 신전을 지나 첫 번째 부속 건물로 들어섰다. 온갖 성물과 제물이 진열되어 있는 곳이다. 디옴은 잠시 기도를 하더니 한쪽 진열장을 슬쩍 밀었다. 진열장이 빙글 돌아가며 반대쪽 진열장이 나타났다. 그곳에는 '디테'라는 표식과 함께 묘하게 봉인된 상자 하나가 놓여 있었다. 상자는 가로 20센티미터, 세로 30센티미터 정도 되는 크기로 허름하고 조악한 나무로 만들어져 있고 그 위에 디아나 여신의 문장과 에센 백작가의 문장이 나란히 붙어 있었다.

디옴은 상자를 들어 예킨에게 건넸다.

"이것이…… 무엇입니까?"

"저도 알 수 없지요. 여신의 문장은 디테 사도의 서약을 의미합니다. 백작가의 문장과 함께 봉인되어 있으니, 두 분과 디테 사도님이 같이 입회하지 않으면 아무도 열 수 없습니다."

"그러면 지금은 열 수 없다는 말씀인지요?"

"그렇습니다."

"왜 이렇게 하셨을까요?"

"다른 사람이 알아서는 안 되는 것이 들어 있거나 디테 사도님께서 다른 사람이 보는 것을 금했기 때문일 겁니다. 그 이유는 두 분이 아실 것 같은데요?"

예킨은 예리아를 쳐다보았다. 예리아가 고개를 저었다.

"전혀 짐작도 못 하겠습니다."

"그래요? 재미있군요." 디옴이 빙긋 웃었다.

"가져가도 되겠습니까?"

"전해드리라 했으니, 가져가도 괜찮습니다. 다만 꼭 주의하셔야 합니다. 물론 짐작하고 계시겠지만……."

"네?"

"절대로! 그리고 아무리 궁금해도! 디테 사도를 만나기 전까지 상자를 열어보지 마세요. 허락받지 않는 손이 봉인을 뜯으면 디아나 여신의 진노를 사게 된답니다."

"그럴 수가……!"

"온 세상에 퍼져 있는 디아나 신전의 사도와 사제를 적으로 돌리게 될 겁니다."

"네…… 명심하겠습니다."

두 사람은 평범한 보자기에 싼 허름한 나무 상자를 들고 신전을 나섰다. 다른 사람이 보기에는 기도하고 난 뒤 쓰고 남은 물건을 가지고 나오는 모습으로 보일 것이다. 예리아는 뒤를 돌아보았다. 아직도 디옴이 신전의 난간에 혼자 서서 그들을 쳐다보고 있었다.

***

　"디옴 신관이 마지막에 한말이 무슨 뜻이지? 마치 신탁 같았어. 솔직히 나는 무섭더구나."
　예킨이 물었다. 예리아가 고개를 끄덕였다. 그녀의 어깨는 아직도 조금 떨리고 있었다.

　　일어날 일은 반드시 일어나리
　　가야 할 길은 항상 두 갈래 길
　　그대가 해야 할 일은 선택
　　어떤 길을 가든 그것은 그대가 정한 운명
　　슬프도다!
　　어째서 내 지금은 항상 불행한고?
　　구름이 해를 가려 위세가 등등하지만
　　곧 흩어 없어져버릴 것을 왜 모르느뇨?
　　정결한 신부들은 불을 밝혀놓고
　　신랑을 기다리지만
　　신랑은 그의 신부가 있는 곳을
　　모른다네
　　오오!
　　선량한 배신이여!
　　황홀한 불신이여!
　　값비싼 절망이여!
　　마지막 종이 울릴 때

새벽까지 깨어 있을 자가 그 누구뇨?

예리아는 고개를 세차게 저었다. 그녀의 눈은 여름 하늘로 향했다. 새파란 하늘에 깨끗한 솜처럼 떠 있는 뭉게구름 사이로 새 무리가 한가롭게 지나간다.

'산님이 저 신탁을 들었다면 뭐라고 했을까?'

문득 적절한 대답이 생각났다. 그녀의 입가 언저리가 슬며시 올라가고 있었다.

'목소리 함부로 깔지 마라. 다친다.'

예리아는 여전히 자랑스러운 특임대원이었다.

* * *

─가30245, 소40872.

─가30246, 소40873…….

─나10004, 수20123.

─나10005, 수20124…….

그들의 대화는 결코 끊어지지 않았다.

* * *

직경이 100미터는 넘을 것 같은 거대한 광장. 사실 광장이라기보다는 잘 정리된 첨단 공장 같은 느낌이다. 안쪽에는 간접 조명이라도 설치한 것처럼 은은한 빛이 엷게 퍼져 있다. 위쪽은 반투명의 막으로 덮여 있는데 채광창처럼 그곳으로 빛이 새어 들어온다. 보석이라도 깔아두었는지 사방에는 영롱하게 번쩍거리는 것들이 촘촘하게 박혀 있고 반투명의 가늘고 굵은 선들이 벽과 바닥을 빽빽하게 채우며 거미줄처럼 얽혀 있다.

이곳은 지상 최강의 존재라 불리는 전천후 생체복합체, 용(Dragon)이라고 부르는 것 본체의 안쪽 풍경이다. 현존하는 용 중에서도 가장 강한 권능을 가졌다는 3대 거룡(巨龍). 그중 하나인 실루오네의 본체 핵심에 마련된 극비 실험 공간. 장소가 이곳이라는 것은 지금 이루어지는 실험이 그만큼 이 존재에게도 중대한 관심을 끌고 있다는 방증이라고 할 수 있었다.

두 사람은 서로 떨어진 채 허공에 둥둥 떠 있다. 그러나 자세히 보면 누에고치처럼 둘러싼 가는 선과 투명한 막들이 그들을 둘러싸고 수천만 가닥이 넘는 선들이 그들의 몸과 바깥을 연결하고 있다는 것을 알게 될 것이다.

"상태는?"

실이 물었다. 그녀도 역시 누에고치와도 같은 모습으로 선을 연결한 상태로 대기하고 있었다. 그 선들은 어머니 실루오네의 본체를 거쳐 비연에게 연결되어 있다.

"완전한 가사 상태다. 모든 뇌파와 신경 기능을 제대로 장악했다."

같은 모습으로 산과 연결되어 있는 술이 대답했다.

"이제 1단계 시작할까?"

실이 말했다.

"시작하지!"

"우선 기초 신체 능력부터……."

산의 몸이 움찔거렸다. 손가락과 발가락, 작은 근육과 큰 근육이 차례차례 움직이기 시작했다. 밖의 근육과 골격, 안의 내장과 내분비계까지…… 파괴력과 지속력, 순간 속도 등 각종 지표의 한계치가 측정된다. 그만큼 고통스러울 것이다. 비연 역시 상황은 마찬가지다.

"가속을 높여봐."

실이 지시한다.

"1단계……."

두 사람의 몸이 가속된다. 외부의 자극으로 인간을 가속시킬 수 있다는 것은 그만큼 이 존재들이 가속 체계에 대해 연구를 해왔다는 증거다. 모든 변수의 조합을 측정하려면 각 가속 단계마다 최소 하루 정도 걸릴 것이다. 대가의 단계로 접어들면 최소 4일이 걸리게 될 것이다.

4일이 지났다.

"2단계 가속까지 결과는 어떻지?"

실이 물었다. 실은 자신의 몸으로 비연의 상태를 정확하게 모사(emulation)하고 있었다. 비연은 가사 상태에 가깝게 의식이 제압된 상태다. 실이 지금 행한 모든 실험 데이터는 이 공간을 제공한 어머니 용의 본체에서 정밀하게 해석되고 그 결과는 그녀에게로 피드백되고 있을 것이다.

"다른 선수들과 큰 차이는 없어. 일반적으로 복사된 표본과 상태가 같아. 단지…… 2차 가속까지 에너지 장벽이 평균보다 꽤 낮았다는 정도?"

술은 실루오네가 보내준 분석을 음미하고 있었다.

"2차 가속까지는 쉽게 넘었다는 의미냐?"

"285 세계 인간들의 특징이라고 하시는데……?"

"그래서 봉인시켰을지도 모르지……."

술이 대답했다.

"3단계로 넘어가 볼까?"

"이제부터는 좀 다르겠지?"

그들의 실험은 천천히 그리고 치밀하게 진행되고 있었다. 그렇지만 실과 술은 꿈에도 몰랐다. 완전히 다른 체계와 원리를 가진 신호가 자신과 연결된 통로를 통해 은밀하게 흐르고 있다는 것. 그리고 그 흐름이 현자들이 용 본체에게 보내는 신호 체계에 업혀서 같이 흘러들어 갈 수 있는 가능성과 그것의 치명적 위험성에 대해서…… 또한 그들에게는 감춰진 또 다른 실험의 진행 상황에 대해서도 알 수 없었다. 그들 현자 이외에도 생체 신호를 충분히 해석할 수 있으며 살아 있는 것들의 모든 기관과 구조를 시각화시킬 수 있는 감각을 계발한 인간이 꾸밀 수도 있는 실험 말이다.

* * *

"이런 지독한 실험은 처음이야!"

실은 겉옷을 대충 걸치고 폭신한 의자에 걸터앉았다. 그녀는 고개를 한껏 뒤로 젖힌 채 숨을 골랐다. 의자 뒤쪽으로 긴 머리카락이 쏟아져 내렸다. 흐트러진 옷매무새 사이로 여기저기 속살이 드러나 있지만 전혀 신경 쓰지 않는다.

"나도 몸이 해체되는 줄 알았다니까."

먼저 나온 술 역시 옷을 대충 걸치고 긴 의자에 드러누운 채 자주색이 나는 액체를 마시며 휴식을 취하고 있었다.

"얼마나 지났지?"

실이 지친 목소리로 물었다. 머리를 여전히 의자 뒤로 젖힌 채다.

"15일이 지났더군⋯⋯."

술이 짧게 답했다. 그리고 오랜 침묵이 흘렀다. 한 시간이 넘도록 둘 다 아무 말도 하지 않았다.

"넌 어떻게 생각해?"

실이 천천히 허리를 일으키며 다시 물었다.

"어머니와는 아직 통신이 안 되나?"

술이 대답 대신 되물었다.

"아직 침잠 상태에 들어가 있어."

실이 고개를 저었다.

"뭐가 문제였지?"

"전혀…… 짐작도 못 하겠어. 이런 일은 처음이잖아? 어머니는 우리와의 연결을 먼저 끊었어. 저 두 인간은 아직도 접속되어 있는 상태고……."

"그들을 직접 해석하고 싶은 걸까?"

"그게 우리와 접속을 끊을 이유가 될까?"

"대체 무슨 생각이실까?"

다시 오랜 침묵이 흘렀다.

"너도 보았니?"

실이 바닥을 바라보며 말했다.

"보았지……."

"놀라웠어. 그건 정말로……."

실은 눈을 감았다. 자신이 마지막에 본 것을 기억해내려고 애쓰며…….

* * *

―재미있군. 분명히 의식이 없는 상태임이 확실한데…… 왜 이 몸에서는 경보가 울렸을까? 그것도 특급 비상사태라.

'어머니', 마룽 실루오네는 이질적인 신호를 끊임없이 재생하며 해석하고 있었다. 그 해석에는 장구한 대세기 동안 축적한 모든 인간 종족의 언어학적 지식과 문법 체계가 동원되고 있었다. 그렇지만…….

―조각난 단어들은 있지만 문장은 없구나. 개념 쪽 바이러스는 아

니고…… 이것을 우연히 들어온 잡음이라고 봐야 할까? 아니면, 의도된 탐색일까? 그것도 흥미롭긴 한데…….

실루오네는 어딘가 불안한 느낌을 떨칠 수가 없었다. 자신의 몸을 역으로 거슬러 올라가며 탐색할 수 있는 존재는 없다. 특히 이 특수한 방에서 이런 형식으로 접속하는 것은 같은 설계로 탄생한 동족이라도 불가능한 일이다. 그것은 오로지 그들을 만들고 속박하는 제작자, 곧 일원 외에는 허용되지 않는 일이다.

그만이 자신의 코드를 안다. 하찮은 인간이 우연으로라도 알아낼 수 있는 종류가 아니다. 그러나 만약 사실이라면? 이놈들은 일원과 관련이 있는 사람일 것이다. 혹시 일원의 화신, 소위 '초인(超人)'이라 불리는 존재를 제작하기 위한 원형일지도 모른다. 그러나 '마스터'는 전령을 시켜 자신에게 전달한 정보를 통해 저들이 분명히 285 에피소드에서 소환된 '생체 재료'라고 보증했다. '마스터' 역시 거짓을 말할 수 없는 존재다. 그래서 어떤 것도 확신할 수 없는 그녀는 지금 매우 조심스러울 수밖에 없었다.

―모순이지…… 그렇다면 경우의 수는 하나밖에 없어. 알아낼 방법도 역시 하나…….

실루오네는 결단을 내렸다.

―간지럽구나. 이제 그만하지? 영악한 인간들! 이미 깨어 있다는 것을 안다.

―들켰네…….

여자의 장난스러운 목소리가 용과 연결된 선을 통해 울렸다.

―그러게 거기까지는 가지 말자고 했잖아?

이어 사내의 짓궂은 소리가 들렸다. 실루오네가 크게 웃었다. 비록

표정을 볼 수는 없었지만 두 사람에게는 그렇게 느껴졌을 것이다.

―그래 내 몸에 대해 뭐 좀 알아낸 게 있었나? 맹랑한 인간들!

―뭐…… 별로…… 하기야 정말 크고 복잡하더라. 돌아다니면서 멀미가 날 정도였어. 몸집이 500미터도 넘은 괴물은 처음이라서. 여기는 네 배 속인가?

비연이 대답했다.

―정확하게는 자궁 속이지. 그래, 놀라지는 않았고?

―우리가 이 세계에 왔다는 것보다 놀라운 건 없어. 나머지는 다 시시하더라고.

―다행이군. 이제 너희들에게 몇 가지 묻도록 하겠다. 성실하게 답해주기를 기대하마.

―우리도 궁금한 게 있는데…….

―재롱은 그 정도로 됐다. 내 인내력을 시험하고 싶은가? 너희는 내게 잡혀 왔다는 것을 알고는 있나? 우리가 동등하게 이야기할 입장이 아니라는 걸 알아줬으면 하는데?

―…….

―제작자를 만났나? 내 몸의 '길'은 어떻게 찾았지?

―지랄하네…….

사내의 웃음소리가 들렸다.

―영원한 고통 속에서 살지도 죽지도 못한 채 지내고 싶으냐?

실루오네가 으르렁거렸다.

―마음대로 해봐. 우리가 네 몸에서 뭘 봤는지 확인해보고 싶다면.

―우리 몸으로 연결해둔 선들이 그걸 확인하는 데 많은 도움을 주게 될 거야. 흥미로운 게 많던데?

남자의 소리에 이어 여자의 소리가 뒤를 이었다.

－내 몸을 봤다?

현자들의 어머니, 용의 본체 실루오네가 으르렁거렸다. 이런 맹랑한 인간들이 있을까? 그렇지만 그들의 협박에는 아주 작은 가능성이 있었다. 속 쓰리게도…….

실루오네는 새로운 관점으로 지난 15일간 일어난 일을 돌이켜 가며 다시 섬세하게 분석하기 시작했다. 문득 오싹한 느낌이 전신을 훑고 지나갔다. 놈들 중 하나가 보낸 신호가 중추의 어딘가를 건드렸을 것이다. 위력시위?

'사실일 수도 있다!'

지금 이놈들과 연결된 수백만 개의 선은 바로 자신의 중추라고 할 수 있는 '커널(kernel)'에 직통으로 이어져 있다. 인간으로 치면 대뇌와 소뇌에 해당하는 곳으로 지식 처리와 감각 처리를 총괄하는 뇌 기관이다. 이들과 지금 연결되어 있는 신경망은 원래 이동체 현자들과 연결하는 접속 통로다. 실로 이 신경망이야말로 이동이 제한된 거대한 용이 세계의 모든 물질과 현상을 분석하는 지능형 감각 촉수이며, 인간 세상의 모든 지식과 정보를 아우르는 존재가 될 수 있었던 가장 큰 비밀이다. 인간의 모습을 한 현자들이 세계에서 활동하며 수집한 정보는 이 신경망을 통해 본체에 전송되며 현자의 지식은 자연계 최고 성능의 아날로그 컴퓨터인 본체의 뇌에서 종합되고 공유된다.

문제는 이놈들이 이 중추로 연결되는 통로를 한 번 이상 사용했다는 것이고, 그래서 그 길을 안다는 것이다. 더욱 큰 문제는 바로 '지금' 가장 사소한 감각 기관까지 모조리 한 몸처럼 연결되어 있는 상태라는 사실이다. 분석 수준이 너무 깊어진 탓이다. 그만큼 이들이 흥미로웠다는 것이기도 하고…… 만약 고의로 이 신경계를 교란시키킨 상태에서 이미 깨어 있는 놈들이 물리적인 공격을 감행할 경우 예측을 벗어난 수준의 피해를 볼 수 있다. 게다가 이곳은 뇌 중추에 직통으로 연결되어 있다. 이곳이 망가지는 것은 실루오네가 원하는 상황이 아니다.

다시 긴 시간 동안 사색에 잠겼던 실루오네가 한숨을 쉬었다. 이제 전체적인 상황 정리가 끝났다.

'결국 나를 상대로 낚시를 했다는 거냐?'

영악하게도 놈들은 자신의 몸을 미끼로 던졌다. 현자들이 대가의 몸을 모사하는 복잡ㅁ 묘한 과정에서 놈들의 의지는 용의 핵심으로 은밀하게 침투해 들어왔다. 총 다섯 단계에 걸쳐 진행된 체계적이고도 방대한 일련의 실험 과정이 놈들에게 기가 막힌 학습 기회를 제공한 셈이다. 용의 신경계와 그것들이 인체에 작동하는 방식까지도 알려준 것이다.

3단계부터는 오히려 적극적으로 이 실험에 응했던 것이 확실하다. 4단계 이상에서 놈들은 뭔가를 '의도적'으로 보여주었다. 이 대목에서 순진하고 호기심 많은 현자들이 그대로 말려들어 갔다. 실루오네 역시 새로운 발견과 흥미로운 현상에 별 의심 없이 몰입했다. 분석 기록은 이 추측과 정확하게 일치한다.

'너무 깊게 들어갔어…….'

실루오네는 얼굴을 찌푸렸다. 그녀는 한 단계에서 다른 단계로 넘어갈 때의 미묘한 변화들을 하나하나 곱씹었다. 자신과 현자들 간에 교환됐던 엄청난 데이터와 대화를 생각했다. 실험 결과와 이론의 차이에 대해 토론하는 과정에서 동원했던 지식들도 생각해냈다.

이 과정에서 현자들의 능력을 정체시켜왔던 문제가 풀리면서 그냥 업그레이드되어버렸다는 경축할 만한 사실도 떠올렸다. 그렇다면 그동안 의식이 '멀쩡'했을 이놈들은 어디까지 학습했을 것인가?

'이놈들이 현자와 용, 그리고 자신의 능력을 체계적으로 파악했고 내 지식을 빌어 학습했다고? 그것도 가속 상태에서 무려 15일 동안이라면……'

이제 사태는 명확해졌다. 자신은 일부 장악됐다. 자신이 움직이면 이놈들도 동시에 움직일 것이다. 이 판단이 정확하다면 아마 두 개의 뇌 중 하나는 파괴될 수도 있을 것이다. 최악의 경우 둘 다 망가질 수도 있다. 물론 재생은 가능하다. 백업을 위해 인간 세상에 나가 있는 현자들을 모두 불러야 하는 약간의 번거로움만 빼놓으면…….

문제는 그동안에는 완전히 무방비 상태가 된다는 것이다. 저 괴물 같은 인간 둘 중의 한 놈만 살아남아도 자신은 결코 안전하지 않을 것이다. 본체가 지휘하지 못하는 현자들은 혼란에 빠질 것이 뻔하다. 그것은 '가설'이 아니라 이미 '사실'이다.

실루오네는 쓴 침을 삼켰다. 새삼 후회가 된다. 놈들과 자신 사이를 중개하던 현자를 내보냈으니 이 안에서는 놈들을 방어하거나 완화시켜줄 장치도 없다. 실과 술을 내보내는 게 아니었는데. 일원과 용 사이에 이루어진 '마감'과 관련된 계약을 현자가 알아서는 곤란하기 때문이었다고는 해도…….

'위험해…… 너무 위험해…… 지금 제거해야 돼…….'

그렇지만 실루오네는 행동을 주저하고 있었다. 그리고 마룡으로 변이하고 나서 처음으로 자신의 분석보다 본능을 믿어보기로 했다. 아직도 몸에 새롭게 심어진 본능이 이 두 사람을 제거하는 것을 심하게 꺼려하고 있었다. 논리적으로는 정말 우스운 판단이지만 지금까지 자신이 모든 역량을 기울여 실험하고 분석한 것, 그것마저 뛰어넘는 '어떤 것'이 숨겨져 있을 가능성은 분명히 있었다. 놈들은 확실히 달랐다. 경이로울 정도로 진화했고 놀랍게도 넥타는 얌전하게 제압되어 있었다. 그리고 실루오네는 그 이유를 반드시 알아야만 했다.

─후…… 결국 인간과의 협상이라니…….

─우선 우리의 안전 보장 문제부터 시작할까?

실루오네는 문득 들려온 여자의 소리가 매우 크다고 생각했다.

* * *

"많이 무모했었다." 산이 투덜거렸다.

"선택의 여지가 없었습니다." 비연이 달래듯 말했다.

"그 대가가 참…… 처절하군…….”

"싸지는 않죠."

비연은 앞을 쳐다보며 걷고 있다.

"우리는 몸 안에 별걸 다 품고 살아야 하는 팔자인가 보다. 넥타에 별 같잖은 측정 장치에, 온갖 추적 장치에…… 이번에는 생체 폭탄이라…… 다음에는 또 뭐가 들어올까? 부평초 같은 인생이라는데…… 참…… 팔자 더럽네."

"해결할 방법이 있겠죠. 항상 그래왔는데 새삼스러울 게 있나요?"

"그런가?"

산이 피식 웃었다. 퍼석한 느낌의 웃음이었다.

아침 햇살이 산등성이를 넘어 그들의 시선에 꽂혀 들어온다. 어둠이 묻어 있는 산 그림자에 붉은 장막이 드리워지는 것 같더니 생명이 세상에 드러낸 표면들이 햇빛을 반사하며 밝게 빛나기 시작했다.

"왼쪽 눈은?"

"조금씩 나아지고 있습니다. 줄기세포가 제대로 분화된 것 같네요. 빛의 계조(階調)가 구별되는 걸 보면 간상세포까지는 복구가 된 것 같군요."

"다른 곳은?"

산의 목소리가 약간 가라앉았다.

"많이 나아졌습니다. 임신에는 문제가 없다고 했으니 뭐…… 그나마 다행이죠."

비연이 담담하게 대답했다. 산의 시선은 먼 산등성이로 향하고 있었다.

"이제 '신체 검사'를 받았으니 '입대'만 남은 셈인가?"

"후방 근무라고 하니 몸은 편하겠지요."

"그래도 이번 경험은 성과가 있었지. 자유도가 커서 좋긴 하네."

"우리도 이제 협상력이라는 것이 생겼으니까요. 우리 몸에 엄청난 가치가 있다는 걸 새삼 깨달았습니다."

"자…… 이제 '무가'와 '무벌' 중 어디에 먼저 가는 것이 좋을까?"

"무벌이 좋겠습니다. 야벌을 먼저 들러야 하지 않나요? 새덤도 봐야 하고……."

"백작가의 아이들은 아직 우리를 믿고 지키고 있으려나?"

"믿어보죠…… 시간이 너무 많이 지났으니 없어도 실망하지 않으려고 합니다."

비연이 활짝 웃었다. 그리고 배낭을 뒤로 메고 한 손을 쭉 뻗어 산의 팔짱을 꼈다. 산이 껄껄 웃는다. 두 사람은 그렇게 시리드 공원을 벗어났다. 그들의 표정은 지나칠 정도로 밝다. 둘 다 의도적으로 그렇게 행동하고 있는지도 모르지만.

뒤에서는 실과 술이 무표정하게 그들의 뒷모습을 쳐다보며 서 있었다. 담은 어디론가 떠난 다음이다.

"어떨 것 같나?"

술이 물었다.

"짐작도 못 하겠어. 분명해진 것은 이제부터는 우리가 일방적으로 주관하는 것이 아니라는 거야. 저들의 선택에 따라 모든 것이 바뀔 수 있어."

실이 머리를 매만지며 말했다.

"어쩌면…… 피안에서 했던 실험과 상황이 비슷해진 것 같다는 느낌이 들어."

"무슨 의미지?"

"우리가 알고 있는 것이 별 의미 없을지도 모른다는 거지. 저놈들은 일부러 잡혔어. 실험 결과를 봐서 너도 알잖아? 우리보다 전투력이 낮지 않았다고. 저놈들…… 또 뭘 개발하게 될지 알게 뭐야?"

"안전장치는 해놓았잖아?"

"그때도 그랬어. 그래서 결과가 안전했던가?"

"그래…… 불안하긴 해."

실이 술을 쳐다본다. 그녀는 풀이 죽어 있었다.

"어머니의 의도를 의심하는 건 아니지만…… 그 지시만큼은 내 지혜로는 이해할 수 없어. 왜 저들이 다른 현자들의 실험 대상이 되는 것을 막으라고 하는 거지? 왜 우리가 오히려 저들을 동족으로부터 지켜야 한다는 거야? 우리는 저들을 분석하면서 그 극악의 단계를 한꺼번에 돌파했어. 그 정도면 전투력에 큰 도움이 될 텐데…….”

실이 말했다.

“글쎄 어머니를 의심하는 것은 현명한 생각이 아닐걸?”

술이 대꾸했다.

“그렇지만…….”

“쓸데없는 생각하지 말고 이제 우리도 출발하자. 그리고 생식세포는 배양에 들어갔나?”

“이미 분화 단계에 들어갔어.”

“최강의 인간 조합이라…… 당분간 넌 애 키우느라 전투는 못 하겠네?”

“어머니가 속성 배양도 안 된다고 하시니, 꼼짝없이 10개월이겠지…….”

5장

투자
投資

"그들이 묘역에서 나왔습니다."

한준이 밖에서 뛰어 들어오며 한영에게 고했다.

"15일 동안 대체 여기서 뭘 했을까? 그래 모습이 어떻더냐?"

한영이 성큼 걸어 나갔다.

"배낭을 메고 흔한 여행자 같은 차림입니다."

한선가의 무사들이 모두 움직이기 시작했다. 뒤늦게 합류한 인원을 포함하면 열 명이 넘는 인력이다. 일당백이라 불리는 한선가의 무사가 이렇게 많이 모인 것은 매우 드문 일이다. 대문은 애초에 이야기했던 7일이 아니라 그 두 배의 시간이 지나서야 겨우 열렸다. 한선가의 사람들은 인내심이 바닥을 길 때까지 기다렸다.

* * *

"한선가 사람들?"

산이 앞쪽 먼 곳을 바라보며 고개를 갸웃했다.

"그렇군요."

비연이 걸음을 늦췄다. 대문을 막고 있지는 않지만 말과 함께 좌우로 도열한 일대의 모습이 사뭇 엄정하고도 장엄하다. 길 한가운데에는 '철학자의 검' 한영과 선무대가 한소운, 한소헌 형제가 서 있었다.

"줄곧 기다린 것 같은데? 뭘 알고 온 것 같나?"

"글쎄요. 야벌도 생각이 있다면 한선가에 자신이 당한 걸 알리는 개념 없는 닭짓은 안 했을 것 같은데요?"

"그런데 저 아저씨들…… 별로 우호적인 것 같지는 않네? 이거, 왜들 이러지? 뱀 새끼나 사람 새끼나 원하는 게 이리 많아? 기분도 더러운데 오늘도 푸닥거리 한판 해야 하려나."

산의 눈이 반짝 빛났다. 비연이 팔짱을 낀 산의 팔을 꼭 당기며 달라붙는다.

"왜 그래?"

산이 굳은 얼굴로 고개를 돌렸다. 비연이 눈을 빤히 뜨고 쳐다보고 있다.

"무서워서라고…… 말씀드리면 화내실 거죠?"

"아니? 무서워. 나는 네가 제일 무섭거든."

산이 정색을 하며 말했다.

"정말 무섭군요."

"안심해라. 아직은 제정신이니…….'"

산은 입을 닦으며 씩 웃었다. 맹수같이 섬뜩한 웃음이다. 팔을 잡았던 비연의 손이 툭 떨어졌다. 산의 발걸음이 조금 더 빨라졌다. 비연은 저절로 축 처지는 입꼬리를 일부러 올리며 그의 뒤를 종종걸음으로 따랐다. 최대한 미소 띤 얼굴로 사내의 옆모습을 힐끗 쳐다보며…… 비연은 그저 웃는다. 그리고 그가 자신으로 인해 더 이상 마음 아파 하지 않았으면 좋겠다고 생각한다. 다행히도 그는 여전히 바위 같다. 이 세계에서도 그는 건재할 것이다. 아직은, 그리고 앞으로도 그녀는 그를 소망할 것이다.

　-제발…… 나쁜 기억들은 모두 털어버려요. 다시 가시죠. 처음처럼…….

　-너…… 그거 아나? 인간 김비연이 내게 대체 어떤 의미인지를?

　-…….

　-나, 아프다. 그것도 많이…….

　-저는 괜찮습니다.

산이 묵직한 눈으로 비연을 쳐다보았다. 그녀의 눈동자는 깊숙한 밤처럼 까맣다. 그 속에는 그만이 읽을 수 있는 슬픔이 고여 있었다. 산은 입술을 꾹 깨물었다. 그의 뇌리에는 마룡 실루오네와 나눴던 불쾌한 대화가 고장 난 레코드판처럼 끊임없이 되풀이되고 있었다.

＊ ＊ ＊

　-우리 몸에 무슨 짓을 한 거냐?

　-너희들은 너무 위험하더군. 그리고 그만큼 지켜볼 가치가 있지. 그래서 너희 몸에 몇 가지 안전장치와 추적장치를 설치해뒀어.

　-왜 그 따위 짓을…….

　-그 대신 내가 너희들을 위험한 동족 용들의 위협으로부터 지켜준다. 그들도 너희에게 관심이 많거든. 또한 이 세계에서 너희들의

자유를 보장하지. 어때? 아주 공평한 거래 아닌가? 뭐 그렇게 생각하지 않아도 이제는 어쩔 수 없지만……

실루오네가 호호 웃었다. 아니 웃는다는 느낌이 들었다. 두 사람은 소름이 돋는 것을 느꼈다.

─무슨 뜻이지? 우리는 납득하지 못하는 거래는 안 한다. 정보를 충분하게 줘야 할 거야.

─이런? 너희들이 호기심이 많다는 걸 생각 못 했네. 항상 말 잘 듣는 현자 아이들만 대하다 보니……

─잡소리는 생략해줄래?

─간단하게 말해서, 마감을 걸었지. '유전자 시계'라고 보면 돼. 평소에는 몸에 나쁜 영향이 없을 거야. 다만, 너희들의 수명을 내가 조절할 수 있지. 우리 현자들도 같은 것을 가지고 있으니 너무 억울해하지 않으면 좋겠다.

─유전자 시계?

─유전자 중에는 세포의 재생회수를 결정하는 것도 있다고 들었어요. 텔로미어(telomere)와 텔로머라아제(telomerase)라고 했던가…… 그걸 손봤다면 노화를 빨리 진행시키거나 몸 전체를 암세포로 변이시킬 수 있겠지요.

─못된 딸이군. 나쁜 것만 이야기 하면 공평하지 않지. 대신 죽어도 부활할 수 있고 원한다면 거의 영원히 살 수도 있다는 이야기도 해야지? 내 삶이 아직 5000년 이상 남아 있으니 그 정도의 수명은 보장할 수 있을지도 모르는데?

실루오네가 거들었다.

─영원한 노예로 말이냐?

―그런 표현은 매우 섭섭한걸? 인세(人世)의 행복과 쾌락을 모두 누릴 텐데 모든 인간들의 꿈 아닌가? 대가의 막대한 권능에 더하여 인세의 권력, 그리고 영원한 삶. 내가 보니 너희 인간들은 보통 천국을 그런 모습으로 그리더군. 내가 틀렸나?

―……

―생각해봐! 그리고 덤으로 너희들이 좋아하는 신나는 모험까지도 하게 해준다는데 무얼 더 바라지? 현재 너희들이 사는 방식이 정말 최선이라고 생각하나? 알량한 자존심 때문에? 아니면 무엇 때문일까?

―……

―어차피 너희가 선택해야 할 것은 아주 단순해. 일단 설치된 마감은 나도 되돌릴 방법은 없다. 그건 위대하신 일원, 그 지랄 같은 제작자께서 우리 용들을 통제하기 위해 고안하신 방법이기 때문이지.

―그럼…… 안 해도 되는 거냐?

―그래, 너희에게는 거부할 기회가 한번 있다. 잘난 제작자는 쌍방 계약의 규칙을 요구하고 있거든. 일단 설치는 했지만 상호 서명의 과정을 거쳐야 발효되니 너희들의 동의가 필요하다는 이야기지. 즉 엄밀하게 말하면 너희들의 '선택' 문제라는 거야. 나 역시 마찬가지고.

―우리가 거부하면 어떻게 되지?

―나는 꼭 하고 싶으니 아마 싸워야 되겠지. 그리고 너희들 능력에 대한 내 평가가 옳다면 내가 소멸될 가능성도 아주 조금은 있겠지. 어때? 비교적 공평하지?

―대체 뭘 더 보고 싶은 거지? 우린 앞으로도 네 검사에 응하기로 했잖아?

－정적(靜的)인 상태에서 검사는 별 의미가 없어. 죽은 놈의 몸을 100만 개 열어봐야 삶에 대해 알 수 있는 것은 별로 없더군. 우리는 움직이는 표본에 대한 생생한 자료가 필요해. 그것도 가장 격렬하고도 극한까지 나아갔을 때 무슨 일이 일어나는지가 알고 싶어. 특히 대가로 각성한 인간들에 대한 자료는 매우 중요한데 제대로 된 몸은 정말 구하기 힘들지. 아주 힘들어.

　－그게 네 목숨을 걸 만큼 궁금한 거냐?

　－맞다. 변이의 길을 택한 용들을 위해 내 스스로 약속한 임무니까. 원래 우리는 일원의 '목적생물'이었다. 변이되어버린 지금은 더 이상 아니지. 우리는 이제 일원이 만든 세계에서 스스로 살아남아야 한다. 그러기 위해서는 너희 인간에 대해 잘 알아야만 하지. 특히 각성자들은 무섭거든…….

　－용이 인간을 무서워해? 이 정도 막강한 힘을 가지고도?

　－무섭지. 일원의 권능은 오직 인간을 통해서만 나온다. 이건 일원이 직접 한 이야기야. 그는 언제나 인간의 모습으로 강림해왔지. 그리고 인간 속에 감추어둔 그 엄청난 힘을 꺼내 휘둘렀다. 최하가 9단계…… 우리 용은 그 수백만 년 동안 그 경이로운 능력의 근원을 찾아왔다. 우습게도…… 일원은 전혀 반대하지 않았지. 오히려 재주껏 찾아보라고 하더군…….

　실루오네는 으르렁거렸다. 그 자신에 대한 분노인지도 몰랐다. 풀듯 말듯 풀리지 않는 숙제를 대한 아이처럼…

　－가속이라는 걸 말하는 건가? 그래서 인간 대가들도 이렇게 실험해왔나?

　－가속은 그 능력 중 하나야. 인간의 1품이나, 2품 대가는 별로 쓸

모가 없었어. 막상 열어보니 기본적인 가속 능력에 운 좋게 기예 하나를 얻은 놈에 불과하더군. 그런 놈들은 기예의 원리만 파악한 후 바로 폐기하지. 가끔 우리 현자의 세력으로 포섭하기도 했지. 꿈꾸던 세상을 보여주면 대부분 넘어오더군. 대부분은 입이 가벼워서 금방 살(殺)처분되지만……

─……

─그렇지만 4품 이상이라면 우리 현자들이 사냥을 벌이기엔 매우 위험하고도 어려워. 사실 4품 이상은 가져와도 과거의 각성 과정이 마구 섞여버렸기 때문에 역시 표본으로는 소용이 없었어. 선무대가나, 3품 정도가 관찰용으로는 가장 적당한데 이놈들은 정말 드문 데다 거의가 절대무가라는 곳에 속해 있어서 확보도 쉽지 않아. 절대무가는 아직 현자들로서도 함부로 건드릴 수 있는 형편이 안 돼.

─우리는 이곳 사람이 아니거든? 엄밀하게는 외계인이라고…… 주소를 잘못 찾은 거 아냐?

─미안하지만, 그 반대야. 분석해보니 너희들은 일원의 의도를 알 수 있는 매우 중요한 표본이야. 처음에는 일원의 화신인 '초인'의 몸이 아닐까 생각했을 정도로……

─……

─이해했나? 너희를 알게 되면 가속은 물론이고, 일원이 우리 몸에도 설치한 이 빌어먹을 마감을 극복할 수 있는 방법이 나올 가능성이 있다고 보는 것이지. 이런 마감과 관련된 이야기는 현자가 알아서는 안 되기 때문에 아이들과 연결을 끊었지. 이해가 가나? 내 친절은 여기까지다. 말이 길었군. 선택할 준비가 됐나?

─여기서 꼴랑 죽을 수는 없고 어쩔 수 없……

산의 의지가 움직였을 때였다.

─너 하나에 우리 두 사람 모두가 계약할 필요는 없겠지?

갑자기 비연의 의지가 산의 의지를 방해하며 치고 들어왔다.

─표본은 많을수록 좋지. 그러나 하나도 좋다. 다만 조건이 조금 더 붙어야겠지.

─무슨 소리야!

산의 의지가 쩌렁 울렸다.

─이봐! 뱀 아줌마! 나 혼자 서약하겠어. 어서 말해. 네 조건을!

비연이 악을 썼다.

─재미있군. 하나가 빠지면 하나의 등가물을 내게 주어야겠지. 괜찮은가 여인이여?

─말하라고!

비연이 소리쳤다.

─이게 무슨 짓들이야!

산이 버둥거렸다.

─그럼 너의 알과 너희들의 아이를 표본으로 취하겠다. 이를 위해 여자 너는 내가 원하는 몇 가지 실험을 추가로 해줘야겠어. 너희들만큼이나 대단히 흥미로운 표본이거든. 동의하나?

─아이?

두 사람의 소리가 동시에 나왔다.

* * *

"나는 괜찮다고요."

비연의 가라앉은 목소리에 산의 상념은 다시 현실로 돌아왔다.

—이제 정말 인내의 한계를 느낀다. 이놈의 뭐 같은 세상을 뽀개버리든 내가 망가지든 말이지.

—결국 제작자를 만나면 풀 수 있을 거예요.

비연이 그의 옷깃을 잡으며 부드럽게 말했다.

—그 새끼가 어디 있는지 아는 놈이 하나도! 없잖아. 아피안이라고 했나? 어떻게 된 게! 신도 모르고, 현자도 모르고, 천사도 모르고…… 시어미도 며느리도 몰라…… 씨바…… 그동안은 10년이 되든 100년이 되든 실루오네와 그 패거리가 원하는 대로 실험을 당해야 한다는 거야? 이렇게 서로를 한방에 죽이게 될지도 모르는 독극물을 사이좋게 껴안고 말이다. 이게 우리가 원하는 삶이란 거냐? 그런 거야?

비연은 걸음을 멈췄다. 산이 두 걸음 정도 더 가다가 멈춰 섰다. 그의 시선은 한선가 무사들이 서 있는 입구 쪽을 응시하고 있었다. 대지에 불어오던 바람이 한 사내의 몸을 넘지 못하고 위 아래로 휘어지며 지나간다. 이윽고 공기가 잠시 흐름을 멈췄다. 땅이 흔들린다. 화강암으로 된 바닥이 지진이 일어난 것처럼 툭툭 갈라지며 출렁거린다. 한 사내가 개방한 거대한 기백이 절규처럼 칼날처럼 소나기처럼 살같이 퍼져가려 하고 있다.

—그래도 우린 원하는 걸 얻지 않았나요?

비연의 침착한 음성이 다시 울렸다. 오직 그에게만. 놀랍게도 그 작은 소리는 마술처럼 그의 폭주를 부드럽게 저지하고 있다.

—뭐라고……?

산이 뒤를 돌아보았다.

—자유, 그리고 포기할 수 없는 희망!

산은 비연의 눈이 젖은 보석 같다고 생각했다.

―아무리 작아도?

사내가 낮게 물었다.

―아무리 멀어도!

여인이 부드럽게 답했다.

―아무리 아파도?

―아무리 슬퍼도!

―…….

―저는 삶을 1초도 낭비하지 않을 겁니다.

―나는 너를 포기하지 않을 거다.

―저도 당신을 포기하지 않아요.

산이 우뚝 선채 비연을 빤히 쳐다본다. 입으로는 뭔가 우물거리듯 내뱉다 만 어떤 단어를 씹어가며…… 어느새 비연의 보석 같은 눈에는 물기가 그렁그렁하게 고여 있었다.

"그럼 됐네……."

산이 어색하게 웃었다.

비연은 대답 대신 산의 손을 꼭 잡았다.

* * *

"오랜만입니다. 꽤 자주 뵙는군요."

산이 먼저 인사를 건넸다.

"기다렸다네. 꽤 됐지."

한영이 수염을 쓰다듬으며 고개를 까닥했다.

"저희를 기다렸습니까? 이제 팔 만한 물건이 없습니다만?"

"우리는 그 물건들이 필요하다네. 대가는 충분히 치를 것이고……
이제 넘겨주게."

"……"

산은 한영의 눈을 쳐다본다. 그리고 입가에 미소를 그린 채 고개를
갸웃했다.

"그냥 묻겠습니다. 우리를 믿습니까? 만약 우리가 백작가의 물건
을 진짜 빼돌렸다면 노인장께는 여전히 사기당할 위험이 큰 거래를
하시게 되는 건데요?"

"그대들을 신용하기에는 솔직히 이르지."

"그러면 우리에게 무엇을 원하시나요? 물건은 지금 우리에게 없
는데……"

"대가에 이른 사람들이 좀도둑 노릇을 한다는 것이 더욱 상상하기
어렵다네. 나는 그대가 동명가의 기예를 쓰는 대가이며, 저 옆의 숙
녀는 기장가의 기예를 쓰는 대가라고 보고 있지. 참고적으로 그 두
가문은 우리 한선가와 그렇게 친한 사이는 아니거든? 그 물건이 그
쪽으로 넘어가는 것은 우리 한선가에게는 매우 참기 어려운 고통이
지. 내 입장이 이해가 되나?"

"그렇겠군요."

"그런데 이 시리드 광장이라는 곳이 참 묘한 곳이지? 하필 기장가
의 용병이 지배하는 영역이라더군. 그래서 혹시나 하고 와봤어. 매우
궁금했지. 왜 자네들이 하필 이곳에 왔을까? 그전의 사냥터에서 잡
은 알칸의 부속물은 동명가의 동예라는 친구에게 넘겼다고 들었거
든. 늙은이는 원래 궁금증이 많아, 참기도 힘들고 말이야. 그렇지만

아무리 생각해도 자네들의 행동이 한선가에게 우호적인 처사는 아닌 것 같단 말씀이야."

한영의 눈빛이 점점 강하게 빛나기 시작한다. 흘러나오는 약간의 기운만으로도 온몸이 저릿할 정도다. 역시 산이 몸을 잠깐 움찔거렸다. 그렇지만 이어지는 이 사내의 반응은 한영의 예측과는 많이 달랐다.

"같이 가시겠습니까?"

산은 한영을 슬쩍 비켜 가며 천천히 걸음을 옮겼다.

"어디로?"

한영이 눈을 크게 뜨고 다시 물었다. 산이 지나가도록 몸을 약간 틀어주면서도 한영은 얼굴을 찌푸리고 있다. 방금 흘렸던 기운은 허망하게 표적을 잃고 아침 공기 속으로 흩어지고 있다.

"야벌부터 시작하지요. 물건이 제대로 배달됐는지 확인이 필요하거든요? 무례한 고객과의 거래를 취소해야 할지도 판단해봐야 할 것 같고. 아마 할부 거래는 처음이라서 그쪽도 헷갈리고 있을 겁니다. 할아버지께서도 생각이 있으면 따라오시죠?"

"싫으면 말고……."

비연이 산을 따라가며 경쾌하게 말했다. 두 사람은 한영의 동의를 구하지도 않은 채 휘적휘적 한선가 무사들 옆을 지나갔다.

"허…… 이런 아주 무례한 자들이야."

선무대가 한소운과 한소헌이 슬쩍 나서며 그들의 앞을 막았다.

"응……?"

산은 잠시 멈칫하며 그를 막아서고 있는 40대 선무대가 한소헌을 쳐다보았다. 비연 역시 고개를 들어 40대 여인 한소운을 바라본다.

산은 그의 옆쪽으로 돌아가며 천천히 걸음을 옮겼다. 한소헌이 다시 길을 막아선다. 비연도 한걸음 물러서며 산의 뒤를 따랐다. 한소운이 한소헌 옆으로 걸음을 옮겼다. 산이 다시 방향을 바꿔 걸음을 옮긴다. 그들의 걸음은 다시 막히고 만다. 그렇게 꽤 긴 시간 동안 그들은 그렇게 갇힌 어린이들처럼 우스꽝스러운 모습으로 빙빙 돌았다. 그들 뒤에서 한선가의 무사들이 칼을 빼든 채 흥미로운 표정으로 도열하고 있다. 마치 강아지를 가두어놓고 장난하는 것 같다. 한영은 무겁게 가라앉은 눈으로 산과 비연을 응시하고 있다. 손등을 슥슥 문지르며……

산이 멈추고 비연이 그 뒤에 섰다.

"더 해야 하냐?"

"세 바퀴만 더 돌지요."

"의미가 있을까?"

"남는 게 시간인데요?"

"그다음은?"

"뜻대로 따르겠습니다."

한소헌은 얼굴을 찡그렸다. 한소운은 칼자루를 만지작거리고 있다. 임무도 임무지만 자신들이 가장 존경하는 한영으로부터 인정받은 젊은이가 있다기에 만사를 제쳐두고 달려왔다. 그러나 이 우스꽝스러운 짓거리는 뭔가? 그래서 그들은 앞의 무모한 젊은이에게 아무 말도 건네지 않았다. 충분히 그럴 기회도 시간도 있었는데도……

그들은 다만 몸으로 그들의 길을 막고 있을 뿐이다. 그렇지만 그 행동은 산과 비연이 대한민국에서 가장 싫어하는 '양아치'라는 종족이 많이 하는 행동이라는 것은 모르고 있었다.

"세 바퀴 다 돌았네."

사내의 목소리가 들렸다.

"아쉽게 됐군요."

여자의 목소리가 뒤를 이었다.

"작전은?"

"돌파가 좋겠습니다."

"그럼 돌파하지! 내키는 대로 질러보는 거야. 접수했나?"

"수신 양호합니다."

산이 무릎 굽혀 펴기를 한 번 했다. 이어 장갑 낀 손을 탁탁 털며 앞을 쓱 쳐다보았다. 오른손에 알칸 칼을 들고 왼손으로 칼집을 잡았다. 비연이 산의 뒤에 바짝 붙었다. 전방에는 한선가의 무사 열댓 명과 군마가 마치 스크럼처럼 길을 막고 있고 바로 두 걸음 앞에는 두 사람의 선무대가 양쪽으로 서서 오연한 눈빛으로 그들의 의도를 좌절시킬 준비를 하고 있었다. 두 사람의 기운이 풀리기 시작했다. 이제 공간의 색깔과 맛이 변하고 크기와 형태도 까마득하게 바뀌게 될 것이다.

"방심하지 마라. 그들은 다르다."

뒤쪽에서 한영이 짧게 소리쳤다.

한소헌은 고개를 갸웃하며 옆을 쳐다보았다. 한소운은 얼굴을 약간 찡그렸지만 곧 굳은 표정으로 보폭을 넓혔다. 그들의 뒤에서 모든 광경을 쳐다보고 있던 한영의 손끝이 부르르 떨렸다. 마음보다 앞선 본능이 시킨 일이다. 그리고 마음이 본능을 해석했을 때…….

한소운은 눈을 크게 떴다. 한소헌은 주먹을 꽉 쥐었다. 한영은 이미 칼을 뽑아 들고 있었다.

＊＊＊

꽝.

돌파 작전의 첫 번째 징후는 묵직한 저음으로 시작됐다. 그것은 사내가 발을 구르는 소리였고 여자가 땅을 박차는 소리였다.

파팟.

소리보다 먼저 터진 것은 그들의 칼끝 사이에서 아크방전(arc discharge)을 일으키며 터져 나가는 플라스마 빛이다. 크게 드러낸 이빨처럼 눈부시도록 하얀 것!

"맛있는 자유와……."

빛 무리 속에서 남자의 경쾌한 목소리가 울렸다.

"유쾌한 해방을 위하여!"

여자의 명랑한 소리가 뒤를 이었다.

"가는 거야!"

두 사람의 목소리가 한꺼번에 울렸다.

한선가 무사들은 눈을 질끈 감았다. 하얀 빛이 계속해서 터지고 앞에 있던 사람들의 시각은 잠시간 마비됐다.

그러나 한선가의 두 대가는 역시 달랐다. 그들은 시각이 무력화되는 즉시 대가의 감각으로 전환했다. 그러나 이어 도착한 묵직한 충격파가 그들을 슬쩍 밀고 지나간다. 그들의 굳건한 몸뚱이는 영문도 모른 채 그냥 뒤쪽으로 밀렸다.

'제법!'

한소헌과 한소운은 동시에 자세를 낮췄다. 눈을 감은 채 바로 이어질 적의 연속 공격에 단단히 대비했다. 이런 종류의 시각 혼란 기술은 선무대가들의 전투에서는 익숙한 수법이다. 특히 전격 공격과 원격무기의 조합은 동명가 대가들의 특기와도 같은 것이다.

꽝.

기대했던 연속 공격 대신 다른 굉음이 한 번 더 울렸다. 한소운은 눈을 가늘게 떴다. 그곳에는 온몸에 백열하는 빛을 두른 사내와 여인이 '천천히' 걸어오고 있었다. 그들은 오직 한 걸음씩 또박또박 전진했다. 대항할 여유는 충분히 있었다.

"막아!"

그러나 전진하는 그들의 앞을 막을 수 있는 것은 없었다. 모든 공간과 모든 존재가 그들의 걸음에 맞춰 딱 한 걸음만큼 뒤로 물러서고 있었다.

"끄윽……."

오연하게 앞을 막아섰던 한소헌이 신음을 삼키며 뒤로 물러났다. 뒤쪽에 있던 한선가의 모든 무사들은 물론 심지어 말들까지 모두 정신없이 뒷걸음질 치고 있었다. 힘으로 버티던 자도 땅바닥을 긁으며 주르륵 밀려났다. 마치 중간에 보이지 않는 풍선이라도 있어서 그들을 밀어내고 있는 것과 같았다. 한소운은 땀을 닦았다.

'기백을 겨룬다? ……2품 대가를 포함해 열다섯의 무사를 상대로?'

산이 다시 한 걸음을 내딛었다. 오른손에 길게 빼어 든 알칸의 뼈칼은 여전히 빛 무리를 튀기며 백열하고 있다. 뒤쪽에서 비연이 산을 따라간다. 칼을 거꾸로 잡았다. 그녀는 눈높이로 칼을 올려 수평으로 비껴들고 천천히 걸어갔다. 한선가의 모든 무사들은 거칠어지는 호흡을 골랐다. 이제 그들 모두가 시퍼런 칼을 빼든 채 자세를 잡고 있다. 이어 서로가 서로의 등을 받치며 적극적으로 대항하기 시작한다. 특급무사 모두가 한꺼번에 뿜어내는 기운에 땅이 흔들리기 시작한다.

쿵쿵쿵쿵.

그러나 두 남녀는 여전히 나아갔다. 한선가는 뒷걸음쳤다. 좁은 공간이 비명을 지르기 시작한다. 두 세력이 힘으로 격돌하며 만나는 공간에 살벌한 기세가 가득 채워지며 강력한 기운이 여기저기로 터져 나갔다. 땅바닥이 툭툭 갈라졌다. 틈 사이로 거센 바람이 미친 듯이 휘몰아쳤다. 한소헌과 한소운은 서로를 받친 채 두 사람이 전진하는 힘을 온몸으로 저지하고 있었다.

훅훅.

산과 비연을 비웃던 그들의 웃음은 이미 사라졌다. 미소가 있던 그 얼굴에는 이제 다른 것이 빠르게 자리 잡고 있었다. 한계까지 치달으며 터질 듯 튀어나오는 힘줄과 핏기조차 사라져 창백해진 표정, 그리고 사방에서 튀는 모래와 깨진 돌 조각, 그것들이 살갗을 찢어버리며 얼굴에 그려가는 굵고 가는 붉은 선들, 찢어진 피부에서 터져 나오며 바람에 흩어지는 가는 핏줄기들. 수백 번의 대가와의 전투를 겪어왔지만 이렇게 황당한 전투는 처음이다. 가속 능력 1단계의 차이는 네 배의 힘과 네 배의 속도 차이를 의미한다. 그러면 지금 저들을 뭐라고 분석해야 할까?

산은 입을 꾹 다문 채 한 걸음 전진했다. 속도가 점점 빨라지고 있었다. 뒤쪽 한선가의 무사들은 이를 악물었다. 정말 사력을 다해 버티고 있지만 그대로 죽죽 밀려나가는 상황을 피할 수는 없었다. 대체, 왜! 그들의 머릿속에서 온갖 의문들이 춤을 추고 있었다. 대장은 왜 칼을 써서 이 상황을 끝내지 않는가? 그러나 한선가의 대장들은 그렇게 할 생각이 없었다. 상대가 정한 규칙에 이미 응한 이상 규칙을 바꾸는 것은 그들의 취향이 아니다. 현재 진실은 하나다. 그들은 지금 기세의 대결을 펼치고 있다는 것, 그리고 한선가 무사를 합친 모두가 지금 두 사람에게 힘으로 밀리고 있다는 것. 또한 그들 모두가 뒤늦게 깨달은 사실은 무슨 수를 써도 이 상황을 회피할 수가 없다는 것이었다.

"개떼같이 몰려와서……."

거칠 것 없이, 노도처럼 밀고 들어가는 사내의 목소리가 낮고도 비장하게 울렸다.

"겨우 이 몇 걸음도 못 막으면서……."

사내의 목소리 뒤로 또박또박 걸어오는 여자의 목소리가 스산하게 깔렸다.

"어떻게! 감히 우리 앞길을 막는다는 거였지? 우습구나, 한선가!"

두 사람은 갑자기 전진을 멈췄다. 한선가의 무사들은 얼른 전열을 수습했다. 하얀 빛으로 채워졌던 공간에서 빛이 꺼졌다. 느닷없는 공허와 생소한 정적이 두려워질 무렵, 산이 고개를 들었다. 한소헌의 일그러진 얼굴이 보였다. 산은 이를 활짝 드러내고 씩 웃어주었다. 팽팽하던 균형이 아주 잠깐 깨졌다. 한소운은 입을 반쯤 벌린 채 눈을 크게 부릅떴다. 한소헌은 한쪽 발을 급하게 뒤로 빼고 팔을 교차시키며 얼굴을 가렸다. '철학자의 검' 한영은 주먹을 꽉 쥐었다. 상식이 아닌 것이 상식을 두들겨 패고 있다. 그가 개입할 수 있는 상황은 지났다. 이젠 뭔가 불안하다. 여전히 손등이 가렵다.

한영이 눈을 크게 떴다. 입은 다시 고함을 지르고자 했으나…….

'저건! 알칸의 뼈로 만든 칼……! 설마?'

산과 비연은 칼자루를 눈높이에 맞춘 후 수평으로 칼을 뉘였다. 뼈 칼에서 다른 빛이 터져 나온다. 햇빛을 산란시키는 프리즘처럼 빛이 가시광선으로 쪼개지며 칼 전체에서 무지개 색이 흘러나왔다. 산의 칼은 푸른빛, 비연의 칼은 붉은빛이 강하다. 무지개는 색깔을 바꿔가 며 채찍처럼 흔들렸다.

"안 돼!"

한영은 무언가 말하기 위해 입을 벌렸다. 그러나…….

"우리는 이제 갈 거다."

"너희도 잘 가라고……."

쉿.

산의 칼이 오른쪽을 수평으로 거침없이 갈랐다. 무지갯빛이 일렁 이며 퍼져나간다. 비연의 칼이 왼쪽 아래를 갈랐다. 속도는 빠르다. 또 한 무리의 빛이 쓸고 지나갔다. 빛과 함께 날카로운 기세가 함께 날았다. 불길한 빛! 한소운과 한소헌은 몸을 낮췄다. 칼을 휘둘러 기 세를 흘리고, 반격을 준비한다. 그러나 오색의 빛은 그들의 칼을 그 저 회절(回折)하며 가볍게 지나갔다. 그리고 부드러운 물결처럼 대가 의 몸을 통과해버렸다. 통과한 빛은 뒤의 무사까지 도달했지만 그 색 깔이 많이 엷어져 있었다. 두 대가는 고개를 갸웃한다. 이 빛의 효과 가 아직까지 명확하지 않다. 허세? 위장?

시잇.

불길한 소리가 연속해서 울렸다. 산은 장난치듯 칼을 좌우로 흔들 며 힘차게 걸어갔다. 비연도 왼쪽에서 규칙적으로 칼을 휘두르며 경 쾌한 걸음걸이로 산을 따랐다. 빛은 두 사람의 칼을 타고 넘실거리며 수천 번 이상 터졌다. 그 색깔은 터질 때 마다 달랐다. 빨강에서 보라까지, 무색에서 백광까지. 그렇게 모든 색채의 스펙트럼을 담아 가며 물결처럼 퍼져나갔다. 두 사람은 그냥 그렇게 걸어서 그들을 지나쳤다.

"말도 안 돼!"

한소헌의 비명이 울렸다. 칼이 힘없이 손끝에서 떨어져 나왔다.

"어째서 이런 일이……."

한소운이 칼을 툭 떨어뜨리며 한쪽 무릎을 꿇었다. 한소헌은 두 무릎을 꿇고 앉아 망연하게 그들을 지나친 남녀의 뒷모습을 쳐다보았다. 그리고 고개를 숙였다. 뜻밖의 절망이 찾아왔다. 대가의 몸에서만 만들어지고 흐르던 '가속의 선'들이 가닥가닥 허망하게 끊겼다. 더 이상 가속할 수 없었다.

그들은 다급한 표정으로 뒤를 돌아보았다. 한선가의 무사들이 두려운 눈으로 쳐다보고 있었다. 대장이 물러서는 바람에 급하게 물러났지만 그들은 지금 대장에게 무슨 일이 벌어졌는지 모르고 있었다. 어쨌든 눈으로 보기에는 위대한 한선가의 대가들이 무릎을 꿇은 채 두 사람을 그대로 보내는 상황이다.

그보다 훨씬 뒤쪽에서는 한영이 몸을 부들부들 떨고 있었다. 상황은 그의 예상을 넘어섰다. 그것도 최악의 예상을 훨씬 뛰어넘었고 그는 그것에 개입할 기회조차 잡지 못했다. 한영은 칼자루를 부서져라 쥐었다. 상대는 항상 그의 예상을 벗어났었다. 이번에도 예외는 아니었다.

'어……어떻게 한선가의 기예까지?'

현자에 가까운 지혜를 가졌다는 그의 머리가 미친 듯이 돌아가고 있다. 그러나 해석할 수 있는 것은 하나도 없었고 상식은 쓸모가 없었다.

'저……저들도 알고 있었어! 왜 한선가가 그토록 알칸의 뼈와 부속품을 원했는지를…… 그러나 어떻게? 한선가에서도 3품에 이른 선무대가가 아니면 알칸의 뼈를 저런 용도로 사용할 수는 없다. 그들이 통과할 때 펼쳤던 온갖 빛들의 향연…… 그것은 바로 내 특기다. 이게 그냥 우연이란 말인가?'

한영은 고개를 저었다. 따라가야 하나? 그것은 너무 추하다. 포기할 것인가? 그건 더욱 안 된다. 오늘도 두 눈 뜨고 보지 않았는가?

'대가의 속살을 베는 알칸의 칼, 그리고 그것을 막아주는 알칸의 가죽과 부속품…… 아주 오래전 우연히 발견한 이후 그 사실을 아는 사람은 나와 형님, 그리고 가문의 핵심 권속 이외에는 아무도 없다. 어떤 가속 조건하에서 알칸의 뼈는 특이한 진동을 한다. 이 진동을 칼에 실으면 무지갯빛으로 분산되며 대가의 가속을 끊어버리는 효과를 낸다. 즉 대가를 상대할 때 가장 효과적인 무기가 바로 알칸의 뼈다. 또한 그것을 막아주는 것이 알칸의 가죽과 부속품들이고.'

그의 주름진 눈에 가장 아끼는 아이들 둘이 망연하게 자신만을 쳐다보고 있는 모습이 아프게 들어왔다.

"어리석었구나. 우리는……."

한영이 읊조리듯 말했다.

"죄송합니다."

한소운이 고개를 떨구며 흐느꼈다.

"저희가 경솔했습니다."

한소헌이 칼을 땅에 박고 두 손으로 감싸 쥔 채 눈물을 삼켰다. 자신의 몸 상태는 스스로가 가장 잘 알고 있을 터다.

"어르신께서 왜 그렇게 신중하셨는지 이제야 알게 됐습니다. 또한 왜 가문의 비웃음과 반대에도 불구하고 그토록 큰돈을 들여가며 그 물건들을 사들였는지도. 저희는 우둔했고 거만했습니다. 다시 기회가 온다면……."

한영은 침을 꿀꺽 삼켰다. 한선가의 모든 의사를 동원해도 회복을 장담할 수 없는 부상이다. 자신이 실수로 병신으로 만든 동생은 10년이 지난 지금도 회복되지 못하고 있다. 한영은 멀어지는 두 사람을 물끄러미 쳐다보았다.

"내가 어리석었구나. 상대를 몰랐고, 상대의 그릇도 알아보려 하지 않았다. 내 욕심이 일을 이렇게 만들었어. 정말 이 정도라고는 생각조차 못 했다. 그 어린 나이에 3품이라니…… 게다가 3대 절대무가의 기예를 한 몸으로 모두 구사하는 괴물이 이 세상에 존재한다는 것 자체도 너무 비현실적인 이야기지."

"어떻게 하실 생각입니까? 이대로 놔두실 생각인가요?"

한준이 물었다.

"나는 그들을 따라가겠다. 한준, 그리고 한야는 같이 가도록 하자."

"복수……입니까?"

한야가 물었다.

"복수?"

한영은 한야를 빤히 쳐다보았다. 그녀는 아직도 상황을 제대로 이해하지 못하고 있을 것이다. 그리고 알아서 좋을 것도 없을 것이다. 한선가의 적은 한선가 내부에도 차고 넘친다.

"정당한 결투였다. 그들은 청했고, 우리는 응했다. 무슨 명분으로 복수를 이야기하려느냐?"

"그러면······."

"협박은 어렵게 됐으니 이제 어쩌겠나? 사정이라도 해야지. 다행스럽게도 오늘 행동으로 봐서 아직 한선가를 적대하려는 것 같지는 않으니 그저 따라갈 수밖에. 너희들은 무사들과 함께 여관에서 요양하며 대기하거라. 이제 사람은 많이 필요하지 않다."

한영은 걸음을 옮겼다. 두 사람이 말을 이끌고 빠르게 따라 붙었다. 산과 비연은 이미 도시 너머로 까마득하게 사라져 있었다.

'복수라고? 낸들 하고 싶지 않을까? 그들이 알칸의 칼을 사용하는 법을 아는 것을 확인한 이 마당에 이제 내 목숨을 걸어도 감히 승리를 장담할 수 없다. 게다가 상대는 대가 두 사람······ 끔찍하군······.'

한영이 쓰디쓴 침과 함께 삼켜버린 말이었다.

* * *

"자식들 고생 좀 할 거다."

산이 히쭉 웃으며 중얼거렸다.

"넥타도 없으니 꽤 오래가겠죠?"

"짠 소금도 섞어야 제 맛이 나지. 그나저나 조금 쉬어야겠다. 역시 이 기술은 후유증이 크네. 삭신이 쑤시는 게 멀쩡한 곳이 없어. 20퍼센트는 망가진 것 같은데?"

"그러시죠. 저도 죽겠습니다."

그들은 도시 외곽을 돌아 호젓한 시냇가의 그늘을 찾았다. 비연이 배낭에서 손가락만 한 앰풀을 두 개 꺼냈다. 투명한 셀룰로오스 안에 채워진 선홍색 액체가 선정적으로 찰랑거렸다.

"맛있군……."

"밀크 초콜릿 맛이죠."

나무 그늘 위로 산들바람이 분다. 사내는 나무둥치에 기대어 하늘을 쳐다보고 있다. 그의 손이 여자의 긴 머리카락을 손가락에 감았다 풀었다 하며 장난을 쳤다. 그의 무릎 위에는 어린아이처럼 환한 미소를 지은 채 혼곤하게 잠든 여인이 누워 있다. 좋은 꿈을 꾸는지 표정이 풍부하다.

'그래…… 이번에도 잘 해보자고. 친구……?'

산은 고개를 갸웃했다. 군센 입술이 조금 실룩거렸다.

'내 사랑…….'

산은 눈을 가늘게 뜨고 하늘을 쳐다보았다. 옥빛 창공 사이로 하얀 구름이 제법 눈부시다.

내일은 좀더 설레는 일이 있을 것 같다.

* * *

북방의 여름은 짧다. 저녁 시간이 되면 벌써 시원한 느낌이 든다. 말린 건초에서 풍겨 나오는 푸석한 내음이 바람에 섞여 있는 것을 보면, 어느덧 다음 계절의 이야기를 할 때가 된 것 같다. 바람은 싱그럽고, 노을은 아름답다. 모든 것은 괜찮다. 이곳만 빼놓고.

사람이 많이 모이는 곳에 있으면서도 막상 가기 꺼려지는 장소가 있다. 그런 곳 중 하나가 가축시장이다. 그리고 가축시장에도 두 개의 급이 있다. 하나는 싸잡아서 '평민'이라고 불리는 일반 시민들과 귀족 가문의 시종들이 주로 찾는 곳이다. 이곳에서는 집에서 키우거나 쓰기 위한 가축들을 사고판다. 즉 가금류를 사고팔거나 고기를 거래하는 시장이다. 또 하나의 시장은 마(馬)시장이다. 마시장에는 가축 시장과 차원이 다른 인간들이 모인다. 그들은 아주 비싼 '탈것'을 사기 위한 고객들이다. 따라서 대단히 돈이 많은 귀족이나 무가, 대형 상단의 사람들일 가능성이 크다. 그래서 이 시장에서는 온갖 치장과 성장(盛裝)을 하고 시종을 거느리고 온 사람들이 항상 눈에 띈다.

어쨌든 여러 가지 이유(주로 경제적인)로 이들 두 시장은 항상 가까이 위치해 있다. 또한 일반인들이 알기 어려운 여러 이유들도 교묘하게 섞여서 지금도 잘 굴러가고 있는 중이다. 그렇지만 사람이 북적거리는 가운데에도 인적이 드문 곳은 있는 법이다. 가축시장에 딸려 있기 마련인 가축병원과 도축장이 그런 곳이다. 특히 고귀한 신분의 손님이라면 평생 올 일이 없을 곳들이다. 이런 곳은 신분이 낮은 자들도 떳떳하게 칼 같은 위험한 장비를 쓸 수 있고 그것을 아무도 이상하게 생각하지 않는 곳이기도 하다. 은밀한 일을 하는 사람들에게는 의심받지 않고 일할 수 있는 꽤 훌륭한 장소가 될 것이다.

'포라모 가축시장.'

포라토 시에서 가장 큰 가축시장이자 마시장의 이름이다. 두 사람이 석양의 햇살을 가득 받으며 이곳으로 들어가고 있었다.

* * *

"여기는 우리 재래시장과 비슷하군."

"흥정이 아니라 거의 싸움 수준인데요. 웬만큼 배짱이 없으면 물건도 못 사겠어요."

산과 비연은 느릿하게 걸으며 좌판을 흥미롭게 둘러보았다. 저녁 시간이 가까워오면서 수가 많이 줄었을 텐데도 아직도 많은 사람들이 시장을 배회한다. 이곳은 원래 고기를 전문으로 파는 시장이지만 유리한 입지 덕분에 온갖 식료품과 잡화까지 파는 상인들도 자리를 잡았다. 아마 자릿세를 꽤 많이 내고 있을 것이다. 시장이 시작되는 입구는 두 대의 마차가 나란히 지나갈 만큼 넓다. 대로를 중심으로 양쪽 길가는 언제나 각종 좌판으로 북적거렸다. 그렇지만 고기는 금방 상하는 탓에 점포 규모는 그렇게 크지 않았다. 대신 그 자리에는 언제나 생물(生物)들이 바구니째 팔려갈 준비를 하고 있다.

"쥐도 먹나 봐요?"

비연이 눈을 동그랗게 떴다.

"뱀도 있고……."

산은 입맛을 다셨다.

이곳을 지나면 본격적으로 가축을 파는 시장으로 이어진다. 길은 두 갈래로 갈라지는데 좌측은 일반 가축시장으로, 우측은 마시장으로 이어진다. 이 길에서 사람도 두 부류로 나뉜다. 신분과 돈이라는 분류법이 이곳 인간들의 품질을 가르는 정확한 척도가 되어 있다. 산은 깍지를 끼고 묵묵한 눈길로 이정표를 쳐다보았다. 그러다 곧 허리를 펴고 늘어지게 스트레칭을 하더니 발길을 옮겼다. 산은 뒤에 따라오는 비연의 귓가에 입을 대고 낮게 속삭였다.

"저 사람들 지겹지도 않나? 여전히 따라오는 모양이네? 앙심 품고 복수라도 할 생각인가?"

"복수할 생각이었으면 벌써 노렸을 겁니다. 우리를 통해 야벌의 거점을 찾으려는 의도인 것 같은데요?"

"천하의 한선가라며? 그걸 모를까?"

"그들은 태생부터 고귀한 사람들입니다. 밑바닥 생활을 직접 대해본 것 같지는 않아요. 다들 알아서 자기들을 찾아왔을 텐데 뭐 하러 직접 찾아 나서겠어요?"

"흠…… 그런데 이번에는 상황이 다르다는 건가?"

"위험한 물건이 경쟁 가문에 넘겨질 것 같으니 싫어도 직접 나섰을 겁니다. 소문내기도 어려울 거고."

"우린 어떻게 해야 하나?"

"떼어놓을 수 없다면 이용해야죠."

* * *

"흐음."

한영 노인이 낮게 콧소리를 냈다.

"왼쪽 길로 가는데요?"

한야가 불안하게 말했다.

"말을 사는 게 목적 아니었나? 왜 저기로 가지?"

한준이 원망스럽게 중얼거리며 마른침을 삼켰다. 갈린 이빨 가루가 침과 섞여 목으로 넘어가고 있을지도 모른다. 두 사람이 한영의 얼굴을 쳐다본다. 분뇨와 피비린내가 섞여 악취가 나는 이런 곳은 확실히 그들의 취향이 아니다. 게다가 무작정 따라가기에는 비싼 염료가 아니면 낼 수 없는 붉은색의 복장이 마음에 걸린다. 신분을 너무 드러내는 것은 절대로 원하는 바가 아니다.

그러나 한영은 별 표정 없이 말을 세운 채 그들이 사라진 곳을 쳐다보며 수염을 쓰다듬었다. 무언가를 숙고할 때 그의 버릇이다. 그의 입가가 잠시 부르르 떨렸다. 가슴속으로부터 뭔가 쓴 것이 치밀어 올랐지만 꾸욱 눌러 삼켰다.

　한선가의 사람들은 두 남녀를 무려 열흘간 이렇게 쫓아다녔다. 두 사람은 마치 유람이라도 하는 것 같았다. 한없이 느리게 걸으며 시골뜨기처럼 두리번두리번 사방을 살피고 다녔다. 그러면서 무언가를 끊임없이 적었고, 가끔 손바닥만 한 이상한 상자를 꺼내 들고 쳐다보기도 했다. 그들은 그중 하루를 도시 광장 한가운데에서 행인들을 쳐다보는 일로 소일했고 다른 날은 도시의 가장 높은 곳에서 하루 종일 시간을 뭉개면서 아까운 하루를 보냈다. 그리고 오지랖 넓게 이곳저곳 기웃거리고 다녔다.

　"처음에는 금속공방을 찾았고 그다음에는 포목점에 들렀고 그다음에는 향수 가게에 들렀고 목공소를 거쳐 필경사(筆耕士), 서적상, 골동품상, 약초방까지…… 아무튼 간판 달린 모든 가게를 다 들렀다. 이제는 가축시장이라…… 이번에는 뭘 보여주려나."

　한영의 입가에는 문득 웃음이 떠올랐다. 재미는 있었다. 그것도 꽤! 한야와 한준이 식식거리는 모습이 보였다. 이들은 두 사람을 쫓으며 그들이 들렀던 곳은 모두 찾아갔다. 당연히 주인에게 그들에 대해 물었다. 그들이 무엇을 샀는지 무엇을 찾았는지…… 대부분의 가게 주인은 너무도 친절하게 그들을 맞이했다. 그 뜨거운 환대에 사뭇 당황할 정도였다.

　"아! 한선가의 고귀한 무사분들이시군요! 기다리고 있었습니다."

　"우리가 올 걸 알고 있었나?"

한준이 되물었다. 그는 눈을 크게 떴다.

"그렇고말고요! 신신당부를 받았는데요. 여기 준비한 물건이 있습니다만."

가게 주인이 들고 있는 것은 작은 상자였다.

"그게 뭐지?"

한준이 물었다. 그리고 손을 내밀었다.

"그게…… 그것이…… 공짜로는 안 되고……."

주인이 머뭇거렸다. 옆에 있던 한야의 얼굴이 사나워졌다.

"대가를 원하는 건가?"

"예. 그분들이 꼭 먼저 받아야 한다고 하셔서……."

"얼마지?"

"100통보입니다."

한준이 입을 딱 벌렸다. 한야의 얼굴은 완전히 붉어졌다. 100통보면 그들의 반년치 봉급이다.

"우릴 놀리는 거냐? 이건 날강도 아냐?"

한야가 소리를 질렀다.

"상자 속이 궁금하지 않나?"

뒤에 서 있던 한영이 조용히 물었다. 잠시 침묵이 흘렀다. 사실은 그래서 더욱 궁금할 것이다.

"그냥 열어만 보면 안 될까? 그 속에 우리가 필요한 것이 정말 들어 있는지 알 수 없지 않나?"

한준이 말했다.

"그럼…… 그냥 가져가시지요."

주인 여자가 상자를 내밀었다. 얼굴에는 실망한 느낌이 가득하다.

"이게…… 무슨 뜻이지? 그대는 우리를 놀리는가?"

"아까 다녀가신 숙녀분께서 말씀하시길, 고귀하신 한선가의 무사들께서 그런 요구는 안 하실 것이라고 하셨습니다."

꿀꺽.

한준이 침을 넘기는 소리가 크게 들렸다. 이건 또 무슨 소리냐?

"그러나, 만약 원하신다면 제 수수료로 1통보만 받고 그대로 드리라고 하더군요. 저는 수수료를 받지 않겠습니다. 그리고……."

"그리고……?"

한준의 목소리는 이제 떨리고 있었다. 약간의 수치, 약간의 모멸감이 비벼진 상태로…….

"물건이 있어도 팔지 않겠다고 했습니다. 그렇게만 이야기하면 된다고 하더군요. 이제 가져가시지요."

주인은 상자를 쑥 내밀었다. 한준은 상자를 받고는 어정쩡하게 서서 한영을 바라보았다. 한영은 씁쓸하게 웃으며 고개를 끄덕여주었다. 한야가 주머니에서 수표를 꺼냈다. 한선가가 지급을 보증하는 수표다. 한야는 100통보라고 쓰고 위조가 불가능한 한선가의 인장을 양쪽에 걸쳐지도록 간인(間印)했다. 그리고 수표를 주인에게 건넸다.

"그 밖에 다른 이야기는 없었나?"

한영이 건네받은 상자를 든 채 다시 물어봤다.

"만약 지불이 완료되면 이 말을 어르신께 전하라고 하더군요. 백작가의 아이들이 좋은 약을 가지고 있으니, 다친 한선가 무사 분들이 그들과 함께 하면 될 거라고 했습니다. 다만 백작가 사람들은 자기들이 가진 것 중 무엇이 그 약인지는 알 수 없을 거라고 했습니다. 저는 무슨 말인지 모르겠지만 참고가 되시기를 바랍니다."

"약이라……?"

한영은 눈을 크게 떴다. 등에 오돌토돌한 소름이 돋았다.

"무슨 약인지 가르쳐주지는 않는다라…… 허허! 이것 참…… 백 작가 아이들을 한선가의 보호로 떠맡겼구먼. 그것도 자기들이 원할 때까지. 만약 진짜 약을 가지고 있다면 돈은 문제가 아니다."

작은 상자를 열자 그 속에는 아무것도 없었다. 한영은 고개를 끄떡였다. 이번 협상의 내용은 인간에 대한 '신뢰(信賴)'였을 것이다.

'100통보도 싸다고 해야겠지…….'

물론 그 뒤로 이어졌던 일련의 '숙제'와 '지뢰'와 '삥삥이'는 산과 비연을 이가 갈릴 만큼 미워하게 만들었지만…….

* * *

갈림길에 도착한 한영 일행은 앞을 쳐다보며 서성였다.

"어떻게 할까요?"

"어떻게 하긴? 따라가야지. 우선 이 눈에 띄는 옷이나 갈아입도록 하자."

"저들은 여기에 왜 왔을까요?"

"아직은 모르겠구나. 그러나 고기를 사러 오지 않았다는 것은 확실하지. 이곳에 와보니 나도 이제는 뭔가 알 것도 같은데?"

한영이 눈을 가늘게 뜬 채 말했다. 그도 이런 곳에 오는 것은 처음이다. 그러나 그의 머리는 이곳에 와서야 눈부시게 회전하고 있었다. 그는 두 젊은이가 돌아다닌 궤적을 다시 그리며 자신의 추리에 감탄하고 있었다.

'마시장이라…… 말 상인은 전국을 빠르게 돌아다닐 수 있는 기동력이 있지. 특히 그 조합의 전국적 협력망은 무섭다. 말의 수급을 따라가면 전쟁의 징후와 병력의 증감을 예측할 수 있을 것이고…….

도축장과 가축병원은…… 칼을 비롯한 무기와 마취약 등 약품의 합법적 사용이 가능한 곳이고…… 결정적으로 이런 곳은 아무도 즐겨 찾지 않는다. 그래…… 그렇지…… 그런 거였구나.'

한영은 고개를 들었다. 그리고 한야와 한준을 바라보며 조용히 일렀다.

"내 생각이 옳다면, 저 두 젊은이의 접근 방식은 아주 지혜로운 것 같구나. 이런 환경이라면 내가 야벌이라도 반드시 선택할 수밖에 없겠어."

* * *

"허억! 누, 누구?"

"알면 죽는다. 그래도 알고 싶니?"

백작가의 예실은 목을 파고 들어오는 시퍼런 느낌에 몸을 떨었다. 그러나 곧 그 섬뜩한 느낌도 아득하게 사라지며 정신을 놓아버렸다. 그것은 그녀의 언니와 오빠가 그들을 찾아온 누군가를 맞이하러 잠깐 문밖으로 나간 사이에 벌어진 일이었다.

* * *

"이게 무엇인지 물어봐도 될까요?"

예킨은 뜻밖의 방문자가 전해준 물건을 쳐다보며 물었다. 곁에서 예리아가 눈을 빛내고 있다. 그것은 자신이 매우 잘 아는 물건이었다. 에셴 백작가의 문장이 새겨진 작은 가죽 공예품이다. 문제는 그것이 보름 전 도난당한 그 상자에 들어 있던 것이라는 사실이다. 예킨은 방문자를 날카로운 눈으로 쳐다보았다. 평범한 상인 복장의 사내였으며 이상한 점은 없었다.

"모르겠습니다. 저는 저 골목 모퉁이에서 장사를 하는 사람인데, 낮에 오셨던 어떤 분의 심부름으로 왔습니다. 그분은 꼭 지금 이 시간에 물건을 두 분께 전해드리라고 하더군요. 그는 이 물건을 전해드리고, 다음과 같은 말씀을 남기셨습니다. '거래는 사흘 뒤에 있을 것이니, 기다리시기 바랍니다.' 그럼 저는 이만 가겠습니다."

할 말을 마친 그는 그는 물건을 건네고 그대로 떠나갔다.

"거래? 사흘 뒤? 무슨 뜻이지?"

예킨이 불안하게 예리아를 쳐다보았다.

"우리에게 남아 있는 물건도 모두 넘기라는 뜻일까요?"

예리아가 불안하게 물었다. 예킨이 고개를 저었다. 그들은 숙소로 돌아와서야 무엇에 대한 거래인지 알게 됐다. 막내 예실은 이미 없어졌으며 뒷문은 가위로 오린 것처럼 열려 있었다. 두 사람은 비명을 질렀다. 예실이 쓰던 탁자 위에는 피로 쓴 쪽지가 남겨져 있었다.

숨겨둔 물건을 내놓지 않으면 네 동생의 머리만을 다시 보게 될 것이다. 사흘 뒤에 연락을 주겠다.

***

"골치 아프군."

야벌의 벌주, 마하임이 한숨을 쉬었다. 동물 가죽으로 만든 소박한 소파에 푹 기댄 상태지만 별로 편안해 보이지 않는다. 그가 감았던 눈을 떴다. 낮은 담장 너머로 붉게 물든 저녁 하늘이 아름답다는 생각을 했다. 그렇지만 그 아름다움은 무척 짧다. 벌써 기다란 그림자가 어둠 속으로 기어들어 가고 있었다. 이곳은 마장(馬場)의 초원이 잘 보이는 곳이다. 소담스럽게 지어진 집들이 마을을 이루고 있다. 온갖 덩굴과 마른 풀을 천장으로 엮어놓았고 돌과 흙으로 대충 낮게 쌓은 담은 외부에서 내부를 들여다보는 것만 막는 수준이다. 이곳은 가축시장에서 일하는 사람들이 기거하는 곳이다. 그러나 그 속에는 세상이 모르는 다른 세계가 똬리를 틀고 있었다.

그들은 다른 세계에 속한 사람이다. 세상의 정보가 모이는 곳, 간첩과 암살자를 키우는 곳. 그리고 세상의 음습하고도 어두운 일을 처리하는 사람들, 온갖 생화학 무기와 정보전에 필요한 정령(精靈)을 다룰 수 있는 사람들…… 그래서 세상이 가장 무서워하는 사람들이다. 보이는 칼보다 보이지 않는 칼이 더욱 무서운 법이니.

마하임은 얼굴을 찡그리고 밖을 쳐다보았다. 아들 새덤을 통해 꾸몄던 알칸 노획 작전은 결과적으로 실패했다. 고민은 그 때문에 생긴 것이다. 보름이 넘게 지났지만 그의 고민은 간단하게 풀리지 않았다.

그는 고개를 들었다. 앞쪽에 두 줄로 앉아 있는 단장과 참모 들이 그의 말을 기다리고 있다. 맨 앞에는 새덤이 탁자 끝을 물끄러미 바라보며 묵묵하게 앉아 있었다. 이제 그의 충성스러운 조직을 써야 할 때다. 끈끈한 그의 평생 동지들 아닌가? 이들은 자신이 부르자 대륙 반대편에서 달려온 진짜 부하이자 동지 들이다.

"세 가지의 문제가 있다."

이윽고 마하임이 말문을 열었다.

"황제의 목을 따 오는 일이라도 되나요? 그렇지 않다면 말씀하십시오. 여태까지 저희가 풀지 못했던 문제는 없었습니다."

1단주 '도니니'가 먼저 말을 받았다. 부드럽고도 설득력 있는 푸근한 표정이 인상적인 사내다. 그렇지만 이미 1품의 대가에 오른 실력자이며 섬세하고 치밀해서 정보와 첩보 업무를 관장하고 있었다. 마하임이 피식 웃었다. 역시 이놈들은 위안이 된다.

"알겠지만, 백작가 물건에 대한 건이다. 아주 골치가 아파. 어느 것도 쉽지는 않아. 첫째는 한선가가 곧 우리를 찾을 텐데 우리가 대응할 방법이 아주 궁색해. 물건이 없다고 하면 오해할 것이고 사기를 당했다고 사실을 설명해도 누가 믿겠나?"

여기저기서 기침 소리가 들렸다. 한선가라면 아주 까다로운 상대다. 사안의 무게는 가볍지 않았다.

"둘째, 호송 책임자를 맡고 있던 백작가의 남녀 대가 둘이 찾아올 가능성이 있다고 한다. 새덤의 정보에 따르면 젊은 나이에 대가에 오른 자들로 아주 지혜롭고도 위험하다고 한다. 이들을 피해 없이 처리하려면 어떻게 해야 할지도 큰 숙제다. 이곳을 찾아내기는 어렵겠지만 만일에 대한 대비는 철저하게 해야 하겠지."

이번에는 피식거리는 소리가 들렸다. 별로 중요하다는 실감이 나기 때문일 것이다. 마하임이 약간 어색하게 얼굴을 찡그렸다. 아들의 체면을 세워주기 위한 발언이었다.

"셋째, 우리는 물건을 제대로 확보하지 못했다. 그것은 백작가의 인물들이 어딘가에 빼돌려 보관하고 있다는 의미다. 포기하면 업계에서 우리의 위신이 너무 떨어지게 되겠지. 이미 우리가 한 일이라는 것이 알려진 마당에 우리의 실력에 대한 명성에 아주 나쁜 선례를 남기게 되니 사업에 치명적일 수도 있다. 수임료도 떨어지겠지. 일단 협상을 위한 인질은 확보해놓았지만 효과가 있을지는 의심스럽다고 한다."

마하임은 잠시 말을 멈춘 채 좌중을 둘러보았다.

"그러니까…… 거 뭐시냐."

2단주 '제센'이 연초를 꼬나문 채 느릿하게 말을 꺼냈다. '조용한 도살자'라는 별명이 붙은 잔인한 자다. 주로 극독과 정령술을 사용하며 야벌의 최고 간부 중 하나로 대가의 경지에 올랐다. 나이는 쉰이 넘었지만 정령을 부리는 자답게 대단히 정신력이 강하고 맹독만큼이나 냉정하다.

"백작가에서 고용했다는 두 연놈하고, 시골 백작가만 조지면 되는 일 아뇨? 뭘 그렇게 어렵게 생각하오? 일단 물건만 확보하면 한선가에 비싼 값으로 넘길 수 있으니, 뭐…… 간단한 문제 같은데? 손 빠른 애들 좀 풀까요?"

"그렇게 간단하지는 않아요. 상대는 선무대가입니다. 제가 직접 경험했습니다. 선무대가가 어떤 의미인지 숙부께선 알고 계시지요?"

새덤이 주의를 주었다.

"지랄! 우리가 언제 칼질로만 먹고 살았더냐? 어떤 놈도 매일 암습을 견딜 수는 없어. 밥과 물 없이 살 수는 없을 거 아니냐? 그게 우리 야벌이 이 자리에 살아남을 수 있었던 이유다. 우리 한 사람의 전투력은 약할지 모르지만, 야벌이라는 조직은 적이 죽을 때까지 임무를 끝낼 수 없다는 걸 모르나!"

그 옆에서 3단주 '사현'이 거든다. 그녀는 외모로는 50대 정도로 보이지만 이미 여든을 넘긴 야벌 최고급의 고수이며 벌주 마하임의 숙모다. 3품에 이른 생화학(生化學) 대가이며 바람과 약품을 다루는 전투 능력으로 반경 50미터를 초토화시킬 수 있는 무서운 사람이다.

새덤은 눈을 질끈 감았다. 문득 처음으로 임무를 실패할지도 모른다는 생각이 떠올랐다. 그리고 그 생각은 놀랍도록 빠르게 현실이 되고 있었다.

꽝.

그 시작을 알리듯 첫 번째 소리가 벼락처럼 울렸다. 벽을 통째로 날려버리고 저녁 무렵의 새까만 어둠을 배경으로 눈부신 후광을 두른 두 사람이 천천히 걸어 들어오고 있었다.

* * *

─나 304, 마 403, 카 234.
─노 207, 보 303, 호 204.
꽝.

오른쪽 벽이 터져 나갔다. 모든 자의 시선이 순간적으로 오른쪽으로 향했다.

꽝.

이어 왼쪽 벽이 무너진다. 모든 시선은 다시 왼쪽으로 쏠렸다. 야벌의 무사들은 두 손을 교차시켜 부신 눈을 가린 채 주춤주춤 뒤로 물러났다. 하얀 빛과 함께 거센 바람이 안쪽으로 몰아쳤다. 너른 거실 안을 밝혔던 모든 등불이 한순간에 꺼져버렸다. 두 개의 강렬한 광선이 어둠을 뚫고 실내 안쪽으로 쏟아진다. 빛살 속에서 자욱한 먼지가 회오리처럼 돌아가며 미친 듯이 요동친다. 숨 막히는 기운을 내뿜으며 두 개의 빛이 점점 커지며 다가온다. 그 속도는 실로 무시무시했다.

"흩어져! 쳐라!"

마하임이 소리를 질렀다. 마하임은 벌주답게 눈을 가늘게 뜬 채 침착하게 사태를 주시하고 있었다. 명령과 동시에 3단주 사현이 공중으로 튀어 올랐다.

1단주 도니니가 날렵한 동작으로 몸을 틀며 왼쪽으로 날렸다. 2단주 제센이 칼자루를 쥔 채 앞으로 튀어 나갔다. 그들의 움직임은 조직적이었고 대가답게 매우 빨랐다. 대가의 본능. 의지보다 먼저 느끼고 움직인다. 그러나…….

공중으로 튀어 오르던 야벌 최고의 전사 사현이 눈을 가늘게 떴다. 가속된 감각으로 상대의 움직임은 이미 감지했다. 상대는 둘, 자신을 향해 다가오는 존재는 여자다. 양손에 쥔 수십 개의 바늘을 뿌렸다. 극독이 발라져 있는 치명적 무기다.

"뭐……뭐지?"

노련한 사현이 당황했다. 표적의 움직임이 허공에서 급격하게 꺾였다. 다음 궤적을 예측할 수 없다. 다시 바늘을 쥐었지만 잠깐 머뭇거린 순간 무언가가 목을 휘감는 느낌이 왔다. 사현은 고개를 옆으로 틀었다. 다시 펼쳐진 비연의 올가미 기예!

"끄윽……."

사현은 불편한 신음을 토했다. 목을 감은 끈이 팽팽하게 갑자기 당겨졌다. 사현은 비명과 함께 눈을 부릅떴다. 두 손으로 목뼈가 부서질 만큼 조이는 끈을 절망적으로 붙잡았지만 몸은 자신의 의지와 상관없이 천장 쪽으로 빠르게 끌려갔다. 몽롱해져가는 사현의 눈이 아래쪽에서 벌어지고 있는 또 하나의 광경을 꿈처럼 쳐다보고 있었다.

콰쾅.

아래쪽은 마치 광란의 폭풍이 불고 있는 것 같았다. 사내는 그야말로 폭풍같이 쳐들어왔다. 그가 밟고 지나가는 탁자들은 폭죽처럼 사방으로 터져 나갔으며 거센 먼지바람이 그 뒤를 따랐다. 좌측에서 막아가던 1단주 도니니는 칼을 채 뽑지도 못하고 산의 기세에 휩쓸려 주춤주춤 뒤쪽으로 물러났다. 순간, 산이 탁자를 박차며 치솟았다. 산의 몸이 빙글 돌아갔다. 한 번 회전에 오른발로 도니니의 다리 아래쪽을 찍었고 다음 회전에서 왼발이 턱에 작열했다. 도니니의 다리가 마른 나무 조각처럼 부러지고 턱은 조각조각 부서졌다. 깨진 이빨 조각을 토해내며 도가니의 얼굴이 홱 돌아갔다. 산은 허공에서 다시 한 바퀴를 길게 돌며 야벌 간부 한 놈의 목을 잡아 돌렸다. 그 반동을 이용하여 중앙의 대형 탁자 위를 눈썰매 타듯 미끄러지며 단 한 동작에 목표하던 곳에 다다랐다.

야벌의 주인 마하임은 자신의 처지를 믿을 수가 없었다. 왼쪽에는 목을 반쯤 파고 들어온 하얀 칼이 인광처럼 빛나고 있고 오른쪽에는 자신의 오른손이 사내의 단검에 찍힌 채 탁자와 단단하게 연결되어 있었다. 얼굴 바로 앞에서는 칼을 쥔 사내가 밝게 웃고 있었다.

"똘마니들 좀 물려주겠나? 그대와 이야기를 하고 싶은데."

산이 입을 열었다. 그의 눈은 여유롭게 주변을 살피고 있었지만 칼은 조금 더 목 안쪽으로 파고들었다. 마하임의 목에서 흘러 나온 피는 형광에 가까운 빛을 받아 검은색으로 보였다. 정령술사이자 정신계 환각과 통제의 전문가인 2단주 제센이 입으로 뭔가를 중얼거리고 있었다. 벌주가 인질로 잡힌 광경을 망연하게 바라보는 그의 표정은 어느새 굳어 있다. 이마는 땀으로 번들거렸다. 산은 환한 웃음으로 그의 노력을 좌절시켰다.

"그만하지? 의리가 없는 놈이구나. 그러면 네 동료가 죽어. 그리고 그 잡신(雜神)들은 네 이야기를 안 듣는다잖아. 왜 자꾸 보채지?"

제센이 얼굴은 새하얗게 질린 채 황급하게 뒤로 물러났다. 그가 호출한 정령들은 그의 요청을 분명하게 거절하고 있었다. '그것'들 입장에서는 제센의 소리보다는 저 사내의 의지가 훨씬 크고 우선 순위가 높은 것이다.

야벌의 모든 간부들은 긴장한 채 천천히 뒤로 물러났다. 이글거리는 시선은 여전히 사내에게 고정시켜놓고…… 모든 조명이 꺼진 상태에서 두 사람을 둘러싸고 있는 후광은 뿌얀 먼지와 함께 신비롭고도 무시무시한 시각 효과를 연출하고 있었다. 사내의 뒤쪽에는 꽤 아름다운 20대 여인이 3단주 사현의 목을 휘감은 가죽 줄을 당겨 벽에 매달고 있다. 그리고 줄을 팽팽하게 당긴 채 자연스럽게 마하임의 뒤쪽에 섰다. 여자가 줄을 조금만 당겨도 사현의 목뼈는 그대로 부러질 것이다.

"이제 우리 물건을 가져가야겠어. 당연히 돌려줘야지?"

사내의 목소리가 자연스럽게 울렸다.

"아니면, 돈을 제대로 내든가……."

뒤쪽의 여자가 거들었다.

"어떻게……."

마하임의 떨리는 목소리가 가늘게 울렸다. 그는 대답 대신 질문을 택했다. 그는 이 현실을 도저히 믿을 수 없었다. 자신의 야벌이 이토록 허약할 리가 없었다. 또한 자신이 자랑하는 철벽기지의 복판에서 이토록 허망하게 무너질 수는 없는 것이었다. 설령 자신이 죽는다고 해도…….

산은 마하임의 눈을 묵묵하게 쳐다보았다. 시간은 많고 할 일은 없는 처지다. 이제 서둘 일도 역시 없다. 그리고 서둘러서 좋지도 않다. 거래 목적과 목표는 따로 있었다.

"궁금한가?"

산이 조용히 물었다. 마하임은 고개를 끄덕였다. 산은 뒤쪽에 서있던 비연을 바라보았다. 비연이 또박또박 말했다.

"암습과 정보를 전문으로 하는 업계 사람들의 사고방식은 아주 비슷하지. 효율이 훨씬 높은 경제적인 전투를 하기 때문에 방비도 그쪽에 대비를 하기 마련이야. 우리도 이곳에 와서 약식 정찰을 해봤지만 과연 어디에도 빈틈은 없었어."

"……."

"그렇지만 그게 또한 약점이자 한계야. 전투 자원이 분산되어 있기 때문에 오히려 전면적으로 돌파하면 대응이 느리고 취약하기 마런이거든. 그래서…… 우리의 선택은 잠깐의 혼란, 그다음은 속도 그리고 마지막으로 중요한 놈만 때려 잡는 집중이었어. 만족스러운 대답이 됐으면 좋겠네."

"그랬었군. 그래…… 여기는 어떻게 찾을 수 있었지?"

마하임이 다시 물었다. 그의 목소리는 다시 위엄을 찾아가고 있다. 수십 번 죽을 고비를 넘겼던 그답게 상대의 눈에서 의도를 먼저 읽었다. 상대가 원하는 것은 대결이 아니라 협상이다. 하지만 먼저 확인해야 할 것이 있었다. 이자들은 대체 이곳을 어떻게 알 수 있었을까? 그의 눈길은 새덤을 찾고 있었다. 비연이 엷게 웃었다.

"찾느라 사실 애 좀 먹었어. 물건에 백작가 근처에서만 난다는 향초를 뿌려두었는데, 워낙 미약해서 별로 효과를 못 봤어. 그래서 온 도시를 뒤졌지. 뭐…… 시간이 걸려서 그렇지 찾기가 그리 어렵지는 않았어. 우리가 아는 상식에서 그리 멀리 있지는 않았으니까."

"상식……?"

"암습과 침투에 능한 집단이니 우선 자물쇠나 열쇠를 만드는 금속 공방부터 뒤졌지. 어느 세계에서나 남의 집 문을 따는 직업은 가장 특이한 도덕성이 요구되는 집단이거든. 겁을 줬더니 전문가 몇 명을 소개시켜주더군. 아울러 그들의 기술을 원하는 고객도……."

"……."

"그다음에는 포목점에 들렀지. 독극물이나 화학 약품에 쓰이는 의류나 주머니는 조금 특수한 처리가 필요할 거야. 용도를 말해주니 쓸 만한 가게를 소개시켜주더라고."

"……."

"그리고 향수 가게에 들렀지. 자기 냄새를 숨기거나 뭔가를 추적하는 용도로 쓰려면 꼭 필요할 거라고 봤거든? 귀족이 아닌 평민 중에서 누가 주기적으로 많이 사 가는지 매우 궁금하더라고."

"……."

"그 외에도 여러 군데를 찾아봤지. 정보가 유통되는 곳으로는 필경사와 서적상이 있겠고, 약품과 장물이 거래되는 곳은 골동품상과 약초방이 쓸 만하겠더군. 그리고 하루 종일 도시를 관찰했어. 이 모든 활동을 통합할 수 있고 먼 도시까지 쉽게 왕래할 수 있으며 귀족과의 교류가 잦고, 은밀하게 전투력까지 키울 수 있는 곳이 있다면 과연 어디가 될까?"

"……."

"뭐…… 이 세계는 간단하더군. 용병단 빼고 상단 빼면 몇 개 없더라고. 몇 개 무가가 의심스럽기는 했지만 야벌의 주인이 바보가 아니라면 본부를 그곳에 두진 않았을 거라고 보았지."

"대단하군!"

마하임이 탄식을 터뜨렸다. 그는 진심으로 감탄하고 있었다. 귀족은 장사치의 사업 논리를 모른다. 평민은 귀족의 취향과 행태를 알 수 없다. 상인은 공방의 논리를 잘 모른다. 공방들은 자신의 기술을 지키기 위해 다른 공방을 적대한다. 상인을 제외하고 평민 중에서 글을 아는 자는 드물다. 그래서 밑바닥 거래의 논리는 한 번도 이런 식으로 종합된 적이 없었다. 그 빈틈에서 그들 조직은 언제나 안전했었다.

"계속 이렇게 노닥거리며 이야기하기를 바라나? 이젠 팔이 좀 아프군."

산이 칼에 힘을 주었다. 칼은 스윽 소리를 내며 마하임의 목 쪽으로 깊게 파고들어 갔다.

"물……건은 우리가 팔아주지. 큰 도움이 될 거……야. 너희가 팔기는 힘든 물건이거든."

마하임이 얼굴을 찡그리며 말했다.

"자네가 사는 게 아니고?"

"우리가 무슨 큰돈이 있겠나? 단지 돈이 있는 고객을 잘 알지. 그리고 비싸게 팔아줄 수 있어."

"수수료는 받을 건가?"

"거래의 위험을 고려하면 2할은 받아야 하는 건이네."

"날로 먹으려고 남의 물건을 도적질한 것은 전혀 반성이 안 되는가 보네?"

"그게 우리 사업이거든. 자격 없는 자가 비싼 물건을 가지는 건 용서를 못 하지."

"지금은?"

"자격이 충분한 것 같군."

마하임이 씩 웃었다. 상대는 강자다. 게다가 대화를 나눠보니 말귀를 알아듣는다. 강자이면서 협상을 아는 상대와는 할 수 있는 것이 매우 많다. 그리고 그곳에 야벌의 존재 이유가 있었다. 그러나…….

"역겹네……."

사내의 목소리가 스산하게 흘렀다. 곧 이어 쉬잇 소리와 함께 사내의 칼이 아래에서 위로 한 번 빙글 돌았다. 동시에 마하임의 오른팔이 어깨에서 분리된 채 허공을 한 바퀴 돌며 탁자 아래로 떨어졌다. 사내의 칼은 다시 마하임의 오른쪽 목을 파고들었다. 마하임의 어깨에서 피가 솟구쳐 나왔다. 여유롭던 마하임은 새파랗게 질린 얼굴로 다시 산을 쳐다보았다.

"네 팔이 거기 붙어 있을 자격이 있는지 한번 떼봤어. 왜 억울한가?"

"야벌과 평생 원수가 되길 원하나?"

마하임이 이를 갈았다.

"그 정도야 뭐…… 언제라도 기꺼이. 우리는 이래봬도 원수가 많아. 심지어 이 세상을 만든 놈과도 원수 사이거든. 미안하군. 협박이 약했어. 다음엔 목이다."

산이 환하게 웃었다. 마하임은 신음을 삼키며 이를 악물었다. 상대는 진짜 자신을 죽일 생각인 것 같다. 협상이 아니라 항복을 원하는 것이다. 그러나 이렇게 과격한 행동을 하는 의도가 도무지 짐작되지 않는다.

"뭘 원하나?"

"우선은 반성과 사과."

"무슨?"

"사람 마음을 아프게 했으면 당연히 원래대로 되돌려 놓아야지. 반성을 모르는 싸가지 없는 새끼들과 무슨 좋은 거래를 할 수 있겠어? 우리는 수수료가 아니라, 피해 보상을 받아야 한다고 생각했거든. 오늘 말을 섞어보니 생각 차이가 너무 커서 이 대화도 이제는 시간 낭비라고 생각하는데……."

"……."

"하고 싶은 말은 다 했나?"

"나를 죽이고 나면 여기 있는 사람도 모두 죽일 건가?"

마하임이 낮게 말했다. 이미 출혈이 심해 입술 색은 파리해져 있다.

"아마도…… 제대로 된 조직이라면 죄다 죽여야겠지. 그게 서로

깨끗하잖아?"

산이 건조하게 답했다. 마하임은 산의 눈을 한참 동안 응시했다. 그곳에서 그는 막다른 골목을 보았다.

"미안하게 됐소. 충분히 배상하겠소."

마하임이 고개를 숙이며 또박또박 말했다.

"우리에게? 아니면 백작가 아이들에게?"

산의 무심한 눈길은 마하임에게 고정되어 있었다. 마하임은 등줄기에 써늘한 얼음이 흘러가는 듯한 느낌을 받았다. 몸이 으슬으슬 떨리고 있다. 그의 눈빛으로 진심과 거짓의 함량을 재는 심판을 받는 것 같은 느낌이 들었다. 그는 어렸을 때 이후 처음으로 순수한 공포를 느끼고 있었다. 나락 없는 슬픔과도 비슷한 공포였다. 마치 어버이에게 크게 혼나는 느낌 같은 것.

"미안하게 생각합니다. 모두에게 그리고…… 진심으로……."

뒤에 서 있던 비연의 입가에는 엷은 미소가 고이고 있었다. 두 사람은 이제 적정한 투자로 그들이 이 세계에서 가장 원하던 매우 유능한 정보 조직을 얻게 될 것이다. 아울러 그들이 원하는 형태의 전쟁을 준비할 수 있게 됐다. 비연은 넥타를 꺼내 들었다. 마하임은 자신의 오른팔을 다시 찾게 될 것이다.

* * *

불이 다시 밝혀졌다. 꽤 넓은 집회 장소가 마치 폭탄을 맞은 것처럼 처참하게 부서져 있다. 산은 칼을 거둔 상태로 한 발 물러섰고 비연은 마하임의 치료를 끝내고 산의 곁에 서 있었다. 야벌의 모든 무사는 칼과 무기를 내려놓았지만 아직도 긴장을 늦추지 않고 있었다. 모든 사람들의 눈이 지도부의 일거수일투족에 주목하고 있다.

마하임은 자신의 오른쪽 손가락을 접었다 폈다 했다. 어깨의 통증은 사라졌고 아직 부자연스럽지만 감각도 돌아오고 있다.

"후…… 생명수라…… 그대들은 정말 모를 사람들이군요. 이 정도 농도라면 한선가의 가주라도 얻기 어려운 귀물이라고 들었는데…… 사실 알칸의 부속품보다 훨씬 귀하지……."

마하임이 산을 쳐다보며 말했다. 그의 얼굴에는 놀라움과 호기심이 섞여 있었다. 그는 이미 경계심을 풀었다. 상대는 자신의 말 한마디에 주저 없이 칼을 거뒀던 사람들이다. 같은 예로 대해줘야 할 것이다. 그렇지만 산은 대답 대신 고개만 살짝 끄덕인 후, 다른 곳으로 눈길을 돌렸다. 그곳에는 마하임과 단주들을 치료하는 동안 잠시 사라졌던 사내가 들어오고 있었다. 40대 학자풍의 사내는 뒤쪽의 장막을 걷으며 산의 앞쪽으로 걸어왔다. 그는 빙그레 웃는 얼굴로 산의 시선을 맞이했다.

"이 경기는 우리가 이긴 것 같군."

산이 역시 웃으며 말했다.

"과연 그렇군요. 제 예상보다도 훨씬 더 나가 버렸습니다."

새덤이 간단하게 대답했다. 마하임의 표정이 미묘하게 변했다. 야벌의 단주들과 고수들 역시 눈빛이 깊게 가라앉았다. 그러나 산과 새덤은 별로 개의치 않는 표정이다.

"이제 결심이 섰나?"

"약속대로 따르겠습니다."

새덤이 오른손을 왼쪽 가슴에 대고 허리를 깊게 숙이며 산에 예의를 표했다. 이어 비연에게도 동일한 예를 취했다. 군신의 맹약과도 같은 표현이다.

"나도 알아야 할 이야기 같은데. 무슨 뜻이냐? 새덤."

마하임이 오른팔을 붙잡은 채 낮게 말했다. 목소리가 약간 떨리고 있었다. 새덤은 고개를 들어 아버지의 눈을 찾았다. 그 눈은 슬픔, 분노, 아픔, 의혹들이 섞여가며 깊게 출렁이고 있다.

"내가 대신 이야기를 해도 될까?"

산이 새덤을 쳐다보았다. 마하임에게 말하려던 새덤은 입을 다물고 산을 쳐다본다. 이윽고 허리를 숙였다. 이미 주인으로 약속한 사내의 의지를 거역할 수 없을 것이다. 산이 마하임을 향해 가벼운 미소를 띤 채 입을 열었다.

"그게 그러니까…… 지금과 비슷한 상황이었는데……."

"……무슨?"

"그때도 우리 물건을 노리던 저 사람을 포로로 잡았지. 백작가를 출발했을 때부터 유별나게 전문가의 움직임을 보이는 사람이라서 일찌감치 주목했거든. 백작가에는 착해빠진 사람들밖에 없어서 험악한 세상에 대한 정보가 매우 궁하기도 했어. 그래서 우리가 먼저 협상을 제의했었지. 물론 담보는 새덤 자신의 목숨이었고……."

다들 완전한 침묵 속에서 사내의 이야기를 듣고 있었다.

"저 사내는 조직과 임무를 배신할 수 없다고 버텼지. 그래서 더욱 신뢰가 가더군. 우리는 그의 처지를 이해할 수 있었거든. 사실은 동종 업계라고 볼 수 있었지. 그래서 서로가 받아들일 수 있는 합리적인 방안을 제안했어."

"……."

"첫째, 어차피 가야 할 길은 같으니 포라토까지는 공동 운명체로서 같이 간다. 물건을 노리는 놈은 널려 있고 강적은 더욱 많았으니 좋은 합작 사업이 될 것이었지. 여기까지는 새덤이 반대할 이유가 없었어. 우리도 좋았고……."

"흐음……."

마하임의 입에서 낮은 탄식 소리가 흘러 나왔고 산의 이야기는 이어졌다.

"둘째로, 포라토에 도착해서는 조직에서 받은 임무를 재주껏 실행해보라고 했어. 이곳에 포진해 있다는 야벌이라는 조직이 얼마나 대단한 능력이 있는지 궁금하기도 했거든. 어차피 우리도 시내 한복판에서 언제 팔릴지도 모를 비싼 물건을 노상 껴안고 지킬 수도 없었지. 거기에 우리 두 사람 역시 개인적인 볼일로 자리를 비워야 할 상황이 겹쳐 있기도 해서, 사실은 지킬 만한 처지도 안 됐어. 또 백작가 사람들의 안전도 반드시 생각해야 했고……."

"……."

"만약 새덤이 자신의 임무를 성공시킨다면 우리는 그를 찾아내기로 했지. 만약 못 찾으면 물건은 야벌의 것이 되고 찾으면 적절한 대가를 우리에게 지불하는 경기가 된 거야. 물론 이 이야기는 야벌의 주인에게는 비밀로 하기로 했고……."

마하임은 새덤을 바라보았다. 새덤은 담담한 표정으로 아버지의 시선을 받아냈다.

"그렇지만 우리가 이곳을 제대로 찾았다고 해도, 물건을 되찾을 능력이 안 됐다면 이 이야기는 결코 하지 못했겠지. 결국 새덤에게는 조직에 손해를 끼치는 경기가 아니었을 거야. 만약 야벌의 다른 조직이 강탈을 했었어도 오늘 같은 날은 반드시 왔을 테니까."

"허어!"

"요컨대 새덤은 자신과 아버지의 능력을 믿었고 우리는 우리의 능력을 믿었지. 서로 최선을 다했고 그 결과는 오늘 그대들이 겪었던 것과 같다. 다만 우리도 위험을 회피하기 위한 모든 노력을 다했어. 못 찾아도 그리 손해 볼 일은 없었지. 그대들이 가져간 물량은 소량이었고 어차피 새덤에게 대가로 주려고 한 것이니까. 1할이면 그리 짠 대가는 아닐 거야."

산의 이야기가 끝나고 마하임은 지금 새덤을 바라보고 있었다. 그 눈빛은 차분하다. 고여서 넘쳐흐르던 분노는 이미 걷히고 있었다. 대신 깊은 신뢰와 애정이 다시 그 자리를 채워갔다. 아울러 약간의 습기도…….

"의심해서 미안하구나. 그때 네 경고를 새겨들었어야 했는데……."

"오늘 다시 보니 더욱 강해졌더군요. 우리가 대비를 했어도 결과가 달라지지는 않았을 겁니다."

"그럴지도……."

잠시 어색한 침묵이 흘렀다.

"세 번째 이야기도 해야 하지 않을까? 백작가 사람들은 어떻게 됐지? 안전하게 있나?"

문득 비연이 물었다. 모든 사람들의 시선이 이제 비연으로 향했다. 새덤은 그녀의 눈에서 짓궂은 호기심을 읽었고 비연은 그의 입가에서 유쾌한 미소를 읽었다.

"아직 포라토에 남아 있습니다. 디아나 신전 근처의 '들꽃여관'에 묵고 있습니다."

"우리가 사라진 지 꽤 시간이 지났을 텐데 용케 돌아가지 않았네?"

비연의 맑은 눈은 여전히 새덤을 응시하고 있다. 새덤은 그 맑음 속에서 아찔한 기분을 느꼈다.

"그들은 두 분이 오시기를 기다리고 있습니다."

"안전한가?"

"이중으로 보호하고 있습니다. 최근에는 묘하게도 한선가의 무사들과 어울리며 자연스럽게 호위가 되고 있더군요. 그것도 상당한 고수들이었습니다."

"물건은 다 팔았던가?"

"대부분 다 판 것으로 알고 있습니다. 일부는 그들 모르게 우리가 거들었지요."

"값은?"

"시세보다 훨씬 비싸게 받았을 겁니다. 거래는 우리 조직이 비밀리에 주선했지만, 대원들 모두가 글을 알고 셈을 할 줄 아는 데다가 상당한 무력까지 갖추고 있으니 웬만한 중견 상단만큼 하더군요. 저도 무척 놀랐습니다. 따로 도와줄 게 없던데요."

"돈은 얼마나 만들었지?"

"적어도 5000통보는 모았을 겁니다. 그 정도로도 굉장히 큰돈이지요. 꽤 비싼 걸 남겨두고 가셨더군요?"

"아쿰의 선물이었지. 어차피 갚아야 할 빚이야. 언제까지나 포라토에 하염없이 머물 수는 없을 텐데. 언제 떠날 예정이라던가?"

"보호자 없이 함부로 떠나는 건 매우 위험하지요. 지금은 떠나고 싶어도 못 가게 되어 있습니다."

"왜지?"

"언제 떠날지 몰라서 막내 예실을 잡아두었거든요."

"이런…… 착하군."

비연이 빙긋 웃었다.

"솔직히 그렇지도 않습니다."

새덤이 입술을 찌그리며 말했다.

"아마 다른 목적도 있었겠지? 설마 우리와 협상할 때 인질로 쓰려고 했던 것은 아니었을 테고?"

"두 분을 상대로요? 저는 바보가 아닙니다. 사실은 나머지 물량의 단서를 찾고 싶었습니다. 아마도 두 분이 백작가 아이들에게는 뭔가를 남겼을 것이라고 판단했지요. 내 생각이 틀렸나요?"

"틀릴 리가 있겠나? 그래서 어떻게 됐지? 숨은 보물은 찾아냈나?"

비연은 입을 가리며 작게 웃었다.

"찾는 일이야 어렵겠습니까? 디테 사도의 입회 없이는 아무도 볼 수 없게 제대로 엮어놓으셨더군요. 그래서 두 손 들었습니다. 그냥…… 깨끗하게 포기했습니다."

새덤이 어색하게 머리를 긁었다.

"예실은?"

"신경을 많이 썼기 때문에 그리 불편은 없었을 겁니다. 그렇지 않아도 방금 전 이곳으로 데리고 왔습니다. 이 친구도 지금 나눈 모든 이야기를 들었을 테니 대장들에 대한 오해가 풀렸을 겁니다. 어차피 저도 다시 합류해야 하니까요."

새덤은 뒤의 장막 안쪽을 바라보았다.

"세상에……."

그곳에는 더 이상 놀랄 수 없을 만큼의 표정으로 입을 벌린 채 망연하게 서 있는 예실이 있었다.

*　*　*

"물건은 확인됐고…… 이제 본격적인 거래를 해볼까?"

산이 야벌에게서 돌려받은 물건을 확인하고 손을 비비며 비연에게 말했다.

"대표로서 잘 봐둬라. 반은 너희 집 재산이니……."

비연이 예실에게 조용하게 일렀다.

"예……."

이제 18세로 성인이 다 된 예실은 아직도 정신을 차릴 수 없었다. 머릿속에서는 그동안 벌어진 모든 일이 삐걱거리며 종합되고 있다. 아직은 이해할 수 있는 것보다 안 되는 것이 너무 많다. 그러나 확실한 것은…….

'이 모든 것이 원래 목적한 대로 흘러가고 있었다는 사실은 맞아요. 맞겠지요…… 그런데…….'

그녀의 눈에는 여전히 눈물이 마르지 않고 있었다. 아직 뜨거운 가슴이 머리가 식지 못하게 막고 있었다. 그저 벅차다는 느낌과 몸이 벌벌 떨릴 만큼 생소한 기대감만 무섭게 커져갈 뿐…….

"이제 물건을 어디로 가지고 갈 생각이십니까?"

마하임이 산에게 물었다.

"우선 1차 물량은 여기서 협상하고 직접 인도할 생각입니다."

산이 대답했다. 그는 말투를 바꿨다. 적대적 관계를 벗어났으니,

상대를 조직의 수장으로 존중하겠다는 의미다.

"누구에게 말입니까?"

새덤이 물었다.

"당연히 한선가지. 그 집이 제일 비싸다며?"

"여기에서 말입니까?"

"이미 와 있는데 무슨 소리야?"

산이 피식 웃으며 말했다. 그의 시선은 문 쪽을 쳐다보고 있다. 마하임과 모든 간부의 표정이 급격하게 굳어졌다. 그들의 시선도 두 사람이 쳐다보는 곳에 고정되어 있었다. 그곳에서는 평범한 차림으로 갈아입은 노인이 천천히 주위를 둘러보며 다가오고 있었다. 그 뒤에는 시종인 듯한 젊은이 둘이 따르고 있었다.

"결국은 이곳까지 쫓아오셨군요. 대단한 영감님이야."

산이 중얼거렸다.

"오늘은 조금 보람이 있었던 것 같네……."

노인이 화답한다. 제법 멀리 떨어진 곳이지만 그 소리는 모든 사람의 귀에 너무도 또렷하게 들렸다.

"맙소사! '철학자의 검', 한영이라니!"

마하임이 새파랗게 질린 얼굴로 노인을 쳐다보았다. 저 인간은 그들이 어찌해볼 수 없는 이 세계의 진정한 강자다. 마하임의 눈길이 다시 두 사람에게 향했다. 이미 모든 야벌의 무사들은 마하임의 신호에 따라 한참 뒤로 물러서 있었다. 한선가에게 기지가 노출되는 것은 재앙이다. 그렇지만 어차피 오늘부로 옮겨야만 할 이유가 생겼으니 굳이 적대할 이유는 없을 것이다.

"우선 물건부터 확인하시죠?"

산이 빙그레 웃으며 말했다.

"그러지……."

한영이 상자 안에 수납된 물건을 살폈다.

"확실히 진품이군. 그런데 심하게 양이 적네. 이게 다인가?"

"우선 1할의 물량만 가져다 놓았습니다. 견본이라고 보면 될 겁니다."

"나머지는?"

"안전한 곳에 있습니다. 가격과 신용도를 지켜보면서 천천히 팔 생각입니다."

"얼마를 원하나?"

"이번에 인도하는 분만으로도 총액은 2만 통보 정도가 적절하다고 생각합니다만……."

한영이 고개를 갸웃했다. 잘못 들었는가?

"전체 물량 기준으로 20만 통보라는 이야기인가?"

"그렇게 되겠지요?"

"그게 다인가?"

"뭘 더 원하시지요?"

그들의 협상을 지켜보던 사람들은 모두 입을 떡 벌리고 있었다. 그렇지만 그들이 놀라는 이유는 각각 완전히 달랐다.

'20만 통보! 딴에는 시장 가격보다 세게 부르려고 한 것 같은데…… 그렇지만, 한선가라면 50부터 시작해도 되는데…… 참…… 아쉽군!'

이것은 마하임을 포함한 전문가의 생각이었다.

'20만 통보!! 5년 치 영지 총 예산보다 많다고!'

이것은 예실의 생각이었다.

'20만 통보라…… 대체 무슨 뜻이냐? 100만을 불러도 반드시 따를 수밖에 없는 한선가 입장을 가장 잘 아는 이들이…….'

이것은 한선가의 한영과 두 사람의 생각이었다. 그들은 오히려 오한을 느꼈다.

"다른 조건은 없는가?"

한영이 물었다.

"물론 있지요."

비연이 빙그레 웃으며 답했다. 한영은 얼굴을 찡그렸고 한선가의 다른 사람들은 눈을 꾹 감았다. 한영은 비연의 그 살인미소가 싱그럽고 예쁘다……기보다는 이제는 차라리 징그럽게 느껴졌다. 이 두 놈을 쫓아다니면서 늘그막에 정말 고생 많이 했다. 한영의 뇌리에는 지난 열흘간의 사건들이 움직이는 그림처럼 스쳐가고 있었다. 덕택에 밑바닥에 대한 조사와 공부를 신물 나게 했고, 결국 자신도 야벌이라는 조직의 실체에 접근하게 됐다. 그러나 온갖 고생을 정말 짧고 굵직하며 '쎄게' 해야 했다.

'그러면 그렇지…… 너희와 엮여서 내내 좋은 꼴은 못 봤지.'

한영이 속으로 한숨을 쉬었다.

"먼저 듣고 결정하지."

"물건의 인도 방식은 우리가 결정하며 이번을 포함 총 열 번에 걸쳐 분할 인도가 이루어질 것입니다. 거래 장소는 1개월에 한 번씩 바꿀 것이며 매번 달라질 것입니다.

거래 장소 역시 우리가 지정하는 곳에서만 이루어집니다. 모든 물건에 대한 정보는 대금이 백작가에 직접 입금된 날 즉시 전달될 겁니다. 그렇지만 물건을 가져가는 데 있어 발생하는 모든 비용은 한선가가 부담해야 합니다. 그 비용에는 운송 비용과 통행료 등이 포함됩니다."

"그리고?"

"물건의 품질은 인도 즉시 확인해야 하며, 확인 이후 발생하는 모든 문제는 한선가의 책임입니다."

"또 그다음은?"

"음…… 그게 전부입니다. 다른 의견 있으신지요?"

한영은 비연의 얼굴을 물끄러미 쳐다보고 있었다. 한 대 때려주고 싶다는 생각이 불쑥 들었다. 세상에 이토록 얄미운 사람이 또 있을까? 목이 칼칼하다. 아니, 목이 약간 멘다.

가격? 싸다. 불만이 있을 리 없었다. 그렇지만 바로 그렇기 때문에 안 사면 정말 이상하게 되어 버렸다. 퇴로가 없어졌다. 조건이 어떻든 말이다. 조건? 두 사람은 백작의 위치와 능력으로 봤을 때 가장 합리적이고 안전한 거래 방법을 취했다. 한선가가 직접 운송한다면 건드릴 자는 이 세계에 그리 많지는 않다. 인도 장소? 일견 별거 아닌 것처럼 보이지만 이게 문제의 핵심이다. 놈은 끝까지 자신의 패를 놓지 않았다. 이 조항 때문에 한선가는 화려할 정도로 이용당하게 될 것이다. 속 쓰린 사정만 꿍꿍 숨긴 채…….

한영은 비연을 바라보며 쓰게 웃었다. 비연은 여전히 순진한 표정으로 결정을 기다리고 있었다. 한영은 생각에 잠긴 채 주먹을 쥐었다 폈다 했다.

'다음 장소를 모르니 마지막 대금이 지불될 때까지 최소 여덟 번의 거래는 반드시 준수해야 하겠지. 그뿐만이 아니지…… 거래 장소를 어디로 지정하느냐에 따라 무슨 일이 일어날지 예측하기 힘들다.

만약 마적이 있는 장소로 물건을 가져다 놓는 장난질을 친다면 한 선가는 주변의 마적을 모두 쳐야 할지도 모른다. 게다가 그 계약 기간 동안 에센 백작가를 외부 세력으로부터 반드시 보호해야 하겠지. 당장 저 인원이 영지로 돌아가는 길부터 보호해야 할 판이다.

어쨌든…… 영악해…… 정말 영악하구나! 거래에 들어가는 비용은 크지 않지만, 대신 거의 1년간 백작가에 대한 전면적인 안전 보장을 요구하는 것이니 그 대가가 적다고 할 수는 없겠지. 세상에 그 누가 제국 제1의 절대무가 한선가를 보호 세력으로 '고용'할 수 있을 것인가? 그동안 백작가는 한선가가 고생하여 개척한 가장 안전한 지역에서 미래를 위한 많은 것을 준비할 수 있게 될 거야.'

어쨌든 한영의 얼굴은 매우 밝아졌다. 최악의 사태는 생기지 않을 것이다. 상대는 합리적이다. 투입해야 할 비용은 어차피 한선가가 하고 싶었던 일들이다. 게다가 이제는 저 두 사람과 인연을 만들어두는 것 자체가 무엇보다도 중요해졌다.

"서명하지?"

한영이 말했다. 서명은 삼자의 연명(連名)으로 이루어졌다. 백작가를 대표하여 산과 비연, 그리고 예실이 함께 서명했고 한선가에서는 한영이 서명했다. 그리고 매우 우스운 이유였지만 야벌의 힘과 역할을 이해하게 된 한영의 요청(사실은 물귀신 작전으로 판명되지만)으로 마하임이 보증인의 자격으로 서명을 했다. 이로써 야벌은 총 거래 금액의 10퍼센트를 보증 수수료로 취하고 거래를 보호하는 일에 참여했다. 물론 마하임 개인은 나중에 땅을 치고 후회하지만 그래도 한선가의 견고한 협력 관계에서 얻는 것이 더 많았기 때문에 훗날 이 결정은 야벌 내부에서도 매우 긍정적인 평가를 받게 된다.

　이 거래는 향후 50년간 외교적으로 대단히 큰 의미를 가지게 된다. 정통파의 절대무가 한선가와 재야파 무벌 계열의 야벌이 역사상 처음으로 협력하게 된 사례가 된 셈이다. 하지만 그들의 협력이 향후 이 세계의 변혁과 세력 구도에 얼마나 커다란 영향력을 행사하게 될지는 아무도 몰랐다. 또한 허약한 야벌을 일신하며 모든 무벌 위에서 우뚝 서게 만들 가장 중요한 인물들이 역사상 최초로 '문헌'에 등장한 날이라는 것도……

* * *

　그리하여
　그들은 다시 모였다
　여신의 가호는 인간이 감추어놓은
　모든 것을 열었으며
　굳세고 굳세며 굳건한 믿음이
　그들의 발을 받쳤고
　힘세고 힘세며 힘써야 할 의지가
　그들의 손을 들었다.
　올 때에는 초라하게 왔지만
　갈 때에는 장대한 행렬이 따랐다
　북쪽의 세계가 그들을 주목했으며
　북쪽의 세계가 그들을 두려워했다
　앞에는 한선가가 섰고

뒤에는 야벌이 섰다

그들은 인간의 대지를 다시 걸었고

오백의 마적을 걷어냈으며

일천의 용병을 세 번이나 멸했다

아쿰의 영역을 다시 지났고

오염된 아쿰 수백을 죽였다

비족을 넘어서 천사를 다시 만났다

천사는 산 자를 축복했고

죽은 자를 위로했다

오백의 혈귀를 제거했고

대장은 북부의 악마, 노리안을 죽였다

그리하여

그들은 떠난 지 6개월 만에

자신이 있어야 할 땅에 도착했다

그들은 땅에 입을 맞췄다

백작과 함께 기뻐했다

그러나 어찌 알았으리……

이미 영웅에게 마음을 잡힌 자들의

운명에 대해서!

이미 '전사'이자 '백성'이 되어버린 것을……

그들이 떠날 날은 반드시 온다는 것을……

-음유시인 세실, 비망록에 기록된 '그때 그 이야기'에서

(3권으로 이어집니다)

초판 1쇄 인쇄 2014년 7월 11일
초판 1쇄 발행 2014년 7월 18일

지은이 임허규
펴낸이 김선식

경영총괄 김은영
마케팅총괄 최창규
책임편집 서유미 **디자인** 디자인규, 문성미 **크로스교정** 박여영, 백상웅
콘텐츠개발2팀장 김현정 **콘텐츠개발2팀** 박여영, 백상웅, 문성미, 서유미
마케팅팀 이주화, 이상혁, 도건홍, 박현미, 백미숙 **홍보팀** 윤병선, 반여진, 이소연
경영관리팀 송현주, 권송이, 윤이경, 김민아, 한선미

펴낸곳 다산북스 **출판등록** 2005년 12월 23일 제313-2005-00277호
주소 경기도 파주시 회동길 37-14 3, 4층
전화 02-702-1724(기획편집) 02-6217-1726(마케팅) 02-704-1724(경영관리)
팩스 02-703-2219 **이메일** dasanbooks@dasanbooks.com
홈페이지 www.dasanbooks.com **블로그** blog.naver.com/dasan_books
종이 월드페이퍼(주) **출력·인쇄** 스크린 **후가공** 이지앤비 특허 제10-1081185호

ISBN 979-11-306-0338-4 (04810)
          979-11-306-0336-0 (세트)

다산북스(DASANBOOKS)는 독자 여러분의 책에 관한 아이디어와 원고 투고를 기쁜 마음으로 기다리고 있습니다.
책 출간을 원하는 아이디어가 있으신 분은 이메일 dasanbooks@dasanbooks.com 또는 다산북스 홈페이지 '투고원고'란으로
간단한 개요와 취지, 연락처 등을 보내주세요. 머뭇거리지 말고 문을 두드리세요.